Rudie van Rensburg

SLAGYSTER

QUEILLERIE

Queillerie
is 'n druknaam van NB-Uitgewers,
'n afdeling van Media24 Boeke (Edms.) Beperk,
Heerengracht 40, Kaapstad

Omslagontwerp deur Michiel Botha
Omslagfoto van gesig: iStockphoto
Ander omslagfoto's: Cécile Geng en Stock.xchng
Geset in 11 op 15 pt Meridien deur Susan Bloemhof

Oorspronklik gedruk in Suid-Afrika
ISBN: 978-0-7958-0062-7 (Eerste uitgawe, derde druk 2017)

LSiPOD: 978-0-7958-0156-3 (Tweede uitgawe, eerste druk 2017)
ISBN 978-0-7958-0063-4 (epub)
ISBN 978-0-7958-0064-1 (mobi)

Slagyster: Ystertoestel, klein of groot, bestaande uit twee beuels wat toeslaan onder die druk van 'n veer wat ontspan, en wat (gewoonlik) gebruik word om diere te vang.

Dié verhaal speel grootliks in Junie 2009 af. Die polisierange reflekteer die rangstelsel van daardie tyd. In April 2010 het SAPD-range na die huidiges verander. Die Skerpioene, Suid-Afrika se gewese teenkorrupsie-eenheid, is in Julie 2009 vervang met die Valke.

I

27 Mei 2008

Sy asemhaling jaag en sy bors dein nog wild van die inspanning, maar hy staar stip na die geld. Nege groot sakke, boepens gestop met note, die bondeltjies netjies soos handgranate styf langs mekaar ingelê. Hy tel 'n bondeltjie op. 'n Velletjie papier wat met 'n rekkie om die note gebind is, dui aan dit is twee duisend drie honderd rand. 'n Duisend bondeltjies in 'n sak? Minstens. Sy kop weier om die som te maak. Dis dwelmgeld, betaal deur voosgeprikte verslaafdes. Geld waarvoor baie van hulle geroof en gemoor het, hulle offerandes aan die dwelmgod.

Hy sleep 'n houtkrat na die middel van die vertrek om op te sit, sy bene meteens wankelrig. Hy kyk na die twee dooies op die sementvloer, elk omring deur 'n plas bloed. Die een lê met sy kop skuins teen 'n geldsak, sy oë leweloos op die plafon gerig. Sy arm lê gedrapeer oor sy bors, die hand soos die klou van 'n roofvoël, die vingers kromgetrek soos hy krampagtig gegryp het na waar hy die pyn gevoel het. Sy een been is onder sy liggaam ingevou. Die ander man lê op sy maag, sy een hand teen sy wang, die ander langs sy sy, asof hy op 'n strand lê en ontspan. Sy agterkop is oopgeruk waar die koeël se loodpunt die been verlaat het.

7

In die rakke teen die mure is die dwelms in bruin papiersakke en houers verpak. Vir die ongeoefende oog kan dit soos 'n sementstoor lyk, onskadelik, alledaags. Tot jy die fynskrif op die sakke lees: *Buttons, Crack, Tik* . . .

Sy opdrag is volvoer. Drie jaar van sorgvuldige beplanning, berekende risiko's, toneelspel, versinsels, misleiding, angssweet en nagmerries het tot 'n einde gekom. Sy maag is nog saamgetrek soos 'n vuis, sy hande bewe liggies, maar hy lag. Dit eggo in die groot ruimte.

Hy's dankbaar hy lewe. Hoeveel keer het hy nie vermoed hulle het snuf in die neus nie? Dat hulle hom gaan ontbloot as 'n mol wat hul vesting binnegedring het? Dat 'n koeël deur sy kop gejaag gaan word? Dat hulle met 'n jagmes sy oogballe soos druiwekorrels gaan uitdop, soos hulle met ander gedoen het?

Was dit die hel werd? Hy vryf oor sy ongeskeerde ken. Hy is veronderstel om nou op sy borskas te tamboerslaan, 'n oorwinningskreet uit te gil, vanaand met die beste Franse sjampanje moedeloos gesuip te raak.

En dan? Moontlik op 'n medaljeparade as 'n held vereer te word, met 'n aanprysingsertifikaat van die minister self. 'n Klein bonus dalk, net genoeg om 'n skaflike TV-stel mee te koop. En dan terug na die roetine . . . die spoor vat van moordenaars, geweldenaars, roofbendes. 'n Roetine van skiet, skop en opfok in 'n land waar 'n menselewe soms minder werd is as 'n hondedrol.

Hy haal sy selfoon met moeite uit sy broeksak. Laat hy die groot nuus breek en die direkteur inlig. Sodat hy die kommissaris kan vertel, wat die minister onmiddellik sal verwittig. Die SA Polisiediens se uur van triomf! Die grootste dwelmnes suid van die Sahara is blootgelê, die drug lords agter tralies of in hul grafte.

Hy kan hom die trant van die koerantstories indink:

Die dwelmmafia se derms is uitgeryg. Dit lê gestrooi oor die Kaapse Vlakte, die stadskom en rykmansbuurte waar hulle voorheen hul skrikbewind gevoer het. Die SAPD se ystervuis het hard en diep in die moederstad se dwelm- maag geboor.

Die polisie se Skiereilandse mediawoordvoerder sal sy geluk nie kan glo nie. Uiteindelik gaan hy iets positiefs hê om uit te reik waaroor die media en moontlik die mis- daadvoos publiek opgewonde sal raak.

Tot die skemerwêreld hergroepeer. Want hul wiele sal gou weer draai. Die dwelmtrein word dalk gestuit, maar nooit ontspoor nie.

Hy hou die selfoon in sy hand, maar bel nie. Hy staar lank na die geld. Hy sal sy lewe omswoeg om net een só 'n sak geld in salarisse te verdien. Dis nou 2008. Hy is ses en dertig jaar oud. Op sestig, in 2032, sal hy waarskynlik een sak geld bymekaar gemaak het. Dalk twee?

Of hy kan nou aftree, skatryk, met 'n paar sakke. Sy droom bewaarheid: 'n plaas in die Klein-Karoo koop en met olywe boer, die son op sy vel voel brand, die skoon lug inasem, die volle glorie van die aandsterre aanskou. En elke jaar op 'n eksotiese eiland gaan vakansie hou, waar sy belangrikste besluit sal wees of hy op die strand of langs 'n swembad, of op 'n masseerbed by die spa of in sy lugverkoelde kamer moet gaan lê. Waar hy in 'n kleur- volle hemp, swembroek en sandale saam met 'n mooi meisie tussen die palmbome kan wandel, soos die toeris- mebrosjures die sorgelose rykmanslewe so aanloklik uit- beeld. Waar hy by 'n casino 'n paar rand kan blaas bloot vir die genot en omdat hy dit kan bekostig. En hom daar- na aan eksotiese viskos kan oorgee voordat hy terugkeer na sy luukse suite.

Sy gedagtes fladder tussen reg en verkeerd. Toe hy van

die krat opstaan, het hy 'n besluit geneem. Niemand behalwe hy weet hoeveel sakke geld hier is nie. Nie sy kollegas by die polisie nie, nie die ontvanger van inkomste nie, nie die minister van finansies nie. Dié wat geweet het, is dood. Hy steel nie van die rykes of die armes, die weduwees of die wese nie. Hy neem by 'n klomp gewetenlose skurke, oortuig hy homself.

Hy gaan vinnig te werk, voor hy van plan kan verander. Hy sleep ses sakke buitetoe. Hy moet elke greintjie krag inspan om dit op die bakkie te laai. Dan ry hy met die klipperige grondpad na waar hy twee ure vantevore nog hul bewegings met 'n verkyker dopgehou het.

Ondanks die aandskemer kry hy maklik die afdraaiplek in die veld. Honderd meter verder hou hy stil. Hy sleep die sakke een-een diep onder die rotswand in waar hy die vorige nag nog in sy slaapsak geslaap het, maak die opening dan sorgvuldig met takke toe. Bome en bosse vorm boonop 'n digte skans voor die opening, onsigbaar vanuit enige hoek. Hier kom ook nooit 'n siel nie . . . drie dae was genoeg tyd om die omgewing deeglik te verken.

Op pad terug na die stoor klem hy die stuurwiel met wit kneukels vas. Hy het pas iets gedoen wat hy in sy wildste drome nie sou voorsien het nie. Die modelpolisieman het 'n helse lot geld gesteel.

By die dwelmstoor vee hy eers die vloer skoon om die sleepmerke op die stowwerige sementoppervlakte uit te wis. Hy ril toe hy drie geroeste slagysters in die een hoek sien lê, die soort waarmee jy groot diere vang. Hy het 'n paar in die veld om die stoor opgemerk, half versteek in die lang gras. Dit is bedoel vir ongenooide nagbesoekers, 'n primitiewe alarmmaatreël vir die stoor se bewakers. Sy voet was enkele sentimeters van een af toe hy die stoor bekruip het. Hy het dit net betyds raakgesien, die slagys-

ter se beuels kragtig genoeg om 'n mens se been te ver-
gruis.

Toe hy tevrede is met sy handewerk, bel hy dadelik om
dit verby te kry. Hy's gespanne, die knop in sy ingewande
het stywer getrek.

"Direkteur, dis Carl Bester. Die laaste stuk van die leg-
kaart het in plek geval." Hy glimlag wrang vir sy drama-
tiese aankondiging: direkteur Wessels verwys altyd na die
stukke in 'n legkaart en hy kan netsowel dié metafoor
gebruik om die goeie nuus oor te dra.

"Ek het hulle stoorplek opgespoor. Ongelukkig moes
ek skiet . . . twee is dood. Hier's genoeg dwelms om die
suidelike halfrond vir 'n paar maande op 'n high te hou.
En drie sakke geld . . . 'n hele paar miljoen rand as ek
vinnig moet skat."

Die huiwerige sarsies waarmee hy die gebeure opsom,
klink vir hom lomp en huigelagtig. Hy wonder of Wessels
onraad gaan vermoed, maar dié is oorstelp. Die direkteur
se lofprysinge dien egter bloot as agtergrondklanke vir sy
eie onrustige gedagtes. Wessels sluit af deur te sê hy laat
die Worcester-polisie dadelik weet en hy sal ook 'n span
van die aksie-eenheid na die stoor stuur.

Sy hart klop in sy keel terwyl hy die foon terug in sy
sak druk. Die harde werklikheid van wat hy gedoen het,
het nou eers behoorlik ingesink. Daar is nie meer om-
draaikans nie. Hy stap na die krat en gaan sit. Die skerp
daklig laat die sweet op sy voorarms blink.

Carl skud sy kop en moet 'n paar keer diep asemhaal.
Hy moet nou kalm bly. Paniek is die grootste enkele fak-
tor wat dinge laat skeefloop. Dit is een van die eerste lesse
wat hy as polisieman geleer het.

Hy tuur lank na die twee lyke. Sy gedagtes is in 'n
warboel. Hy oorweeg dit vir 'n oomblik om in die bakkie

te klim, die geld te gaan haal en sy diefstal ongedaan te maak.

Maar toe die twee uniformmanne van Worcester 'n halfuur later opdaag, sit hy steeds op die krat.

2

Die sweet brand Ryan Deetlefs se oë. Hy vee sy voorkop sorgvuldig droog met 'n sakdoek. Na 'n jaar in hierdie tropiese helnes is hy nog nie gewoond aan die hitte nie. Hy stap na sy tent en gaan sit op 'n kampstoeltjie. Wanneer hy 'n diep trek aan die Camel Light neem, brand die rook sy droë keel. Hy neem eers 'n sluk van die louwarm water in die bottel voor hy weer 'n trek vat. Hy gaan 'n tydjie lank hier in die moeras vasgevang wees. Die pypleiding is erg beskadig. Hulle gaan minstens 'n week nodig hê om dit te herstel.

Hy glimlag. Dan gaan hy huis toe vir 'n week. Hy het Lea en die kinders ses maande laas gesien. Daarna nog net ses maande hier. Hy wag nog om te hoor waarheen hy dan verplaas gaan word. 2010 sal nuwe uitdagings in 'n ander Afrika-land inhou.

Almal het hom gewaarsku dat ingenieurswerk vir die Star Petro Development Company of USA-Africa nie 'n plesierrit gaan wees nie, maar die geld is goed. Hy het die verband op sy dubbelverdieping in Sandton afbetaal, hy kon sy twee dogters na die beste privaatskool stuur en sy vrou kan voltyds op haar skilderwerk konsentreer.

Hy grawe in sy sak, haal sy beursie uit en slaan dit oop.

Op die foto glimlag Lea en die tweeling vir hom. Meteens brand sy oë. Hy skud sy kop en droog die trane met sy voorarm af. Hy raak bossies; dis hoe sy kollegas altyd verwys na manne wie se verlange hul gedrag begin aantas. Ryan glimlag. Lea sou hom nou vreemd aangekyk het. Hy wys nie graag sy gevoelens nie. Hy het grootgeword in 'n huis waar hy geleer is net swakkelinge vertoon hul kwesbaarheid.

"Jy't eintlik 'n baie sagte hart, Ryan, jy steek dit net weg agter 'n manhaftige fasade," het sy meer as een keer vir hom gepreek. "Trane by 'n man is nie 'n teken van swakheid nie. Dit is juis vreeslose mans wat huil omdat hulle nie bang is om hul emosies te wys nie."

Sy gedagtes word onderbreek deur luitenant Oga Osako van die Nigeriese weermag, in bevel van die dosynstuks soldate wat Ryan en sy werkers moet oppas gedurende hul hersteloperasie hier in die Niger-rivierdelta.

"Lyk of jy warm kry," sê die luitenant laggend. "Ek het iets wat help teen die hitte." Hy bring 'n bottel whiskey te voorskyn. "Net die regte medisyne."

Ryan glimlag. Dit is die derde keer wat Osako hom vergesel op só 'n sending. Hy is selde nugter, maar is darem gesteld daarop dat sy soldate nie alkohol aan diens gebruik nie. Star Petro verkies dit om die Nigeriese weermag vir sekerheidswerk te huur. Dis kostedoeltreffender, sê hulle. Ander maatskappye het hul eie sekerheidspersoneel, gewoonlik huursoldate, wat skynbaar baie beter resultate lewer.

Ryan trek sy gesig op 'n plooi. "Te vroeg vir my, Oga." Hy staan op, gee vir hom 'n glas aan. "Maar kry gerus vir jou."

Die offisier gooi die glas vol. Sy eerste sluk laat die inhoud met 'n kwart sak. Hy skommel die whiskey eers in sy mond terwyl hy sy vlesige lippe op 'n tuit trek. Sy groot adamsappel spring ritmies op en af toe hy die vloeistof luid afsluk. "Jou lekker ding!" sê hy en vertoon 'n stel skitterwit tande. Sy Engels is nou nog verstaanbaar, maar raak na 'n paar doppe gewoonlik moeiliker om te volg as sy moedertaal tussendeur insluip.

"Hoe lyk dit?" vra Ryan. "Kan ons dié week probleme verwag?"

Osako skud sy kop. "Nee wat, hulle sou al die boodskap deur die bostelegraaf gekry het dat hier soldate is. Hulle het nie die wapens om ons aan te vat nie." Hy glimlag. "Jy en jou mense kan rustig slaap."

"Hulle het anderdag in die Bonga-olieveld werkers aangeval. Daar was ook soldate. Twaalf dood en vier buitelanders van ons maatskappy is ontvoer."

Osako haal sy skouers traak-my-nieagtig op. "Die milisiegroepe is daar beter georganiseer. In dié deel is net 'n paar rondloper-oliediewe. Niks om oor bekommerd te raak nie."

"Wel, hulle weet hoe om olie te steel. Hulle het 'n helse goeie job op daai pyp gedoen."

"Ja, dié weet hulle hoe om te doen," gee Osako met 'n kopknik toe.

"Onthou jy vir Collins, die Brit wat saam met my was toe jy ons groep die eerste keer vergesel het?" vra Ryan.

"Die man met die rooi hare?"

"Einste. Sy sesjarige seuntjie is verlede week in Port Harcourt ontvoer. Hulle eis honderd duisend Amerikaanse dollars. Ek kan my net indink deur watter hel hy nou moet gaan."

Osako vat nog 'n sluk whiskey, dan volg dieselfde skommelroetine voor hy sluk. "Die Britte is lief om hul gesinne hierheen te bring. Hulle soek moeilikheid. Die rebelle gebruik die afpersgeld om wapens te koop. Ontvoering is 'n maklike manier om geld te verdien. Hulle weet die oliemaatskappye dok op vir hul werkers." Hy kyk indringend na Ryan. "Jy's 'n man wat jou onnodig oor ander se probleme bekommer. Kyk eerder na jouself. Dis al manier hoe jy in dié land gaan oorleef."

Ryan antwoord hom nie, glimlag net. Dalk het Lea 'n punt beet. Selfs Osako het deur sy fasade gesien.

Goddank hy kan bekostig om te keer dat sy gesin aan dié gatkant van Afrika blootgestel word. Van sy Europese kollegas moes hul gesinne saambring. Die lewe in Port Harcourt, die Nigeriese oliehoofstad, is allermins geskik vir vroue en kinders. Dis die rofste stad in Nigerië. Ryan het nie eers vir Lea vertel die polisie ry soggens met 'n bakkie in die strate rond om die lyke op te tel na die aand se mesgevegte en skietery nie. Sy sal nie 'n oog toemaak nie.

Trouens, hy dink nie Lea is ten volle ingelig oor die toestand in dié land nie. Nigerië beleef sy bloedigste dekade nóg in die geweldgeteisterde Delta-state. Talle mense word ontvoer, gevegte woed tussen die Nigeriese weermag en rebelle, en olie word toenemend gesteel. Dit is net 'n seën Lea lees nie koerante nie en kyk selde na die TV-nuus. Haar wêreld draai om die kinders en haar kuns, sy is selde bewus van enigiets anders.

Hy het met sy vorige blitsbesoek aan Johannesburg met Amelia daaroor gepraat, haar gevra om Lea nie op hol te jaag met gruverhale nie. Hy waardeer hoe Amelia sy vrou in sy afwesigheid ondersteun, maar sy is 'n ondersoekende joernalis wat op hoogte van wêreldgebeure is. Amelia het hom verseker sy sal nie bykomende laste op Lea se skouers laai nie.

Hy klem sy kake opmekaar. Hy sal eendag vergoed vir dié moeilike tye waaraan hy sy gesin onderwerp.

Osako ledig die glas met 'n laaste sluk.

Ryan kom orent. "Wag, laat ek gaan kyk hoe my mense vorder."

"Ek stap saam."

Hulle vleg 'n pad oop deur die digte plantegroei, stop eers by die boskombuis waar ses vroue al die middagete voorberei. Osako het hulle vanoggend vroeg gewerf by 'n gehuggie 'n entjie van hul kamp af. Hulle vertoef 'n rukkie terwyl Osako met die vroue gesels. Hulle skaterlag.

"Vir hulle gesê as die kos vanmiddag lekker is, kan hulle vanaand almal in my tent kom kuier," knipoog hy 'n minuut later vir Ryan toe hulle in die smal sandpaadjie tussen die oerwoudplantegroei stap.

"Is jy nie bang vir vigs nie, Oga?" Op vorige sendings was Osako ook bedrywig onder die vroulike bevolking. "Of bring jy jou eie beskerming saam?"

Hy lag. "Ware mans kry nie vigs nie. Kondome is vir die banges." Hy kyk na Ryan. "Jy kan enige tyd 'n vrou vir die aand by my leen. Jy was mos lank laas by die huis."

Ryan glimlag net. "Dankie vir die aanbod, maar nee dankie. Ek dink nie ek's 'n ware man nie."

Osako lag weer luidrugtig, sy mond wyd. Die koeël versplinter sy een voortand, dring deur sy verhemelte en lig sy baret van sy kop af. 'n Fontein bloed boog uit sy agterkop. Dit maak 'n rooi spikkelpatroon op die vaalbruin blare van 'n oorhangende tak. Hy staan nog 'n oomblik op wankelende bene voordat hy sonder 'n verdere geluid soos 'n afgekapte boom agteroor val.

Die twee kaalbolyfmans in die paadjie kyk nie weer na Osako nie. Hulle ignoreer ook die gillende vroue op die agtergrond. Die een hou die AK47 op Ryan gerig, die ander stap na hom en beduie hy moet sy hande agter sy rug hou. Ryan voel hoe die toue in sy gewrigte sny.

'n Naarheid stoot in sy keel op, sy bene is lam. Hy word in die paadjie af gelei na die oop terrein waar hulle die pypleiding herstel.

Die Nigeriese soldate se wapens lê eenkant op 'n hoop. Hulle staan arms in die lug saam met die werkers terwyl sowat tien rebelle hul AK's op die groep gerig hou. Donald, die Engelsman, en Kiernan, die Ier, se hande is nes syne agter hul rûe vas. Twee gewapende mans staan by hulle. Die een wink Ryan nader. "Kom staan hier, jy gaan saam met ons," sê hy in gebroke Engels.

"Dit het gebeur omdat Osako se fokken soldate sit en slaap het," sê Kiernan vir Ryan. Sy stemtoon grens aan histerie. Een van die rebelle klap hom hard met die plathand deur die mond. "Jy raas!" Die Ier begin saggies huil. Ryan merk op Donald het sy broek natgemaak.

Onverwags skreeu een van die rebelle 'n bevel uit. Die geknetter van geweervuur laat Ryan verskrik omkyk. Hy sien hoe rooi vlekke op sy werkers se blou oorpakke uitslaan, hoe die soldate met hul hande probeer keer. Binne sekondes lê twee en twintig mans roggelend in die rivierdelta se modder.

Die gekwetter van voëls klink op uit die oerwoud. Dan is dit onheilspellend stil. Almal staar na die slagveld. Iemand kreun en 'n ander skop met sy hak 'n kluit modder los.

Vyf minute later stap een van die rebelle nader en skiet nog 'n paar skote na dié wat lewe toon. Sy oë is wild, sy lag weergalm deur die woud.

3

In die lang gang van die polisie se spesiale aksie-eenheid teen ernstige georganiseerde misdaad lyk dinge normaal. Twee vroue gesels oor 'n koppie koffie, in 'n sykantoor neurie 'n man wat agter sy rekenaar sit 'n liedjie, iemand praat geesdriftig oor 'n telefoon, 'n ander een lag luid. Daar heers 'n atmosfeer van gemoedelikheid en hier in Kaapstad is dit selde anders op 'n Vrydagoggend.

Agter die toe deur met die kopernaamplaatjie wat sê *Dir. P. Wessels, Hoof: Spesiale Aksie-eenheid teen Ernstige Georganiseerde Misdaad*, sit 'n man met 'n frons op sy breë voorkop terwyl hy liggies met 'n potlood op sy eikehout-lessenaar tokkel.

Direkteur Piet Wessels kyk na die rol geld voor hom. 'n Papiertjie wat met 'n rekkie om die note gebind is, dui aan dit is twee duisend drie honderd rand.

Hy skud sy bleskop, sug en neem 'n sluk van sy koffie. Carl Bester was die beste. Hy het hom as 'n jong speurder by Moord en Roof leer ken. Van die eerste dag wat Bester aan hom gerapporteer het, was Wessels beïndruk met hom. Dit was nie net die man se staalblou oë en breë skouers wat 'n onmiddellike indruk op hom gemaak het nie; sy kalm houding, skerp intellek en die geesdrif en passie waarmee hy 'n taak aangepak het, het Wessels laat besef hy het met 'n buitengewoon talentvolle man

19

te doen. Iemand wat vinnig vordering sou maak, wat in die praktyk 'n jammerte sou wees. Speurders van sy kaliber hoort nie in bestuursposte nie. Hulle moet aanhou doen waarin hulle uitblink. Maar uitstekende spesialiste se salarisse maak nooit groot spronge as hulle nie ook bevelvoerders word nie.

Hy sug weer swaar. Hy wat Wessels is, moet gedeeltelik die skuld dra. Hy rol die note in sy hand rond. Hy was direk daarvoor verantwoordelik dat Bester se salaris nederig gebly het. Hy is wel uiteindelik tot senior superintendent bevorder, maar het 'n speurder gebly en nooit groot bestuurspligte gehad nie.

Dit was te wyte aan Wessels se eie selfsugtige redes. Hy wou nie sy beste man aan 'n ander eenheid afstaan nie. Toe die polisie vyf jaar gelede dié spesiale aksie-eenheid in die Kaap tot stand gebring het, het Wessels die pos van hoof aanvaar op voorwaarde dat hy Bester met hom kon saamneem. As hy hom toe gelos het, kon Bester baas van enige van die ander groot eenhede geword het, hoewel sy velkleur in die nuwe Suid-Afrika teen hom kon getel het. Dít was 'n skrale troos, maar een waaraan Wessels nog altyd vasgeklou het om sy skuldgevoel oor die aangeleentheid te sus.

Hy trek weer Bester se persoonlike lêer nader. Die eerste ondersoek wat daarop gedui het dat die jong speurder 'n besonderse talent en aanvoeling vir sy werk het, was met die sogenaamde Jaguar-saak. 'n Bekende sakeman het selfmoord gepleeg, of só was die aanvanklike bevinding. Sy liggaamshouding op die bed in sy slaapkamer, rewolwer in die hand, en die hoek waarteen die koeël sy brein binnegedring het, was tipies van 'n selfmoord. Sy vrou was verslae, haar man was nie die selfmoordtipe nie, hoewel hy in 'n stadium medikasie vir depressie ge-

20

bruik het, wat vir die polisie daarop gedui het hy kon wel sulke neigings gehad het. Bester het met al die gesinslede gesels.

Die stiefseun was ongemaklik tydens sy onderhoud met Bester. Iets omtrent die jong man se houding het die speurder agterdogtig gemaak. Sy versoek om die huis later weer te deursoek, is geweier – die stiefseun het namens die gesin gesê hulle wou nie die tragedie langer uitrek nie. Hulle het aanvaar hy het selfmoord gepleeg en 'n tweede polisie-ondersoek sou geen doel dien nie. Bester het 'n lasbrief gekry en die huis oor 'n naweek weer gefynkam, terwyl die vrou en haar kinders vir 'n kort vakansie weg was.

Bester het toe op 'n inskrywing in die oorledene se dagboek afgekom wat hom as vreemd opgeval het. Dit het met 'n motorbestelling te make gehad en hy het die handelaar se nommer geskakel. Ja, het die handelaar bevestig, die oorledene was twee dae voor sy dood by hom. En dié kliënt was ernstig en baie spesifiek oor sy besluit. Dit was vir Bester duidelik daar was gemene spel betrokke. Niemand bestel 'n nuwe Jaguar XJ8 L, 'n silwer een met rooi leersitplekke, en skiet homself enkele dae later nie. Uiteindelik is die stiefseun vasgetrek. Op Bester se aandrang is die lyk opgegrawe en 'n tweede lykskouing gehou. 'n Minuskule stukkie van die stiefseun se vel is onder een van die oorledene se naels gekry. Krapmerke aan die stiefseun se voorarms wat tydens die aanvanklike polisie-onderhoud deur sy hemp se mou verberg was, was die finale bewys om hom die hoofverdagte te maak.

By Wessels was daar destyds geen twyfel nie: Was daar 'n ander speurder by die saak betrokke, het die stiefseun met moord weggekom.

Sy oë flits oor Bester se ander groot sake: die harpoen-

21

moord, drie grusame plaasmoorde, die opspraakwekkende boomsaagmoorde van 'n paar jaar gelede, die Milnerton-bankrowe, die reeksverkragtersaak in die Tuine . . . Die lys is 'n getuigskrif van Bester se fenomenale vermoëns. 'n Tweede Piet Byleveld, het almal gesê.

En toe kom die heel grote. Sy blootlegging van die grootste dwelmnes in die land se geskiedenis. Sewentien drug lords met hoë profiele in die tronk, sewe dood. Dwelms ter waarde van 'n paar miljard rand en sewe en 'n half miljoen rand se dwelmgeld opgespoor. Alles te danke aan Bester se genialiteit en deursettingsvermoë. Geen mol kon dit nog vermag nie.

Hy wou Bester aanvanklik nie vir dié dwelmtaak gebruik nie. Carl het deur 'n moeilike stadium in sy persoonlike lewe gegaan, geskei van die vrou wat sy werksure nie meer kon hanteer nie. En oor gerugte van ander vroue. Wessels kon nooit verstaan dat 'n man se werksetiek so van sy persoonlike lewe en veral sy verhoudings met die skoner geslag kon verskil nie. Maar dit was nie tersaaklik nie. Bester was onmisbaar in die eenheid. Dié verantwoordelikheid sou hom jare lank uit die amptelike strukture hou.

Bester het egter aangedring: hy wou die taak hê. Dit was 'n nuwe uitdaging, 'n verandering in sy daaglikse roetine. Die meeste mense in die eenheid is onder die indruk gebring dat hy die polisiediens verlaat het. Wanneer 'n man ondergronds gaan, kan jy niemand vertrou nie. Nie eers jou eie mense nie. Bester het sy hare tot op sy skouers laat groei en 'n baard en bril het verder gesorg dat sy polisie-gesig onherkenbaar was. Hy het vir die eerste ses maande net daarop gekonsentreer om in die stad se hole sigbaar te wees, 'n bekende in die skemerwêreld te word. Vandaar het hy die dwelmkartel se trapleer geklim, hom ingegrawe en hul vertroue gewen. Sy finale verslag lees soos 'n bekroonde riller.

Wessels was geskok toe Bester kort daarna uit die polisiediens bedank. Hy het wal gegooi, hom 'n groot bevordering met bestuursverantwoordelikhede aangebied. Sy salaris sou met twintig persent styg. Maar Carl Bester wou nie byt nie. Hy was klaar met die polisie. Hy wou 'n normale bestaan voer, het hy gesê.

Dit was vir Wessels 'n verrassing toe hy 'n paar maande later hoor Bester het 'n groot olyfplaas in die Klein-Karoo gekoop. Hy het aanvanklik gemeen Bester het dalk te veel afgebyt. Op ses en dertig kon sy pensioengeld nie 'n plaas koop nie, beswaarlik vir 'n ordentlike deposito sorg. Hy het navraag gedoen by 'n eiendomsagent in die Klein-Karoo wat hy skrams geken het. Bester het die plaas kontant gekoop. Byna nege miljoen rand daarvoor betaal.

Wessels het by kollegas van Bester stories gehoor van dat hy die Lotto gewen het. Bester het skynbaar so gesê vir Henk Goosen, wat lank saam met hom in Johannesburg gewerk het en daarvoor bekend is dat hy nie 'n geheim kan hou nie.

Maar Wessels moes vir seker weet. Hy het 'n lys van die afgelope twee jaar se Lotto-wenners in die hande gekry onder die voorwendsel dat dit met 'n polisie-ondersoek verband hou. Daar was nie 'n Carl Bester onder die name nie. Hy was, om die minste te sê, teleurgesteld dat dit nie die geval was nie.

Hy wou steeds nie glo wat hy vermoed het nie. Nie van Carl Bester nie. Hy het weer die nou leë dwelmstoor in die Worcester-distrik besoek, lank gedink oor hoe Bester soveel geld in so 'n kort tydjie kon laat verdwyn. Bester het in sy verslag genoem hy het die dwelmstoor drie dae lank van 'n beskutte plek dopgehou.

Wessels het die omgewing begin fynkam. Dit het hom twee dae geneem voor 'n klomp los takke langs 'n opening onder 'n krans sy aandag getrek het. Hy het tussen die takke rondgekrap. Daar was geen teken van die geldsakke nie, maar hy het tussen die gras op die rolletjie note afgekom.

Hy moes teen sy sin toegee sy vermoedens was onteenseglik in die kol. Carl Bester het geld gesteel . . . miljoene der miljoene rande vir homself toegeëien.

Wessels het nie sy bevindings met sy kollegas gedeel nie, maar het menige slapelose nag daaroor gehad. Soms het hy gewonder wat hy sou gedoen het as hy in Bester se skoene was. Dit was dwelmgeld. Die versoeking moet enorm gewees het. Niemand behalwe hy het geweet hoeveel geld daar was nie. As Wessels aan die spanning en opoffering van drie jaar se ondergrondse werk blootgestel was, sou hy dit moontlik ook oorweeg het. Bester het immers die grootste dwelmnes in die geskiedenis blootgelê. Hy het met sy eie lewe gedobbel ter wille van die saak. Hy het dalk gevoel hy is op ordentlike vergoeding geregtig, iets wat hy nie by die polisie sou kry nie.

Maar Wessels het besef hy is besig om diep te grawe om Bester se optrede te regverdig, juis omdat dit hy was. As dit enigeen van sy ander manne was, sou dié toe al agter tralies gesit het. Bester het indirek van die staat gesteel. Dwelmgeld gaan na die staatskas. Dit is en bly 'n ernstige en onverskoonbare misdryf.

Nou, vandag, glimlag Wessels wrang. Hy het lank genoeg daaroor gepeins en tot 'n besluit gekom. Hy weet hy plaas sy eie loopbaan op die spel, maar hy glo Bester sal saamspeel.

Hy gaan nie veel van 'n keuse hê nie. Wessels ry môre voor sonsopkoms Klein-Karoo toe.

4

Hy hou sy vrou dop terwyl sy die laaste verstellings aan die silwereetgerei op die tafel maak. Sy staan terug en beskou die prentjie ingenome.

Brink van Dyk kan nie help om te glimlag nie. Na tien jaar moet sy haar seker nog gereeld knyp om seker te maak sy droom nie. Hulle het ver gekom in dié tyd. As onderwyser kon hy destyds skaars hul nederige huisie in Monte Vista bekostig. En nou voer hulle 'n multimiljoenêrsbestaan in 'n herehuis in Rondebosch.

Hy kyk na die hoë wit staalplafonne, die indrukwekkende kroonkandelaar, die twee kleurvolle Irma Sterns teen die muur, die glimmende geelhouttafel, die wit rose in die kristalhouer, die Royal Albert-borde.

Waar's die dae toe hulle, die Haarhoffs en Malans om die beurt 'n maandelikse braai by hul beskeie wonings gehou het? Soms was die porsies maar klein, veral by hulle en die Malans, dink hy glimlaggend. Ben Haarhoff was darem altyd 'n trappie hoër op die welvaartsleer.

Meteens verlang hy na daardie tye.

"Louise, wanneer gaan ons weer net 'n goeie ou boerebraai hê soos in die ou dae? Hierdie formele etery gee my eintlik die horries."

Sy glimlag. "Ek dink dikwels terug aan daardie tyd. Maar ek wil nie afsteek by Melanie en Alta nie. Hulle

25

het die afgelope twee maande vreeslik uitgehang, jy weet mos. En buitendien, dit is tyd dat jy 'n bietjie beter smaak openbaar en begin om die fyner dinge in die lewe te waardeer."

"O Vader," sê Brink, "jy klink nou net soos hierdie professor van langsaan se grênd vrou. Tog só intellektueel. Jy't in Kraaifontein grootgeword en was 'n assistent-haarkapper toe ek jou leer ken het. Drop asseblief die pose." Hy voel onmiddellik sleg toe hy dit gesê het, maar dit broei al lank in hom. Hy lig sy hand. "Jammer, ek't dit nie bedoel nie!"

"Dis nou te laat," laat hoor sy vies. "Jy kan tog so mislik wees wanneer jy tyd kry! Gaan kyk eerder of jou wyn reg is. Onthou, die vroue verkies chenin blanc. Die De Morgenzon en Beaumont se Hope Marguerite gaan goed by winterskos."

"Ja, bla, bla, bla . . . Ons mans sal sommer gewone bier vir 'n afskop drink."

Brink stap na die kroegkamer, maar sy gedagtes is nog in die verlede en nie by Louise se instruksies nie. Hy dink vir die soveelste keer terug aan daardie spesifieke aand by Ben se huis. Dit was vir hom 'n moeilike besluit.

Hy, Dolf en hul vroue het daar gebraai, dit was die Haarhoffs se beurt. Brink en Dolf het gekla oor die gebrek aan geld en hul vooruitsigte as onderskeidelik onderwyser en amptenaar by die munisipaliteit. Dolf was ook bekommerd oor die golf van regstellende aksie wat deur die munisipaliteit getrek het. Hy was onrustig oor sy posisie.

By nabetragting weet Brink hulle het albei mooi in die strik getrap. Ben het net gewag vir 'n aanknopingspunt sodat hy sy voorstel kon maak. Die vroue was boonop in die huis en die mans alleen by die vuur.

"Julle is reg," het Ben gesê, "julle moet daaraan dink

om vir julleself te begin werk soos ek. In die ou Suid-Afrika was die onderwys, die staatsdiens en Sanlam veilige hawens vir ons Afrikaner-siele. Dinge gaan vorentoe nóg baie verander. Die wittes in die land sal donners vinnig entrepreneurs moet raak. Dis die slegte nuus; die goeie nuus is daar buite wag 'n moerse klomp geleenthede."

"Met alle respek, Ben, jy't jou pa se vervoerbesigheid geërf. Ek en Brink het nie daai hupstoot gehad nie," het Dolf gesê.

"Jy hoef nie geld te hê om geld te maak nie, Dolf. Jy moet net slim wees, geleenthede raaksien, kanse waag. Ek gaan nie ryk word uit my vervoerbesigheid nie. Dalk welaf, maar nie skatryk nie. Daar's egter baie ander geleenthede wat ek nie deur my vingers gaan laat glip nie."

Toe was hy reg om die geelwortel uit te hou.

"Soos?" wou Brink weet.

"Dis waaroor ek vanaand met julle twee wil gesels. Ek soek partners in 'n nuwe venture. Maar dit gaan guts vereis. Beslis nie vir sissies nie. Daar is dalk risiko's, maar die geleenthede is onbeperk," het Ben op sy gladde manier gesê.

"Vertel, ons ore is gespits," het Dolf geantwoord.

Terwyl Ben die vleis op die rooster omgekeer het, het hy gepraat en Brink en Dolf het in stilte geluister. Eers toe die vleis gaar was, was hy klaar.

Brink se eerste reaksie was: "Hel, man, dis 'n gevaarlike storie. 'n Mens kan in groot strooi beland as hulle jou vang!"

Ben het gelag. "Wie gaan jou vang?"

"Die polisie, wie anders?"

"In die nuwe Suid-Afrika! Die polisie gaan besig wees met ander goed. Moord, roof, dwelms, verkragting, noem maar op."

"Ek moet toegee, jy laat die hele storie werkbaar klink. Maar kan jy die Nigeriërs vertrou?" het Dolf gevra, sy voorkop op 'n plooi getrek.

"Nie almal van hulle nie, maar jy moet net jou partner reg kies. My kontakman het klaar vyf potensiële kliënte geïdentifiseer wat nie kan wag dat daar só 'n operation in plek moet kom nie. Dis gewaarborgde besigheid van 'n paar miljoen rand. En dis maar net die begin!"

"Ek sal moet dink daaroor," het Brink gesê. "Ek wil nie my laaste dae in 'n tronk slyt nie! Ek het 'n gesin om voor te sorg."

Ben het hom gemoedelik op die rug geklap. "Brinkie, jy sal nie in 'n tronk beland nie. Glo my. Daarvoor sal ek sorg. Ek het 'n paar kontakte in hoë plekke van wie julle nie eers weet nie." Hy het sy skouers opgehaal. "Maar dis jou saak as jy nie voor vyftig stinkryk wil aftree nie."

"Wat sê ek vir Alta?" wou Dolf weet, duidelik opgewonde oor die vooruitsigte van kitsrykdom.

"Sê jy join my vervoerbesigheid as 'n partner. Easy as that."

"Moet net nie vir haar sê wat vervoer gaan word nie," het Brink sarkasties laat hoor. "Boys, dis wapensmokkelary waarvan julle praat. Sluikhandel, moeilikheid-soek-stories."

Ben het gelag. "Nie smokkel nie. Jy laat dit krimineel klink. Ons gaan net wapens voorsien aan mense wat die een of ander piesangrepubliek wil omverwerp of 'n appeltjie met 'n groep ouens te skil het. Iewers in donker Afrika. Niemand gee 'n donner om nie. Ons gaan nie inmeng met die politics nie. Dit gaan 'n kwessie van vraag en aanbod wees. Gegrond op suiwer sakebeginsels. Eenvoudig soos dit."

"Ben, ons praat van wapens. Mense gaan mekaar

28

doodmaak met die goed wat jy wil voorsien," het Brink gemaan.

Ben het sy hand amper vaderlik op sy skouer gesit. "Mense word daagliks in hul moer geskiet. Niemand gaan dit keer nie. Ek lees daar word jaarliks ongeveer veertien miljard patrone vervaardig. Dit is genoeg om al die mense in die wêreld daagliks twee keer dood te maak. Niemand kla die patroonvervaardigers aan van moord of 'n misdaad nie. Ons gaan bloot as middelmanne dien, die wapens en patrone versprei aan mense wat 'n behoefte daaraan het. Ons gaan nie Suid-Afrikaanse misdadigers van skietgoed voorsien nie, maar 'n klomp rebelle in Afrika. Hulle sal dit in elk geval op 'n ander plek kry as ons dit nie vir hulle gee nie."

Hy het stip na hulle twee gekyk, sy donker oë op skrefies getrek. "Dit is 'n besluit wat julle self moet neem. Ek gaan voort daarmee. As julle wil opklim, is daar plek op die geldwa. Ek het juis mense nodig wat ek kan vertrou. Maar ek moet vinnig weet of julle in is . . . Tyd is geld."

Die deurklokkie se skril gelui ruk Brink terug na die hede. Louise los 'n gilletjie en kom ingehardloop by die kroegkamer.

"Brink, gaan maak jy oop, ek moet nog my hare regdruk en kyk of my grimering oukei is."

Hy stap na die voorportaal. Louise het nog altyd 'n minderwaardigheidskompleks gehad as dit by Alta en Melanie kom. Albei het hul mans op universiteit ontmoet. Sy is al een in hul groep sonder 'n hoër kwalifikasie as matriek. Hy skud sy kop. Dit maak tog nie meer saak nie. Hulle is nou almal skatryk. Maar nou woed die kompetisie voort oor wie die mees uitheemse kos kan voorsit en die duurste ontwerperselere dra. "Vroumense," brom hy voor hy die deur oopmaak.

29

Hy en die mans gaan na die kroegkamer en die vroue verdwyn in die ander onthaalvertrek. "Jinne, Brink, jy moet begin boeke koop, kyk net die leë rakke teen daardie muur," sê Ben glimlaggend.

"Moenie jy ook nog begin karring nie! Louise maak my mal daaroor. Vir haar gesê sy moet die tweedehandse boekwinkel hier in die sentrum gaan koop, dan sal ons hopelik genoeg hê vir die donnerse klomp rakke." Vir 'n oomblik is Brink spyt hy het dit gesê. Hy begin al soos Ben en Dolf raak. Die magsvertoon wat so maklik saam met geld kom, is nie 'n eienskap waarvan hy al ooit gehou het nie.

Ben maak keel skoon terwyl hulle met hul biere agter die kroegtoonbank inskuif. "Boys, ek weet ons het besluit om nie by dié get-togethers besigheid te praat nie, maar Henry het my 'n uur terug gebel. 'n Moerse groot bestelling wag. Grond-tot-lug-missiele, teentenkmissiele, mortiere, mortierbuise, rockets vir granaatwerpers, plofstof, twaalf duisend AK's, 'n kakhuis vol M26-handgranate, ontstekers, twee miljoen patrone vir klein guns . . ."

"Vaderland, Ben," onderbreek Brink hom, "wil iemand 'n derde wêreldoorlog begin?"

"Die Taliban het 'n dors na wapens." Ben se glimlag wys 'n stel oneweredige tande.

Brink voel hoe die bloed deur sy kop maal. Hy's driftig, gooi sy hande in die lug. "Kêrels, ek hou nie van hierdie Taliban-ding nie. Ons fokus was nog altyd op Afrika en rebellegroepe. Nou begin ons met die leeu se knaters te lol. Dit is die derde keer wat ons vir die Taliban wapens gaan voorsien. En elke keer belowe julle twee my dis nou die laaste keer. Pakistan en Afganistan is uiters gevaarlike plekke, die wêreld se oë is op hulle gerig. Radikale Islamiete is nie ons cup of tea nie."

"Ontspan, Brinkie, en luister goed na my," antwoord Ben in 'n paaiende stemtoon. "Ons moet begin uitbrei. Henry sê juis daar is fluisteringe dat die Nigeriese regering binnekort met 'n amnestievoorstel na die rebelle sal gaan. Daarvolgens sal hulle nie vervolg word nie as hulle bereid is om hul wapens neer te lê. Dit kan ons besigheid in Nigerië kwaai bedonner. Ek weet die risiko's met die Taliban is groter, maar kan ons bekostig om só 'n groot bestelling te weier . . . veral as jy dink wat in Nigerië kan gebeur?"

Hy tik met sy voorvinger op die toonbank. "Onthou, Henry is 'n vennoot. Hy wil die besigheid hê. Hy is ook die man in die spervuur. As dié ding backfire, waai sy kop eerste. Ons is nog oukei. As die ergste gebeur en ons kom in die gedrang, hou ons ons net onskuldig. Ja, ons het wapens van die Russe aangekoop, maar ons was onder die indruk dit gaan vir die regerings van Pakistan en Afganistan." Hy haal sy skouers op. "Daar is baie maniere om uit die ding te kom as die pawpaw die fan strike."

"Dis nou maklik om slim te wees, maar gaan dit regtig só eenvoudig wees?" vra Brink ernstig. Ben het altyd 'n gladde antwoord en dit irriteer hom grensloos, veral as Ben hom soos 'n kind behandel.

"Wel, ons het 'n paar ouens in hoë kringe op ons payroll. As húlle ons nie uit die moeilikheid kan kry nie, weet ek nie wie kan nie. Jy's te nervous, Brink. Jy moet leer om my oordeel te vertrou." Hy beduie rond in die kamer. "Sonder my sou jy nie hier gesit het nie, maar nog steeds in Monte Vista vir kinders aardrykskundelessies gegee het."

"Ja, ja, dis nou al 'n afgesaagde rympie." Sulke neerhalende opmerkings oor sy vorige beroep boor altyd by Brink 'n gevoelige senuwee raak. Dit bly 'n job waarna hy nog dikwels verlang.

"Hoeveel gaan ons kan maak uit dié deal?" wil Dolf by Ben weet. Brink merk op hoe sy oë glinster. Sy gierigheid het lankal sy oordeel opgeneuk en hy het net so 'n geldwolf soos Ben geraak.

"Ons sal op die minste vir ons 'n private jet kan koop. Dink net hoe lekker dit gaan wees om dan na die Oekraïne te vlieg," sê Ben en lig sy bier in Brink se rigting. "Tjorts."

5

"Ons wil graag 'n storie oor jou olyfplaas skryf," sê die verslaggewer van *Landbouweekblad* oor die foon.

"Ek . . . ek dink nie my boerdery is al goed genoeg op dreef nie. Ek sou verkies dat julle nie nou al daaroor skryf nie. Trouens, ek is nog glad nie reg vir julle nie. Hier's ander boere in die kontrei wat julle eerder kan kontak," skerm Carl.

"Is jy doodseker?"

"Ek's honderd persent seker."

Hy sit die foon neer en sug. Die grond bly vreemd vir hom, hy voel nog nie deel daarvan nie. Al het hy *Carl Bester* onderaan die transaksie van byna nege miljoen rand geteken. Hy skram weg van mense wat opgewonde raak oor sy boerdery. Hy bou voortdurend skanse om sy gewete te sus. Dis waarom hy die verslaggewer wegwys, hy soek nie publisiteit nie. Hy wil soos 'n polisiemol sy plaas in die geheim bedryf.

Hy wil só graag glo hy geniet wat hy doen, maar sy gewete bly aan hom knaag. Hy slaap sleg en kry soms 'n beklemming asof 'n groot hand die lug uit sy borskas pers. Só erg dat hy buitetoe moet vlug. Die sterre in die Karoohemel, wat veronderstel is om rustigheid in sy gemoed te bring, skyn dan soos soekligte op hom.

Die wete dat dwelmgeld waarop beslag gelê word vir

die staatskas bestem is, het hy in daardie stoor uit sy gedagtes geweer. Nou het dit egter 'n refrein geraak.

Aanvanklik het dit hom nie van stryk gebring nie. Hy het 'n deel van die sestien miljoen rand belê en die res was meer as voldoende om die duurste en grootste olyfplaas in die Klein-Karoo mee te koop. Gevestigde bome wat tafelolywe van die hoogste gehalte lewer, 'n aanleg wat olyfolie vir die uitvoermark voorsien. Met oestyd sal hy meer as drie honderd mense in diens moet neem. Dis dié spogplaas tussen Prins Albert en Oudtshoorn, volgens baie die mekka van die beste olywe in die land.

Nou is hy baas van sy eie plaas . . . en steeds alleen.

Hy was ook alleen toe hy die dwelmwêreld ondergrawe het. Toe wou hy wegkom van al daardie gedagtes oor sy egskeiding, van die onregte wat hy sy vrou in die proses aangedoen het, en die doodsheid van roetine. Dit het hom in 'n mate gepas, maar hy het tog daarna uitgesien om weer normaal te lewe. Die mens is van nature 'n groepsdier. Hy wil deel wees van vriende, 'n groep, 'n gemeenskap. Carl sou kon byvoeg dat hy liefde wil gee en ontvang, dat hy sy intieme lewe met iemand wil deel. Maar hy het nie 'n goeie rekord as dit by vroue kom nie.

Hy het die meeste van sy edel drome eiehandig vernietig. Hy sal nooit weer normaal kan lewe nie. Nou is hy éérs alleen en 'n gevangene van sy gewete. Dit is erger as enige vorm van afsondering.

Soms dink hy hard hoe hy uit hierdie situasie kan ontsnap. Dan gaan sy gedagtes om en om soos 'n hings wat in 'n klein kampie vasgekeer is. Hy kan sy diefstal gaan aanmeld, homself oorgee, tronkstraf uitdien. Of hy kan die plaas verkoop, sy geld aan 'n welsynsorganisasie skenk en weer druipstert by die polisie aansluit.

Hy kan ook probeer om sy besluit te regverdig om die

geld te hou. Hy kan honderd goeie redes kry as hy regtig diep delf. Dit is die lafhartige opsie, maar die een waaraan hy vasklou in die hoop dat sy gewete eendag daarmee sal vrede maak.

Hy tuur van sy huis se stoep oor die rotsrante van die Klein-Karoo en sien hoe gooi die oggendson hoekige skadu's oor die landskap. Die bossies staan regop na gister se onverwagte reën, dankbaar vir die genadedruppels, maar die helderblou lug wys dié lafenis is iets van die verlede.

Die plaas is vanoggend stiller en vreedsamer as gewoonlik. Hy het die werkers afgegee om hul Saterdag-inkopies op die dorp te gaan doen. Hy geniet dit, hy het die stilte nodig. Hy sal oor middagete vir hom 'n bottel wyn oopmaak, dan slaap. Hy kan doen daarmee. Hy het 'n week van harde fisieke werk agter die blad en sy spiere skree vir rus.

Carl sien hoe een van sy plaaswerkers en sy vrou teen die heuwel uitstap in die rigting van hul huis. Isak se arm is liefdevol om Dora se lyf, haar kop rus op sy skouer. Hulle moet in hul vyftigs wees, maar is nog smoorverlief. Hy wonder of hy ooit só 'n verhouding sal kan hê.

Sy blik verlaat hulle toe hy 'n motor na die plaas hoor indraai. Dis 'n wit Mercedes met 'n CA-registrasienommer. Dit lyk nie soos 'n boer van die omgewing nie; hulle ry in bakkies en vierwiele. Hopelik is dit net iemand wat die pad kom vra, hy het nie krag vir ongenooide besoekers nie.

Eers toe die bestuurder uitklim, herken Carl vir direkteur Piet Wessels, informeel geklee in 'n kortmouhemp, kakiebroek en tekkies. Sy maag trek saam. Hoekom hy? Hulle was nie huisvriende nie. Wessels het nooit eers in hul polisiedae by hom gaan kuier nie.

Wessels glimlag wanneer hy hom op die stoep gewaar.

Maar dit is 'n geforseerde glimlag en Carl ken hom goed genoeg om te weet iets skeel. Toe hulle bladskud, is die direkteur se greep ferm, maar sy blik is donker ondanks die lagplooie om sy oë.

"Dit is 'n verrassing," merk Carl op.

"Ja." Wessels haal sy skouers op. "Baie dinge het my die afgelope tyd verras. Ek het nie geweet jy wil boer nie."

"Dit," sê Carl effe van stryk, "was maar altyd in my agterkop." Hy wys na die voordeur. "Kom ons gaan sit. Koffie?"

"Dit sal lekker wees."

Hulle stap die koel voorhuis binne. Hy beduie na die sitkamerdeur en Wessels gaan sit op die stinkhout-riempiestoel. Hy vee met die rugkant van sy hand oor sy wang, kyk rond in die vertrek, na die beesleer-rusbank, die Claerhout teen die muur.

Carl maak die koffie in die kombuis. Vermoed die man iets? Hy dink nie so nie. Wessels moes tog die gerugte gehoor het van sy Lotto-geluk? Hy het geweet hy sal op sy hoede moet wees vir die lokvalle van geregtigheid en het lank gepeins oor hoe hy sy skielike rykdom gaan verduidelik. Sy eerste stap was om die polisie so onopvallend moontlik te verlaat en vaag te bly oor sy toekomsplanne. Toe hy die plaas koop, was hy seker Henk Goosen se skinderbek sou die storie van sy Lotto-wenslag wyd versprei het.

In die sitkamer drink hulle hul koffie in stilte. Dan vra Wessels uit oor die weer, die olywe. Maar dit is vir Carl duidelik hy is nie hier om oor die boerdery te gesels nie; hy het nie toevallig hier verby gery en besluit om 'n draai te kom maak nie. Hy is hier met 'n doel.

Toe Wessels sy beker neersit, grawe hy in sy broek se agtersak. Hy bring 'n rolletjie note te voorskyn, gooi dit na Carl. "Ek het eintlik net jou geld gebring. Jy moes dit in Worcester onder die krans uit een van die sakke laat val het. Nogal nie van jou verwag om só agterlosig te wees nie."

Die direkteur se woorde het die effek van 'n ontploffing in die Karoostilte. Hoe de fok het ek gedink ek kan hiermee wegkom? flits dit deur Carl se gedagtes. Meteens sien hy die gate in sy patetiese Lotto-storie. Hy moes tog geweet het Wessels sal nie vir so 'n kakstorie val nie. Hoe het die man geweet om onder die krans te gaan snuffel?

Carl swyg, pers sy lippe opmekaar. Wat is daar om te sê?

Toe Wessels weer praat, doen hy dit stadig, elke woord afgemete. "Carl, ek weet van die geld wat jy gevat het. Jy moes jou redes hê. Ek het dit nie van jou verwag nie, maar ek was nie in jou situasie nie. Dalk sou ek dit ook oorweeg het."

Hy tik met sy vingers op die stoel se armleuning. "Net ek weet hiervan. Ek is nie hier om jou te kom arresteer nie. Ek is hier om jou 'n aanbod te maak. Een wat jy ongelukkig nie van die hand kan wys nie." Hy bly 'n oomblik stil. "Anders sal ek my plig as polisieman moet nakom."

Sy voorkop is geplooi. "My aanbod is die volgende: Jy hou jou geld, jou plaas. In ruil vir my stilswye doen jy vir my een laaste taak. Ek het 'n mol nodig vir 'n ernstige aangeleentheid. Die CIA was al by my daaroor. Die druk is kwaai op ons om die ding op te los. Dit het wêreldwye implikasies. Ons gaan dit nie regkry deur die gewone strukture nie. Ons kort iemand met jou talente om hom in te grawe, soos jy met die dwelmsindikate gedoen het."

'n Benoudheid kom sit in Carl se borskas. Nie wéér nie. Die fok alleen weet, hy sien nie kans daarvoor nie. Hy het daardie nagmerrie diep ingespit tussen sy herinneringe.

Maar het hy 'n keuse?

"Ek plaas my posisie op die spel deur jou diefstal te verswyg en hierdie aanbod te maak. Ek is bereid om die kans te waag. Die erns van die saak regverdig dit. As daar een persoon is wat dit kan oplos, is dit jy," sê Wessels.

Carl se besoeker kom skielik orent, die doel van sy besoek oënskynlik afgehandel. "Ek verwag nie nou 'n antwoord van jou nie. Ek gee jou twee weke kans om daaroor na te dink en om moontlik 'n voorman te kry om jou plaas in jou afwesigheid te bestuur."

Hy glimlag, maar daar is 'n siniese trek om sy mondhoeke. "Ek weet immers jy kan so iemand bekostig." Hy kug. "Die opdrag kan lank neem, moontlik ses maande, 'n jaar, dalk twee."

Hy stap voordeur toe. Carl volg hom in stilte, soos soveel kere as hulle 'n vergadersaal verlaat het.

"Bel my as jy besluit het. Dan spreek ons af wanneer ek jou volledig kan inlig," sê Wessels op die stoep.

Carl wil hom aan die arm gryp, hom vertel waarom hy dit gedoen het. Dat dit in 'n oomblik van swakheid was dat hy die geld gevat het. Dat hy nou bitter spyt is daaroor. Dat sy gewete hom tot in die diepste afgrond ry en hy eintlik 'n leuen leef. Sy gedagtes spring rond tussen verskeie relase.

Maar toe Wessels sy motordeur oopmaak, vra hy net: "Die opdrag. Waaroor gaan dit?"

Wessels tuur vir 'n oomblik in die verte, asof hy nie nou al inligting daaroor wil verstrek nie. Hy draai sy kop terug na Carl. "Onwettige wapenhandel."

Hy staar die Merc se stofstreep agterna. Sy mond is droog. Hy weet nie of hy verlig moet wees nie.

6

Dis Lea. Sy hoor onmiddellik daar is groot fout. Lea se woorde kom hortend tussen die snikke: "Hulle het Ryan ontvoer! Die soldate en werkers wat saam met hom was, is doodgeskiet!"

Amelia Smit probeer haar bes om die paniek uit haar eie stem te weer. "Ek kom onmiddellik." Sy sit die gehoorbuis neer en gryp haar motorsleutels.

Lea gaan haar ondersteuning nou broodnodig hê. Sy kan haar net indink watter emosies haar beste vriendin moet beleef. Dit moet skrikwekkend wees om te hoor jou man is in die wildvreemde deur 'n klomp barbare ontvoer. Sy weet Lea het haar dood bekommer oor Ryan se werk in Nigerië. As ingenieur was hy voortdurend blootgestel aan gevaarlike omstandighede in die rebelgeteisterde olievelde. Maar hy sou oor 'n week huis toe kom vir sy halfjaarlikse besoek en Lea kon die afgelope paar weke nie uitgepraat raak oor dié vooruitsig nie.

Dit was reeds vir Lea moeilik om die verantwoordelikheid van 'n huishouding alleen te dra. Hul tweelingdogters is vanjaar hoërskool toe en Ryan kom net elke ses maande vir 'n week of twee. Amelia weet Lea beskou haar nie net as 'n vertroueling nie, maar ook as 'n steunpilaar wat haar in haar enkelouerpligte onderskraag en die las van haar man se afwesigheid ligter maak. Sy het

39

weer in Lea 'n nuttige klankbord as sy 'n sekere soort artikel skryf. Haar insig in die joernalistiek is soms verstommend vir iemand wat oënskynlik in 'n droomwêreld rondsweef.

Die spitsverkeer in Johannesburg laat Amelia swets. Dit gaan nie help om ongeduldig te raak nie, maan sy haarself. Sy gaan minstens vir nog 'n uur op die pad vasgevang wees.

Haar gedagtes keer onwillekeurig terug na haar druk werkslading. Die dringendste spertyd is nou dié van *Finweek*, wat wag vir haar artikel oor patentregte. Gelukkig het sy klaar al die onderhoude gevoer, haar notas is reg en sy kan net begin skryf. Dan wil *Time* 'n artikel oor die Suid-Afrikaanse regering se grondhervormingsplanne hê. Dit gaan 'n klomp sweet verg. Sy het al die rolspelers gelys, maar moet nog met hulle onderhoude voer. *Rapport* soek 'n diepliggende artikel oor die Chinese militêre ontwaking. Sy sal navorsing moet doen. Vandat sy drie maande in China deurgebring het vir *Time*, word sy as 'n kenner van dié wêrelddeel beskou. Sy het egter nooit op hul militêre spierkrag gefokus nie.

Maar niks daarvan is nou belangrik nie. Sy kan altyd mooipraat om die spertye te verleng. Haar vriendin is haar eerste prioriteit. Sy glimlag. Snaaks hoe haar en Lea se paaie ses jaar gelede toevallig gekruis het, en nou is hulle haas onafskeidbaar, minstens twee keer 'n week bymekaar.

Amelia het haar ontmoet toe sy nog by die koerant was. Sy het as 'n guns vir die kunsredakteur ingestaan by 'n uitstalling van 'n klomp belowende skilders. Lea was een van hulle. Amelia was versot op haar werk en het drie skilderye gekoop. Sy en Lea het begin gesels en hulle het onmiddellik by mekaar aanklank gevind.

Hulle het baie gemeen. Dink dieselfde oor goed. "Ons is soos bloedsusters!" het Lea uitgeroep toe hulle onlangs vir die soveelste keer soortgelyke opmerkings maak, dié keer oor 'n gemeenskaplike kennis. Dit is asof hulle mekaar se gedagtes kan lees, daarom weet Amelia deur watter hel haar vriendin nou gaan.

Amelia neem die afrit na Lea-hulle se huis in Sandton.

Terwyl sy voor die groot dubbelverdieping uitklim, hardloop Lea en haar twee dogters haar tegemoet. Lea huil en die tieners lyk bleek en beangs. Hulle stap saamgebondel na die huis.

Lea bewe toe hulle by die voordeur instap. "Hier was 'n man van Ryan se maatskappy. Hy het my kom vertel Ryan is gister deur 'n rebellegroep ontvoer. Hulle was besig om iewers in die boendoes 'n oliepypleiding te herstel. Die rebelle het hom en twee van sy Europese kollegas ontvoer, die ander is doodgeskiet. Daar was 'n offisier en twee en twintig Nigeriese soldate en werkers."

"Wil hulle 'n losprys hê?" vra Amelia.

"Hulle het nog nie met die maatskappy kontak gemaak nie, maar die man sê hy vermoed hulle sal binnekort hul eise stel."

"Hoe hanteer die maatskappy sulke eise? Betaal hulle net voor die voet?"

"Ek weet nie . . . Ek was nog nie in só 'n situasie nie . . . en ek het nie daaraan gedink om die man te vra nie," stotter Lea. "Ek neem aan hulle betaal . . . Here, ek vertrou so."

Amelia neem Lea se hande in hare. "Jy en die kinders gaan nou hier op die rusbank bly sit. Ek gaan vir julle tee maak en dan gaan ek bel en met iemand by die maatskappy praat. Probeer ontspan. Ryan lewe en ek glo hulle sal hom goed behandel."

41

Sy bring vir elkeen 'n koppie tee. "Ek't in my haas my selfoon by die huis gelos," sê sy en Lea beduie na die telefoon in die hoek. Amelia kry Star Petro se nommer in die Johannesburgse telefoongids. Dit word as die streekhoofkantoor in Suidelike Afrika aangegee. Sy word onmiddellik deurgeskakel na die bestuurder: openbare aangeleenthede en hy stel homself bekend as Peter Graves.

"Ons is in dié stadium ook in die duister," sê hy. "Dit is die eerste Suid-Afrikaner wat ontvoer word en ons het nie al die antwoorde gereed nie. Ons is 'n Amerikaanse maatskappy en ons hoofkantoor in New York hanteer gewoonlik dié aangeleenthede."

"Is daar al voorheen werknemers van jul maatskappy ontvoer?" vra Amelia.

"Ja, ek is bevrees dit is iets wat al hoe meer gebeur. Gister se drie bring die totaal vir die maand op nege te staan."

"En? Is iemand al vrygelaat?"

"Nog nie. Ons wag nog om van die rebelle te hoor."

"Eis hulle gewoonlik geld?"

"In die verlede het hulle. Soms stel hulle ander eise."

"Soos?"

"Ek . . . e . . . kan in dié stadium nie daarop kommentaar lewer nie. Dit word deur ons hoofkantoor hanteer."

"Is iemand al vrygelaat sedert hulle die ander eise begin stel het?"

"Ja . . . Nee, maar ek kan nie regtig daarop kommentaar lewer nie. Ek sal môre meer inligting aan u beskikbaar kan stel. Ek wag self nog op antwoorde . . . Ek is jammer. Dit is vir ons hier net so 'n skok."

"Meneer Graves, ek gaan u môre weer skakel. Dan soek ek antwoorde. Anders sal ek verplig wees om na die pers te gaan met die storie."

"Dit sou nie 'n goeie idee wees nie. Ons glo dit kan die gyselaars se lewens in gevaar stel as dit aan die groot klok gehang word."

Amelia voel hoe die bloed in haar nek en wange opstoot. "Nee, meneer Graves, my ondervinding is rebellegroepe wil graag publisiteit vir hul dade kry. Dit is gewoonlik maatskappye soos julle s'n wat nie in die spervuur wil kom nie. Hoe stiller so iets gehou word, hoe meer tyd is daar vir julle om met die rebelle te onderhandel vir 'n gunstiger ooreenkoms, ongeag die spanning en trauma waaraan die ontvoerdes se families blootgestel word."

Graves is vir 'n oomblik stil. "Is . . . is u van die media?"

"Ja, ek skryf onder meer vir *Time, Washington Post, The Guardian* in Londen en *Rapport* hier. So, asseblief, meneer Graves, môre soek ek eerlike antwoorde."

Nadat sy afgelui het, sê sy vir Lea sy moet ontspan. Alles is onder beheer, hulle sal môre 'n volledige verslag van Star Petro kry en sy sal sorg dat hulle voortdurend van alle verwikkelinge op hoogte gehou word. Sy sal ook met buitelandse sake en die Suid-Afrikaanse ambassade in Nigerië in verbinding tree. En sy sal nie rus voor Ryan veilig tuis is nie.

7

Die voortdurende geblaf van AK47-geweervuur laat die gyselaars senuweeagtig na mekaar kyk.

"Na wie of wat skiet hulle?" wil Ryan weet.

"Hulle skiet teiken. Die klomp is nou so van die dagga gerook dat hulle mekaar nog gaan raakskiet," antwoord Williams, 'n seningrige Wallieser wat nou die tweede keer ontvoer is in sy verblyf van minder as 'n jaar in Nigerië. Hy en 'n kollega is twee weke voor Ryan-hulle in die dorp Onne in 'n kroeg geneem, helder oordag.

"As jy my vra, rook hulle NNG . . . Nigerian Naturally Grown. Dis 'n ander bliksem as gewone dagga," sê Donald, Ryan se Engelse makker.

Williams snork. "Dis nog niks. Bid dat hulle nie op Monkey Tail gewire raak nie. Dan gaan die kak spat."

"Monkey Tail?" wil Ryan weet.

Williams lag. "Dis hardcore goed. Hulle laat 'n kop dagga vir 'n week of wat in etanol lê, dan voeg hulle 'n klein bietjie water by en drink die mengsel direk uit die bottel. Dit maak jou mal, hoor ek."

"Dit sal my min skeel as hulle mekaar begin uitmoor. Solank hulle net nie op ons losbrand nie," sê Kiernan.

"Toe maar, lewendig is ons vir hulle baie meer werd. ADC moes 'n hoop geld opdok om my die eerste keer los te kry," sê Williams.

44

Williams werk vir die Axo Drilling Company, 'n Britse maatskappy wat baie werknemers op die Nigeriese olievelde in diens het. Volgens hom is daar die afgelope jaar al agt van dié maatskappy se werknemers ontvoer. Almal is later ongedeerd vrygelaat.

"Hoe lank is jy die eerste keer aangehou?" vra Ryan.

"Drie dae." Williams haal sy skouers op en beduie na sy kollega, Davison, 'n Amerikaner wat saam met hom in die kroeg in Onne oorval is. "Nugter alleen weet hoekom ons nou al twee weke hier sit."

"Vier van my kollegas is 'n tyd terug in die Bonga-olieveld op die oop see ontvoer. Hulle is ook nog nie vrygelaat nie," sê Ryan met 'n frons.

"Dis Mend se jagveld daai. Hulle val met bote aan."

"Ja, 'n gevaarlike spul."

"Hulle is die magtigste milisiegroep. Noem hulleself die Beweging vir die Bevryding van die Niger-rivierdelta. Hulle het my die eerste keer ontvoer." Williams skud sy kop. "Maar wie die spul is wat ons nou aanhou, weet ek nie. Ek twyfel of hulle van Mend is."

"Ashwell Lewis, 'n kennis van my, is dood nadat Mend hom ontvoer het," sê Donald. Hy lyk bleek en afgerem.

"Lewis . . . Ja, ek onthou daai voorval. Dit was toe Nigeriese troepe die gyselaars wou red. Hy is in kruisvuur doodgeskiet. Maar sover ek weet, is dit die enigste gyselaar wat dood is tot op datum."

"Dis maar 'n donnerse yl troos," prewel Donald, 'n kettingroker wat elke nou en dan in sy hempsak voel vir sigarette en dan onthou hy het lankal sy pakkie uitgeput. Toe hy weer vat-vat aan sy sak, bied Ryan vir hom sy laaste Camel Light aan.

"Kry maar vir jou. Ek het my vrou belowe ek gaan ophou rook."

Donald steek die sigaret met bewende vingers aan en suig gulsig daaraan, sy wange hol soos hy rook intrek.

"Kry ons net een maaltyd op 'n dag?" vra Kiernan en vryf oor sy ronde maag. "Ek kan nou 'n bees verslind." Hulle moes vanmiddag 'n halwe wit brood in vyf verdeel. Vanoggend het hulle net water gekry. Die vorige dag het Ryan-hulle etlike kilometers sonder kos deur die moeras afgelê en eers gisteraand laat by die kamp aangekom.

"Nee, in die aande word jy getrakteer op bokafval en ou brood," sê Williams. "Met brak rivierwater om dit mee af te sluk. Aan die begin kon ek en Davo die afval nie in ons lywe kry nie, maar die afgelope week wurg ons dit maar af. Dit word nooit goed gewas voor dit gekook word nie. Jy moet maar net jou neus toedruk en sluk. Dat ons nog nie siek geword het nie, is 'n bleddie wonderwerk."

Ryan gaan sit kruisbeen op een van die vuil matrasse op die grys turf, sy rug teen die bamboesheining van die kamp waarin hulle aangehou word. Die vorige nag se min slaap sorg vir 'n dowwe geklop in sy kop, sy voorkop gloei soos kole. 'n Moegheid omvou hom, maar hy weet hy sal nie nou kan slaap nie. Hy vryf oor sy ongeskeerde wang en die bulte waar die muskiete hom bygekom het. Hy is heeltyd bewus van die stank van hul toilet, 'n gat in die grond in een hoek waar brommers en vlieë in 'n donker wolk saamkoek. Sy lyf ruik ook suur. Wat sal hy nie nou gee vir 'n koekie seep en 'n warm stort nie!

Hy dink aan Lea en die kinders. Hoe hanteer sy vrou sy ontvoering? Hy is darem seker Amelia en hul bure sal haar goed ondersteun. Lea is 'n fynbesnaarde mens. Sy gaan sukkel. As hy net 'n boodskap by haar en die tweeling kon uitkry.

Sy oë begin traan toe hy aan sy dogters dink. Hulle raak nou groot, tieners het 'n pa nodig. Hy sal sy prioriteite weer in oënskou moet neem. Tot nog toe het dit vir hom net oor geld, 'n luukse huis en blink karre gegaan. Dit was die groot rede hoekom hy die pos in Nigerië aanvaar het. Of dit die moeite werd was . . . Wel, hier sit hy. Geld gaan nie die angs verlig waaraan hy sy gesin blootgestel het nie.

Sy gedagtes word onderbreek deur 'n sleutel wat in die verroeste sinkdeur draai. Vier rebelle kom kletsend in. Een dra 'n emmer water, een knyp twee brode onder sy arm vas en 'n derde een sit 'n skottel met vleis op die grond neer, wat Ryan dadelik aan die reuk eien as die bokafval waarna Williams vroeër verwys het. Die klank daarvan verswelg dié van hul toilet vir 'n wyle. Selfs die vlieë swerm soontoe.

Die vierde rebel is gewapen met 'n AK47. Die kolf van 'n rewolwer steek by een van sy broeksakke uit. Hy kyk met kraalogies na hulle en spoeg op die grond.

"Wanneer kry ons vir 'n verandering iets anders om te eet?" spreek Williams die gewapende rebel met 'n glimlag aan. "Steak en chips sal nou goed afgaan."

Die man kyk met 'n frons na hom. Sy oë is bloedbelope. "Met wie dink jy praat jy?" vra hy strydlustig in geradbraakte Engels.

Williams se blik verstar. Hy beduie met sy hand. "Jammer, dit was net 'n grappie."

Die man mompel iets in sy eie taal, gee sy AK47 vir een van sy handlangers en haal die rewolwer stadig uit sy sak. Hy stap met 'n strak gesig na Williams, draai die wapen se trommel 'n paar keer met sy vingers, lig die rewolwer op en druk die loop hard teen sy voorkop.

Die Wallieser se oë is angsbevange en groot geskrik, hy steek sy hande in die lug. "Jammer, jammer, ek vra om verskoning!"

47

Ryan sien hoe die rebel se vinger om die sneller krul. Nie een van die gyselaars waag dit om iets te sê nie en hulle hou met afgryse die man se snellervinger dop.

Toe hy die sneller trek, ruk Williams sy kop wild weg, sy oë toegeklem. Die rewolwer maak net 'n klikgeluid, daar is nie 'n patroon in die kamer nie. Die man klap die trommel van die rewolwer met 'n geoefende hand oop, wys smalend vir die verskrikte Williams en die ander gyselaars daar is patrone in drie van die kamers.

Hy grynslag. "Dit was jou gelukkige dag. Moenie weer met my grappies maak nie. Ek is mal oor Russiese roulette." Hy knipoog vir Williams voor hy die rewolwer in sy broeksak terugdruk.

Met die uitstap skop hy die emmer water om.

Toe die rebelle laggend by die sinkdeur uit verdwyn, gooi Donald op oor een van die matrasse.

Williams huil saggies, sy hande voor sy gesig geklem. "Liewe Jesus," is al wat hy oor en oor prewel.

8

Die ander twee se voertuie staan al op hul plekke. Brink van Dyk parkeer sy silwer Mercedes-Benz 500SL voor die gryssteen-kantore van Haarhoff, Malan en Van Dyk Transport in Paardeneiland tussen Ben se Pajero en Dolf se BMW. Hy knyp die koerant onder sy arm vas en stap vasbeslote en vinnig die gebou in. Felicity lig hom in sy kollegas is al in die raadskamer.

Hy is ontsteld en pleinweg die moer in. Hy dra te swaar aan sy skuldlas. Dit trek letterlik sy skouers krom, gee hom slapelose nagte. Dit is nie hoe hy wil lewe nie. Dit is nie hoe hy grootgemaak is nie. Hy het in die Boland in 'n kerkhuis grootgeword en goeie waardes by sy ouers geleer. Respek vir jou medemens. Jy doen nie aan ander wat jy nie aan jouself gedoen wil hê nie. Moet mense nie veroordeel nie. Gee mildelik aan die armes en jy sal mildelik ontvang. Sy pa was vir hom 'n inspirasie. Hy was bestuurder van 'n kettingwinkel waar sy bruin werkers hom aanbid het. In 'n tyd van afskuwelike rassisme het hy hulle soos gelykes behandel.

Sy ouer broer het predikant geword. Brink se visioen in sy hoërskooljare was om sendeling te word. Hy het groot drome gehad. Hy sou Afrika invaar en die Woord van God uitdra tot in al die uithoeke van die donker kontinent. In die vakansie voor hy universiteit toe sou gaan om in die teologie te studeer, het hy Louise ontmoet. Hy was smoorverlief. Sy't nie kans gesien vir sy Afrika-avontuur nie. Hy het gaan onderwys studeer.

Hy snork. 'n Sendeling in Afrika! Nou verskaf hy wapens aan Afrika-skurke wat hul mede-Afrikane daarmee uitmoor. Hy het homself nog probeer wysmaak die rebelle sou hul skietgoed in elk geval elders kry en hy kon niks daaraan verander nie. Vanoggend se koerantberig het hom egter finaal laat besef hy kan nie die feit langer ignoreer dat hy medeverantwoordelik is vir wat gebeur nie. Sy hande is net so diep soos die rebelle s'n in bloed gedoop.

Soms kan Brink nie glo hy het hom so maklik in die storie begewe nie. Hy't sy siel verkoop vir geld.

Hy groet nie, gooi net die koerant voor sy kollegas op die lessenaar neer. "Hel, manne, nou is daar 'n Suid-Afrikaner ook betrokke! Ek hou nie hiervan nie!"

"Kalm bly, Brink," sê Ben sonder om na die koerant te kyk. "Ek weet nie waarvan jy praat nie."

Dolf trek sy skouers op. "Ek ook nie."

Brink druk met sy voorvinger op die voorbladopskrif *Suid-Afrikaner in Nigerië ontvoer, 23 doodgeskiet.* Toe hy praat, weerklink sy stem in die ruimte. " 'n Suid-Afrikaner wat vir 'n oliemaatskappy werk, is drie dae gelede ontvoer en drie en twintig mense is dood. As gevolg van die wapens wat ons vir die bliksems voorsien."

Ben vee die koerant van die lessenaar af. Sy wange is rooi. "So bloody what! Omdat daar nou 'n Suid-Afrikaner betrokke is, gee ons media vir die eerste keer aandag daaraan. Wat dink jy doen die rebelle met die wapens wat ons vir hulle voorsien? Hulle skiet mense en hulle ontvoer mense. Daar was die afgelope nege jaar dwarsoor Afrika soortgelyke voorvalle. Ons lees net selde daarvan. Hoekom pla dit jou nou skielik!"

Brink skud sy kop. "Boys, julle het net so gewetenloos soos die rebelle geword. Die man het 'n vrou en twee dogters en . . ."

Dolf onderbreek hom. "Brink, ons ooreenkoms was van die begin af dat ons nie in die politiek gaan betrokke raak nie. Ons voorsien die wapens en hulle doen daarmee wat hulle wil. Moet in hemelsnaam nie op een van jou fokken etiese trips gaan nie."

Brink wil daarop reageer, bedink hom en besluit op 'n ander invalshoek. Hy beduie na die koerant op die vloer. "Dit gaan die kollig van voor af op onwettige wapenhandel plaas. Die Suid-Afrikaanse owerhede gaan nou betrokke raak. Ons kan só ons gatte sien."

Ben lag. "Jy bly maar 'n ou pessimis. Die ontvoerde Suid-Afrikaner werk sekerlik vir 'n Amerikaanse of Britse maatskappy. Ons owerhede gaan terugsit tot die maatskappy 'n eis van die ontvoerders ontvang, wat in elk geval onmiddellik betaal sal word. Buitelanders word jaarliks in hul honderdtalle in Nigerië ontvoer, almal kom ongedeerd daarvan af. Die oliemaatskappye kan nie bekostig om nie te betaal nie."

"Daar is drie en twintig Nigeriërs doodgeskiet, boys."

Ben kom uit sy stoel orent en leun vooroor. "Brink, daar word jaarliks duisende mense in Afrika doodgeskiet. Met of sonder ons wapens. Ons voorsien wapens aan diegene wat dit nie op 'n wettige manier kan bekom nie. Baie van hulle het oor jare deur 'n staatsgreep met dié onwettige wapens aan bewind gekom. Hulle sit nou in regeringstoele en is volgens die Verenigde Nasies daarop geregtig om deur die wettige kanale wapens aan te koop. Die vorige regeringslede is nou die rebelle. Is dit meteens verkeerd om onwettige wapens aan hulle te voorsien? Wie is die goeie ouens en wie is die slegte ouens? Van-

51

dag se rebelle is môre se regering. En andersom. Dis hoe Afrika werk. Moenie jou kop breek oor die dinamika van Afrika-politiek nie." Ben sak terug in sy stoel. "Ontspan net, ons koffie word koud."

Brink vryf oor sy voorkop. Hy het geweet hy gaan teenstand kry, maar hy móét sê hoe hy voel. Hulle is immers sy vennote. "Kêrels, ek weet nie of ek met dié storie kan voortgaan nie. My gewete ry my. Ek kan snags nie slaap nie. Die Taliban-ding pla my ook . . ."

Dolf slaan sy oë op na die plafon en hou sy kop vas. "Ag nee, fok, hoeveel keer is ons nie al deur daai storie nie?"

Ben se oë trek op skrefies, sy stem sny deur die vertrek. "Reg, Brink, klim uit! Jy weet goed wat ons ooreenkoms is. Jy gee alles terug vir die maatskappy wat jy verdien het terwyl ons wapens verkoop het. Dit beteken jy sal jou fokken fancy mansion in Rondebosch moet verkoop, jou meubels, jou vrou se juweliersware, jou blink Merc, jou vrou se TT, julle skilderye . . . en amper vergeet ek, jou Plett-vakansiewoonstelletjie met die see-uitsig. En jy fokken trek terug Monte Vista toe en gaan hou skool. Ons sal jou aandeel in die vervoerbesigheid en die kapitaal wat jy destyds neergesit het toe ons begin het, vir jou met rente terugbetaal. Dalk kan jy daarmee, as jy gelukkig genoeg is om donnerse gróót bargains raak te loop, 'n drieslaapkamerhuis en 'n tweedehandse Golf bekostig." Hy hamer met sy vuis op die lessenaar. "Hou op dreig. Maak jou mind nou op en sê vir ons waar ons met jou staan."

Brink kyk na sy jare lange vriend. Hy ken hom nie meer nie. Ben het hard en ongenaakbaar geword. Tog weet hy Ben sit met die troefkaart. Dié ding waarin hy homself laat beland het, het hom stewig aan die knaters beet. Uitkomkans bestaan nie.

Hy sug. "Oukei, vergeet ek het dit gesê. Ek sal met my gewete probeer saamleef." Hy weet hy sal nie kan nie, maar hulle sal dit nie begryp nie.

"Reg." Ben frons nog. "Laat ons begin. Ek het vir Yuri 'n lys van ons Taliban-bestelling deurgefaks. Oor twee dae kry ons hom in die Oekraïne. Vandaar neem hy ons na die wapenopslagplek. Dit sal dan iewers langs die kus afgelewer word. Ons sal moet inspeksie gaan hou voordat die vrag gelaai word. Een van ons sal die kaptein op die skip moet vergesel om seker te maak die goed word reg oorhandig en ons kliënt is tevrede. En om die geld in ontvangs te neem. Dit gaan 'n maklike operasie wees. Min sweet en byna geen risiko's nie." Hy sit 'n raamlose leesbrilletjie op die punt van sy neus en bestudeer vlugtig 'n vel papier. "Volgens my rooster is dit jou beurt, Brink. Reg so?"

Brink voel hoe die swaarmoedigheid hom oorval. "Ek het vir julle gesê ek sal verkies om nie met die Taliban te werk nie. Ek sal opmaak daarvoor deur in te staan vir van die ander Afrika-trips."

"Brink, as jy wil deel in die wins, werk jy streng volgens ons skedule. Ons het laas ooreengekom ons gaan nie daarvan afwyk nie," laat Dolf hoor.

Brink gooi sy hande in die lug. "Oukei, oukei, ek sal op die verdomde skip wees. Enigiets anders op die agenda?"

"Nee," antwoord Ben.

Brink kom orent, tel die koerant van die vloer af op en stap uit die raadskamer.

"Ek is bekommerd oor ons partner," sê Ben toe die voetstappe in die gang vervaag. "Baie bekommerd."

"Hy's deesdae 'n pyn in die gat." Dolf staar na sy hande, lag dan skielik. "Hy's vol kak, maar ons sal hom maar moet verdra." Hy staan op. "Ek wil nie eers verder daaroor praat nie. Dit maak my moeg net om daaraan te dink. Ons sal maar net met hom moet saamleef."

"Jy's reg, ons het nie 'n ander keuse nie." Ben tokkel met sy vingers op die lessenaar.

9

Sy bestemming is 'n kantoorgebou in Groenpunt, weg van die spesiale aksie-eenheid se kantoor. Dit is naby genoeg aan sy hotel dat hy kan stap.

Op pad soontoe merk Carl die motor op. Die bestuurder lyk verdag. Hy sit laag agter die stuurwiel, 'n kep oor sy oë getrek. Die man wat die motor nader, kyk eers angstig rond. Dan rek hy sy treë en buk by die oop ruit. Die ruiltransaksie vind vinnig plaas: die bestuurder oorhandig 'n pakkie en neem met sy ander hand die koevert by die voetganger. Die wiele van die dwelmtrein draai weer, weet Carl.

Hy kom byna tot stilstand. Sy eerste gedagte is om die motorbestuurder te bestorm. Maar hy bedink hom betyds en stap gelate voort. Die polisieman in hom is klaarblyklik nog nie begrawe nie.

Maar hoeveel van die ou Carl Bester het behoue gebly? Drie jaar lank was hy verskans agter die masker van 'n dwelmhandelaar, sy baard, lang hare en sliertige voorkoms ligjare verwyder van sy beeld as skoongeskeerde en onkreukbare geregsdienaar. Soms het hy gevoel soos iemand met 'n gesplete persoonlikheid, dan dokter Jekyll, dan meneer Hyde. Hoeveel keer was hy nie aan die voorpunt van dwelmtransaksies nie? Hoeveel keer het hy nie meegedoen aan martelsessies nie?

Alles in belang van die groter saak, het sy polisiekontak hom bly gerusstel.

Maar soms het die skeidslyn tussen sy twee rolle vervaag. Dan het die opwinding van sy rol as skurk sy adrenalienvlakke hoër laat styg as tydens enige polisie-ervaring. Het daardie lang blootstelling aan die onderwêreld sy oordeel verwring? 'n Skadusy van hom ontbloot waarvan hy nie bewus was nie? Dis nie vrae wat hy die afgelope tyd kon beantwoord nie. Maar dié twyfel oor sy moraliteit kom elke nou en dan ongevraagd by hom op.

Dit is 'n vaal gebou. Carl klim die twee stelle trappe na bo vinnig om die winterkoue uit sy lyf te verdryf. Hy het Wessels drie dae na sy plaasbesoek laat weet hy sal die taak aanvaar. Wessels het gesê hy is bly Carl het so vinnig besluit, want die polisie is onder druk. Hulle moet binne die volgende twee dae 'n sessie reël.

Carl het nie nodig gehad om lank te soek na 'n tydelike voorman vir sy plaas nie. Die buurman se seun, wat met olywe grootgeword het, was gretig om te help. Hy sou 'n ogie hou terwyl Carl weg is. Die paar voltydse plaaswerkers is gelukkig ook betroubaar en kan sonder toesig op hul eie aangaan. Dit is nie ideaal om 'n boerdery so te bedryf nie, maar die beste wat hy in die omstandighede kan doen.

Direkteur Wessels wag reeds vir hom, geboë oor die eikehoutlessenaar, sy bleskop blink onder die gesonke ligte. Hy staan op en dié keer is sy groet hartlik. "Carl, ek is bly jy het besluit om te help." Geen verwysing na die feit dat Carl nie veel van 'n keuse gehad het nie. "Waar bly jy?"

" 'n Hotel hier naby."

"Jy moet jou uitgawestrokies hou. Ek het 'n stewige begroting vir die job."

Carl skud sy kop. "Ek sal self vir my reis en verblyf betaal." Hy glimlag verleë. "Dit is die minste wat ek kan doen. Om dankie te sê . . . vir die guns."

"Dis nie nodig nie. Ons vergeet nou van die verlede."

"Ek dring daarop aan."

Wessels glimlag. "Nou maar goed, as jy dit so wil hê."

'n Ligte klop aan die deur laat albei mans se koppe draai. "Dis September," sê Wessels. "Superintendent Leroy September, ek weet nie of jy hom ooit ontmoet het nie? Hy het by ons begin net nadat jy ondergronds gegaan het. 'n Knap kêrel, goeie navorser en uitstekende rekord by ander eenhede."

September is ietwat ouer as Carl. 'n Lang, effe gesette man met dik brilglase en 'n Hitler-snorretjie. 'n Blou trui span styf om sy ronde maag, die grys langbroek 'n bietjie gekreukel. Hy knyp verskeie lêers vas onder sy arm.

"Dis vir my 'n voorreg om saam met jou te werk. Jy's 'n legend in jou eie tyd. Ek is bly jy gaan ons met dié een help," sê hy joviaal en skuifel steunend agter die lessenaar in.

Carl lag. "Moenie altyd glo wat ander mense jou vertel nie."

"Ek kan jou verseker hy is net nederig," sê Wessels vir September en wys vir Carl hy moet sit.

Wessels beduie na September. "Reg, voor Leroy jou toegooi met inligting, net die volgende: hy sal jou enigste kontakman wees in die dae wat voorlê. Net hy en ek weet jy is op dié job. Nie eers die kommissaris of minister nie. Ook nie die CIA nie. Hulle is onder die indruk net Leroy gaan betrokke wees. Gedurende dié operasie sal hy uit sy huis werk. Die ander personeel in die eenheid is onder die indruk hy is met studieverlof. Hy sal voortdurend in direkte verbinding met die CIA wees en sal jou van inligting voorsien soos hy dit inkry. Op jou beurt sal jy hom daagliks moet inlig omtrent jou vordering. Soos jy met Benade gemaak het gedurende die dwelmsaak."

"Nie 'n probleem daarmee nie," sê Carl en voel 'n onrustigheid oor hom kom met die verwysing na die dwelmsaak. Watse soort hel wag dié keer op hom?

Wessels kyk na September. "Jy kan afskop. Ek sal aanvul waar ek dit nodig ag."

September slaan een van die lêers oop. Hy druk die groot bril met sy voorvinger hoër op teen sy neus, maak keel skoon voor hy begin. "Eers bietjie background. Amper twintig persent van die wapens wat in die wêreld in omloop is, is onwettig aangeskaf . . . gekoop of gesteel. Wapensmokkelaars was nog nooit so aktief soos nou nie. Gedurende die Koue Oorlog het regerings private wapenhandelaars gebruik om koverte wapenhandel te hanteer. Toe die Koue Oorlog eindig, het dié netwerke net so operational gebly. Maar 'n nuwe generasie onwettige handelaars het ook op die horison begin verskyn, mense wat die ingewikkelde swartmarkmetodes en netwerke onder die knie gekry het en nou beter sake doen as die tradisionele wapensmouse."

September kug en gaan voort: "Ondanks die Verenigde Nasies se resolusies en ontwapeningstrategieë en lande se wapenooreenkomste, is onwettige handel nog very much lewendig. Nuwe en tweedehandse wapens is in oorvloed en cheap-cheap beskikbaar in veral die Oekraïne en ander dele van Rusland en China. Die wapensmokkelaars gebruik vragskepe, vragvliegtuie en padvervoer om hul ware te vervoer. Vervalste vragdokumente, swak gepatrolleerde grense, swak polisiëring en korrupte regeringsamptenare maak hul taak baie maklik. Veral in Afrika."

"En dit gaan ons fokusarea wees," sê Wessels.

"Afrika?" wil Carl met 'n frons weet. Hoekom sou Afrika die SAPD se probleem wees? wonder hy, maar September verstaan hom verkeerd:

"Ja, in Afrika lyk dinge bleddie sleg. Staatsgrepe die afgelope dekade in Liberië, Madagaskar, Sentraal-Afrikaanse Republiek, Guinee-Bissau, Togo, Mauritanië, Somalië, Tsjad en 'n klomp ander vertel die storie. Verder is daar burgeroorloë in baie ander Afrika-lande aan die gang waar rebelle met swartmarkwapens die shit uit hul landgenote skiet. Rwandese vlugtelinge het byvoorbeeld in die Demokratiese Republiek van die Kongo hergroepeer en voer nou 'n skrikbewind daar. Só is daar talle ander voorbeelde, maar dis nie nou belangrik nie."

Hy trek 'n ander lêer nader, skuif weer sy bril in posisie. "Die CIA het ons gekontak oor onwettige wapenhandel in Nigerië waar militias die ryk olievelde besteel. Die VSA koop meer olie aan by Nigerië as by baie ander bekende olieproduserende lande. 'n Klomp Amerikaanse maatskappye ontgin ook olie in die Niger-rivierdelta. Nigerië is dus vir die Amerikaners 'n helse belangrike bron van olie.

"Wat hulle operasies bedonner, is die feit dat die rebelle nie net olie op groot skaal steel nie, maar ook werknemers van die oil companies ontvoer en dan belaglike ransoms eis vir hul vrylating. Van dié companies se verliese is tot byna ses honderd duisend vate 'n dag, meer as Suid-Afrika se totale daaglikse olieverbruik. Die rebelle boor gate in die oliepypleidings en verkoop die olie aan Nigeriërs en naburige lande.

"Ontvoerings het nou ook amper 'n besigheid geword. Honderde buitelanders word jaarliks ontvoer. Sommige rebellegroepe regverdig hul aksies deur te sê hul land se arm bevolking word ge-exploit. En dit is 'n feit dat die grootste deel van Nigerië se bevolking min voordeel trek uit sy ryk oliebronne. Maar ongelukkig is dit nie die ware redes vir die rebelle se optrede nie."

"Die meeste rebelle," onderbreek Wessels hom, "is niks anders as gewone misdadigers wat politieke retoriek gebruik om hul winsgewende handel in olie en ontvoerings te verskans nie."

September knik en gaan voort: "Die Nigeriese weermag fight 'n verlore stryd teen die rebelle. Vir elke rebel wat geskiet word, word 'n paar Nigeriese soldate doodgemaak. Die groot oorsaak kan maar net weer gesoek word by die moerse klomp wapens wat vir die militias beskikbaar is." Hy kyk op na Carl, verstel weer sy bril.

"Dis als baie interessant," sê Carl, "maar ek is nuuskierig om te weet hoe dit 'n probleem van die SA Polisiediens kan wees?" Hy is gespanne oor sy rol en kan nie wag dat September by die punt uitkom nie. In sulke sessies was geduld selde een van sy bates. Hoewel die Wessels-opdrag aanvanklik soos 'n doodstyding oor sy kop gehang het, voel hy vir die eerste keer in 'n lang ruk amper uitgelate. Dié taak is sy groot geleentheid om te ontsnap uit die boeie van sy skuldige gewete, sy misstap reg te stel. Sodat hy hopelik die wêreld weer vierkantig in die oë kan kyk.

"Jy's te haastig," sê Wessels laggend. Hy beduie vir September om voort te gaan.

"Die CIA hou al vir die afgelope jaar of wat 'n man in Nigerië dop wat as agent optree vir 'n enorme weapons syndicate. Sy naam is Henry Adaka. Groepe wat wapens wil koop, kontak Adaka. Hy tree as 'n broker op en plaas 'n bestelling by die syndicate, wat die wapens aankoop en aflewer. Jy kan nie in Nigerië aan Adaka raak nie. Daar is soveel regeringsamptenare wie se handpalms blink gepolish is met bribe-geld van Adaka, dat hy oral beskerming kry. Wat ironic is, want hy is juis die ou wat wapens laat insmokkel om soms teen die regering se eie soldate te gebruik."

September glimlag. "Maar geld is 'n magtiger wapen as enigiets anders in Nigerië. Adaka sal dit ook nie waag om Nigerië se grense oor te steek nie. Hy weet die moontlikheid is groot dat die CIA hom sal vastrek. Hulle wil hom ook nie nou al regtig uitskakel nie, want hy is net die middelman. Die CIA is veral agter die weapons syndicate en die wapenverskaffers aan."

September kug, skuif weer sy bril op sy neusbrug. "Nog ontstellender is dat dieselfde syndicate via Adaka aan die Taliban in Pakistan wapens begin voorsien, wat die Amerikaners se broeke laat bewe. Dit ondermyn die stabiliteit van die kerngewapende Pakistan. Die Taliban is ook kop in een mus met die Al Kaïda van Afganistan, wat die Amerikaners nog meer nervous maak. 'n Mens weet eenvoudig nie waartoe dié mense in staat is nie. En as Pakistan deur die fundamentaliste oorgeneem word, kan dit beteken dat Moslem-terries die wêreld óf met kernwapens gyselaar hou óf Westerse stede level met die gravel maak. Genuine 'n onheilspellende vooruitsig."

September laat Carl plek-plek aan 'n lektor in staatsleer dink.

Wessels knik. "Dit kan katastrofiese gevolge vir almal in die Westerse wêreld inhou." Hy glimlag. "Maar ons het nou 'n lang draai gemaak voordat ons by die punt uitkom. En dit is dat die wapensindikaat heel moontlik uit die hartjie van Kaapstad deur Suid-Afrikaners bedryf word."

Carl besef meteens waarom hy betrek is. Die knop in sy maag trek stywer. Dit gaan heeltemal 'n ander ball game wees as toe hy ondergronds gewerk het tussen 'n klomp

61

ongeletterde dwelmhandelaars. "Weet julle wie die sindikaat is?"

"Nee, maar die CIA is honderd persent seker van die Kaapse konneksie," antwoord September. "Hul kontakte in Nigerië het die afgelope paar jaar by meer as een geleentheid via Adaka bevestiging daarvan gekry. Adaka verwys openlik na sy 'white boys from Cape Town' wat die wapens aankoop en versprei. Die probleem is dit is al wat hulle weet. Adaka het nog nie sy groot mond verbygepraat oor presies wie sy manne in Kaapstad is nie. Dit is duidelik hy is 'n vennoot in die syndicate. Só hy sal nie maklik sy groot bron van inkomste se identiteit verklap nie."

September haal sy bril af, beduie daarmee na die lêer. "Henry Adaka is 'n uitgeslape kalant en seker die bekendste broker in vandag se onwettige weapons game. Maar as hy op 'n manier uitgeskakel word, sal iemand anders hom gou vervang en ons Kaapse ouens sal maar net voortgaan soos nou. Dit is duidelik dat hulle oor die jare 'n baie goeie netwerk van wapenhandelaars opgebou het en hulle gaan uiters slim en versigtig te werk. Nog nie een van hulle sendings het skeefgeloop nie. Hulle het duidelik al die kunsies van die swartmarkhandel onder die knie."

"Is hulle groot spelers in vergelyking met ander sindikate?" wil Carl weet.

September knik, rek sy oë. "Die CIA skat hulle is verantwoordelik vir tussen sestig en sewentig persent van alle swartmarkwapens aan Afrika. Die groot vrees bestaan natuurlik nou dat hulle dieselfde sukses met wapenvoorsiening aan die Taliban en Al Kaïda sal behaal."

"En dis waar ons inkom," sê Wessels. "In kort gaan jou taak wees om hierdie sindikaat binne te dring en hul bedrywighede bloot te lê. Ons het die CIA se volle on-dersteuning. Hulle is tot bereid om groot bedrae geld vir dié operasie beskikbaar te stel indien ons dit verlang, vir byvoorbeeld die aankoop van wapens om die persepsie te skep ons mol is 'n groot speler in die bedryf." Hy glimlag. "Moenie 'n fout maak nie, dit gaan 'n helse uitdaging wees. Maar ek glo as daar iemand is wat dit vir ons kan doen, is dit jy."

"Klink na 'n tawwe uitdaging," sê Carl. "Wanneer begin ek?"

Wessels kyk ingenome na September. "Het jou mos gesê, dié man deins vir niks terug nie."

"Ek like daai positive attitude!" sê September met 'n breë glimlag. Hy bondel die lêers bymekaar en oorhandig dit aan Carl. "My voorstel is jy study daai eers. Ek gee jou 'n dag. Dan ontmoet ons twee en bespreek 'n strategie vir hoe ons dit gaan tackle. Ek en die direkteur het klaar idees, maar ons wil hê jy moet vars daarna kyk en daaroor dink. Ons wil jou nie nou beïnvloed nie."

"Reg met my," sê Carl en neem die lêers. Hy probeer homself oortuig dit is net nog 'n polisiesaak dié, niks om onnodig oor gespanne te raak nie.

10

Haar naakte vel vertoon okerbruin teen die ivoorkleurige muur agter haar. Haar swaar borste skommel ritmies in akkoord met hul liefdesdaad. Sy sit op Henry se groot torso, haar kop agteroor gebuig, haar mond oop in ekstase. Hul geluide van genot word verswelg deur die polsende musiek wat uit die reuse-luidsprekers aan weerskante van die bed dreun. Hul gesinchroniseerde orgasme gaan gepaard met 'n ligte trilling in haar onderlyf en 'n siddering wat deur sy liggaam golf.

Sy klim van hom en die bed af en steek 'n sigaret aan, wat sy vir hom aangee. Haar soepel lyf is blinknat van die sweet. Hy beduie dat sy langs hom moet kom lê. Sy vlei haar neer, die agterkant van haar kop in die waai van sy massiewe arm. Hy vryf oor haar borste met sy vlesige vingers, trek ru aan 'n tepel. Die slaapkamerdeur gaan stadig oop. 'n Skraal Oosterling met 'n dun snorretjie, 'n groot glimlag en geel tande verskyn. Hy beduie vir die groot man om die klank sagter te stel.

"Die brigadier is op pad. Hy wil weet of hy jou nog vanoggend kan sien," sê die Oosterling, sy blik openlik op die swart vrou se gladgeskeerde geslagsorgaan.

Henry Adaka knik net om te wys dit is reg. Hy stoot die vrou van hom weg. "Sammy, betaal haar goed, sy verdien elke dollar." Hy grynslag toe hy na haar kyk. "Wanneer jy weer kom, bring jy jou suster saam. Julle twee kan net groot pret in dieselfde bed wees."

Die vrou knik glimlaggend terwyl sy 'n geblomde rok oor haar kop gooi. Henry sien die skraal toeskouer hou vanaf die deur elke beweging van haar dop met waterige skrefiesoë. Sy is bewus daarvan en wikkel die rok tydsaam af oor haar heupe. Sy druk haar broekie in haar handsak, blaas 'n soen vir Henry en skuur styf teen Sammy verby, wat agter haar by die kamer uitloop.

Henry klim steunend van die bed af, stryk die swart laken eers met sy hande glad voordat hy sy rooi satynkamerjas met 'n vinger van die stoelleuning opskep en aantrek. Hy tuur van sy kamervenster uit oor die krioelende stad. 'n Veelkleurige mensemassa beweeg drie verdiepings benede hom tussen die honderde stalletjies deur, die geroesemoes van opgewonde stemme, toetergeskal en die doef-doef van motorradio's oorverdowend.

Henry glimlag. Sy vriende kan nie verstaan dat sy woonhuis in die middel van Port Harcourt se ou stadsgedeelte staan nie. Maar die geure, kleure, klanke en energie van sy geboortestad voed sy siel. As klein seuntjie het hy sy pa gereeld van hul sinkkaia in die ghetto aan die buitewyke van die stad vergesel na die kern, waar sy pa met groente op die sypaadjie gesmous het.

Hy het al in sy snotkoppiedae besluit hy sal eendag sy huis hier hê. Tien jaar gelede het hy die ou poskantoorgebou met sy koloniale boustyl gekoop en in sy woonhuis en kantoor omskep. Hy glimlag. Die mense verwys daarna as "Adaka's Castle".

Hy vryf peinsend oor sy maag. Hy weet hoekom brigadier Odili hom kom sien. Die nuus moes al versprei het. Sy lippe krul. Odili kan niks aan die saak doen nie. Hy sal dit maar net moet aanvaar. Die brigadier is al die afgelope vyf jaar op sy betaalstaat. Hy verdien jaarliks honderd duisend dollar vir sy samewerking en kan nie bekostig om Adaka teen te gaan nie.

Hy stap met die trappe af na die grondverdieping. In die groot eetkamer staan sy kombuispersoneel in gelid teen die muur. Hy klap sy vingers. "Die gewone." Twee vroue skarrel kombuis toe. "En maak gou," skree hy agterna, "ek verwag 'n besoeker!"

Binne enkele minute word 'n bord met drie gebakte eiers, spek, wors, aartappels, sampioene en tamaties aangedra. Hy tel die wors eers met sy hand op, verorber dit met twee happe en neem daarna die mes en vurk. Toe hy klaar geëet het, sluk hy 'n glas melk af met 'n paar teue. Die room maak 'n wit snor bo sy pers lippe. Hy vee dit af met sy kamerjas se mou en breek wind op.

Sammy verskyn in die deur. "Die brigadier is hier."

"Ek kom, neem hom solank na die rooi sitkamer toe."

Hy steek eers tydsaam 'n sigaret aan en vat 'n paar trekke voordat hy die eetkamer verlaat en na die rooi sitkamer stap. Die brigadier is 'n klein mannetjie, hy toring bo hom uit. Hy klap Adaka gemoedelik teen die arm. "Henry, my vriend, dis goed om jou weer te sien."

Adaka beduie hulle moet sit. Die brigadier loer ongemaklik na die twee lyfwagte weerskante van die kaggel, gewapen met AK's.

"Moenie jou aan hulle steur nie," sê Adaka, "hulle is deel van my meubels."

Die brigadier kug. "Henry, ek kom vandag as 'n vriend na jou. Om jou met raad by te staan, saam te kyk hoe ons ons verskille kan uitstryk. In 'n gees van . . ."

"Kom tot die punt."

"Die nuwe milisiegroep . . . die OFN . . . Ek verstaan jy is daarby betrokke?" vra hy onseker.

Adaka haal sy skouers op. "En as ek is?"

Brigadier Odili skud sy kop. "Die OFN maak dinge moeilik vir die regering. Die eise wat hulle gaan stel, sal probleme skep. Die Amerikaners kan dalk militêr wil ingryp."

Adaka lag. "Hulle sal nie. Hulle het te veel probleme met Irak en Afganistan. Obama het 'n helse job voor hom om Bush se gemors op te ruim. Hy sal dit buitendien nie waag om onder sy Afrika-bloedbroers te begin skiet nie."

"Henry, dis buitensporige eise!"

"Wat is so buitensporig daaraan? Die OFN vra net 'n deel van die olie terug wat aan sy mense behoort."

"Dit benadeel nie net die Amerikaners en Europeërs nie, dit ondergrawe ook die Nigeriese regering se inkomste uit olie."

"Die regering moenie vergeet wie hulle aan bewind gebring het nie. Dis ons mense van die Riviere-staat wat nou net ons regmatige deel eis." Adaka glimlag. "Buitendien sal dit die olieprys opjaag. Almal sal wen. Die regering ook."

Odili skud sy kop. "Henry, jy's 'n welvarende man. Jy maak geld uit wapens wat wêreldwyd versprei word, ek hoor jou scam-besigheid met e-posse groei elke jaar. Waarom nou betrokke raak by 'n milisiegroep?"

"Ek doen dit vir my mense, brigadier. Dis op hulle aandrang."

"Die Amerikaners en Britte gaan dit nie duld dat julle hul werknemers vir etlike maande gyselaar hou nie."

"Hoe gouer hulle aan die OFN se eise voldoen, hoe gouer kry hulle hul mense terug."

"Maar julle kan nie dreig dat julle hul mense een-een gaan doodmaak as die eise nie volgens jul spertye geskied nie. Henry, een miljoen vate per gyselaar is 'n groot losprys!"

Adaka lag. "Moet my nie probeer bullshit nie, Brigadier. Dis nie 'n druppel in die emmer nie. Daar word twee miljoen vate 'n dag in die delta gepomp."

Odili sug en skud sy kop. "Ons regering sal verplig wees om op groot skaal in te gryp. Hulle sal troepe van oral mobiliseer om die OFN uit hul skuilplekke te jaag."

Adaka wikkel homself uit die stoel en staan op. "Sodra dit gebeur, gaan die OFN begin gyselaars doodmaak. En dit is 'n belofte. Ons het in dié stadium veertien in drie verskillende kampe en voor die einde van die maand sal daar nog wees. Die buitelanders is sagte teikens." Adaka wink een van sy lyfwagte nader. "Neem die brigadier uit. Ons het klaar gesels."

Hy skud hande met Odili. "En Brigadier, jy beter hierdie standpunt van die OFN hard en duidelik aan jou hoofde oordra. Jy en 'n paar van hulle is op my betaalstaat. Moenie julle Kersbonusse vanjaar met swak besluite verbeur nie."

II

Hy het Amelia Smit gegoogle, wat hy nooit moes gedoen het nie. As hy nie het nie, was hy dalk nou minder gespanne. Sy word deur sommiges "die straatkat van joernalistiek" genoem. "Probeer iets vir Amelia Smit verdoesel en sy sal jou met haar naels dissekteer en saam met die visgrate op die ashoop uitspoeg," het een kommentator haar lof besing in 'n artikel oor die voorste ondersoekende joernaliste in Suid-Afrika. Talle voorbeelde is gegee van hoe sy korte mette gemaak het van bekende politici en vooraanstaande sakelui.

Peter Graves skud sy skop. Hy bid net dié nagmerrie gaan spoedig eindig. Hy is die afgelope twintig jaar die bestuurder: openbare aangeleenthede by die Star Petro Development Company of USA-Africa se streekhoofkantoor: Suidelike Afrika. Hy is sestig en tree aan die einde van die jaar af.

Peter geniet sy werk. Hy skryf 'n paar toesprakies per jaar vir die streekhoofbestuurder. Hy neem die oorhandigingseremonies waar van rekenaars by 'n hand vol skole vir minderbevoorregtes in Suid-Afrika, Botswana, Namibië, Zimbabwe, Malawi, Zambië en Lesotho. Hy koördineer die maatskappy se teateroptredes gerig op vigsbewusmaking by nywerhede in dié streek. En hy identifiseer ander welsynsprojekte wat die maatskappy se beeld poets en 'n bydrae lewer om Star Petro as 'n goeie korporatiewe burger gevestig te hou.

Dis sy taak om die hart van die maatskappy vir die streek oop te maak, verduidelik hy graag aan sy vrou. Hy is die ambassadeur, die man wat ook die persepsie moet uitdra dat die maatskappy voortdurend deur kalm waters vaar en dit voorspoedig gaan hier by Star Petro in Johannesburg.

Dit is werk so reg in sy kraal. 'n Rustige tempo met min ergernisse.

Maar Ryan Deetlefs se ontvoering in Nigerië het sy sorgelose bestaan omvergewerp. Skielik moet hy telefoonkonferensies met die hoofkantoor in New York voer, streng voorskrifte nakom, indringende medianavrae hanteer, diplomatieke spronge uitvoer om mense te kalmeer, moeilike vrae van die Suid-Afrikaanse owerhede beantwoord. Die afgelope week was hy meer in die streekhoofbestuurder se kantoor as in die twintig jaar wat hy hier werk.

Peter kon druk nog nooit goed hanteer nie. Dit is waarom hy destyds as koerantjoernalis bedank het. Spertye was sy doodsteek. Hy moes rustig aan 'n taak kon arbei en dít kon die pers nooit duld nie.

Skielik word daar weer van hom verwag om vinnig antwoorde te verskaf, verklarings onder druk uit te reik, standpunte te stel.

En nou kom Amelia Smit 'n onderhoud met hom voer. Hy sug swaarmoedig en vee oor sy klam voorkop. Namens *Time*, dié *Time*. Toe hy 'n paar dae gelede met haar oor die foon gesels het, was hy nie werklik bekommerd nie. 'n Afrikaanse vrou wat beweer sy skryf vir al daardie hoëprofiel-publikasies! Bulldust, het hy geglo. Hy het ook nie weer aan haar gedink nie. Nadat sy hom gebel het, het soveel gebeur dat hy van haar oproep vergeet het. Volgens sy sekretaresse het sy die volgende dag 'n boodskap gelaat, maar hy het nooit aandag daaraan gegee nie.

Eers was dit die hoofkantoor in New York, toe samesprekings met buitelandse sake, toe die plaaslike pers wat via Reuters van die ontvoering uitgevind het. Die SABC en e.tv se televisiediens was selfs hier. Hy het hoofkantoor se verklaring voor die kamera afgelees. Hulle het negentien sekondes daarvan op die seweuur-nuus gebruik. Die streekhoofbestuurder het hom persoonlik gelukgewens, maar gevra hoekom hy dit met so 'n frons gedoen het. "Dit het kompleet gelyk asof jy ernstige aambeiprobleme het," het hy gesê onder dawerende gelag van die res van die hoofbestuurslede op 'n buitengewone vergadering oor die aangeleentheid.

Dit is sulke opmerkings wat Peter se selfvertroue, wat hy stelselmatig deur die jare opgebou het, ernstig knou. Hom laat twyfel in sy eie vermoëns, soos in sy dae by die koerant.

Die hoofbestuurder se sekretaresse het hom gister kom inlig hy moet Amelia Smit van *Time* vandag namens die maatskappy te woord staan. Sy wou met die streekhoofbestuurder 'n onderhoud voer, maar hy het oornag 'n ernstige griepaanval ontwikkel.

Peter lees vir die soveelste keer die verklaring deur, die een waarvan hy in opdrag van New York onder geen omstandighede mag afwyk nie. Die maatskappy het nog nie amptelik die eise ontvang van die milisiegroep wat Deetlefs en sy kollegas ontvoer het nie. Gerugte wil dit hê dat 'n nuwe faksie vir die ontvoerings verantwoordelik is, maar dit kon nog nie bevestig word nie. Die maatskappy is egter reeds in samesprekings met die Nigeriese regering en weermag, wat die aangeleentheid dringend ondersoek. Die Suid-Afrikaanse regering is ook met Nigeriese owerhede in verbinding. Dit is die maatskappy se ondervinding dat gyselaars na 'n week of wat ongedeerd vrygelaat word. Geen gyselaar is al langer as tien dae aangehou nie. Daar is vanjaar reeds sewe van Star Petro se werknemers gyselaar geneem en hulle is almal vrygelaat. Tydens hul aanhouding is hulle goed behandel. Die maatskappy sal die Deetlefs-gesin op hoogte hou van alle verwikkelinge.

'n Klomp stellings in die verklaring is infame leuens, dink hy. Star Petro probeer tyd wen. En nou moet hy die donnerse vlamme van dié kant blus.

Hy kyk vlugtig op sy horlosie terwyl hy badkamer toe stap. Sy is amper hier. Hy spoel sy gesig met koue water af, druk dit dan versigtig met 'n handdoek droog. Tam oë met donker kringe onder hulle staar in die spieël na hom terug. Hy vee sy grys hare aan die kante van sy slape met sy klam hande in plek en verstel sy rooi das se knoop effens. Hy vryf 'n nat kolletjie op sy hemp vervaard droog met die handdoek, ruik onder sy armholtes en spuit sy asemverfrisser onder elke arm voordat hy daarvan in sy mond spuit.

Hy is skaars 'n minuut terug agter sy lessenaar, waarop hy dokumente en verslae só gerangskik het dat dit die indruk skep hy is oorlaai met werk, toe sy sekretaresse hom kom inlig Amelia Smit is hier.

Haar voorkoms verras hom. Hy het 'n middeljarige, onversorgde suurknol met 'n knypbrilletjie, geel tande en 'n rokerstem verwag. Dit is hoe hy sy generasie se gerekende vrouejoernaliste onthou. Maar sy is jonk en bitter mooi. 'n Asemrowende brunet met groen oë en 'n glimlag wat die modelle in tandepasta-advertensies tweederangs laat lyk. Sy's lank, slank, bruingebrand. 'n Lae hals vertoon vol borste, haar kuite is subliem onder die knielengte rok.

Haar handdruk is ferm. "Meneer Graves . . ."

Hy glimlag. "Noem my Peter."

"En ek is Amelia," sê sy vriendelik. Hy voel hoe sy self-vertroue terugsypel. Hy het nog altyd 'n slag met mooi vroue gehad.

Hy maak verskoning dat hy nie op haar boodskap ge-reageer het nie, maar stel dit duidelik sy was wel op sy opvolglys. "Ons het 'n effens dol tyd deurgemaak." Hy skud sy kop dramaties. "Soms eis die korporatiewe om-gewing meer as net sy pond vleis."

Hy besluit om die leiding te neem, haar nie 'n ga-ping vir lastige vrae te gee nie. "Ek lees graag vir jou ons amptelike verklaring oor die aangeleentheid. En dit is ongelukkig al wat ek vandag vir jou te sê het, want ek het geen ander feite nie."

Peter lees met nadruk. En sonder die frons, soos hy gisteraand voor die spieël geoefen het. Sy skryf niks neer nie, wat hom effens van stryk bring en hom 'n keer of wat oor sy woorde laat struikel.

Toe hy klaar is, haal hy sy skouers op. "Ongelukkig is dit al inligting tot my en my hoofkantoor in New York se beskikking. Ons wag om te hoor van die rebelle en die Nigeriese regering."

Haar oë is stip op hom gerig, haar glimlag eensklaps iets van die verlede. "Peter," sê sy, "kom ons vergeet vir 'n oomblik van die amptelike verklarings. Ek is hier om ten volle in die prentjie gebring te word. Nie net omdat ek 'n indiepte-artikel vir *Time* oor die gyselaarsituasie in Nigerië skryf nie, maar omdat Lea Deetlefs 'n baie goeie vriendin van my is."

Hy hou sy handpalms na bo. "Amelia, ek het vir jou alles gesê wat ons weet. Daar is niks meer nie."

"Wanneer laas was jy met jou hoofkantoor in verbinding?"

"'n Halfuur gelede . . . en dit is die jongste stand van sake."

"En hoe gereeld is Star Petro se hoofkantoor met hul werknemers in Nigerië in verbinding?"

"Deurlopend. Minstens uurliks."

Sy frons, skud haar kop. "Nou hoe verklaar jy dat vier van Star Petro se werknemers in Port Harcourt, met wie ek gister telefonies in verbinding was, weet wie die rebellegroep is wat Ryan Deetlefs en sy kollegas ontvoer het en boonop weet wat die eise vir die gyselaars se vrylating is?"

Hy skud sy kop heftig. "Dis blote bespiegelings." Verdomp, dink hy, werknemers daar is nie veronderstel om met die media te praat nie.

Sy sit 'n vel papier voor hom neer. "Volgens 'n nuusverklaring van Associated Press, wat twee uur gelede al op die internet beskikbaar was, weet Star Petro en die Axo Drilling Company al vier dae lank die Oil For Nigerians-faksie is verantwoordelik vir die ontvoering van drie verskillende groepe buitelanders en hulle eis een miljoen vate olie per gyselaar as losprys. Wat woordeliks ooreenstem met die inligting wat julle werknemers in Nigerië aan my verstrek het."

Peter voel hoe die sweet op sy voorkop pêrel. Sy mond is droog. Hy beduie na die Associated Press-berig. "Ek . . . wel, ek . . . kan nie kommentaar hierop lewer nie."

"Dit is presies wat julle maatskappy se mediawoordvoerder in New York vir die joernalis van Associated Press gesê het. Julle lewer nie kommentaar nie."

74

Sy plaas 'n gemanikuurde hand op sy lessenaar, tik met 'n slanke vinger op 'n hopie dokumente. "Peter, ek wil dit aan jou stel julle speel vir tyd. Een miljoen vate olie per gyselaar is volgens julle 'n buitensporige losprys. Julle sien nie kans om dit te betaal nie. Dit kan 'n duikie in jul miljard-dollar-besigheid maak. Daarom wil julle eers onderhandel met 'n groep wat duidelik sê hulle stel nie in onderhandelings belang nie. Julle dobbel met die lewens van julle eie werknemers en toon geen simpatie met die gyselaars se familielede nie. Dit is getraumatiseerde mense wat in spanning wag om van hul geliefdes te hoor."

Hy stamel oor sy woorde, sy gedagtes in 'n warboel. "Ek . . . Dit . . . dit is nie so eenvoudig nie . . . Ons probeer om na almal se belange om te sien . . . Ons werknemers bly ons eerste prioriteit en . . . wel . . . ek . . . ek kan nie verder kommentaar lewer nie."

Sy staan op. "Dit is duidelik jy is nie by magte om aan my antwoorde te verskaf nie. Ek sal met julle baas in New York praat." Sy leun effens vooroor. Dit voel vir hom asof haar groen oë hom deurboor. "Maar glo my, as enige gyselaar iets moet oorkom omdat julle jul voete sleep, sal nie net ek nie, maar die wêreldmedia Star Petro ontbloot vir wat julle is – 'n geldgierige gespuis wat min waarde heg aan die veiligheid van hul werknemers."

Toe sy uit is, bewe sy hande só dat hy nie hoofkantoor se nommer behoorlik op die telefoon kan insleutel nie.

12

Carl stap sommer weer van die hotel na die gebou in Groenpunt vir sy afspraak met Leroy September. Die mis het sy wit kleed oor die berghange gesprei, dis grou en 'n motreëntjie sif sag op die sypaadjie neer. Die eerste teken dat die Kaapse winter hier is.

Hy kon nooit die wintermaande se nat weer hanteer nie. Hy was te lank in Johannesburg. Soms smag hy nog na 'n egte Hoëveldse somer-donderstorm. Reën wat in groot druppels op die aarde neerstort. Weerligstrale wat soos riviere op 'n landkaart in die hemelruim geëts word. Wolke wat na die storm welkome strale sonlig laat deur-filter. Die verfrissende reuk van nat grond wat uit die dankbare bodem opwalm. Hy het altyd gesê die Kaap sou die wêreld se paradys wees as dit Johannesburg se kli-maat gehad het. Maar in die Goudstad wil hy nooit weer bly nie. Die Klein-Karoo was sy goue middeweg.

September wag reeds in die lokaal waar hulle twee dae gelede vergader het. Hy kom vinnig orent toe Carl inge-stap kom. "Genoeg tyd gehad om deur al die dokumente te gaan?" wil hy weet.

Carl knik. "Ja, interessante leesstof, goeie agtergrond oor wapenhandel."

"Dis vir ons 'n belangrike een dié. Dis nie aldag dat die CIA so swaar op ons samewerking steun nie."

Carl hou van September. Hy lyk geesdriftig en na 'n deeglike kêrel. As jy ondergronds gaan, soek jy 'n vennoot wat jy met jou lewe kan vertrou. Benade, sy kontakman gedurende die dwelmsaak, was só 'n man, maar hy was 'n ou suurknol met geen humorsin nie. Tydens die dwelmsaak het Carl soms gesmag na iemand wat hom kon opbeur. Die lagplooitjies om September se oë dui op iemand met 'n meer ontspanne geaardheid. Carl het ook gehou van die gemaklike manier waarop hy die wapensaak verduidelik het, al was hy soms te langdradig na sy sin.

September haal 'n notaboekie uit sy binnesak, slaan dit oop. "Ek het twee onderwerpe waaraan ons aandag moet gee." Hy druk sy groot bril reg. "Eerstens, jou nuwe identiteit. Jy is voortaan Carl Weideman. Ons het besluit om jou voornaam te hou. Dit maak dinge vir jou makliker. Indien 'n kennis jou raakloop in die teenwoordigheid van iemand wat jou as Weideman leer ken het, gaan die 'Carl' jou nie onmiddellik weggee nie."

Carl knik. "Goeie idee. Dit was een van ons blapse met my vorige ondergrondse ondervinding."

September lag. "Ek het dit in jou dwelmverslag opgetel. Jy het twee close encounters gehad."

"Ek is beïndruk."

"Gelukkig leer ons mettertyd uit ons foute. En jou dwelmverslag was vir ons 'n lekker kompas om dit uit te skakel."

Hy stryk sy Hitler-snorretjie met sy voorvinger plat, druk weer sy bril met sy duim hoër op. "Om dit kortliks te stel, Carl Weideman is 'n aartskrimineel. Twee keer in die tjoekie vir dwelmsmokkelary. Ons het met die departement van korrektiewe dienste gereël dat 'n inskrywing vir só 'n persoon geskep word. Enigiemand wat navrae doen, sal jou nuwe naam in Pollsmoor se rekords kry. Omdat jy ervaring van die dwelmwêreld het, sal jou kennis daarvan jou help om dié wat swaar sluk aan jou storie, te oortuig jy weet waarvan jy praat. Ons het 'n volledige biografie vir jou geskryf. In Johannesburg gebore, eienaar gewees van 'n klein security firm, Weideman Armed Response. Daar het jy wapens leer ken. Dit het nie goed gegaan met jou business nie. Jy het Kaap toe gekom, met dwelms begin smokkel en is twee keer deur die polisie vasgetrap. En nou het jy 'n comeback na die wapenbedryf gemaak. Natuurlik op 'n baie groter skaal as voorheen. Jy sal môre saam met jou nuwe identiteitsdokumente die volledige biografie kry." Hy lag. "Dit is vier en veertig bladsye. Só daar wag 'n shitload leerwerk op jou."

Carl grinnik. "Ek is al een keer daardeur. My dwelmbiografie was amper sestig bladsye."

"Het jy al idees oor hoe mens kontak met die wapensmokkelaars gaan maak?" wil September weet.

"Ja. Ek dink daar is twee maniere om dit aan te pak. Die eerste een is om myself voor te doen as iemand wat namens 'n groep wapens wil bekom. En om dan natuurlik vir Adaka in Nigerië te kontak en te hoop dat sy wapenhandelaars dit aan my gaan verskaf."

September knik. "Dit was ook my en direkteur Wessels se idee."

"Ek het probleme met daardie roete," sê Carl. "Adaka is gewoond aan groot bestellings. As ek hy was, sou ek onraad vermoed het as 'n wildvreemde wit Suid-Afrikaner hom kontak om 'n hand vol wapens te wil aankoop. Bestel ek 'n groot hoeveelheid, ontstaan die vraag vir wie koop ek dit aan – 'n fiktiewe rebellegroep? Hy het sekerlik genoeg kontakte om gou genoeg uit te vind of daar wel só 'n groep bestaan. As ek 'n lid van die wapensindikaat was, sou ek ook beslis nie aan só 'n bestelling geraak het nie. Dit ruik te veel na 'n polisielokval."

"Ja, daar is risiko's en ons sal dit verseker moet uit-check, maar is daar rêrig 'n ander opsie?" wil September met 'n frons weet.

"Ek dink so. Waarom doen ek myself nie as 'n wapen-verskaffer en -handelaar voor nie? Iemand wat 'n bron van onuitputlike wapens het en dit nou probeer smous."

September laat rus sy kop in sy hande, 'n frons op sy voorkop. "Hmm . . . Interessant, vertel dat ek hoor."

"Ek dink die belangrikste punt is om nie direkte kontak met die wapensindikaat te probeer maak nie. Laat hulle my eerder probeer opspoor. As ek Adaka nader om wa-pens aan sy kliënte te smous, is die kans goed hy gaan nie belangstel nie. Hy het sy eie mense met wie hy al lank saamwerk. Maar as ek hom 'n beter ooreenkoms aan-bied, kan hy dalk net daarvoor val."

September glimlag asof hy snap waarop Carl afstuur. "Jy bied dit met ander woorde vir 'n moerse cheap prys aan, een wat Adaka nie kan weier nie. En hy skakel sy Kaapse syndicate uit. Hy noem aan hulle dat hy 'n cheaper verskaffer gekry het en só kruip hulle uit hul gate om met jou te probeer kontak maak."

"Nee," sê Carl, "ek bied dit vir Adaka teen 'n markver-wante prys aan."

September stoot sy bril af tot op die punt van sy neus en loer bo-oor die raam, sy voorkop weer op 'n plooi ge-trek. "Ek verstaan nie. Hoekom sal Adaka 'n wildvreem-de verskaffer se aanbod aanvaar, teenoor sy eie buddies en vennote van die afgelope paar jaar?"

"Wat ek van Adaka gelees het in jou lêers, is dat hy geldgierig is. Onthou, hy is die makelaar. Hy werk op 'n kommissiebasis. Sy Kaapse sindikaat betaal hom seker 'n vyfde, dalk op die meeste 'n kwart van die wins uit die wapenverkope. Adaka wil nie noodwendig goedkoper wapens aan die rebellegroepe verskaf nie. Goedkoper wapens maak sy kommissie kleiner. As ek hom vyftig persent of selfs sestig persent van die wins op markverwante pryse aanbied, gaan hy sy lojaliteite hopelik vinnig oorboord bliksem."

"Hoekom sal 'n handelaar so 'n moerse groot hap van sy wins afstaan?"

"Omdat ek nuut in die bedryf is. Adaka is my paspoort tot kliënte. Ek sal enigiets doen om 'n voet in die deur te kry. Dit is 'n geloofwaardige manier van dink. Hy behoort dit só in te sien," sê Carl.

"En jy hoop jy kan só die Kaapse syndicate se aandag op jou vestig?"

"Stel jou in hulle posisie. Hulle makelaar met wêreldwye kontakte, die groot bron van hul inkomste, verkies skielik 'n ander wapenhandelaar. Dit gaan 'n geskarrel aan hulle kant veroorsaak. Hulle gaan één van drie dinge doen: óf hulle gaan met my probeer saamwerk, óf hulle gaan my probeer dreig, óf hulle gaan my probeer uitskakel. In al drie gevalle gaan hulle met my kontak maak."

'n Breë glimlag verskyn op September se gesig. "Goeie dinkwerk . . . goeie bleddie dinkwerk!"

"Die vae moontlikheid bestaan natuurlik dat hulle hul kommissie aan Adaka kan opstoot om sy besigheid te behou. In so 'n geval kan ek egter met nog 'n beter aanbod kom, totdat hulle nie meer kostedoeltreffend kan meeding nie."

"Jy is dus van plan om fisiek skietgoed aan 'n rebellegroep te lewer?"

"Ja," sê Carl, "dit is al manier hoe ek geloofwaardigheid by Adaka gaan opbou. Ek sal sy vertroue moet wen.

Ek weet die CIA gaan moontlik nie daarvan hou as ek wapens, wat ons met hulle geld bekom het, aan 'n vyandige faksie soos 'n Moslem-terroristegroep verskaf nie. Maar dit is die enigste manier hoe ek die aandag van die wapensindikaat op my gaan vestig. En ek is doodseker dit is die enigste roete wat vermoedens van 'n polisielokval by hulle sal uitskakel."

"Ek sal jou plan van aksie by die direkteur en die CIA moet toets, maar ek hou van jou denkrigting," sê September peinsend. "Moet sê, ons het nooit aan só 'n opsie gedink nie." Hy kom orent. "Intussen gaan jy leerwerk hê. Dit sal môreoggend saam met jou nuwe ID-dokument en paspoort by jou hotel afgelewer word."

"Ek was nog nooit so reg om aan die werk te spring nie."

September klop Carl liggies op die skouer. "Ek het 'n gevoel ons twee gaan bleddie goed saamwerk."

13

Drie honde wat vergiftig is. Honde! Superintendent
Isaac Koza skud sy kop in ongeloof. In Johannesburg
sorg die uniformmanne dat só 'n klagte nooit die status
van 'n kriminele ondersoek behaal nie. Speurders se tyd
is daar eenvoudig te kosbaar. Maar hier word 'n dossier
oopgemaak oor honde wat rottegif ingekry het. Hy gee
nie om dat dit die honde van 'n afgetrede dekaan van
die Universiteit van Kaapstad se fakulteit van lettere en
wysbegeerte is nie. Sy honde verdien waaragtig nie om
die mees gesoute speurder in die stasie se aandag in be-
slag te neem nie!

Maar hulle het hom gewaarsku. Dis maar hoe die Kaap
werk, hier word dinge anders gedoen. Speurders verkwis
hier hulle tyd en die staat se geld met sulke onbenullig-
hede. Hy is nou presies een maand die nuwe bevelvoer-
der van die Nuweland-polisiestasie en in dié dertig dae
was daar geen ernstige roof, kaping of moord nie. Die op-
spraakwekkendste sake was 'n inbraak by 'n motorhawe
en 'n aanklag van winkeldiefstal teen 'n bekende rugby-
speler se vrou, wat die koerante gehaal het. 'n Mens sou
sweer dié plek is in Europa geleë.

Almal verseker hom dit verloop nie altyd so rustig in
hierdie rykmansarea nie, wat Rondebosch en die grootste
deel van Constantia insluit. Hy moet egter nog daarvan

oortuig word. En as dit waar is, hou hy ook nie van die feit dat hy die leisels in 'n betreklik misdaadvrye tyd oorneem nie. As dinge vorentoe vererger, gaan daar vinnig 'n vinger na hom gewys word. 'n Opwaartse kurwe in misdaadstatistiek word gou voor 'n stasiebevelvoerder se deur gelê, veral as hy nuut aangestel is en dié posisie vir eers net op 'n tydelike proefbasis beklee, heeltyd onder die Skiereilandse bevelvoerder se vergrootglas. Dit is boonop dié man wat moet bepaal of hy na 'n hoër rang bevorder kan word en bevoeg is om permanent as stasiebevelvoerder aangestel te word.

By die stasie het hy 'n hele klompie uniformmanne wat 'n taamlik indrukwekkende patrollieroetine handhaaf. Hy was 'n paar aande saam met hulle uit en hulle lyk bekwaam. Sy vyftal speurders vertoon egter bra gemiddeld, of so wil dit vir hom voorkom. Hy het nog nie regtig die moeite gedoen om hul rekords aandagtig te bestudeer nie. Met die uitsondering van een het die spul ook bitter min ondervinding.

Hy sug, tel die telefoon op en sleutel die interne nommer in. "Kassie, jy kan maar kom gesels. Laat ek hoor hoe jy die hondesaak opgelos het." Hy snork. Hy kan steeds nie glo die vorige bevelvoerder, Vermaak, het sy stasie se mees ervare speurder met dié onbenullige saak opgesaal nie. Hy het by een van die uniformmanne gehoor Vermaak en die dekaan met die dooie honde was boesemvriende. Dit verklaar dalk hoekom Kassie Kasselman hiermee gesit het. Dat hy nou skynbaar eers na 'n maand en 'n half die saak opgelos het, sê ook nie veel van sy vermoëns nie.

Die speurder kom in, gaan sit in die stoel oorkant hom. Goeie genugtig, die vent lyk verwaarloos! dink Koza. Vandat hy hier is, het hy Kasselman nog in niks anders as daardie rooi windjekker gesien nie. Daar is beslis ook niemand in sy lewe wat na sy wasgoed omsien nie. Sy hemde lyk of dit maande laas met 'n strykyster kontak gemaak het. Hy lyk eenvoudig nie soos 'n speurder in die SAPD veronderstel is om te lyk nie.

"Ek hoor die hondesaak is opgelos? Vertel my die storie van die begin af en verras my teen die einde met die onthulling van wie die hondemoordenaar is," sê hy met 'n glimlag. Dit is wat sy bevelvoerder in Johannesburg altyd in sy jonger dae gedoen het. Hy het geglo dit gee hom insig in hoe sy speurders dink. Hy sal maar van dieselfde tegniek gebruik maak.

Kasselman kug, trek die knoop van sy verpotte dassie stywer om sy nek en tuur in die verte. "Professor Hofmeyr het drie Duitse herdershonde gehad. Pragtige honde, ek het foto's van hulle gesien. Twee tewe en 'n . . ."

Koza onderbreek hom. "Jy hoef nie heeltemal in die fynste besonderhede in te gaan nie, anders sit ons tot middernag hier."

Kasselman lag verleë. "Jammer . . . jammer. Wel, die honde het vreeslik geblaf. Al die mense in die omgewing het blykbaar gekla. Drie het selfs klagtes by ons daaroor ingedien."

"Ek wil raai één van hulle is ons hondemoordenaar?"

Kasselman skud sy kop. "Nee. Ek het hulle gou uitgeskakel as verdagtes. Cohen van langsaan is in sy negentigs, in 'n rolstoel en boonop met 'n huishoudster van drie en tagtig. Mevrou Smit van oorkant die straat was ten tyde van die vergiftiging met dubbele longontsteking in die bed en Murray van twee huise verder, wat drie klagtes in vier maande gelê het, het 'n alibi gehad."

Koza bars uit van die lag. " 'n Alibi!"

"Ja," sê Kasselman, sy skraal gesig dodelik ernstig, "hy

het by sy suster op Winburg in die Vrystaat gekuier tydens die moo- . . . insident." Kasselman maak nou sy dassie se knoop losser. "Ek het met al die mense in die straat gesels . . . Bekker, Smith, Peters . . ."

Koza hou sy hand omhoog. "Kassie, kom ons vergeet van my aanvanklike versoek. Wie was die skuldige?"

"Die professor se vrou, Corlia."

"Sy vrou?!"

"Ja, sy't van die begin af vir my na die skuldige gelyk, 'n verbitterde ou vrou wat heeltyd tussenwerpsels gemaak het gedurende my onderhoude met die professor," sê hy steeds ernstig.

Koza sukkel om net so ernstig te bly. "Tussenwerpsels?"

Kasselman praat skielik in 'n dun stemmetjie: "Pappie, ons gaan net nie wéér honde kry nie. Pappie, die goed het ons bankrot gevreet. Pappie, ek kan nie die bure verkwalik dat hulle die goed vergiftig het nie. Pappie, die hondebolle het ons grasperk soos 'n mynveld laat lyk."

Koza lag weer. "En op grond daarvan het jy haar verdink."

Kasselman haal sy skouers op. "Wel, nie een van die mense in die straat het my rede gegee om te dink dit is húlle nie."

Koza moet steeds met inspanning sy lag inhou. "En hoe het jy toe die deurbraak gemaak?"

"Daar was rottegif weggesteek in haar hangkas, onder haar skoene."

Koza frons. "En hoe op dees aarde het jy dít uitgevind?" Hy voeg by: "Het jy 'n lasbrief gekry?"

"Nee, ek het drie weke gelede, toe ek daar 'n draai gaan gooi het, my kans gebruik. Sy was uit vir 'n brugaand en die professor het in sy stoel voor die kaggel aan die slaap geraak . . . terwyl ek nog met hom gepraat het." Kasselman hou twee vingers in die lug. "Hulle het afsonderlike kamers."

"En toe gaan krap jy in haar hangkas?"

"Onder meer."

Nou is Koza bulderend van die lag. "Jinne, Kassie, jy kan dit mos nie doen nie!" Hy vee die trane uit sy oë.

"Wel," sê Kassie, "die saak is opgelos."

"Hoekom eers drie weke later?"

"Ek het op 'n velletjie papier vir die professor geskryf hy moet in sy vrou se hangkas onder haar rooi skoene gaan soek vir 'n leidraad. Ek het die briefie op sy skoot neergesit, die wekker langs sy stoel vir tien minute later gestel en geloop."

"En?"

"Wel, hy't my nooit weer oor die saak gekontak nie. Voorheen het hy my daagliks verpes. Hy het vanoggend vir die eerste keer weer geskakel, gesê hy trek die saak onvoorwaardelik terug. Niks van sy vrou of die briefie gerep nie, maar hy't maar redelik verleë geklink."

Toe Kasselman uit is, lag Koza nogmaals. Terwyl hy die trane van sy wange moet vee, skud hy sy kop. Fok, hulle het hom die bevelvoerder van 'n sirkus gemaak, nie van 'n polisiestasie nie.

14

Die ys in Ben se glas rinkel toe hy die laaste sluk brande-
wyn neem. Hy vurk 'n blokkie ys met sy vingers uit die
glas en sit dit in sy mond. Hy swets onderlangs. Hy sukkel
om sy gedagtes te orden. Melanie het dit laat ontspoor
met haar vloermoer van 'n halfuur gelede.

Hy staar peinsend voor hom uit, skud sy kop. Dít oor 'n
bliksemse skoolkonsert wat hy nie wil bywoon nie. "Ben-
nie sing daarin. Kan jy nie 'n paar uur opoffer vir jou
seun nie?" wou sy weet. Hy het nie kans gesien vir die
geweeklaag van kinderstemmetjies nie. Buitendien wou
hy tyd hê om te dink. Hy het gesê hy het dringende werk,
wat natuurlik 'n leuen was. Dit is toe dat sy haar humeur
verloor het. Die vlamme het in haar nek uitgeslaan soos
gewoonlik wanneer sy haarself opwen vir 'n bekgeveg.

"Ben Haarhoff, moenie vir my lieg nie! Dis jou stan-
daardverskoning as jy nie iewers heen wil gaan nie. Jy
behoort jou te skaam! Jy skeep jou seun gruwelik af. Jy
gaan kyk nooit wanneer hy minirugby speel nie, jy vra
hom nooit uit oor sy skoolwerk nie. Jy stel eenvoudig nie
belang nie. Ek dink nie jy het hom eers lief nie. Ek het
nog nooit gesien dat jy hom in jou arms neem en vir hom
sê jy's lief vir hom nie. Here, Ben, hy's al amper nege, hy't
'n pa nodig, iemand na wie hy kan opsien, iemand by wie
hy veilig moet voel . . ."

Hy het nie meer geluister nie. Hy het 'n stewige brandewyn gaan skink toe sy die voordeur toeslaan en kort daarna met skreeuende bande wegtrek.

En nou, terwyl hy een van die belangrikste besluite van sy lewe moet neem, kan hy nie haar woorde uit sy gedagtes kry nie. Daardie "Ek dink nie jy het hom eers lief nie" bly in sy ore weergalm.

Hy weet sy's reg. Hy sukkel met liefde. Dit is 'n ding wat van sy kinderjare af kom. Hy het grootgeword in 'n huis sonder liefde. Sy pa, die werkslaaf, was altyd afwesig. In sy laerskooljare het hy hom byna nooit gesien nie. Sy pa was altyd op die pad, dit was die beginjare van die vervoerbesigheid en hy moes self 'n vragmotor beman.

Sy ma was 'n depressielyer. Sy kon vir ure na niks sit en staar sonder om 'n woord te rep of te reageer op sy vrae. Ben moes self sien kom klaar. Hy onthou hoe jaloers hy op sy skoolmaats was as hulle pouses gesmul het aan wat hulle ma's met groot sorg vir hul kosblikke berei het.

In sy tienerjare het sy ma behandeling gekry. Die pille het haar gehelp. Maar toe het die mans gekom. Sy het omtrent elke dag 'n ander man in die huis onthaal. Hy moes uit die pad bly. Sy't gesê sy masseer hulle vir geld, maar Pa moenie daarvan weet nie. Sy doen dit om hom te help betaal aan die huis en die kruideniersware. Maar sy het net vir haarself klere gekoop.

Hy het sy ma en haar mansvriende deur die kamerdeur se sleutelgat afgeloer. Hy onthou die mans se groot, wit, harige lywe, al wikkelend tussen sy ma se pienk, vlesige bene. Terwyl hy gekyk het, het hy met sy groeiende ereksie gevroetel. Dan het hy in die buitekamer gaan stort en masturbeer – sy manier om al die verwarrende gedagtes te verwerk. Dit was sy toevlugsoord. Die stort in die buitekamer.

88

Toe hy op 'n dag van die skool af kom, was sy ma dood. Sy het haarself aan die kandelaar in die slaapkamer opgehang. Sy was poedelnakend. Hy het lank na haar gestaar voordat hy sy pa gebel het. Toe het hy in die buitekamer gaan stort.

Hy skud sy kop, al weet hy dit gaan hom nie laat ontslae raak van dié herinneringe nie. Hy moet sy aandag rig op dit wat nou belangrik is. Maar Melanie doem weer voor sy geestesoog op. Hy staan op uit die sitkamerstoel, kyk na die ruim vertrek, die duursame houtpanele teen die mure, die groot vensters wat panoramiese uitsigte op die berg bied, die hortjieblindings voor die kleiner vensters, geelhoutvloere, dik Persiese tapyte, silwerornamente en moderne meubels. Sy waardeer dit nie regtig nie, dink hy. En dit is sy manier van liefde gee. Die enigste manier wat hy ken.

Intimiteit is vir hom 'n moeilike saak. Vriendskap val in dieselfde kategorie. Empatie, ontferming en meelewing is eenvoudig nie deel van sy geestelike DNS nie. Op skool was hy 'n alleenloper. Sy enigste vriend was Manie, wat soms pouses vir hom van sy hamtoebroodjies gegee het. Dit was al rede hoekom hy Manie verdra het. Hy kon hom tot sy voordeel inspan; daardie toebroodjies wat sy ma gemaak het, het sy hongerpyne gestil.

Op universiteit het hy Dolf, Brink en Divan in die koshuis ontmoet. Hulle het saam poker gespeel. Hy het hulle as sy pokermaats beskou, niks meer nie. Maar na universiteit het hulle kontak met hom gehou. Hy het dit so aanvaar omdat hy Melanie wou beïndruk, vir haar wys hy is eintlik gewild, met 'n vriendekring.

Toe Divan in 'n motorongeluk dood is, het hy nie na die begrafnis gegaan nie. Hy het gelieg en gesê hy moet dringende werk in Johannesburg gaan afhandel. Melanie

89

het na die begrafnis gegaan, terwyl hy in sy Johannes-burgse hotel die tyd verwyl het deur na pornoflieks te kyk. Hy het net nie kans gesien vir die trane en swaar-moedigheid van die seremonie nie. Vandat sy ma dood is, het hy sulke emosionele geleenthede probeer vermy.

Dolf en Brink het die enigste buitestanders geword met wie hy kontak gehou het. Melanie was mal oor hul vrouens, daarom het die kontak aanhou voortduur. Toe hulle saam met hom in die wapenbesigheid inkom, het hulle waarde tot sy lewe toegevoeg. Hy het mense nodig gehad wat hy kon vertrou. Hulle was hardwerkend en het mildelik tot sy rykdom bygedra. In die proses het hy hulle ook skatryk gemaak. Die een hand het die ander gewas.

Hy stap na die studeerkamer en val neer op die leer-bank. Hy moet nóú 'n besluit neem. Dit broei al te lank in sy kop. Hy weeg alles op.

Hy loop skink vir hom nog 'n brandewyn. Dit is 'n moeilike besluit. Maar dinge moet nou tot 'n punt kom, hy kan nie langer daarmee rondloop nie. Dit is besig om soos 'n kwaadaardige gewas in hom te groei.

Hy gaan sit weer op die leerbank, haal sy selfoon uit sy hempsak, draai dit eers in sy hand rond.

Dan bel hy.

15

Nigeriese weermag verwoes militante-kamp
Drie gyselaars bevry, twaalf rebelle dood

Lagos. – Twaalf rebelle van die Oil For Nigerians-milisiegroep (OFN) is vanoggend vroeg in 'n verrassingsaanval deur die Nigeriese weermag doodgeskiet. Drie gyselaars is in die operasie bevry.

Die drie gyselaars, Barry Goodman, Wally Keith en Jos Harmon, almal Amerikaners wat in diens is van die Star Petro Development Company of USA-Africa, is twee weke gelede ontvoer. Die gyselaars is langs die Nigerrivier in 'n kamp aangehou. Die OFN, 'n nuwe faksie, het een miljoen vate olie per gyselaar as losprys geëis.

Die Nigeriese weermag het vanoggend tweeuur met gewapende helikopters en kanonbote op die rebelle se kamp toegeslaan. Hewige gevegte het op die oewer uitgebreek en twaalf rebelle is deur Nigeriese soldate doodgeskiet. Twee soldate is ernstig beseer.

Kolonel William Omehia het in 'n verklaring gesê die OFN het die Nigeriese regering geen ander opsie gegee nie. "Hul eise is buitensporig. Hulle bedreig nie net die lewe van buitelanders en Nigeriese soldate nie, hul optrede het 'n nog groter negatiewe impak op die ekonomiese welvaart in die geweldgeteisterde Riviere-staat veroorsaak. Na lang beraadslaging tussen weermaghoofde en die ministerie van verdediging, is besluit om die rebellekamp aan te val."

Twee groepe van onderskeidelik ses en vyf buitelandse gyselaars word nog in twee ander kampe deur die OFN aangehou. Vroeër het dié

91

faksie gedreig hulle sal die gyselaars se lewens neem indien hul eise nie nagekom word nie. Die militante beweer hulle wil die federale regering dwing om meer olie-inkomste na die suidelike oliegebied te kanaliseer. Dié gebied is ondanks ses dekades van olieproduksie steeds baie armoedig. Die regering beweer egter die rebelleleiers se hoofdoel is om hulself te verryk. Weens jare lange militante-aktiwiteite produseer Nigerië se olievelde net sowat 'n driekwart van waartoe dit in staat is.

Kolonel Omehia het die OFN gewaarsku dat hulle ook die ander twee kampe sal soek en teiken indien die groep nie die gyselaars vandag vrylaat nie.

Alfred Wood, mediawoordvoerder van Star Petro in New York, het gesê sy maatskappy is verheug dat drie van sy werknemers deur die soldate bevry is. "Ons hoop dit dien as waarskuwing vir die OFN en ander rebellegroepe dat die Nigeriese weermag ernstig is in hul strewe om militante groepe finaal die nekslag toe te dien. Ons vertrou die OFN sal vandag ons ander werknemers vrylaat."

Nege van die elf gyselaars wat nog deur die OFN aangehou word, is werknemers van Star Petro. Die twee ander werk vir die Britse Axo Drilling Company. – Sapa-AFP

Die gyselaars word wakker van die rebelle se deurdringende stemme buite hul aanhoudingsarea.

"Wat de bliksem gaan nou aan?" Williams spring vervaard van sy matras op, hou die deur met witgesperde oë dop. "Die son is nog nie eers behoorlik op nie."

Williams is die afgelope week 'n senuweewrak, dink Ryan. "Dalk maar 'n onderlinge relletjie," sê hy terwyl hy deur 'n skrefie van twee bamboese na 'n groepie rebelle loer, hul gebare wild. "Dit gaan niks help om ons daaroor te ontstel nie."

Williams se kop ruk in sy rigting. "Fok, ek kan hierdie spanning nie meer hanteer nie." Hy gaan sit op 'n matras, trek sy bene met sy arms op en laat sak sy kop op sy knieë, soos hy die afgelope paar dae ure aaneen gedoen het. Vandat die rebel die rewolwer teen sy voorkop gedruk het, het hy hom afgesny van sy makkers. Hy praat en eet selde.

Die jong Davison mompel saggies iets en Ryan buk oor die Amerikaner en voel aan sy voorkop. Steeds gloeiend warm. Sy hande en voete is sedert gister geswolle, sy wange opgepof en rooi. Ryan maak die materiaal van 'n stuk van sy T-hemp, wat hy die vorige dag afgeskeur het, nat in die emmer water en drup dit oor die ylende man se gebarste lippe en voorkop.

Davison is maar twee en twintig. Hy was net 'n maand in Nigerië toe hy saam met Williams ontvoer is. In New York het hy as kelner by 'n restaurant gewerk toe hy 'n advertensie van die Axo Drilling Company raakgesien het. Hy het in Birmingham, Engeland, sy opleiding ontvang. Sy salaris het verdriedubbel met sy koms Nigerië toe.

Hy hou 'n verkreukelde foto van sy Britse meisie enkele sentimeters van sy gesig vas met geswolle vingers. 'n Effense glimlag speel om sy lippe. Hy mompel iets wat Ryan nie kan uitmaak nie.

"Hy is baie siek," merk Kiernan op. "Die hemel alleen weet wat hom gebyt het. Hier's soveel goggas en vlieë. Ons gaan almal nog op 'n hoop vrek."

"Dis van die fokken kos," sê Donald. "Ek sal dit regtig nie vir my hond gee nie." Hy sit en speel met 'n Zippo-aansteker in sy hande. Daar is lankal nie meer gas in nie, maar Ryan vermoed hy hou sy hande só besig om sy lus vir tabak te probeer stil.

"Ons moet hulle vandag vra om aan Davison aandag te gee, mediese hulp vir hom te kry," sê Ryan.

"Is jy befok?!" vra Williams met 'n ondertoon van histerie in sy stem. "Wil jy ook 'n donnerse rewolwer teen jou kop gedruk hê?"

"Ons sal iets moet doen. Hy lyk nie goed nie." Nie een van Ryan se kollegas reageer nie, asof hulle nie omgee nie. Hul oorlewingsinstinkte het oorgeneem en dit is nou elke man vir homself. Onwillekeurig dink hy terug aan luitenant Osako se woorde net voor hy ontvoer is. "Jy's 'n man wat jou onnodig oor ander se probleme bekommer. Kyk eerder na jouself. Dis al manier hoe jy in dié land gaan oorleef."

Hulle hoor die dreuning van 'n rubberboot op die water. "Ons het besoekers," sê Kiernan. Almal buiten Davison loer deur die skrefies in die bamboesmuur om te sien wat gebeur.

Twee figure kom vanuit die oewer se rigting na die groepie rebelle aangestap. Hulle praat hard en beduie met hul hande na die gyselaars se aanhoudingskamp. Na 'n rukkie draai die hele groep in hul rigting en kom doelgerig aangestap.

"Wat gaan tog nou weer aan?" prewel Donald.

Sewe rebelle kom by die sinkdeur in. Drie staan buite. Almal is gewapen met AK's. Een van die rebelle, wat die gyselaars nog nie voorheen gesien het nie, praat. "Die mense van Axo Drilling moet saam met ons kom." Sy Engels is goed en hy glimlag selfs.

"Uiteindelik," sê Williams met 'n groot glimlag oor sy gesig geplooi, "ons gaan loop." Hy neem Davison aan sy arm en help hom op. "Kom Davo, ADC het betaal, ons moet gaan." Davison moet aan sy skouer vashou om op sy voete te bly. Hy laat val die foto van sy meisie.

Toe Ryan buk om dit op te tel, skop een van die rebelle dit voor sy hande weg. 'n Ander een tel dit op, skeur die foto in flentertjies en strooi dit soos confetti oor die gyselaars sonder om iets te sê. Davison beduie met sy vinger in die rebel se rigting en mompel iets onhoorbaars.

"Sjt," paai Williams hom, "dis net 'n foto, binnekort sien jy haar weer in lewende lywe." Hy wuif vir die drie gyselaars wat agterbly. "Byt vas, boys. Julle beurt sal kom." Hy huiwer, kyk versigtig na die rebelle. "Ons sal vir die buitewêreld jul haglike omstandighede skets . . . die kos, die hardhandige behandeling . . ."

Een van die rebelle druk hom met 'n AK in die rug. "Toe, toe beweeg!" Williams sleep-dra Davison saam met hom by die sinkdeur uit.

Donald, Kiernan en Ryan hou hulle deur die skrefies dop. "Gelukkige bliksems," sê Kiernan. "Ek wonder wanneer gaan Star Petro ons ook uit hierdie hel loskoop."

"Ek is bly vir Davison se onthalwe," sê Ryan. "Hy sal ten minste nou mediese sorg kry."

Williams en Davison vorder stadig, Davison se treë wankelrig terwyl sy een arm om sy kollega se nek geklem is. Die gyselaars agter die bamboesmuur hoor hoe die een rebel sê hulle moet in die rivier se rigting vooruit stap.

Dan haal twee rebelle hul AK's oor, die knarsgeluide van die vuurwapens se meganika weerklink hard in die oggendstilte. Williams kyk verskrik oor sy skouer.

Die rebelle lig hul wapens op en trek los op die twee gyselaars. 'n Bloedstollende angskreet ontsnap uit Williams se lippe voordat hy en Davison vooroor ploeg in die riviersand. Hul liggame ruk soos die koeëls in sarsies tref. Williams kreun nog terwyl een hand verbete in die modderige sand grawe, maar 'n laaste sarsie skote na sy kop stop sy bewegings abrup.

Die skielike ruising van voëlgefladder in die moeras verswelg die krete van die drie toeskouers agter die bamboesmuur.

16

Sy maagspiere brand, maar hy hou aan tot hy twee honderd opsitte gedoen het. Die strale sweet kronkel af in die kontoere van sy bolyf en slaan in donker kolle op sy blou oefenbroek uit. Hy gun sy liggaam nie rus nie, draai onmiddellik om en begin opdrukke doen. Die eerste dertig gaan maklik, dan begin sy lyf se gewig aan sy boarmspiere knaag. Waar was die dae toe hy eers by honderd dié byt begin voel het?

Carl is gefrustreerd. En wanneer sy gemoed stormagtig is, oefen hy. Vandag nie in die hotel se ontwerpersgimnasium nie, maar in sy kamer waar hy hardop kan resiteer en tussen pyn en sweet deur aan sy nuwe identiteit kan skaaf.

Gister het hy die enigste geleentheid vir 'n bietjie afwisseling in sy roetine gekry. In die gimnasium het 'n wulpse blondine op een van die oefenapparate haar stywe boudjies in sy rigting geswaai. 'n Johannesburgse kreatiewe direkteur by 'n advertensie-agentskap, het hy na 'n wilde sekssessie in haar kamer uitgevind. Kreatief in die bed was sy wel, maar sy was laat vir 'n afspraak en moes daarna vort Goudstad toe. Dit was 'n welkome paar minute van afleiding in sy vasgekluisterde hotelbestaan. Sy het darem haar telefoonnommer gelos . . . indien hy ooit daar sou aandoen.

Hy glimlag wrang. Hoeveel telefoonnommers het hy nie van vroue regoor die land nie? Sy seksdatabank. In baie gevalle kan hy nie meer gesigte by die name bring nie: Lucy, Suzanne, Leonie, Anja . . . Hy het gisteraand daarna gekyk, hard probeer onthou wie dit is en waar en wanneer hulle paaie gekruis het.

Soveel ander vroue het al oor sy pad gekom wat 'n ideale lewensmaat sou maak; voor sy huwelik, daarty-dens en daarna. Hoekom is hy nie in staat om sy hart vir een vrou te gee nie? 'n Oormatige seksdrang? 'n Che-miese wanbalans in sy brein? Sy kinderjare?

Carl dink terug aan sy grootwordjare, vaderloos in 'n nederige huisie in Yeoville in Johannesburg. Hy, sy ouer broer en ma wat moes rondspring om al die gate toe te stop. Sy ma se inkomste as kassier by OK Bazaars was beswaarlik genoeg om hulle skool toe te stuur én kos te gee. Sy moes ook in die aande as kelnerin by die padkafee gaan werk. Sy broer, Bert, die "hartebreker van Yeoville" en tien jaar ouer as Carl, was veronderstel om hul afwesi-ge pa se skoene vol te staan, die rol van ouer in die huis te vervul terwyl Ma haar afgesloof het om te voorsien. Dit was net nie sy soort ding nie.

Hoeveel aande moes Carl nie voorgee hy slaap ter-wyl sy broer enkele meters van sy bed af nóg 'n meisie van haar maagdelikheid ontneem nie? Toe hy op 'n keer vir Bert vra hoekom hy nie by een meisie hou nie, was sy antwoord: "Dis maar ons Bester-mans se probleem. Waarom dink jy is Pa vort met daai blondine? En ek hoor hy het haar intussen ingeruil vir 'n brunet." Bert het ge-lag. "Ek's maar soos Pa, ons albei glo die lewe is te kort om 'n fliek twee keer te sien."

Dit móét 'n Bester-ding wees, dink Carl.

Hy was maar vyftien toe hy die eerste keer seks gehad

het. Een van broer Bert se katelmaats het in die vroeë oggendure oorgeklim in sy bed. 'n Rooikop met 'n goddelike lyf en onuitputlike seksdrang – agt jaar ouer as hy. Daarna het hy haar 'n paar keer na skool by haar losieshuis besoek. Tot sy ma daarvan uitgevind het. Sy het die vinger na Bert gewys, alles sy skuld. Hy en Bert moes Carl se bed oordra na sy ma se beknopte slaapkamertjie, waar hy tot in sy matriekjaar moes slaap.

Sy ma . . . Die arme vrou wou so graag hê haar jongste spruit moet uitstyg bo sy omstandighede. "Jy wil nie soos ek, jou pa en broer rondploeter in die wêreld van ongeskooldes nie. Jy't die verstand om 'n dokter of prokureur te word," het sy baiekeer gesê.

Groot was haar teleurstelling toe hy na matriek by die polisie aansluit. "Maar Ma was juis die een wat alewig vir my gepreek het oor die smal weg, wat reg en verkeerd is en dat eerlikheid 'n ononderhandelbare lewenswaarde is," het hy walgegooi. "Nou gaan ek geregtigheid laat seëvier deur die verkeerdes en oneerlikes te vang."

Sy het haar kop geskud. "Jy't 'n antwoord vir alles, Carl. Jy moet eerder 'n politikus word."

'n Skuldgevoel sak oor hom toe. Daardie waardes wat sy ma by hom ingedril het en wat as 'n padkaart gedien het in sy polisieloopbaan, het hy verkrag. As sy nog geleef het, sou hy twee keer gedink het oor sy onbesonne optrede. Hy sou haar nie ook kon bedrieg het met 'n Lotto-leuen nie.

Toe hy nou eers daardie loopbaan hét, het sy altyd so belanggestel in sy werk. As hy 'n saak opgelos het, wou sy alles weet. Hy het nooit sy werk met Wilma bespreek nie, maar sy ma was sy klankbord en hy was altyd gretig om sy suksesse met haar te deel. Sy het die vermoë gehad om hom goed te laat voel oor homself. Toe sy vier jaar gelede skielik aan 'n aneurisme dood is, is 'n stuk van sy siel saam met haar begrawe. Dit was een van die redes waarom hy die dwelmsaak aanvaar het. Hy was nie meer bang nie. Wanneer hy tevore in gevaarlike situasies was, het hy geweet hy móét oorleef ter wille van sy ma. Na haar dood het hy homself aan 'n soort fatalisme oorgegee.

Die pyn in sy arms bring sy gedagtes terug na die hede. Hy wag nou al drie dae om van Leroy September te hoor. Dink September hy is fokken onnosel? Dat hy nie in staat is om sy Weideman-biografie in drie dae onder die knie te kry nie? Of sukkel September om die direkteur en die CIA te oortuig van sy voorstel vir hoe hulle die wapen-sindikaat uit hul nes kan laat kruip?

Carl is rusteloos, soos 'n renperd wat wil wegspring voor die hek oop is. Hy was nooit só nie. Hy het altyd geduldig vir die groen lig gewag. Nou wil hy voortdonner, dit afhandel sodat hy sy skuldige gewete soos 'n ettersweer uit sy lyf kan sny. Terugkeer Klein-Karoo toe en sy plaas gaan herontdek.

Hy weet dit is nie die regte benadering nie. Om suksesvol ondergronds te werk verg fyn beplanning, delikate onderhandeling, nugter denke en tonne geduld. Hy was nie voorberei hierop nie. By die polisie was dit 'n welkome uitkoms van sy geroetineerde bestaan. Nou, na drie dae se wag, nadat hy aanvanklik vuur en vlam was om te begin met sy taak, voel die vooruitsig van maande, dalk jare, se infiltrasie van die onbekende wêreld van onwettige wapenhandel weer vir hom soos 'n strafvoltrekking. Maar hy kan niemand blameer behalwe homself nie. Hy moet dit aangryp as 'n tweede kans, probeer hy hom heeltyd positief stem.

Hy moet September dít toegee: die biografie was maklik om te leer. September moes sy eie persoonlike lêer goed bestudeer het. Hy het datums en gebeure in Carl se per-soonlike lewe en polisieloopbaan slim gekoppel aan si-tuasies wat met sy fiktiewe karakter verband hou. Daar-deur kon Carl maklik assosiasies skep tussen die werklike gebeure in sy lewe en die Weideman-storie. Dit verseker hy gaan datums onthou.

Uit sy vorige ondervinding van ondergrondse werk weet hy dit is belangrik om deeglik voor te berei, al ge-bruik hy negentig persent van die inligting nooit nie. Daar is altyd 'n kans iemand kry snuf in die neus. Dat jou agtergrond gekontroleer gaan word. Die geringste afwy-king kan die operasie kelder en jou lewe in gevaar stel.

Sy geboortedatum en Weideman s'n stem ooreen. In Johannesburg gebore en grootgeword, dieselfde buurt en skool. In 'n kantaantekening lig September hom in daar het in die jaar na hom 'n Carl Weideman by sy skool ge-matrikuleer. Albei dié Carl se ouers is 'n jaar later in 'n motorongeluk oorlede. Die pa se naam was David, die ma was Katrina. Geen broers of susters nie. Die regte Carl Weideman het die afgelope agttien jaar in Australië ge-werk, maar is verlede jaar aan 'n longkwaal oorlede. Daar was geen melding daarvan in die Australiese pers nie. Hulle het by buitelandse sake die rekords van Weideman se emigrasie na Australië geskrap.

In die jaar dat Carl polisieman geword het, het die fik-tiewe Weideman sy sekerheidsfirma in Johannesburg be-gin. In die jaar wat Carl sy graad aan Unisa verwerf het, is Weideman se onderneming bankrot verklaar. In dieself-de jaar as wat Carl Kaap toe verplaas is, het 'n werklose Weideman sy heil daar gaan soek. In die tyd wat hy die Jaguar-moordsaak hanteer het, het Weideman 'n dwelm-handelaar geword; hy het hoofsaaklik in wit woonbuurte die jeug met dagga, LSD en coke geteiken. Weideman is die eerste keer tronk toe in die tyd toe Carl die boom-saag-reeksmoordenaar vasgetrek het.

Carl lig sy wenkbroue. Die dag toe hy amptelik in die hof van Wilma geskei is, het Weideman die tronk verlaat. Gedurende Carl se ondergrondse dwelmopdrag het Weideman weer met dwelms deurmekaar geraak, maar hy is gou vasgetrap. Twee jaar later was hy weer op vrye voet. Vir agtergronddoeleindes het September die name van bekende bendeleiers en gevangenes in Pollsmoor gelys, met kort beskrywings van elkeen.

Weideman het hom daarna op die wapenhandel begin toespits. Die Weideman-paspoort is gestempel met fiktiewe besoeke aan die Oekraïne, Armenië, China en Angola. 'n Kantaantekening verklaar hy hoef nie rekenskap te gee van mense wat hy in daardie lande sou gesien het nie. Volgens die CIA is dit nie inligting wat mense in die wapenhandel uitruil nie. Elkeen hou sy kaarte teen sy bors, bang die opposisie kan 'n voorsprong kry. Daar is volledige beskrywings van die stede wat Weideman sou besoek het, hotelle se name, die belangrikste besienswaardighede, die politieke klimaat en sosiale gedragspatrone.

'n Ellelange lys wapens met foto's daarvan en hul tegniese beskrywings en gemiddelde pryse het hom die besigste gehou: AK47's, die verskille tussen die ware Jakob en die namaaksels, Tokarev-pistole, Uzi-submasjiengewere, Tsjeggiese Rachot UK-68s-masjiengewere, mortiere en mortierbuise, granaatwerpers, Russiese en Chinese handgranate, verskillende plofstowwe en hul eienskappe . . .

September het niks oorgeslaan nie. Carl is ook voorsien van 'n beskrywing van die dekmantel waaronder Weideman sou reis. Hy kan hom immers nie aan mense buite die wapenhandel as 'n onwettige wapenhandelaar

voorstel nie. Hy sal hom voordoen as 'n olieboorvervaar-
diger se verteenwoordiger. 'n Firma in Dallas wat net in
Amerika sake doen, se naam sal as sy werkgewer dien.
Daar is ook 'n kort beskrywing van die belangrikste teg-
niese besonderhede van oliebore.

By honderd en tien opdrukke wankel Carl se arms. Hy
staan bewerig van die vloer op en trek 'n sweetpak oor
sy geswete lyf aan. Hy gaan eers op die promenade by
Seepunt draf voordat hy stort en aandete nuttig. Terwyl
hy draf, sal hy in sy gedagtes deur al die wapens gaan en
homself vanaand weer toets met die beskrywings van die
gevangenes in Pollsmoor. Dan kan September hom maar
onder kruisverhoor neem. Hy voel al soos 'n bedrewe
wapensmokkelaar.

Net toe hy die hoteldeur oopmaak, lui sy selfoon. Dit
is September.

"Carl, jy wonder seker al wat van my geword het?"

"Toe maar, ek was besig met my Weideman-biografie."

"Kan ek jou môre probeer vasvra?"

Carl lag. "Jy kan probeer."

"Die CIA het ons effens vertraag. Hulle wou eers nie
byt aan ons voorstel nie. Hulle het moeilik gesluk aan die
idee dat ons dalk wapens aan die Taliban kan voorsien.
Maar direkteur Wessels het hulle uiteindelik oortuig. Die
Amerikaanse weermag het vragte tweedehandse Russie-
se, Tsjeggiese en Chinese wapens in store. Die CIA kan dit
binne agt en veertig uur hier kry, hang af van jou behoef-
tes. Hulle faks nog vanaand vir my 'n voorraadlys deur."

"Ek is verheug om dit te hoor." Carl bedoel elke woord.
As dit van hom afhang, maak hy al môre met Henry Ada-
ka kontak.

17

Ben Haarhoff se glimlag verbreed toe hy sien die geld vir hul besending wapens aan die Taliban is in hul Switserse bankrekening inbetaal. Hulle kon meer as negentig persent van die bestelling lewer. Boonop ongekompliseerd.

Hy, Dolf en Brink het die wapens 'n week gelede in Ternopil, in die hart van die Oekraïne, gaan inspekteer. Daarna is dit per spoorvrag na die kusstad Odessa vervoer. Hulle het die wapens daar op 'n vragskip oorgelaai. Vandaar het Brink die skeepskaptein alleen op sy tog deur die Swart See vergesel na Kobuleti in Georgië, waar die wapens aan 'n agent van die Taliban oorhandig is. Dit is oorgelaai in drie vragvliegtuie wat die besending na die noordwestelike Swat-vallei in Pakistan vervoer het. Hulle het die vragdokumente vervals om te lyk of dit 'n amptelike besending vir die regering van Pakistan was.

Brink het in teenstryd met sy instruksies nie aangedring dat die Taliban-agent hom in Georgië moet betaal nie, maar sy woord aanvaar dat die geld met die aankoms van die wapens in die Swat-vallei elektronies oorbetaal sal word. Gelukkig het dit goed uitgewerk, maar Brink het weer eens sy eie kop gevolg. Sy lang e-pos uit Georgië aan Ben oor sy nuwe besware teen die lewering van wapens aan die Taliban lees soos 'n politieke toespraak. Hy tree ál meer soos 'n halsstarrige donkie op.

Ben betaal eers Adaka se twintig persent elektronies oor in sy rekening, dan stuur hy 'n faks om hom van die inbetaling te verwittig. Hy dink terug aan hoe hy Adaka nege jaar gelede toevallig in Lagos in 'n kroeg raakgeloop het. Dit was die beste ding wat met hom kon gebeur het.

Hy het die groot Nigeriër alleen in die hoek gesien sit. Een van die mense het gefluister hy is 'n invloedryke man. Hy het 'n miljoendollar-scam-besigheid en het sy hande in verskeie ander onwettige skemas. Ben het homself gaan voorstel as die eienaar van een van die grootste private vervoerbesighede in Suid-Afrika. Hulle het begin gesels en na vele drankies saamgestem hulle deel 'n visie om skatryk te word. Adaka het iemand gesoek wat wapens aan rebelle kan versprei. Ben se vervoerbesigheid het mooi by sy plan ingeskakel. Hy het die regte man op die regte tyd ontmoet.

Hulle het klein begin. Ben het van sy vragmotors gebruik om wapens in Angola op te pik en oor Afrika-grense heen te smokkel. Hy het selfs een keer wapens in plastieksakke verpak en dit onderaan houtskuite vasgemaak wat hy vanuit Uganda met die Nyl op na die Horing van Afrika vervoer het, waar dit by 'n Somaliese faksieleier afgelewer is.

Soos Adaka wêreldwyd onder militantes bekend geraak het as kontakagent vir wapens, het die druk op Ben groter geword om nuwe verskaffers te identifiseer. Hy het besef hy kan dit nie meer alleen hanteer nie en het Brink en Dolf as vennote ingetrek. Hulle het nie geweet dat hy al kniediep in onwettige wapenhandel betrokke was nie en was verstom oor die hoeveelheid geld wat ingevloei het in die eerste maande na hul toetrede tot die besigheid.

Hy het twee ywerige nuwe vennote gehad. Hulle het Rusland en Oos-Europa deurkruis en met moeite en goeie navorsing talle topverskaffers leer ken wat toegang tot vragte goedkoop Koue Oorlog-wapens gehad het. Afrika se dors na wapens het hulle gesogte kliënte vir dié verskaffers gemaak. Met die toetrede van die Taliban tot hul kliëntelys, word die besigheid nou beskou as een van die grootste spelers in die onwettige wapenbedryf en staan die skaduwêreld se verskaffers tou om hul dienste te bekom.

Nog net vyf jaar, dink hy. Dan tree hy op vyf en veertig af en gaan woon hy en Melanie en Bennie in Florida, Amerika, waar hy vir hom 'n massiewe huis op 'n luukse gholflandgoed naby Fort Lauderdale gekoop het. Hy het sy eiendom in Suid-Afrika beperk tot 'n huis in Constantia. Sy ander geld belê hy oorsee. Anders as Dolf en Brink, glo hy nie aan 'n toekoms hierso nie. Oor vyf jaar wil hy Afrika se stof finaal van sy voete afskud en die Eerste Wêreld sy speelplek maak. Hy wil in die winter in Florida se matige klimaat woon en in die somer die Franse en Spaanse kus beproef.

Nog veertig miljoen rand in sy persoonlike rekening oor die volgende vyf jaar is 'n realistiese skatting. Dolf stel belang om sy beherende aandeel in die vervoerbesigheid oor te neem, wat hom 'n verdere klompie miljoen in die sak sal bring.

Sy sekretaresse onderbreek sy gedagtes toe sy by sy kantoordeur inloer. "Meneer Myburgh het laat weet hy sal vyf minute laat wees. Daar is blykbaar 'n ongeluk op die N1 en die verkeer beweeg maar stadig."

Ben glimlag. Bruno se militêre presisie is so by hom ingedril dat hy dit nodig ag om 'n boodskap te los as hy 'n paar minute laat gaan wees. Hulle het hom in die Demokratiese Republiek van die Kongo leer ken. As die leier van 'n groep huursoldate het hy hulle met die verspreiding van 'n paar wapenbesendings gehelp. 'n Beroepsoldaat met vele ander talente. Ben het hom verskeie kere gehuur vir take waarvan Dolf en Brink nie bewus was nie.

Hy hou van Bruno Myburgh. Hy vra nie onnodige vrae nie. As die geld reg is, doen hy wat hy veronderstel is om te doen. Dodelik presies en sekuur, sonder om leidrade vir vervolgers te laat. 'n Jaar gelede het Ben hom nog gehuur om Albert Mesela, 'n amptenaar van die departement van ontwapening en beperking van wapens by buitelandse sake, stil te maak. Mesela het maandeliks geld van Ben-hulle ontvang vir sy samewerking. Toe hy begin geluide maak oor 'n buitensporige verhoging van sy omkoopgeld, het Mesela spoorloos verdwyn. Die polisie soek steeds na hom.

Ben verkies om nie te weet hoe Mesela die ewigheid ingestuur is nie. Hy het nie 'n maag vir grusame detail nie.

Hy skrik toe Bruno se groot torso meteens 'n skaduwee oor sy lessenaar gooi. 'n Groot glimlag speel oor die man se mond. "Lank laas gesien, Bennie!" Sy hand omvou Ben s'n soos 'n staalklamp, die blou getatoeëerde anker op sy voorarm beswaarlik sigbaar tussen die swart hare. Hy val soos 'n sak mielies in die stoel oorkant Ben neer, sy bene uitgestrek. "Wat het van jou oulike sekretaresse geword? Dié nuwe een is 'n bietjie dik."

Ben lag net.

Soos dit sy gewoonte is, lek Bruno sy vingertoppe nat en stryk sy welige snor sorgvuldig plat. Sy oopkraaghemp vertoon die wit uitstulping van 'n litteken wat van onder sy ken skuins in sy nek af krul en in sy ruie borshare verdwyn. Bruno se bosmakkers het vir Ben vertel dit is 'n letsel wat deur 'n aggressiewe jong bobbejaanmannetjie se slagtande gelaat is. Bruno het die dier uiteindelik doodgewurg, die wond met vodka ontsmet en die geskeurde vel met goiinggare en 'n dik naald laat toewerk. En daarna dronk geword van die vodka wat in die bottel oor was. Of dit die heilige waarheid is en nie net nog 'n Bruno-bosfabel nie, weet Ben nie. Nogtans is dit nie die tipe karakter dié met wie hy ooit handgemeen wil raak nie.

"Toe ek jou gebel het, was ek bly om te hoor jy is darem nog vir 'n paar maande in die land," merk Ben op. "Gedink jy organiseer iewers 'n staatsgreep."

"Nee," grinnik hy, "ek wag maar vir 'n volgende opdrag. Dit sal van êrens kom. Mens moet net geduldig wees."

"Ja," knik Ben, "soms word geduld beloon."

18

Direkteur Wessels sukkel om op sy werk te konsentreer. Sy gedagtes bly terugdwaal na die wapenhandelsaak. Sy vertroue in Carl Bester het klaar dividende gekry. Bester se voorstel van hoe hulle die smokkelsindikaat se aandag op hom kan vestig, was niks minder as briljant nie. Wessels en September het daardie roete nooit oorweeg nie, nie eers daaraan gedink nie.

En nou lyk dit of die saak boonop baie vinniger momentum gaan kry as wat hulle verwag het. As alles volgens plan verloop, kan hulle die saak binne 'n paar maande in die sakkie hê.

Hy moet toegee, dit sus sy gewete dat Bester onmiddellik begin waarde toevoeg het. Sommer uit die staanspoor was dit vir hom duidelik sy instink was reg. Hy lê nie meer snags en tob oor sy swye oor die man se diefstal nie. Bester is baie meer werd waar hy nou is, en gaan wees, as wat hy agter tralies sou wees.

Hy kyk met min geesdrif na die hoop lêers voor hom. Hy moet belê in 'n nuwe speurder vir sy eenheid. Hulle is deesdae dun aan mannekrag en die ernstige misdaadkwessies waaraan die eenheid moet aandag skenk, vermenigvuldig net elke maand.

Hy het dertien speurdernominasies van streekbevelvoerders van oor die hele land ontvang. Het al twaalf lêers deurgewerk. Daar is twee kandidate wat hy dalk kan oorweeg, maar nie een is uitsonderlik nie. Sy probleem is hy vergelyk almal met Bester. En iemand van daardie kaliber kry jy een keer in 'n leeftyd.

Hy sleep die laaste lêer nader. Hy het dit doelbewus heel onder gesit. Dit is die enigste speurder wat nie 'n offisiersrang het nie. Wessels het nie veel moed dat dit sy man gaan wees nie, maar besluit om objektief te bly. 'n Mens weet nooit.

Johannes (Kassie) Kasselman, vyf en veertig jaar oud, speurderinspekteur by die Nuweland-polisiestasie, lees hy. Reeds ses en twintig jaar diens by die SAPD. Die kursusse wat hy voltooi het, is meestal basies en gewoonlik ook verpligtend. Hy het by twee geleenthede ingeskryf vir offisierskursusse, maar dit nooit voltooi nie. Wessels frons en wonder hoekom Kasselman enigsins deur die Skiereilandse bevelvoerder genomineer is.

Hy blaai om na die diensrekord. Die konstabel het sy polisietande in Kaapstad se noordelike voorstede geslyp, Kraaifontein, Parow, Bellville, is toe ses jaar gelede oorgeplaas Nuweland toe. Hy het redelik vinnig tot sersant gevorder, toe sewentien jaar gelede adjudantoffisier en speurder geword. Wessels skud sy kop. Sewentien jaar in dieselfde posisie. Die gebrek aan ambisie en dryfkrag is ooglopend. Hoekom die man nomineer? Dalk wil iemand van hom ontslae raak?

Hy kyk aanvanklik met min belangstelling na die sake waaraan Kasselman gewerk het. Dan vang sy oog 'n sekere saak. Hy onthou dit goed, al was dit tien jaar gelede.

Dit was destyds nasionale nuus: 'n drieling wat uit die kraamsaal van 'n spoggerige private hospitaal in die noordelike voorstede gesteel is, dogtertjies van 'n bekende politikus. Hoewel Kasselman nie die ondersoek gelei het nie, het hy uiteindelik die matrone wat vir die babadiefstal verantwoordelik was met onkonvensionele speurwerk vasgetrek. Hy het teen polisie-opdragte én hospitaalregulasies in deur die lêers van die verpleegpersoneel gaan krap en uitgevind die een matrone, 'n nege en dertigjarige geskeide vrou, het reeds twee miskrame gehad en was kinderloos. Sy het op 'n hoewe in die Kraaifontein-area gebly en het kort na die drieling se verdwyning 'n maand se verlof geneem.

Volgens die verslag was die hoofondersoekbeampte nie opgewonde oor Kasselman se teorie dat die matrone 'n verdagte kan wees nie. Die direkteur van die hospitaal het ook gedreig om die polisie te dagvaar omdat daar sonder sy toestemming in vertroulike personeelrekords rondgesnuffel is. Dié matrone was buitendien een van sy sterpersoneellede met 'n onkreukbare diensrekord. In daardie stadium was die hoofverdagte 'n vriendin van een van die ander ma's in die kraamsaal. Sy het kort na die babadiefstal spoorloos verdwyn. Familie en vriende het nie geweet wat van haar geword het nie en sy het 'n kriminele rekord gehad.

Kasselman het sonder die seën van sy hoofondersoekbeampte, of 'n lasbrief, by die matrone se huis deur 'n venster geklim – en in die drieling se blinknuwe pienk babakamer beland. Die waarskuwing vir die ondermyning van gesag wat op sy rekord was, het in 'n aanprysing verander.

Wessels glimlag. Dit is die soort inisiatief wat hy van sy mense verlang. Hy het nog nooit iemand aangestel wat deurgaans streng volgens die boek werk nie.

Hy kyk vlugtig na van die ander sake, waarvan verskeie moordondersoeke behels het. Die meerderheid is suksesvol afgehandel met talle aanprysings.

Wessels ervaar 'n sweem van skuldgevoel toe hy lees Kasselman het in 'n saak van polisiekorrupsie sy bevelvoerder op eie inisiatief ondersoek en hom uiteindelik aan die pen laat ry. In 'n klopjag op die Vlakte is beslag gelê op miljoene rande se ongeslypte diamante. Die bevelvoerder het die vonds in veilige bewaring gehou. Toe Kasselman kort daarna sien sy bevelvoerder se vrou ry rond met 'n splinternuwe BMW van vyf honderd en vyftig duisend rand, het hy onraad vermoed en uiteindelik bewys dat die bevelvoerder homself aan 'n paar klippies gehelp het.

Hy steek met 'n frons vas by die Nienaber-saak; sy eenheid sou dit drie jaar gelede aanvanklik hanteer het, maar weens 'n te kwaai werkslading is dit aan 'n span speurders in die suidelike voorstede toevertrou. Met katastrofiese gevolge.

Nienaber, wat onder tientalle aliasse werksaam was, het minderjarige meisies as seksslawe aan ryk Oosterlinge en Arabiere verhandel. Hy het die polisie eers in Johannesburg, later in Durban en uiteindelik in Kaapstad uitoorlê met sy buitengewone vermoë om soos 'n verkleurmannetjie van identiteit en voorkoms te verander. Onbewus daarvan dat 'n mol van die Durbanse speurtak sy netwerk binnegedring het, het die span Kaapse speurders Nienaber onverpoos gejaag.

Net voor die mol sy deurslaggewende deurbraak sou maak, het die polisie in Durban en Kaapstad uitgevind hulle werk ewe hard aan dieselfde saak en die gevaar bestaan dat die mol ontbloot kon word. Op die laaste nippertjie is die Kaapse speurders gevra om eers laag te lê. Maar volgens die verslag was Kasselman oortuig hy jaag die regte man. Hy het die mol in boeie geslaan (menende dit is die verkleurmannetjie Nienaber) en die polisie se kans verongeluk om die skuldige vas te trek. Dié het verdwyn en is steeds soek.

Kasselman het met daardie misstap skorsing en selfs ontslag in die gesig gestaar. Hy is uiteindelik op 'n tegniese punt in die interne verhoor vrygespreek, maar is met 'n string ernstige vermanings op sy rekord terug na die Nuweland-stasie. Sedertdien is net sake met 'n lae profiel aan hom toevertrou.

Die aangehegte verslae van sy vorige bevelvoerders verskil van mekaar. Sommige het groot lof vir Kasselman, ander is minder vleiend. Wessels se oë flits oor die eienskappe wat aan hom toegedig word: onkonvensioneel, uitstekende speurinstinkte, betroubaar en kinderlik eerlik, koppig, onderneem soms sonder opdrag ondersoeke op eie inisiatief (in baie gevalle sonder dat dit waarde toevoeg), individualis, nie 'n goeie spanman nie, introvert, sosiaal onbeholpe, slordig wat voorkoms betref, skeep soms polisiewerk af ter wille van buitemuurse aktiwiteite.

Wessels skud sy kop terwyl hy die lêer terugstoot na die hoop afgekeurdes. Nee, Kassie Kasselman sal nie by sy eenheid kan inskakel nie. Hy het nogal enkele eienskappe van Bester, maar in die geheel gesien kan hulle nie in dieselfde asem genoem word nie.

Hy trek met 'n sug weer die twee moontlike kandidate se lêers nader.

19

Haar liggaam is rooi geskrop van die borsel wat sy onder die stort gebruik het. Amelia beskou haarself in die spieël in haar slaapkamer. Haar borste is nog ferm vir haar vier en dertig jaar, haar maagvel span styf om gevormde spiere, haar heupe is in harmonie met haar borsmaat, haar bene lenig en bruingebrand. Gereelde sweetsessies in die gimnasium hou haar vaartbelyn.

Sy streel saggies oor haar borste. Die tepels groei in haar handpalms. Dan skud sy haar kop. Sy kan nie onthou wanneer 'n man laas aan haar gevat het nie. Soms raak haar drang na seks oorweldigend, só intens dat sy partykeer lus is om by die naaste koffiekroeg in te wals en die eerste die beste hunk aan sy kraag te gryp en hom na haar huis te sleep. Sy was nog altyd avontuurlustig in haar drome. Maar sy skram gewoonlik weg as 'n belowende geleentheid hom voordoen, gebreinspoel deur haar Christelik-nasionale opvoeding. Of sy eendag haar ridder op die wit perd gaan ontmoet, sal net die tyd leer. Onwillekeurig dink sy aan haar ma-hulle. Kleinkinders het vir hulle 'n obsessie geword. Haar werk is egter net te veeleisend om nog tyd vir liefdesverhoudings in te ruim. Dít kan of wil hulle nie begryp nie.

Sy bedek haar naaktheid met fyn onderklere, gooi 'n rolnektrui oor haar kop, trek haar blou jeans oor haar

113

bene. Dis goed en wel om 'n aanval van seksbelustigheid te kry, maar die nare realiteit is dat sy vandag voor haar rekenaar gaan deurbring.

Sy het die meeste ander stories op die lange baan geskuif, haar aandag is nou op Ryan en sy medegyselaars. *Time* se suidelikehalfrond-redakteur was so opgewonde oor haar voorstel dat sy 'n artikel oor die situasie in Nigerië skryf, dat hy glad 'n reeks artikels oor al die aspekte daarvan wil hê.

Op sulke bedrywige tye verlang sy effe terug na haar dae by die koerant, waar sy haar veilige pos as assistentredakteur prysgegee het vir die vryskutroete. Sy het vasgevang gevoel in die joernalistieke worsmasjien. Die druk op joernaliste om net weer te gee, verslag te doen, het haar oorweldig. Soms het sy soos 'n laerangse skakelbeampte rondgeskarrel en dit het selde gevoel of dit ware joernalistiek is wat sy pleeg. Daar was nooit 'n kans om te ondersoek, te ontleed, te interpreteer nie. Sy was oortuig daarvan die joernalistiek dien 'n hoër doel en sy was vasbeslote om dit uit te leef.

Die redakteur het haar besluit as 'n fantasie afgemaak. "Amelia, jy is op dertig die jongste assistentredakteur in die koerant se geskiedenis. Lank voor jy veertig is, sal jy die leisels hier oorneem. Nou gaan jy jou belowende loopbaan vir die onsekerheid van vryskutjoernalistiek verruil omdat jy ondersoekend wil skryf. Jy leef in 'n fantasie. Jy verromantiseer iets wat dalk nog in 'n vorige dekade gegeld het, maar die nuuswêreld het verander. Mense soek feite. Kort en kragtig. Tyd vir lang, ondersoekende artikels is uitgedien. Kyk maar hoe daal die sirkulasiesyfers van die sogenaamde meningtydskrifte."

Hy het sinies gelag. "Of neem ons as voorbeeld. Niemand lees my hoofartikels nie. Ek skryf dit bloot om

114

'n gat toe te maak en omdat dit van 'n koerant verwag word om 'n hoofartikel te plaas. Die naaste wat lesers se oë daaraan kom, is wanneer hulle die spotprent bestudeer."

Nou, vier jaar later, kan sy met gesag van hom verskil. Haar diepgaande ondersoeke bly in aanvraag. Haar artikels is bekroon met elke moontlike joernalistieke prys. Sy weet sy doen nou iets wat 'n hoër doel dien. Net die knap spertye maak haar soms mal.

Dit lyk of sy Nigerië sal moet besoek. As haar artikels 'n bydrae kan maak om Ryan lewendig terug by Lea te kry, is dit die moeite werd. Haar vriendin kwyn weg van spanning en angs. Dit is nou al meer as 'n week dat hulle Ryan aanhou.

Die moord op die twee werknemers van Axo Drilling Company uit vergelding vir die weermag se aanval op 'n OFN-kamp, was onthutsend en emosioneel ontstellend vir almal. Die militantes se dreigemente dat hulle nog gyselaars gaan doodmaak as die lospryse nie binne sekere spertye betaal word nie of as hul ander kampe bedreig word, was ook verontrustend. Wat die situasie verder plofbaar maak, is die onvermoë van Star Petro en die Suid-Afrikaanse regering om in te gryp én die Nigeriese weermag se begeerte om alle militantekampe plat te vee. Alles is op die spits gedryf.

Sy bel eers vir Lea.

"Elke keer as die foon lui, dink ek dit is nuus van Ryan," sê sy.

"Was Star Petro by jou?"

"Ja, Graves was hier. Hy sê hulle wag nog om die rebelle se finale spertye vir die betaling van die lospryse te kry. Maar intussen sê die Nigeriese weermag Star Petro moenie toegee aan die eise nie, hulle gaan weer toeslaan

115

op die OFN-kampe. Amelia, ek is so bang as ek dink wat met Ryan kan gebeur!"

Toe Amelia aflui, voel sy net so hulpeloos soos haar vriendin. Wat gaan 'n *Time*-artikel aan Ryan se saligheid doen? As die Amerikaners nie besluit om militêr in te gryp of minstens hul ekonomiese spierkrag te gebruik nie, gaan die storie katastrofies eindig.

Sy sal haarself moet dwing om positief te bly. Sy begin haar aantekeninge nagaan. Sy het telefoniese onderhoude gevoer met 'n Nigeriese amptenaar van hul verdedigingsdepartement, nog twee werknemers van Star Petro in Nigerië, 'n mediawoordvoerder van Star Petro in New York en twee Suid-Afrikaanse amptenare van buitelandse sake. Dié navrae het niks nuuts opgelewer nie.

Haar enigste sinvolle gesprek was met Abhed Naagbanton, 'n bekende Nigeriese letterkundige, wat sy 'n jaar gelede in Windhoek op 'n Afrika-skrywersberaad ontmoet het. Sy het gister langer as 'n uur oor die foon met hom in sy huis in Lagos gesels. Hy wil anoniem bly uit vrees vir weerwraak, maar hy het haar 'n nuwe perspektief op die krisis in die oliegebied gegee.

Volgens Abhed speel die rebelle kat en muis met die owerheid. 'n Klomp regeringsamptenare is op die rebelle se betaalstate. In die Delta is die politici korrup en die goewerneurs gedra hulle soos Mafiabase. Boonop word die militantes gerugsteun deur die plaaslike bevolking se woede oor onderontwikkeling. Die duister figure wat die geweld stook, raak nou die plaaslike mense se helde. Hy sê die groot ironie is dat die politici en die rebelle stilletjies hoop die krisis duur voort. Elke keer as die rebelle 'n olie-aanleg aanval of daar 'n weerwraakoperasie van die weermag op hulle is, styg die olieprys.

Hy sê die oliemaatskappye stook verder die vuur onder die plaaslike bevolking. Hulle huiwer nie om die wedywering tussen plaaslike groepe uit te buit nie. Star Petro maak die Itsekiri-gemeenskappe, wat al sedert die slawehandel geslagte lank die Ijaw se teenstanders is, die hoofbegunstigde van sy ontwikkelingsprogramme. Star Petro beweer hy bestee miljoene dollars aan projekte in Nigerië, maar die meeste van die geld gaan vir die bou van paaie wat eintlik hul ontginningsoperasies bevorder. Onder die dekmantel van omgewingsbewaring skenk maatskappye mildelik, maar die geld word gekanaliseer na die bou van olieskoorstene, wat deel vorm van die groot kommersialiseringsprojek van natuurlike gas.

Ontvoerings het in die oliestreek 'n alledaagse verskynsel geword. Die buitelanders is maklike teikens vir die militantes en 'n klomp ander kriminele elemente. Abhed weet van 'n inwoner van Port Harcourt wat 'n Amerikaanse vrou ontvoer het sodat hy die losprysgeld kon gebruik om vir sy broer se troue te betaal. Die mense leef asof hul toekoms afhang van wat hulle vandag kan inpalm.

Volgens Abhed kan die kern van alle probleme in die Nigeriese Delta-state teruggevoer word na die beskikbaarheid van die oorvloed onwettige wapens. Daar is meer AK47's as rekenaars. Die rebelle het soms meer gesofistikeerde wapentuig as die weermag. As gevolg daarvan sterf duisende mense jaarliks. Dit het 'n grys sone geword soortgelyk aan Tsjetsjnië en Colombië. Hy noem Nigerië "the land of no tomorrow".

Die man agter die wapens is glo 'n kêrel genaamd Henry Adaka. Hy het grootgeword in die gewelddadige ghetto's van Port Harcourt. Hy is 'n beginsellose individu wat die bevolking se gegriefdheid gebruik om homself te verryk. Meer goewerneurs en regeringsamptenare is op sy betaalstaat as wat daar werknemers in party kleiner staatsdepartemente is.

Volgens gerugte het Adaka met behulp van 'n sindikaat die afgelope dekade al oor die hele Afrika onwettig wapens aan militantes verskaf. Abhed het ook fluisteringe gehoor dat Adaka sy steun toegesê het aan die militante OFN-faksie wat Ryan en sy kollegas ontvoer het. Hulle is hoofsaaklik lede van die Ijaw-gemeenskap, soos Adaka self. Die probleem waarmee die owerheid sit, is dat die plofbare situasie in die streek kan ontvlam as iemand aan Adaka raak. Hy het net te veel ondersteuners in die Riviere-staat en te veel beskermengele in regeringskringe om krimineel vervolg te word.

Abhed het Adaka se Port Harcourt-telefoonnommer by 'n vriend gekry en vir haar gegee. Sy het hom gister geskakel. 'n Sammy Kim het haar te woord gestaan, gesê Adaka sal graag met *Time* 'n onderhoud wil voer, maar dan sal sy hom persoonlik moet kom sien. Hy staan nie telefoniese onderhoude toe nie.

Sy het sy naam gevoeg by die lysie van mense wat sy moet sien as sy Nigerië besoek. Die kwessie van onwettige wapenhandel is iets waaroor haar redakteur by *Time* opgewonde is en waaroor sy intensief moet begin navorsing doen. Nigerië kan dalk nou niks aan Adaka doen nie, maar as sy via *Time* sy aktiwiteite aan die wêreld blootlê, kan dit die prentjie verander.

20

Die atmosfeer in die gyselaarkamp is neerdrukkend. Kiernan loop koponderstebo van een kant van die aanhoudingsarea na die ander. Sonder ophou. Hy het al 'n paadjie in die klam sanderigheid uitgetrap. Donald het die flentertjies van die foto van Davison se meisie bymekaar geskraap en is besig om dit soos 'n legkaart aanmekaar te sit. Sodra hy haar gesig herkenbaar het, skommel hy weer die flenters deurmekaar en begin van voor af.

Ryan sonder hom af in die een hoek, weg van die ander. Die grusame moord twee dae gelede op Davison en Williams sit nog vlak in sy geheue, sy gedagtes broeiend oor sy en die ander twee se lot.

Hulle het die oggend van hul kollegas se dood al drie soos kinders gehuil. Die rebelle het die lyke vir 'n paar uur net so gelos. Toe het een gegaan en hul klere en skoene uitgetrek. Hy het Williams se tekkies aangetrek, sy eie sandale eenkant gegooi. Twee ander het 'n gat vyf tree daarvandaan gegrawe terwyl hulle gesing het. Die lyke is onseremonieel daarin gerol en toegegooi. Die gyselaars het deur die skrefies in die bamboesmuur nog vir ure na die moddergraf gestaar sonder om iets te sê.

Gisteroggend het hulle yskoud geword toe hulle die dreuning van verskeie rubberbote gehoor het. Was dit nou hulle beurt? Sou hulle ook soos Williams en Davison met 'n glimlag na buite genooi en dan soos slagdiere afgemaai word?

Hulle het die rebelle angsbevange deur die skrefies dopgehou. 'n Twintigstuks nuwe rebelle het van die oewer se kant af tussen die riete verskyn. Hulle het kratte gedra. Een daarvan is in die gyselaars se gesigsveld oopgemaak. Handgranate en AK's is uitgepak. Dit het gelyk of hulle regmaak om hulself te verdedig. Verskeie sandsakke is na die oewer gedra. Hulle het heeldag gewerskaf.

Later het nog rubberbote aangekom. Nog nuwe rebelle het aan wal gestap. Nog kratte. Ryan het geskat daar moet nou meer as vyftig in die kamp wees.

Die gyselaars het 'n paar dae gelede nog bespiegel dit sou nie te moeilik wees om te ontsnap nie. Die bamboesmure was lendelam en die wagte meestal afwesig. Maar nou gaan dit onmoontlik wees. Daar was te veel waaksame oë.

Hulle is gisteraand verras met blikkieskos. Elkeen het 'n blikkie boeliebief en 'n blikkie mielies gekry. Dit was 'n welkome afwisseling na die afval en brood. Hulle het stadig aan hul kos geëet, bang dit raak op. Later die aand was die kamp onheilspellend stil. Die vorige aande was die rebelle luidrugtig terwyl die drank gevloei en daggarook soos 'n miskombers oor hul bymekaarkomplek gehang het.

Gisteraand was daar orde. Daar was dwarsdeur die nag fluisterstemme en woelinge. Dit was duidelik hulle verwag 'n aanval, wat nie noodwendig goeie nuus vir die gyselaars was nie. Hulle was allermins begerig om in kruisvuur tussen bamboesmure vasgevang te word.

"Die een deel van haar linkeroog is weg," verbreek Donald die stilte en beduie na sy fotolegkaart. Hy is wasbleek, sy yl blonde hare hang in slierte langs sy gesig, sy rooi baard groei in pluimpies uit oor sy hol wange, sy oë sit diep in hul kasse, sy hemp hang sakkerig aan sy liggaam en sy hande bewe sonder ophou. Hy gee 'n droë hoes en skommel die legkaart weer deurmekaar terwyl hy rondkyk of hy die vermiste stukkie iewers sien lê.

Kiernan stap steeds heen en weer, groot salpeterkolle slaan wit onder sy arms op die swart T-hemp uit. Hy prewel iets terwyl hy loop. Ryan kan sien hy het ook gewig verloor. Sy kakiebroek sit los. Sy gesig en arms is oortrek met muskietbyte waaraan hy voortdurend krap. Bloedstrepies lê kruis en dwars oor die dele van sy lyf wat nie bedek is nie.

Die reuk van Ryan se eie lyf hinder hom meer as dié van die toilet. Hy het al aan daardie reuk gewoond geraak, maar sy liggaam se suur klankie laat hom ril. Vir iemand wat daarop gesteld was om minstens twee keer 'n dag te stort, is sy huidige omstandighede 'n nagmerrie. Hulle gebruik soggens die emmer water om hulself af te spoel, maar dit help nie veel nie. Die bedompige lug laat hulle onophoudelik sweet. Ondanks die gereelde moesonreënbuie bly die humiditeit hoog en is dit drukkend warm. In die nagte krul hy van krampe, sy lyf heeltemal ontsout.

Sy gedagtes bly by sy geliefdes in Johannesburg. Hy dink aan Lea. Hy sien haar voor sy geestesoog in haar ateljee. Haar gesig na aan die doek, die kort, blonde krulle deurmekaar soos sy haar vingers gereeld daardeur sleep as sy konsentreer, die hoë wangbene met 'n spatsel verf op, haar slanke vingers wat die kwas met vinnige hale oor die doek trek, haar lyf vooroorgeboë. En wanneer sy terugstaan om haar handewerk met kritiese oë te beskou, is haar arms gekruis oor haar bors, haar hande op haar skouerknoppe en haar kop skuins gedraai. Hoeveel keer

121

het hy haar nie só dopgehou nie, sy gewoonlik onbewus van sy blik?

Hy smag na haar bekende reuk, die sagte kurwes van haar wit lyf. Wanneer hulle in die aande saam stort, skrop Lea gewoonlik eers sy rug met 'n borsel, smeer dit dan seep met haar sagte hande voordat sy met haar naels liggies daaroor trek. Goed vir die bloedsirkulasie, sê sy altyd. Wanneer dit sy beurt is, smeer hy haar rug dik met seep sodat sy hande oor haar sysagte vel kan gly. En dan kruip hulle om haar lyf en omskulp hy haar klein borsies, die tepels hard in sy palms, haar naakte liggaam styf teen hom aangedruk.

Hy het Lea op universiteit ontmoet. Sy het met haar Mini in sy Kewer vasgery. Hy was hoogs ontsteld, sy motor was net afbetaal en in die mark om verkoop te word. Sy woede oor die simpel vroumens wat nie kyk waar sy ry nie, het egter gou in deernisvolle begrip verander. Haar groot en betraande blou oë het sy hartsnare geroer. Buitendien was die skade aan die agterkant van sy Kewer gering. Hy het haar na die kafeteria genooi om te wys hy's nie kwaad nie.

Hulle is ses maande later getroud en die tweeling veertien maande later gebore. Hy was 'n jong ingenieur by 'n konstruksiemaatskappy, sy 'n kunsonderwyseres by 'n hoërskool. Hy wou net die beste vir sy gesin gee. Sy ongelukkige grootwordjare as 'n arm fabriekswerker se seun was sy dryfkrag. Sy beheptheid met geld het druk op hul huwelik geplaas.

Lea moes eintlik in die sestigs grootgeword het, sy is 'n gebore hippie. Gedink geld val uit die hemel. Haar droom was dat hulle 'n kleinhoewe aanskaf, 'n paar skape, beeste en hoenders aanhou, 'n groot groentetuin maak. Van die aarde se goedheid leef sodat hulle kinders hul onverdeelde aandag kan ontvang en sy haar visie van 'n loop-baan as voltydse kunstenaar kan nastreef.

Sy werk by Star Petro het haar drome verpletter. Hy was drie jaar lank in Angola terwyl sy die huishouding moes hanteer. Sy inkomste was van so 'n aard dat sy nie meer onderwys hoef te gegee het nie. Maar ondanks die groot huis, die blink karre en beste privaatskool vir die tweeling, weet hy sy is ongelukkig. Sy was gekant teen sy koms Nigerië toe ondanks 'n salarisverhoging van dertig persent. Hy het haar belowe hy sal nog net drie jaar by Star Petro werk. Dan sou hy weer in Suid-Afrika sy be-roep beoefen sodat hy 'n beter pa vir sy kinders en man vir haar kon wees, het hy gepaai, maar geweet hy sou weer kriewelrig raak en ander uitdagings jag.

Hoekom kon hy nie maar soos sy ander vriende met 'n ingenieurspos in Suid-Afrika tevrede wees nie? Hoekom moes hy altyd vreemde paaie kies? Om ander mense te beïndruk? Om te kon sê hy werk in Nigerië en verdien 'n helse lot geld, het soveel beter geklink as van sy medestu-dente se vaal betrekkings in Suid-Afrika. Hy erken dit nie graag teenoor homself nie, maar hy het doelbewus gebou aan sy beeld as avonturier – die man wat nie terugdeins vir die onbekende nie.

Nou het daardie avontuur sleg geboemerang. Dié ge-mors het hom behoorlik teruggeruk na die werklikheid. As hy lewendig hieruit kom, sal hy onmiddellik by Star Petro bedank. Hy sal vir hom en sy vrou en kinders 'n stukkie grond iewers koop en Lea se droom bewaarheid.

Terwyl hy sy hande saamklem, bid hy. Die eerste keer in 'n baie lang tyd.

21

Hy druk sy dik vinger onder die verskrikte man se neus in. "En jy noem jouself die fokken adjunkminister van verdediging!" Die man se oë is wyd, sy maer lyf rittel in die stoel. Adaka klap hom liggies teen sy wang. "Ek soek antwoorde, King, en ek soek hulle fokken vinnig ook!"

King Obaja se woorde kom stotterend. "Ek . . . ek het mos vir jou gesê, Henry. Dit . . . dit was 'n meerderheidsbeslissing. Ons was dertien . . . Sewe het ten gunste van die aanval op die OFN gestem. Ons het ses uur lank . . . ek sweer, 'n volle ses uur lank daaroor vergader. Ek, die hoof van die weermag en brigadier Odili het hard teen die voorstel baklei." Hy haal sy skouers op. "Maar ons moes berus by die meerderheid se beslissing."

"Wanneer vergader julle weer?" wil Adaka met 'n diep keep op sy voorkop weet.

"Oor twee dae. Die besluit gaan nie verander nie . . . Julle . . . die OFN moes nie die twee buitelanders doodgeskiet het nie. Die Amerikaners plaas druk op ons. Hulle is nie bereid om een miljoen vate per gyselaar af te staan nie. Ons sal geen ander keuse hê as om weer aan te val nie."

Adaka snork. "Ek betaal julle donners 'n klomp geld in 'n jaar om na my belange om te sien. Maar wanneer dit regtig saak maak, beteken julle net mooi fokkol. Nie een van julle het eers daaraan gedink om my in te lig dat die weermag gaan aanval nie."

Hy gaan sit in die leunstoel oorkant King, beduie na een van sy lyfwagte om sy glas te vul met nog brandewyn en water. Hy speel met sy kamerjas se gordel, sy bene wyd uitmekaar, sy verskrompelde geslagsorgaan sigbaar vir die adjunkminister.

Adaka beduie met sy wysvinger. "Julle speel met die buitelanders se lewe. Ons gaan nog van hulle moet vrek-skiet as die weermag weer aanvalle loods. Sê dít vir jou kollegas."

Die adjunkminister knik. Hy vermy Adaka se vernietigende blik.

Adaka kyk na die glas in sy hand. Hy begin wonder of hy nie 'n fout gemaak het om by die OFN betrokke te raak nie. 'n Ou vriend uit sy ghettodae het hom omge-praat om sy steun aan hulle toe te sê. Hy het Adaka der-tig persent van die losprys belowe. In ruil daarvoor moes Adaka gratis wapens aan die groep verskaf. Dit het hom 'n klomp geld gekos.

Die plan het aanvanklik goed geklink. Hulle sou van die vate olie aan die plaaslike gemeenskappe uitdeel. Vir die armes gee wat hulle toekom. Dit sou sy posisie as wel-doener onder die bevolking verder versterk. Hulle sou die media nooi na die oorhandigingseremonies. "Jy sal ge-sien word as die Robin Hood van die Riviere-staat," het sy ghettovriend die aanbod nog aantrekliker laat voorkom.

Nou lyk dinge anders. Hy het gedink hul plan is water-dig, dat die Amerikaanse maatskappy sou opdok soos oor die jare heen met die ander lospryse gebeur het. Maar die eise was hierdie keer te groot. Adaka het nie verwag die weermag sou ingryp nie. Hy voer soveel offisiere vet met omkoopgeld, maar het klaarblyklik sy invloed oorskat.

En dit maak seer. Niemand steek Henry Adaka in die rug nie. Hy sal die situasie fyn moet dophou. As dit lyk of die OFN uitgewis gaan word, sal hy vroegtydig stelling teen hul optrede moet inneem. Hy is nie van plan om saam met hulle begrawe te word nie.

Hy wuif na King asof hy 'n vlieg wil wegwaai. "Nou toe, jy kan gaan. Hou my net dié keer op hoogte van julle besluit." Hy klap sy hande teen mekaar, 'n aanduiding vir sy lyfwagte om die adjunkminister uit die huis te begelei.

Hy ledig die brandewyn met een sluk. Dan beweeg sy hand onder die kamerjas in. Tyd dat hy weer 'n hoer beetkry.

Sammy verskyn in die deur. "Henry, daar's 'n wapenhandelaar op die foon wat met jou wil gesels. 'n Suid-Afrikaner."

"Ek stel nie belang nie," sê Henry geïrriteerd. "Die wapenhandelaars raak deesdae lastig. Almal wil op my afsetgebiede teer. Hulle is 'n fokken klomp parasiete."

"Ek het vir hom gesê jy het jou eie handelaars, maar hy sê jy sal spyt wees as jy nie met hom praat nie. Sy kommissie is volgens hom die beste in die bedryf. Hy wou nie vir my sê hoeveel dit is nie."

Adaka kyk belangstellend op. Hy moet juis wapens kry vir 'n Somaliese faksie. Met dié transaksie sal sy aandeel van twintig persent by Haarhoff-hulle net-net sy verlies met die wapenskenking aan die OFN uitwis, maar hy gaan niks daarvoor in sy sak kan steek nie. Dalk kan hy hier 'n vinnige wins beding. Hy sal die handelaar druk vir vyf en dertig persent, na gelang van sy pryse. Hy staan steunend uit die leunstoel op en stap na die landlynfoon in die hoek van die rooi sitkamer.

"Ek het my eie mense, maar wat is jou beste kommis-

126

sie? Dalk kan ons besigheid praat," sê hy sonder om homself voor te stel.

"Sestig persent," sê die stem aan die ander kant.

Adaka rol sy oë. Dit moet 'n kansvatter wees.

"Wat's jou naam?"

"Carl Weideman."

"Vir wie het jy al wapens gelewer?"

"Nog vir niemand nie. Ek is nuut in die bedryf. Ek het my eers daarop toegespits om wapens aan te koop. Ek het wapens van hoë gehalte vir 'n appel en 'n ei in die hande gekry. Hoofsaaklik Russiese en Chinese goed. Ek het nou genoeg voorraad om te begin verkoop, maar sonder 'n middelman gaan ek met 'n klomp dooie kapitaal sit. Daarom is ek bereid om goeie kommissie te betaal."

"Waar het jy van my gehoor?"

"Wie in die bedryf weet nie van Henry Adaka nie?"

Adaka glimlag. Dis waar. "Luister, Weide . . . Weide . . ."

"Man. Weideman."

"Weideman, ek doen nie sake oor 'n telefoon nie. Ek hou daarvan om my handelaars in die oë te kyk. Jy sal na my toe moet kom. Ek reis nie."

"Dit is nie vir my 'n probleem nie. Ek sou ook verkies om my agent in die oë te kyk," sê Weideman.

Nadat hulle vlugtig pryse uitgeruil het en op 'n datum ooreengekom het, lui Adaka af.

Hy glimlag. As die vent soveel wapens het as wat hy sê, kan hy wat Adaka is 'n enorme klomp geld uit hom genereer. Sy pryse is ook markverwant. Niks wat die rebelle-faksies sal afskrik nie.

Hy sal vir Haarhoff-hulle moet sê hulle het kompetisie gekry. Hy weet hulle sal nie sestig persent kan bekostig nie. Maar hy sal eers wag totdat die Weideman-kêrel homself bewys het. Dit gaan hom nie baat om Haarhoff nou al die harnas in te jaag nie. Hy vertrou hom en weet hy en sy span doen die ding wanneer hy op hul knoppie druk.

Sestig persent! Hy skud sy kop in ongeloof.

22

Brink hou Louise dop waar sy op die rusbank op haar selfoon klets. Haar oë is permanent oopgesper, die rooierige klein neusie lyk kompleet soos 'n oorryp puisie op haar witgeplakte gesig, haar lippe onnatuurlik geswolle, die spitskennetjie wip op en af terwyl sy gesels, haar vol borste peul oordadig by haar tennisrok uit, haar middeltjie onnatuurlik dun in verhouding tot haar heupe.

Sy lyk deesdae al meer soos 'n gedroggie uit 'n rillerprent. Die resultaat van haar kosmetiese chirurg se skalpel, suigapparate, inspuitnaalde en die Vader alleen weet wat nog als. Hy wil nie begin bereken hoeveel geld sy reeds aan haar voorkoms bestee het nie. Al wat hy weet, is dat die chirurg al die pad bank toe lag. As hy Louise by sy spreekkamer sien inkom, moet die kasregister in sy kop jolig aan die klingel gaan.

Louise weet hoe om geld uit te gee. Sy bestee meer in 'n enkele dag as wat hulle in die ou dae in 'n kwartaal uitgegee het. Haar aantrekkamer lyk soos 'n boetiek, die skoene opgestapel tot teenaan die dak. Sy weier om twee keer met dieselfde rok in die openbaar te verskyn. En die "openbaar" sluit 'n draai by die supermark in. Hy moes 'n spesiale kluis vir haar wavragte juwele laat inbou. Haar grimeermiddels sal die deelnemers aan 'n skoonheidkompetisie weke lank gelukkig hou. Hulle het soveel breekgoed en eetgerei as wat die meeste restaurante aanhou. Sy koop skilderye asof hulle 'n galery gaan oopmaak. Die hond slaap op sy eie Persiese tapytjie. Wiena, hul dogter, het meer klere en aardse besittings as al haar klasmaats saam.

Ondanks die miljoene rande wat jaarliks in sy bankrekening invloei, spaar hy niks nie. Hy moes 'n vierde verband op sy huis uitneem. Die vakansiewoonstel op Plett is ook nog nie afbetaal nie. Die karre ry op skuld. Hy het haar gewaarsku dinge gaan van volgende jaar af anders hanteer word. Hy moet begin voorsiening maak vir hul oudag. Net soos Ben is hy nie van plan om langer as nog vyf jaar te werk nie. Bygesê, as hy dit so lank kan uithou. Sy gewete ry hom deesdae meer as ooit. Die rande wat hy verdien, is rooi gekleur. Bloedgeld.

Hy het 'n laaste keer 'n poging aangewend om Ben te laat afsien van sy plan om wapens aan die radikale Islamiete te verskaf. Brink het sy besware oor wapens vir die Taliban in Georgië per e-pos aan Ben gestuur. As dié geheul om die een of ander rede boemerang, wil hy kan terugverwys na sy amptelike standpunt, het hy besluit. Sy kollegas dink mos hy is paranoïes.

Hy het vir Ben geskryf hulle bewapen 'n klomp fanatici om 'n regering omver te werp wat oor kernwapens beskik. Dié mense vrees nie die dood nie, hulle begeer passievol om te sterf. Hy wil nie dink wat hulle met kernwapens kan aanvang nie. Hy het ook geskryf hulle kan nie in dié geval die politiek ignoreer nie. Hulle moet verantwoordelik optree. Miljoene mense kan sterf hierdeur.

Brink skud sy kop. En wat skryf Ben terug? Meer mense sterf jaarliks van sigarette as van koeëls. Wil hy nie eerder 'n veldtog teen die tabakmaatskappye voer as om deurentyd hul eie aksies te bevraagteken nie?

Ben Haarhoff het baie verander vandat hulle op universiteit bevriend geraak het. Brink leer ken hom nou as 'n gewetenlose man. Iemand wat sy beginsels oorboord gegooi het vir geld. En Dolf is bloot 'n marionet in sy hande. Hy verkies om nie aan die gevolge van hul dade te dink nie. Solank daar geld in Dolf se bankrekening inrol, eggo hy alles wat Ben sê.

Brink lees nie meer koerant nie. Die berigte oor die Suid-Afrikaner wat in Nigerië ontvoer is, ontstel hom te veel. Hy voel aandadig. Hulle het al letterlik duisende wapens aan Nigerië se militante faksies gelewer.

Louise het uiteindelik haar selfoongesprek afgesluit. Sy staan haastig op, gryp Napoleon onder die een arm en haar tennisraket en handsak onder die ander. "Ek is laat! As ek vanmiddag klaar gespeel het, het ons bestuurspan nog 'n vergadering. Moet my nie vroeg terug verwag nie. Bestel sommer vir jou 'n pizza as jy honger word. Ek gaan nie vanaand voor die kospotte staan nie. Wiena kom eers môre terug van haar skoolkamp," rammel sy haar rympie af sonder om asem te skep.

"Hoekom vat jy die hond alewig saam met jou?" vra hy geïrriteerd.

Sy antwoord hom nie, skarrel net by die deur uit. Dis die Hollywood-kultuur wat sy op TV sien, dink hy. Party aktrises gaan mos nêrens sonder hul verdomde skoothondjies nie.

Sy gesig versag, hy glimlag. Ondanks haar nuwe voorkoms, gebreke en spandabelrigheid, is hy nog so lief vir haar soos die dag wat hulle getrou het. Maar hy is verlig dat sy weg is. En dat Wiena op 'n skoolkamp is. Hul huiswerker kom ook nie op Woensdae in nie. Vanmiddag het hy die huis vir homself.

Hy het nog 'n effense vlugflouheid na sy lang reis. Ben

het daarop aangedring dat hy die week by die huis bly. "Rus uit, ons het volgende week baie werk wat wag," het hy gister oor die foon gesê. Brink is bly hy is nie onmiddellik terug in die tuig nie. Gewoonlik val hulle na 'n reis dadelik weer in. Daar is baie administrasie rondom hul besigheid se gewone vervoerbeen waarvoor hy verantwoordelik is. Hy kla nie, hy kan dié tydjie gebruik om te ontspan, dalk 'n lekker boek te lees. Hy kan nie onthou wanneer hy laas die luukse van leestyd gehad het nie.

Hy gaan soek in die studeerkamer. Louise het twee dae terug 'n duisend boeke op 'n uitverkoping aangeskaf om die rakke in die huis vol te kry. Hy dink nie sy het enige ag geslaan op die titels nie, net vir die oorblufte handelaar gesê hy moet 'n duisend boeke met verskillende titels by hul huis kom aflewer. Hy kry 'n spanningsverhaal beet van Jeffrey Archer, een van sy gunstelingskrywers.

In die slaapkamer raak hy ontslae van sy formele klere en trek 'n oefenbroekie en T-hemp aan. Hy gaan lê op die bed en slaan die boek oop. Dit gaan salig wees, dink hy met 'n glimlag.

'n Kwartier later hoor hy 'n geluid onder in die huis. Hy wonder of Louise in haar haas iets vergeet het. Hy roep, maar sy antwoord nie. Hy kom gesteurd orent. Sy het natuurlik weer nie die voordeur gesluit nie. Hoeveel keer moet hy dit nie vir haar sê nie? Hulle bly teenaan 'n park en hier is 'n oorvloed rondlopers wat die buurt se bewegings dophou. Hier is al een keer ingebreek.

Brink kyk rond in die kamer, trek 'n gholfstok uit die sak wat in die hoek staan. Hy is kwansuis 'n wapenhandelaar, maar hy het nie eers 'n wapen in die huis om hom mee te verdedig nie. Hy loop versigtig met die trappe af.

Die voordeur is nie gesluit nie. Hy sluit dit nou. Hy

kyk rond in al die onthaalvertrekke. Niks. Hy moes hom verbeel het.

In die kombuis steek hy egter vas. Die klein venstertjie langs die agterdeur is stukkend. Hy stap na die deur toe om te voel of dit oopgesluit is, die sleutel is nog in die slot.

Dan hoor hy iets agter hom. Hy swaai verskrik om. 'n Gemaskerde man hou 'n bronsbeeld omhoog. Brink reageer te stadig om die hou af te weer en dit tref hom teen die kop. Die impak slinger hom teen die yskas vas. Die gholfstok kletter op die teëlvloer.

Hy wil homself van die vloer af oplig, maar 'n tweede hou tref hom op die kroontjie. Alles om hom word swart. Iets warms stroom oor sy gesig en hy besef dit is bloed. Dit voel of hy in 'n donker gat aftuimel, voor die derde hou kom.

23

Sy vingers gryp na sy asmapompie in die onderste laai. Dit is vyf jaar sedert Graves met asma gesukkel het, maar die afgelope weke se stres het dit teruggebring.

Hy voel vasgeklem tussen twee mure. Aan die een kant moet hy sy maatskappy se belange op die hart dra, hul mening verdedig, sy kommunikasie só plooi dat Star Petro se leuens verskuil is onder 'n dekmantel van begrip en verantwoordelikheid. Graves moet die persepsie skep dat hul werknemers se veiligheid hul eerste prioriteit is.

Aan die ander kant is daar die spanning, wroeging en lyding van 'n vrou wat haar man en die pa van haar kinders veilig tuis wil sien. 'n Vrou wat hy skandelik mislei deur voor te gee sy maatskappy doen alles in hul vermoë om dít te bewerkstellig. Dit is nog maklik om die media te bedrieg. Maar om jou leuens uit te ryg terwyl Lea Deetlefs se blou oë soebat vir 'n sprankie hoop of goeie nuus, is 'n perd van 'n ander kleur.

Star Petro is nie van plan om die lospryse te betaal nie. Hul Nigeriese operasie is onder groot druk. Die maatskappy betaal jaarliks enorme bedrae om hom teen oliediefstal te verseker. Ondanks dit ly die maatskappy steeds miljoene dollar se skade waarvoor die versekeringsmaatskappye nie instaan nie.

Hul ander oorhoofse koste is hoër as in enige ander

land. Hulle betaal duur aan sekerheidsdienste. Die werkers se salarisse is buitensporig hoog omdat daar van hulle verwag word om in 'n hoërisikogebied te werk. Die Nigeriese regering se eise dat hulle in die infrastruktuur en omgewing moet belê, is nimmereindigend en grens soms aan die absurde.

Wat Star Petro verhinder om te onttrek uit Nigerië, is die gehalte van olie in die Niger-delta. Dit is in tegniese terme "ligte soet ruolie", wat beteken dit vereis amper geen suiwering nie. Dis kostedoeltreffende olie. Amerika kan ook nie bekostig om die Nigeriese oliekrane toe te draai nie. Nie alleen hul ekonomie nie, maar ook hul magtige en hoofsaaklik gemeganiseerde weermag funksioneer letterlik op olie.

Daar is geen manier waarop Star Petro nege miljoen vate olie vir die oorblywende nege gyselaars se vrylating gaan opdok nie. Die maatskappy se besturende direkteur in New York het saam met 'n CIA-agent Nigerië toe gevlieg. Dit was hoofsaaklik hulle wat die Nigeriese regering in die aanval op die OFN-kamp ingeboelie het, met dreigemente dat Star Petro sy geldkrane vir ontwikkeling gaan toedraai en die VSA boikotte kan oorweeg. Die feit dat drie gyselaars in die suksesvolle reddingspoging ongeskonde daarvan afgekom het, was vir hulle 'n triomf.

Die twee gyselaars van Axo Drilling Company wat daarna doodgeskiet is uit weerwraak op dié aanval, het die situasie in skaakmat geplaas.

Star Petro se nuwe voorstel is dat die Nigeriese weermag die twee OFN-kampe gelyktydig aanval om die moontlikheid van weerwraakmoorde uit te skakel. Die Nigeriese weermag twyfel of dit in die praktyk uitvoerbaar is. Boonop weet hulle nie waar die kampe geleë is nie. Helikopters van die weermag en Star Petro deurkruis die moerasgebiede om die liggings te probeer bepaal. Intussen het die OFN laat weet hulle gaan oor drie dae nog 'n gyselaar doodskiet as nie minstens een losprys betaal word nie.

Star Petro oorweeg dit nie om van sy modus operandi af te sien nie. Hulle skep wel by die media die persepsie dat die Nigeriese weermag hulle nie toelaat om te betaal nie. Dit sou kwansuis 'n presedent skep vir ander milisiegroepe. Inderwaarheid is al die druk nou op die Nigeriese weermag om die twee kampe aan te val voor die eerste sperdatum verstryk. Ondanks die weermag se waarskuwing dat die kanse goed is dat van die gyselaars in kruisvuur kan sterf, hou Star Petro vol dit is die enigste oplossing. Vir Graves is dit skokkend dat sy maatskappy so min omgee vir die veiligheid van sy werknemers.

Hy ry beswaard na Lea Deetlefs se huis. Hy verkies om soggens na haar toe te gaan. Dan is die tweeling by die skool. Hy sien nie nog kans vir die angs op hul gesiggies ook nie.

Toe hy stilhou, haal hy eers die kartondoos met ingelegde konfyt, tuisgebakte beskuit en gekerfde beesbiltong uit sy motor se kattebak. Sy vrou het dit vir Lea saamgestuur.

"Julle is te goed vir my, Peter!" sê sy oor die geskenk, maar vra in dieselfde asem: "Het jy enige nuus vir my?"

Hy kan die spore van die afgelope tyd se kommer op haar gesig sien. Haar oë lyk moeg, omraam deur donker kringe, haar liggaam aansienlik skraler as toe hy haar die eerste keer gesien het.

Hy skud sy kop stadig. "Ek is bevrees die situasie is nog dieselfde. Die weermag weier dat Star Petro toegee aan die OFN se eise. Hulle onderhandel nog met die OFN. As dit misluk, gaan hulle heel moontlik aanval."

Hy kan haar nie in die oë kyk nie. Jou fokken leuenaar, flits dit deur sy gedagtes.

Sy vat aan sy arm. "Peter, gee my 'n eerlike antwoord. Wat is die kanse dat my man lewendig uit dié gemors gaan kom?"

"Goed . . . Ons . . . ons doen ons bes."

Sy moes die gebrek aan oortuiging aangevoel het. Haar oë swem skielik in trane. Daar is 'n ongemaklike stilte en hy sit sy hand vertroostend op haar skouer.

"Amelia Smit vlieg more Nigerië toe," sê sy na 'n ruk. "Sy skryf 'n artikel oor die situasie vir *Time*."

Dit is nuus vir Peter. Hy hoop nie Lea het die skok op sy gesig gesien nie. Daai verdomde vrou gaan dinge oopkrap waarvan Star Petro nie hou nie. Hy sal hulle mense in Nigerië dadelik moet waarsku. Star Petro kan nie bekostig dat sy ware houding teenoor sy werknemers aan die wêreld uitgebasuin word nie. Hy ook nie. Dan sal hy Lea Deetlefs nooit weer in die oë kan kyk nie.

24

Speurinspekteur Kassie Kasselman kyk indringend na die posseël wat hy versigtig met 'n haartangetjie optel. Hy draai dit om, beskou die agterkant, dan hou hy dit teen die skerp lig van die staanlamp op die lessenaar in sy woonstel se studeerkamertjie, eintlik 'n tweede slaapkamer. Dit is nie die eerste keer dat hy dit so betrag nie. Hy moes dit seker al honderd keer gedoen het sedert Heinz dit ses jaar gelede vir hom gestuur het. Hy kan steeds nie glo hy het dié seël nie – sekerlik die waardevolste in sy versameling as 'n mens die geldwaarde in ag neem.

Die Duitse regering het in 2001 veertien miljoen seëls gedruk van 'n reeks met bekende rolprentsterre. Foto's van Charlie Chaplin, Marilyn Monroe en Greta Garbo het onder meer daarop gepryk. Hulle was van plan om Audrey Hepburn ook só te vereer, maar Hepburn se seun het kapsie gemaak teen die sigarethouer in sy ma se mond en geweier om kopiereg toe te staan. Die Duitse ministerie van finansies het egter toe reeds kopieë van dié seël aan die Duitse posdiens voorgelê. Dertig van die Hepburn-seëls het aan die vernietigingsproses ontkom toe 'n Berlynse werknemer dit gebruik het om briewe uit te stuur.

Heinz het een van die seëls bekom en dit aan Kassie gestuur sonder dat hy geweet het hoe skaars dit is. Kassie

138

het ook nie aanvanklik gedink dit is veel werd nie. Hy was onder die indruk dit is maar net nog een in die reeks. Danksy Heinz het hy reeds al die ander in die filmster-reeks gehad. Maar vroeg verlede jaar kon hy sy oë nie glo nie toe hy in 'n koerant lees wat die ware toedrag van sake is – ook nie toe hy lees een van die ander oorbly-wende Hepburn-seëls is vir byna vier honderd duisend rand opgeveil nie.

Hy het onmiddellik vir Heinz, met wie hy al vyftien jaar penmaats is, geskryf hy sal die seël aan hom terugbesorg. Heinz is 'n afgetrede munisipale amptenaar en sou kon doen met so 'n klomp geld. Maar die dierbare Heinz, nie 'n seëlversamelaar nie, het terug laat weet hy wil dit on-der geen omstandighede hê nie en Kassie moet dit hou.

Kassie bêre dit weer versigtig in die houthouer wat hy spesiaal vir sy waardevolle seëls laat maak het. Hy skud sy kop. Hoekom wend hy hom altyd tot sy seëls wanneer hy met 'n groot verantwoordelikheid opgesaal is? Helder oordag, in werkstyd, is hy besig om sy seëls te beskou. Hy glo sy beheptheid met die goed het hom vele bevor-deringsgeleenthede gekos. Hy dink aan kere wat hy ver-lof moes neem om filateliekongresse by te woon, en die twee offisierskursusse wat hy nie voltooi het nie omdat hy in daardie stadiums te veel werk as deeltydse sekreta-ris van die filatelievereniging gehad het.

Hy pak die houer weg in die staankluis in die studeer-kamer. Op vyf en veertig is dit sy soveelste moordsaak. Hy moet net positief wees, dink hy. Hy het darem ook al in sy loopbaan baie groot sake suksesvol opgelos. Dit is net dat hy na die verdomde Nienaber-fiasko op 'n syspoor geran-geer is. Hy't drie jaar laas 'n saak van belang hanteer. Dit het sy vertroue in sy speurvermoë ondermyn.

Hul nuwe bevelvoerder, superintendent Koza, het eg-

139

ter nie vir 'n oomblik getwyfel oor wie dié moordsaak moet hanteer nie. Koza het geweet die ander nuwe aanstellings van die afgelope paar jaar is nie opgewasse daarvoor nie. Hy het wel aanbeveel dat Rooi Els, 'n speurderkonstabel, Kassie se side-kick word. Vir Els om ondervinding op te doen, het Koza gesê.

Kassie leun vorentoe langs die staankluis en skuif die geraamde sertifikaat van sy lidmaatskap van die Wes-Kaapse Filatelievereniging reg. Hy blaas die stof van sy vingertoppe af. Die plek kort 'n goeie skoonmaak, maar hy kom nie meer by sulke take uit nie. Sy lewe het te gejaagd geraak.

Hy stap in die gang af en val neer in die gemakstoel in sy karig gemeubileerde sitkamertjie. Hy grawe in sy bosak, skud 'n sigaret uit die pakkie Lucky Strike en breek die filter af voordat hy dit aansteek. Hy trek diep aan die soet rook en blaas dit in twee dun strepies uit by sy neusgate. Hy hoes.

Kassie besef dit is tyd dat hy sy gedagtes orden en op sy werk fokus. Brink van Dyk. Hy het vanoggend gesien gister se moord is hoofnuus op *Die Burger* se voorblad. Daar is 'n groot gesinsfoto by die berig wat in Desember by die gesin se woonstel op Plettenbergbaai geneem is: 'n glimlaggende Brink, sy vrou en hul elfjarige dogter teen die agtergrond van 'n akwamaryn see.

Die bronsbeeld het sy skedel vergruis. Só 'n grusame toneel is vreemd in hierdie spogbuurt. Sulke wreedheid word gewoonlik iewers op die Vlakte of in 'n township aangetref. Die inbreker het seker gemaak sy slagoffer sal nie oorleef nie. Minstens drie kophoue met die doel om dood te maak.

Van Dyk moes skatryk gewees het. Kassie het lank laas soveel weelde in een huis gade geslaan. Alles van die beste en nuutste. 'n Mens verwag dit nie van die mede-eie-naar van 'n vervoerbesigheid nie. Kan dit só 'n winsge-wende bedryf wees? Hy twyfel. Dalk het hy of sy vrou ryk geërf?

Hy kon eers vanoggend 'n sinvolle gesprek met Brink se vrou voer. Gisteraand toe hy op die toneel kom, was sy histeries. Arme siel. Hy het haar onmiddellik uitgeskakel as 'n moontlike verdagte. G'n mens kan so goed toneel-speel nie. Sy was in elk geval tydens die moord by die tennisklub. Haar man was net terug van 'n besoek aan die Oekraïne. Hy skud sy kop. Die Oekraïne van alle plek-ke! Volgens die vrou koop hulle gereeld daar vragmotors aan. Blykbaar spotgoedkoop.

Kassie staan op en gaan maak koffie in die kombuis, slurp hard aan die warm vloeistof terwyl hy terugstap sit-kamer toe.

Dit was nie 'n bosslaper se werk nie. Hulle is gisteraand met flitse die park in en het 'n paar rondlopers daar uit-gesnuffel. Nie een is 'n verdagte nie. Die meeste is in elk geval so uitgeteer dat hulle nie eers die bronsbeeld be-hoorlik sou kon optel nie. Die moordtuig is verbasend swaar. Dit moes 'n groot man gewees het wat dit hanteer het. Vanmiddag het forensies hom kom inlig daar is geen vreemde vingerafdrukke op die beeld nie. Bosslapers en ander rondlopers gebruik nie handskoene wanneer hulle inbreek nie.

Dit moes 'n professionele inbreker gewees het. Of was dit? Wie dit ook al was, het tog nie regtig goed van waar-de gevat nie. Dalk die paar juwele en die skootrekenaar, maar daar was verskeie waardevoller items om te steel as dít. Hoekom het hy in die klerekaste rondgekrap? Hy kon nie na 'n vuurwapen gesoek het nie. Die huiseienaar het 'n gholfstok as wapen by hom gehad.

Dit voel vir Kassie of die inbreker sy ware motiewe probeer verdoesel het. Of hy die klere uit die kaste gepluk het om die indruk te skep hy het na waardevolle items gesoek. Dít terwyl die huis daarvan wemel. Hul dogter het twee skootrekenaars gehad, sy vrou een, en volgens dié was al drie van 'n baie beter gehalte en ook moderner as Brink s'n.

Daar is nie aan die ander elektroniese toerusting in die huis geraak nie. In die vrou se aantrekkamer het een duisend sewe honderd rand oop en bloot op 'n tafeltjie langs 'n knoets van 'n diamantring gelê. Dis onaangeraak. Die persoon het wel in Brink se beursie gekrap, maar daar was blykbaar nie veel kontant in nie. Brink het volgens sy vrou nooit baie kontant by hom gedra nie.

Kassie staan weer op, stap kombuis toe en spoel die koffiebeker sorgvuldig met warm water uit en maak dit staan in die droograkkie. Hy skakel die klein hoëtroustel langs die mikrogolfoond aan en wikkel sy voete op maat van die jolige boeremusiek. Hy stap na die koskas, maar sien daar is net 'n blikkie meatballs oor. Hy's tot sy ore toe gatvol vir geblikte frikkadelle. Dit was by Checkers op 'n helse groot special en toe koop hy drie dosyn van die goed.

Terwyl "Die Soebatwals" in die klein kombuisie opklink, leun hy met sy skouer teen die yskas, sy gedagtes terug by die moordsaak. Dan is daar die ding wat hom die meeste agterdogtig gemaak het. Aanvanklik wou hy dit as 'n nietigheid afmaak, maar hoe langer hy by die moordhuis daaroor gedink het, hoe meer het dit na muishond geruik. Hy tuur voor hom uit, skud dan sy kop. Volgens Brink se vrou het haar man nie vyande gehad van wie sy bewus was nie.

Kassie kon eers vir môre 'n afspraak kry met Brink se

142

vennote by hul vervoeronderneming in Paardeneiland. Volgens hul sekretaresse is hulle baie besig en was daar vandag 'n belangrike vervoerkonferensie wat nie gekanselleer kon word nie.

Dalk kan hulle lig werp op vyandiggesindes in Brink se lewe. Hy het by Van Dyk se vrou gehoor dat sy vennote universiteitsmaats van hom was. Volgens haar was hulle ook sy boesemvriende. Dit is dus onwaarskynlik dat hulle iets hiermee te doen kon gehad het.

Hy sug. Hy kan nie nou veel meer aan die saak doen nie. Hy stel die klank harder en stap in die gang af na sy studeerkamer, buk by die kluis en draai die kombinasieslot met geoefende vingers oop. Hy moet nog sy Unie-versameling uitsorteer.

25

Met die afstap uit die vliegtuig oorrompel Lagos se druk-
kende hitte vir Carl. In die vyftig meter na die lugha-
we-gebou begin sy hemp al aan sy lyf kleef.

In die gebou self is dit nie veel beter nie. Die bedom-
pigheid is intens. Daar is nie sprake van aanvoelbare lug-
versorging nie en nie een van die roltrappe is in 'n wer-
kende toestand nie. Moontlik is die kragopwekker buite
werking wat dié deel bedien, dink hy. Hy het gelees Lagos
is 'n stad van kragopwekkers. Die elektrisiteitsverskaffer
hier is skynbaar selfs strate vrotsiger as Eskom. Die baga-
sievervoerband stotter en steun. Na 'n paar minute knars
dit tot stilstand. Werkers pak die bagasie met die hand
van die vervoerband af op die vloer.

Hy gaan val met sy tas in die tou om deur doeane te
kom. Die beamptes sit op 'n spesiale verhoog. Hulle lyk
formidabel, streng en bedonnerd. 'n Kort, gesette beamp-
te beskou Carl se paspoort en visum, beduie dan hy moet
sy tas vir inspeksie op 'n tafel sit. Die man grawe met sy
hande in die klere, dolf alles met mening om, voel-voel
in die hoeke van die tas rond en los dit so oopgemaak vir
hom om af te tel en self toe te maak.

Hy weier die hulp van drie gretige mans wat sy tas wil
dra. Die Brit wat op die vlug hierheen langs hom gesit het
– wat Nigerië al ses keer besoek het – het hom gewaarsku

om nie van sulke dienste gebruik te maak nie. Hy het sy bagasie op sy eerste besoek verloor toe sy tasdraer spoorloos tussen die menigtes verdwyn het.

Toe Carl buite die gebou kom, slaan die hitte weer genadeloos toe; die lughawe se dak het darem vir beskutting teen die son gesorg. Dit is maar te duidelik hy bevind hom in 'n stad midde-in die donker kontinent. Duisende mense leun aan teen die veiligheidsrelings om die lughawegebou. Taxibestuurders, smouse wat met horlosies, selfone en Afrika-juweliersware jou aandag probeer trek, hordes wat die een of ander diens uitbasuin. Hy baan 'n pad tussen nors polisiebeamptes met donkerbrille en AK's.

Hy kry die rooi hotelbussie verbasend maklik tussen die honderde voertuie wat in lang rye dubbel geparkeer is voor die gebou. Die bestuurder beduie hy moet maar eers buite staan, hy wag nog op 'n paar gaste. 'n Groepie entrepreneurs/bedelaars sak op Carl toe, maar die bestuurder jaag hulle met wilde handgebare weg. 'n Polisiebeampte slaan een met 'n knuppel op die blad, skop hom toe hy val. Die man spring vervaard op en verdwyn in die wriemelende massa.

Dinge het die afgelope paar dae vinnig gebeur. Toe die CIA die groen lig gee dat hulle kan voortgaan, het September hom eers onder kruisverhoor geneem oor die Weideman-biografie. Carl glimlag. Hy kon hom nie vasvra nie. September was beïndruk. Hy kon Adaka bel. Daar was geen rede om die proses verder te vertraag nie.

Soos Carl voorspel het, is Adaka 'n geldgierige man. Hy is nie werklik lojaal teenoor sy sindikaat nie, daarvoor was die lokaas van sestig persent kommissie te aanloklik. Dit was verbasend maklik om hom te oortuig dat dit in sy belang is om met Carl besigheid te gesels.

145

Hy sien Adaka oor twee dae. Môreoggend vlieg hy met 'n twaalfsitplekvliegtuig soontoe. Die internasionale lughawe van Port Harcourt is net gedeeltelik vir kleiner vliegtuie oopgestel. Die lughawe was 'n paar jaar toe vir lugverkeer nadat die aanloopbaan in só 'n toestand was dat dit nie meer veilig was om daar te land nie. Dit is intussen heropen, maar die afgelope maand is daar skynbaar weer probleme wat dit ontoeganklik maak vir groot stralers. Hy wou nie vandag al in Nigerië aangekom het nie, maar dit was al beskikbare vlug. Dit gee hom darem die geleentheid om weer deeglik deur die CIA se wapenvoorraadlyste te werk sodat hy homself op hoogte kan bring van wat beskikbaar is. Hy wou dit nie op die vliegtuig doen nie.

Carl herken 'n paar van sy medepassasiers wat van die lughawegebou na die hotelbussie aangestap kom. Sy hart fladder liggies. Tussen hulle is die mooi vrou. Sy het skuins oorkant hom gesit en hulle oë het vir 'n oomblik kontak gemaak. Dit was intens. Sy het geglimlag en in sy rigting geknik. Hy het terug geknik. Daarna het hy geslaap. Sy was voor hom by die vliegtuig uit en hy het haar nie weer gesien nie, hoewel hy moet erken hy was op die uitkyk vir haar.

Sy is lank, 'n modellyf met bruingebrande, atletiese bene wat onder haar korterige rok pronk. Parmantige borste wat ritmies beweeg terwyl sy aangeloop kom. 'n Brunet met groen oë en vol lippe. Hy het hom verbeel daar was 'n blik in haar oë wat beloftes van passie inhou. Hy glimlag. Dit was sy subjektiewe interpretasie. Soms sien hy beslis beloftes raak wat net in sy gedagtes bestaan.

Sy laat hom effens aan Wilma dink. Hulle was vyf jaar getroud en die huwelik was aanvanklik gelukkig. Wilma kon nie kinders kry nie, wat nie vir hom 'n probleem was nie, maar wat háár geestelik gesaboteer het. Sy het 'n persoonlikheidsverandering ondergaan, haar sprankel begin verloor. Wanneer hulle die rare geleentheid gehad het om uit te gaan, wou sy nie. Dit het hom in ander vroue se arms gedryf, sus hy gewoonlik sy gewete. Maar hy weet dit is nie heeltemal die waarheid nie. Hy raak só gou moeg vir een vrou. Dis die storie van sy lewe. Dit en sy Bester-gene.

Dalk het Wilma vermoed hy sien ander vroue, maar sy het dit nooit laat blyk nie. Sy het wel later begin kla oor sy ongereelde werksure. Dit het by haar 'n obsessie geraak. Sy het geëis dat hy na 'n administratiewe eenheid oorgeplaas moet word sodat hy normale ure kon werk. Sy het geen begrip vir die polisiepolitiek getoon nie. Die spesiale aksie-eenheid was dié elite-eenheid vir elke speurder om by te werk en 'n oorplasing, veral in 'n administratiewe pos, sou sy loopbaan kelder. Toe hy een nag laat by die huis kom, was daar net 'n briefie op sy kopkussing. Sy was weg.

Ondanks sy lou pogings om hul huwelik te red, het sy nie meer belanggestel nie. Sy egskeiding was gedeeltelik 'n skok, maar eintlik 'n verligting. Hy wou hom beslis nie gou weer in 'n vaste verhouding begeef nie. Veral nie terwyl hy ondergronds aan die dwelmsaak gewerk het nie. Hy het in dié tyd verskeie onbenullige verhoudings aangeknoop, seks sy enigste dryfveer om 'n vrou meer as een keer te besoek.

Die brunet glimlag vir hom toe sy by die bussie inklim. Hy maak seker hy gaan sit langs haar. "Carl Weideman," stel hy homself voor.

"Amelia Smit." Sy steek 'n slanke hand na hom uit. Haar greep is stewig, die hand sag en koel. Sy dra geen verloof- of trouring nie.

147

"Vreemd dat twee Afrikaanse siele hulle op dieselfde tyd in Lagos bevind," merk Carl op.

"Jou eerste keer hier?"

"Ja, joune?"

"Ook. Ek verstaan baie Suid-Afrikaners besoek deesdae Nigerië vir sake." Sy het 'n sensuele mond.

"Ek neem aan jy is hier vir besigheid?"

Sy glimlag. Mooi kuiltjies. "Jy kan seker so sê. Ek is 'n vryskutjoernalis. Ek skryf 'n reeks artikels oor Nigerië. Ek weet nie of jy in die media die storie oor die Suid-Afrikaanse gyselaar gesien het nie? Hy word deur 'n milisiegroep hier aangehou. Sy ontvoering het aanleiding gegee tot my reeks artikels."

Carl knik. "Ek het dit in die koerante gesien."

"En jy? Besigheid?"

"Ja, ek is in die olieboorbedryf."

Sy lyk geïnteresseerd. "Werk jy vir 'n Suid-Afrikaanse maatskappy?"

"Nee, Amerikaans. Maar ek is in Suid-Afrika gestasioneer." Carl haat dié deel van sy ondergrondse rol. Hy moet ook die onskuldiges bedrieg wat sy pad kruis.

"Wat is die naam van die maatskappy?"

"Redus. Ons hoofkantoor is in Texas." Hy is gretig om die onderwerp te verander. Hy beduie na buite. "Dié verkeer laat Johannesburg s'n soos 'n vulletjie lyk. Ek sweer hier is sewe bane se karre wat in vier bane probeer indruk." Hy glimlag oor die rumoer. "En elkeen gebruik sy toeter mildelik."

"Volgens Wikipedia woon hier meer as agt miljoen mense. Ander bronne beweer dis nader aan sewentien miljoen." Sy lag. "Hul sensusopnames is nog minder suksesvol as ons s'n. Maar hulle sê Lagos het een van die snelgroeiendste ekonomieë in Afrika. Hulle doen beslis iets reg."

Hulle kyk in stilte na die stad. 'n Digte rookkombers kleur die lug donkergrys. Enkele geboue is nuut en modern, maar word meestal omring deur murasies, vervalle geboue en 'n paar in aanbou. Die stad kort 'n laag verf, dink Carl. Alles wat veronderstel is om te blink, is geroes. 'n Stemming van verval hang oor alles. Disfunksionele telefoon- en elektrisiteitsdrade is in bondels om skewe lamppale geknoop. Bourommel en vullis lê gestrooi oor sypaadjies en tussen die lendelam houtstalletjies van handelaars wat alles onder die son te koop aanbied.

Die stad wemel van 'n bonte mensemassa wat grotendeels om die handelaars rondmaal. Hulle skreeu, beduie, lag, gesels, skarrel rond, hardloop, sit, lê. Tropiese plante kruip slordig tussen murasies in die enkele onbenutte spasies uit. Stringe bedelaars hardloop langs die hotelbussie op die slaggatdeurspekte pad, hul benerige hande uitgestrek vir 'n aalmoes, oë smekend. Dít is die hartverskeurende gesig van Afrika-armoede, dink Carl.

Hulle kan nie anders as om weg te kyk nie.

"Hoe lank is jy in Nigerië?" vra Amelia.

"Vier dae. Ek vlieg more Port Harcourt toe."

Hy kan die verbasing op haar gesig sien. "Watter toeval is dit nie! Ek ook!" Sy kyk na Carl, haar groen oë intens. "Ek is bly jy gaan ook soontoe. Mense het my afgeraai om te gaan, gesê dis 'n gevaarlike plek. Nou ken ek darem iemand wat ook gaan. Dit sal help."

Hy knik. Hy is ook bly. Hy sou haar graag baie beter wou leer ken. Sy sessie in die Kaapse hotel met die kreatiewe direkteur van Johannesburg was sy laaste fisieke interaksie met 'n vrou – en dit voel soos baie volmane gelede.

26

Ben is ontstem. Brink is op 'n grusame wyse die ewigheid ingestuur. Hy moes die smart van die man se vrou ervaar, iets wat hy graag sou wou vermy het. Sy maag het gedraai toe hy saam met Melanie na Louise is om haar te ondersteun. Die lyk was weg, maar die bloedvlekke was nog op die kombuis se teëlvloer sigbaar.

Sedertdien is sy ingewande styf saamgetrek. Hy kry Dolf ook jammer. Die skok van Brink se dood was vir hom groot. Hy was veel nader aan Brink as wat Ben ooit in sy lewe aan enigiemand kon kom.

Nou sit Dolf handewringend oorkant hom, sy gesig bleek en afgerem. Hy skud sy groot beerkop vir die soveelste keer. "Jy't 'n punt beet om die fokken land oor vyf jaar vaarwel toe te roep. 'n Menselewe in Suid-Afrika is net mooi fokkol werd. Hoe maak 'n mens jou kinders in só 'n samelewing groot? Kan jy dink watter tragedie homself sou afgespeel het as klein Wiena ook daar was?"

"Ja, dis net 'n seën sy was weg. Bennie was op dieselfde kamp."

Dolf tuur voor hom uit. "Dit het die inbreker natuurlik gehelp dat daar nie nog 'n siel in die huis was nie. Dit was mos die vrouens se tennismiddag. Louise se keffertjie was ook nie eers daar om hom te waarsku iemand het ingekom nie. Ek hoor Louise piekel die hondjie orals met haar saam. En hulle huiswerker stryk mos op 'n Woensdag by ons." Hy bly 'n ruk stil. "Jirre, Brink het dit nie verdien om só te gaan nie."

Ben knik. "Ja, Brink was vol stront en hy het ons baie drama gegee, maar ons gaan sy deeglikheid mis. Administratief het hy soveel bygedra, veral tot die vervoerbeen. En natuurlik gaan ons hom as vriend ook mis."

"Dié plek gaan nooit weer dieselfde wees nie." Dolf kyk skielik op na Ben. "Jy dink nie Brink het iets oor ons bedrywighede by sy huis laat rondlê nie?"

Dit is iets wat aan Ben se gemoed vreet. Wie weet hoeveel spore hy oor hul onwettige besigheid kon agterlaat? Die huis is groot, daar's baie kaste met laaie waar Brink goed kon geliasseer het. As die verdomde speurder se afspraak met hulle eers afgehandel is, sal hy gemakliker kan begin asemhaal. Die vooruitsig van 'n gesprek met die polisie maak hom onrustig. Die polisie wou al gister met hom en Dolf kom praat het, maar hy het 'n storie uitgedink hoekom hulle nie beskikbaar was nie.

"Ons het tog ooreengekom ons hou onder geen omstandighede dokumente van daai deel van ons besigheid by ons huise nie," probeer hy hul albei se bekommernisse besweer.

Dolf sug. "Jy's reg, ons is net paranoïes. Dis bloot roetine dat die polisie met ons wil praat. Hulle moet seker maar met almal gesels wat Brink goed geken het."

Ben se sekretaresse kom lig hulle in speurinspekteur Kasselman en speurderkonstabel Els is hier. "Bring hulle maar na die konferensielokaal toe," sê Ben, "en hoor sommer of hulle koffie wil hê." Hy gaan sit langs Dolf sodat die speurders oorkant hulle kan sit. "In die onwaarskynlike geval dat hulle iets oor die wapens by Brink se huis gekry het, sal ek die praatwerk doen," sê hy in 'n fluisterstem vir Dolf.

Kasselman lyk allesbehalwe na 'n intimiderende ge-regsdienaar. Hy herinner Ben eerder aan 'n kantoorklerk by 'n skrootwerf. Sy hare is in olierige slierte styf teen sy kop geplak, die baardstoppels maak 'n blou skynsel op sy bleek vel. 'n Skelrooi windjekker met 'n oliekol op die linkerbors hang sakkerig aan sy maer gestalte, die gestreepte blou dassie is kort geknoop, 'n stuk harige maag loer by die gekreukelde hemp uit waar een knoop ontbreek en wit sokkies steek uit onder 'n te kort swart langbroek.

Els, 'n kort, gesette kêreltjie, lyk half ontuis in sy blink-grys pak klere. Net sy vingertoppe steek onder die lang baadjiemoue uit. Hy staan skuins agter Kasselman en dit is duidelik dat hy nie 'n groot bydrae tot die gesprek gaan lewer nie. Hy is hier om te leer. Kasselman neem 'n kop-pie koffie, maar Els wys die aanbod van die hand.

Sonder om iets te sê, drink Kasselman eers sy koffie. Hy blaas elke keer daarin voor hy 'n sluk vat. Dit is vir Ben duidelik hy het 'n brandende behoefte aan koffie ge-had. 'n Stilte heers terwyl hy tydsaam drink en onderling na hulle kyk. "Daar's hy," sê hy uiteindelik met 'n glimlag en sit die leë koppie langs die piering neer. "Ek kan seker nie hier rook nie?"

Dolf knik en skuif die asbakkie nader aan hom. Kassel-man vurk 'n verkreukelde pakkie Lucky Strike uit sy bo-sak en haal versigtig 'n sigaret uit. Hy breek die filter af en gooi dit in die asbakkie. Dan rol hy eers die sigaret tus-sen sy voorvinger en duim voor hy in sy sakke rondvoel, skud dan sy kop. "My lighter al weer verloor." Dolf leun oor die lessenaar en steek die speurder se sigaret met sy Zippo aan.

"My oupa het só een gehad," sê hy. "Hy het altyd . . ."

"Ek hoop jy het goeie nuus vir ons . . . dat julle die in-

152

breker al vasgetrek het?" knip Ben hom kort. Hy is nie in 'n bui om geselsies aan te knoop nie.

Kasselman blaas die rook in kringetjies uit. Hy glimlag. "Dit gaan nie altyd só maklik nie." Els knik instemmend langs hom.

Ben is geïrriteerd met die slordige Kasselman-kêreltjie. Die polisie se standaarde is omtrent op 'n glybaan ondertoe. Die vent gaan net hul tyd mors. Hy kan nie glo hy was op sy senuwees oor hul besoek nie. Hy kyk op sy horlosie. "Jammer om jou aan te jaag, maar ons tyd is beperk. Ek sal bly wees as ons dié gesprek vinnig kan afhandel."

"Seker . . . seker." Kasselman haal 'n notaboekie uit sy windjekker se binnesak, grawe in sy broeksak en bring 'n goedkoop balpuntpen te voorskyn. Hy skud die pen verwoed en toets dan eers of dit skryf deur agterop die notaboekie te krap. Hy skud sy kop. "Ai, die goed is só onbetroubaar." Hy sit die pen onseremonieel in die asbakkie neer.

Els voel in sy sakke, maar beduie in gebaretaal hy het ook nie 'n pen nie. Dolf gee vir Kasselman sy goue balpuntpen aan, waarop *Haarhoff, Malan en Van Dyk Transport* gegraveer is.

Terwyl hy belangstellend na die pen kyk, vra Kasselman: "Koop julle al julle vragmotors in die Oekraïne aan?"

Die vraag kom onverwags. Ben is vir 'n oomblik van stryk, hy merk Dolf het verbleek. "Nie . . . nie almal nie, maar ons gaan soek soms na winskope daar."

"Dit moet seker duur wees om dit van daar af in Suid-Afrika te kry met die vervoerkoste en die invoerbelasting en sulke goeters?"

"Dit . . . is steeds kostedoeltreffend," sê Ben.

"Het Brink van Dyk vyande gehad?"

Weer betrap die vraag hulle onverhoeds. "Hoe bedoel jy?" Dit klink nie vir Ben soos roetinevrae nie.

"Mense wat hom sou wou kwaad aandoen, dalk sou wou vermoor?"

Dolf praat vir die eerste keer, driftig. "Ek verstaan nie hoekom jy só 'n vraag vra nie. Dit is vir almal duidelik Brink is in sy huis oorrompel deur 'n bleddie gewetenlose inbreker. Daar is tog nie sprake van 'n sluipmoord nie. As jy my vra, skuil die vuilgoed nou nog in die park langs hul huis. Dit wemel daar van die kriminele elemente. Daar is al voorheen by hulle ingebreek."

"Ons ondersoek alle hoeke," sê Kasselman en glimlag terwyl Els instemmend knik. "Julle het nog nie my vraag beantwoord nie."

"Nee," sê Dolf, "Brink het g'n vyande gehad nie. Hy was 'n gesiene man in die omgewing, 'n harde werker, goeie gesinsmens, 'n kerkman, niks kwaad in hom nie."

"Wel," laat Kasselman hoor terwyl hy met die pen in die piering tik, "my afleiding is iemand wou hom uit die samelewing verwyder. Ek het gehoop julle sal my kan help."

"Ek verstaan steeds nie die trant van jou vrae of jou afleiding nie! Daar was tog 'n inbreker wat onder meer juwele en ander goed gesteel het," sê Ben. "Brink het hom op heterdaad betrap en is oorrompel. 'n Mens hoef nie 'n gekwalifiseerde speurder te wees om dit af te lei nie."

Kasselman kyk peinsend na die pen. "Dit was nie 'n gewone inbreker nie. Gewone inbrekers steel normaalweg kosbare artikels, nie die goedkoopste en oudste skootrekenaar in die huis nie. En dit was Brink s'n en . . ."

Dolf onderbreek hom. "Asseblief, inspekteur Kasselman, grond jy nou wragtig jou moordvermoedens op die feit dat Brink se ou skootrekenaar gesteel is?! Van wanneer af het 'n rondloper-inbreker soveel kennis van die moderne tegnologie? Hy het heel moontlik gedink dit is die duurste een. Ek dink jy maak nou belaglike afleidings!"

Kasselman lag verleë. "Ek stem saam oor die rekenaar . . . maar Brink se aktetas is ook skoonveld. Hoekom sou 'n inbreker sy aktetas steel? Ek het sy vrou 'n paar keer gevra of sy seker is dit is ook weg. Sy was doodseker Brink se aktetas was nie hier by sy kantoor nie. Sy het onthou Brink het dit in sy hande gehad toe hy van die vliegtuig afgeklim het. En volgens haar was hy nooit daarna weer op kantoor nie. Ek het tot in Brink se motor loop kyk met die verwagting ek gaan die aktetas daar aantref."

Hy haal sy skouers op. "Sy vrou het my verseker haar man het nooit iets van waarde in die aktetas gehou nie. Daar was net werksdokumente in. Boonop was dit 'n ou leertas uit Brink se onderwysdae. Die hoeke was al geskaaf en die handvatsel half lendelam en los."

Kasselman tik met die pen op die tafel. "Dit maak nie sin nie. Hoekom 'n ou aktetas steel as daar soveel ander luukse artikels was om te vat? Brink se aktetas en verouderde skootrekenaar. Dit dui vir my daarop dat dit nie 'n gewone huisbraak was nie. Dit moet verband hou met Brink se werk of iets persoonliks wat hy dalk vir sy vrou weggesteek het. Dit voel vir my of die inbreker inligting wou bekom wat Brink nie bereid was om te verskaf nie . . . belangrike inligting waarvoor die inbreker moontlik bereid was om te moor."

Ben besef hy moet nou ingryp. "Kyk," sê hy beheers, "ons weet nie wat om af te lei oor die aard van die gesteelde goed nie. Ons kan jou net verseker dit het niks met ons besigheid te doen gehad nie. Ons is vervoerkontrakteurs. Daar is niks sinisters aan ons werk nie. Sover ons weet, het hy nie vyande gehad nie. Ek dink steeds dit is 'n gewone inbreker. Dalk moet julle net harder soek na een en vergeet van allerlei ander motiewe."

Hy kyk op sy horlosie. "Dit is vir my duidelik ons sal jou nie kan help nie. Jy sal ons moet verskoon, ongelukkig wag daar ander dringende sake op ons."

"Seker . . . seker. Ek verstaan . . . ek verstaan. Net een versoekie: Is dit moontlik dat ek en my kollega 'n bietjie in meneer Van Dyk se kantoor kan rondkyk?"

Ben orden sy gedagtes vinnig. "Julle sal later moet kom daarvoor. Ons sluit ons kantore. Brink het sy sleutel saam met hom geneem. Ons het ongelukkig nie spaarsleutels nie. Ek wou juis nou vir my sekretaresse vra om 'n slotmaker uit te kry om 'n nuwe slot in die deur te kom sit. Maar julle is meer as welkom om môre te kom."

Kasselman en Els staan op. "Reg . . . reg so. Sal elfuur in die haak wees?"

"Elfuur is in orde," sê Ben. "Dolf, sal jy asseblief saam met hulle uitstap?" Hy kan nie bekostig dat Kasselman die sekretaresse nou met lastige vrae bombardeer oor toe kantore en spaarsleutels nie.

Els is al amper by die deur, maar Kasselman talm nog. "Julle besigheid moet besonder goed doen? Ek het lank laas soveel weelde in een huis gesien." Hy sleep sy hand deur sy olierige slierte. "Of het die Van Dyks ryk geërf?"

Weer is Ben op die agtervoet betrap. "Ek . . . wel . . . Ons doen nie sleg nie. Brink het baie skuld . . . dink ek. Hy het dalk 'n bietjie bo sy vuurmaakplek geleef."

Weer die verskonende glimlag. "Bly julle in dieselfde omgewing as Brink?"

"Ja," antwoord Ben huiwerig. Hy beduie na Dolf. "Ons is albei in Constantia. Ons verkies maar die suidelike

156

voorstede. Dis . . . dis makliker met die verkeer om by die werk uit te kom."

Kasselman tuur na die plafon. "Constantia. Dis 'n mooi deel van die Kaap daai. Pragtige huise, groot boomryke erwe." Hy gee 'n tree nader aan die deur. Els staan soos 'n soutpilaar en wag vir sy leermeester.

Toe Dolf langs Kasselman gaan staan om hulle na hul motor te begelei, kyk die speurder verbaas op na hom, asof hy nie besef het Dolf is só groot nie. "Seker slot ge-speel?"

Dolf forseer 'n glimlag. "Ja, 'n bietjie klubrugby op my dae."

"Dit was ook 'n groot ou wat Brink vermoor het. Om daai bronsbeeld só rond te kon geswaai het om iemand se skedel te vergruis, moes hy murg in sy pype gehad het. Ek het gesukkel om dit op te tel."

Ben sien hoe die bloed in Dolf se gesig opstoot. "Jy in-sinueer nie dat ek . . ."

"Nee, nee! Ek het sommer nou daaraan gedink. Dit was geen insinuasie nie." Kasselman skud sy kop. "Jammer . . . jammer. Baie onsensitief van my."

Toe hulle uit is, hamer Ben met sy vuis op die lessenaar. Die klein fokker van 'n polisieman het nou amper sy hart laat gaan staan. Vir die eerste keer voel hy blootgestel. Die vent kan die lewe vorentoe vir hulle moeilik maak.

Hy staan nog peinsend in die konferensielokaal toe Dolf terugkeer. Hy kan sien Dolf is ontsteld.

"Jissis, Ben, hoekom het die moordenaar sy aktetas en rekenaar gevat? Dit lyk so of . . ."

"Is jy van jou sinne beroof! Om net so 'n suggestie te maak! Ek sal mos nooit . . ."

Dolf hou sy hand verskonend in die lug en sak neer in een van die stoele. Sy voorkop blink van die sweet. "Jammer . . . dit was ongevraag . . . Ek . . . ek is net bekommerd. Dit voel vir my of die donnerse speurder ons van die moord verdink. Glo hy nou vir een oomblik dat ek en jy 'n aandeel in só 'n grusame daad sou hê? Jirre, Brink was ons boesemvriend."

"Kalm bly. Ons weet ons het nie rede om skuldig te voel nie. Wat wel nou belangrik is, is om Brink se kantoor met 'n vergrootglas deur te gaan. Hierdie bliksem is in staat om ons wapenbesigheid bloot te lê as ons nie versigtig is nie."

Dolf kom haastig orent. "Jy's reg, Ben. Moet sê, jy het mooi kop gehou met die storie oor die kantoorsleutel." Hy kyk op die lessenaar rond, voel dan in sy baadjie se binnesak. "Kan jy glo die klein doos het my goue Parker gevat?!"

27

Amelia is briesend. Twee van die afsprake wat sy met die grootste sorg uit Johannesburg gereël het, het nie gerealiseer nie. Star Petro se besturende direkteur, wat hom tans in Lagos bevind, het hul afspraak gekanselleer – nadat hy hand en mond belowe het hy sal haar drieuur vanmiddag in die hotel ontmoet. Hy het ander dringende sake waaraan hy aandag moet gee, het hy laat weet. En bygevoeg dit gaan onmoontlik wees om haar op 'n ander tyd te sien.

Haar vieruurafspraak met 'n ingenieur van Star Petro, wat juis in Lagos is om sy grootbaas te spreek en haar gister nog oor die telefoon verseker het hy is bereid om skokkende feite oor die gyselaarsdrama te onthul, is ook van die baan. Hy het laat weet Star Petro verbied hom om met haar te praat. Dit is niks anders nie as 'n georkestreerde poging van die oliemaatskappy om inligting van die media te weerhou, dink sy. Hulle steek iets weg, wat nie noodwendig goeie nuus vir Ryan Deetlefs en sy medegyselaars inhou nie.

Haar besoek aan Nigerië kon nie op 'n slegter noot begin het nie. Haar hotelkamer was die eerste skok van die dag. Hoewel Nigerië nie stergraderings vir hotelle het nie, was dié een volgens die reisagent gelykstaande aan 'n driester. Maar dit is vuil: mure, beddegoed en bad. Die ligte het nie gewerk nie en die straaltjies uit die krane sou die bad in 'n hele dag se tyd nie volgetap het nie. Sy het na 'n lang gestoei met die hotelpersoneel uiteindelik 'n ander kamer gekry, wat relatief skoon was en die luukse het van 'n stort met redelike waterdruk.

Haar vyfuurafspraak realiseer darem. Ibrahim Boro is 'n Nigeriese dramaturg en uitgesproke politieke en veral groen aktivis. Hy is 'n klein mannetjie, effe kromgetrek, met spierwit hare en 'n bokbaardjie wat soos 'n klossie staalwol uit sy ken groei, silwergrys teen die pikswart vel. Amelia skat sy ouderdom in die vroeë sewentigs. Hy gee nie om dat sy hom aanhaal nie.

Hulle gaan sit in die hotel se sitkamer en bestel koffie.

Hy gee 'n kekkellaggie voor hy praat en sy bokbaardjie wip op en af. "Ja-a-a . . . ek's ongewild onder die regeringslui, maar hulle kan nie bekostig om iets aan my te doen nie. Ons is mos deesdae 'n ware demokrasie."

En: "Ja-a-a, die Delta is 'n hartseer saak. Ontwikkeling het sy tol geëis." Hy gooi sy hande dramaties in die lug. "Die woude . . . Die diereryk word nou ernstig bedreig. Die bevolkingsgroei en die nuwe toegangsroetes na die woude plaas groot druk op die natuur. Daar is geen beskermde gebiede nie en die tempo van vernietiging voorspel 'n donker toekoms vir die habitat en alle spesies van die Delta. Donker . . . stikdonker." Hy maak fyn klikgeluidjies met sy mond.

Hy streel nadenkend, amper weemoedig oor sy bokbaardjie. "J-a-a-a . . . vir 'n lang tyd het die Niger-delta die verwoesting van mensehande vrygespring."

"Hoe vergelyk die ou Nigerië met die nuwe?" vra Amelia.

"In die ou dae het die plaaslike bevolking met hul kano's die moerasse binnegedring. Hengel was die enigste

160

ekonomiese bedrywigheid van belang." Hy vertoon 'n vermiste voortand toe hy breed glimlag. "Vis . . . vis was toe die lewensbloed van ons mense," sê hy asof dit nou amper onwerklik klink. Hy rek sy oë. " Maar toe . . . toe gebeur daar iets in die vroeë vyftigs wat alles bedonner het. Alles. Die ontdekking van olie en die gewildheid van die abura."

"Die abura?" wil Amelia weet.

Hy knik. "Ja-a-a . . . ons inheemse boom. Dit was 'n goeie uitvoerproduk. Maar die woude is gestroop van die abura, so erg dit is vandag 'n skaars boomsoort in die Delta. Aan die einde van die negentiende eeu was twee-derdes van die land oortrek met ryk tropiese reënwoude, maar vandag is daar net vier persent van dié woude oor. Net vier!" wys hy met sy vingers, sy oë weer groot. Hy sug swaarmoedig, maar praat met drif. "En olie . . . Dit vernietig die omgewing verder. Oliestorting is 'n krisis. Die riviere word besmet, visse vrek en plante word uitgewis."

"En terselfdertyd teel die bevolking soos konyne aan. Konyne," benadruk hy. Hy skud sy kop. "Die oliebedryf is nie arbeidsintensief nie en verskaf min werk aan die mense. Die gevolg is die natuurlike hulpbronne word uitgeput. Jy moet nou geld hê om vis of hout te bekom. Daarom word die vislewe en bome teen 'n helse tempo uitgewis . . . 'n helse tempo."

"Die mense se armoede het my opgeval op pad hotel toe."

Daar blink trane in sy oë toe hy na Amelia kyk. "Ja, ons mense is arm, brandarm. Hier vind nie ontwikkeling plaas nie, ondanks die land se inkomste uit olie. Net 'n hand vol dorpe in die Delta het elektrisiteit en vars water. Gesondheidsdienste is basies of afwesig. Die gemeenskap hou die oliebedryf daarvoor verantwoorde-

161

lik." Sy oë verdonker terwyl hy sy wysvinger rondswaai. "Daarom word daar so baie olie gesteel en toerusting van oliemaatskappye geroof en beskadig. Die beskikbaarheid van wapens in die hande van militantes maak die situasie net meer plofbaar." Hy leun terug in die stoel. "Ja-a-a . . . daar heers 'n mini-oorlog in die Delta."

Elke keer word die kern van die probleme in die streek teruggevoer na wapens, dink Amelia. Boro se verdere mededelings oor die militantes, korrupte goewerneurs en streekregerings, ontvoerings en Henry Adaka bevestig net wat sy reeds weet

Voor hy loop, waarsku Boro haar dat Adaka 'n gevaarlike man is. "Jy moet hom maar met handskoene hanteer. Hy gaan nie daarvan hou as hy agterkom jy wil hom in jou artikel bykom nie."

Toe hy weg is, sien sy dit is byna seweuur. Sy besef sy het vandag nog nie 'n stewige maaltyd gehad nie. Sy het op die vliegtuig halfhartig aan die geurlose kos gepeusel, maar nou dwing die hongerpyne haar na die hotel se restaurant, wat volgens Boro gangbaar is as jy tradisionele Nigeriese disse wil beproef.

Daar is net 'n paar mense. Die beligting is sag en 'n verskeidenheid oorspronklike Afrika-maskers teen die mure skep 'n mistieke atmosfeer, terwyl swaar, donker houtmeubels opgehelder word met helderkleurige en handgeverfde tafeldoeke. In die een hoek by 'n kroegtoonbank staan 'n paar mans na 'n sokkerwedstryd op 'n groot TV-skerm en kyk. Hulle gesels gedemp.

Sy bestel vir haar 'n glas witwyn en bestudeer die spyskaart tydsaam.

"Gaan jy omgee as ek by jou aansluit?" hoor sy iemand in Afrikaans vra.

Carl Weideman. Haar hart rammel in haar borskas.

Dié man is die naaste aan 'n Adonis waarop sy haar oë in 'n baie lang tyd gelê het. 'n Blonde kuif wat sorgeloos oor sy voorkop hang, blou oë wat déúr 'n mens kyk, 'n aristokratiese neus, hoekige ken, breë skouers op 'n lang, gespierde lyf, perfek gegiet in 'n donkergroen kortmouhemp en verbleikte jeans.

"Alte seker, dit sal lekker wees om 'n tafelgenoot te hê," antwoord sy en wonder of haar geesdrif nie te ooglopend in haar stem deurslaan nie. Sy het op die bussie al opgemerk hy het nie 'n trouring aan sy vinger nie, maar dit sê deesdae nie veel nie.

Sy draai egter mos nie doekies om as sy inligting uit mense wil kry nie. "Is jy getroud?" vra sy.

"Geskei. Amper vier jaar terug. En jy? Enige verbintenis?"

Sy blou oë het 'n magnetiese aantrekkingskrag. Die ander mense in die restaurant bestaan nie meer vir haar nie. Hulle beweeg soos skimme verby hul tafel.

"Nee, tot my ouers se ontsteltenis nie. Hulle wil graag kleinkinders hê. Ek is wel met my skootrekenaar getroud. Dis hy wat my grootliks weghou van 'n sosiale lewe."

Sy vertel hom van haar besluit om vier jaar gelede die koerant te los vir vryskutjoernalistiek.

"En, was dit die moeite werd?" vra hy.

Sy haal haar skouers op. "Ek is beslis gelukkiger in wat ek doen – die tipe joernalistiek waarmee ek my nou besig hou, is baie bevredigend. Maar soms smag ek na die veilige en gemaklike omgewing van die koerant, waar 'n vakansie beteken ek kon wegkom van my pligte terwyl ek steeds betaal word. Nou is vakansies 'n luukse wat aan die verlede behoort. En ek is vasgevang in die spertye van talle publikasies wat my jaar in en jaar uit vasgekluister voor my rekenaar hou."

Hy knik. "Ja, om 'n slaaf van jou werk te wees kan sy tol eis."

Hy bestel 'n bier. Hulle besluit saam op 'n tradisionele okra-kerriedis. Sy het in haar navorsing oor Nigerië van okra gelees. "Dit is die vrug van 'n inheemse plant. Dit is 'n gewilde groente in dié warm streke."

"Wat behels jou reeks artikels oor Nigerië alles? Klink vir my of jy selfs hul tradisionele disse onder die vergrootglas neem."

Sy lag. "Nee, sommer my slegte gewoonte om te veel navorsing te doen. Ek gebruik gewoonlik nie die helfte daarvan in my artikels nie." Sy neem 'n slukkie van haar wyn. "Dit sal maar handel oor watter impak die ontdekking van olie op die streek se omgewing en mense gehad het. Ek fokus ook op die ontvoering van buitelanders, wat deesdae 'n nasionale sport in die Niger-delta geword het. My beste vriendin se man is die Suid-Afrikaanse gyselaar van wie nou so in ons media geskryf word."

"Is dit hoekom jy Port Harcourt toe gaan?"

"Ja, ek is nogal senuweeagtig. Ek gaan onder meer met 'n wapensmokkelaar 'n onderhoud voer. Hy is skynbaar 'n gevaarlike kalant met baie invloed in die Delta-streek. Ek het ook twee geskeduleerde onderhoude met werknemers van Star Petro, maar dit lyk of hulle opdrag gekry het om my te vermy."

"Wie's die wapensmokkelaar?"

" 'n Sekere Henry Adaka." Sy verbeel haar daar is 'n flikkering van verbasing in sy oë. "Weet jy van hom?"

"Nee," antwoord hy vinnig. "Die rede vir jou onderhoud met hom?"

"Die redakteur van *Time* wil ook 'n artikel oor onwettige wapenhandel in Nigerië hê. Ek gaan kyk of ek Adaka se ondergrondse bedrywighede kan blootlê. Nie dat ek verwag hy gaan dit aan my erken nie, maar ek het met genoeg prominente mense in Nigerië gepraat wat dit bevestig het. 'n Artikel in *Time* kan hom in die internasionale kollig plaas, wat dalk kan help om druk op die Nigeriese owerhede uit te oefen om iets daadwerkliks aan sy wapensmokkelary te doen. Ek verstaan hy is tot nou toe onaantasbaar."

Hy knik net, vra hoe dit gekom het dat sy vir *Time* vryskutwerk doen. Hulle gesels grotendeels oor haar lewe. Dit voel vir Amelia of hy nie graag oor sy verlede wil praat nie. Hy is vaag, ontduik haar vrae slim en is altyd gereed met 'n teenvraag. 'n Geheimsinnige kêrel. Hulle geniet hul okra-kerriedis, wat vir haar baie soos eiervrug smaak. Teen tienuur is die restaurant verlate.

"Seker tyd om bed toe te gaan," sê hy en kyk op sy horlosie.

"Ja, dit was 'n vermoeiende dag." Maar sy is spyt sy moet afskeid neem van hom. Sy sal die hele nag in sy blou oë wil staar. Sy moet 'n glimlag onderdruk. Sy gedra haar soos 'n verdomde bakvissie.

Terwyl hulle in die hyser instap, sê hy: "Wel, ons sien mekaar darem weer op môre se vlug Port Harcourt toe. Ek bly in die ou middedorp in die Royal."

Sy glimlag. Haar hart klop onstuimig. "Ek ook. Lyk of ons paaie eenvoudig nie kan skei nie." Sy wens hy wil oorleun en haar soen.

Maar toe die hyser se deure oopgaan op sy kamer se verdieping, groet hy net hoflik. 'n Ordentlike seun, soos haar ma sou sê.

28

Donald se oë is op skrefies getrek. Sy benerige hande klem die kante van sy gesig vas. "My kop gaan bars," prewel hy.

Malaria. Daarvan is Ryan oortuig. Al die simptome is daar. Buiten die hoofpyn kla die man van naarheid, spierpyne en 'n seer keel. Boonop het hy diarree, 'n hoë koors, sweetaanvalle en soms ril hy van die koue. Met sy verblyf van die afgelope klompie jare in Afrika het Ryan baie daaroor gelees en eerstehandse ervaring opgedoen van werkers wat malaria onder lede het. Hy weet dit kan binne agt en veertig uur dodelike komplikasies hê. Daar sterf nie verniet jaarliks miljoene mense aan dié siekte nie.

Hy is paniekerig, soos toe Davison siek was. Hulle het nie in die gyselaarskamp medisyne teen malaria of muskietnette nie, en nie eers dít vrywaar iemand van die siekte nie. Geeneen van die malariaweermiddels bied honderd persent beskerming nie.

"Malaria," fluister Ryan vir Kiernan terwyl hy na die siek man beduie.

Kiernan kyk nie na Donald nie. "Ek sê jou, ons moet hier uitkom," sis hy deur sy tande. "Anders vrek ons almal op 'n hoop."

Kiernan is van gister af vasbeslote om te ontsnap. Ondanks die feit dat hulle nie 'n idee het waar die kamp in die moeras geleë is nie en dit onmoontlik gaan wees om sonder 'n boot oor die weg te kom, redeneer hy hul kanse gaan beter wees om só te oorleef as wat hulle hier gevange bly.

"Nou gaan dit onmoontlik wees met Donald wat siek is," sê Ryan.

Kiernan snork. "Praat vir jouself. Ek is vanaand hier uit."

Ryan skud net sy kop. Kiernan het min simpatie met sy medemens. Hy het hom nooit só opgesom nie. Hy was altyd 'n vriendelike en gemoedelike karakter. Hy wil nie eers dink hoe die rebelle gaan reageer as hulle uitvind een van hul gyselaars het ontsnap nie. Hy en Donald gaan onder hul woede deurloop.

Ryan kan homself skop omdat hy nie die rebelle wat vanoggend hul water en brood gebring het, attent gemaak het op Donald se toestand nie. Hy het al eergister begin kla van spierpyne en keelseer, maar het geslaap toe die rebelle hier was. Sy toestand verswak nou vinnig. Ryan skat hul aandete gaan eers oor vier uur gebring word. Dan is dit dalk te laat. Hy sal nóú iets moet doen.

"Ek gaan hul aandag trek sodat hulle hierheen kan kom," sê hy vir Kiernan. "Dalk besef hulle dit is ernstig en kan hulle hom met 'n rubberboot na 'n dokter toe neem." Hy het nie veel hoop vir sy plan van aksie nie, maar Donald se toestand is te kritiek om sy eie oordeel te bevraagteken. Hy stap nader aan die sinkdeur.

"Nee!" gil Kiernan. "Die bliksems het nie gewetes nie. Jy't gesien wat vorige kere gebeur het. As jy hulle pla, gaan hulle hul moere strip en dit op ons uithaal. Die hele spul is trigger-happy en mal gerook van die boom." Hy skud sy kop vasbeslote. "Jy gaan niks doen nie. Ons kan wag tot hulle die kos bring."

"Dit kan te laat wees. Hy het nóú mediese hulp nodig."
Ryan begin aan die sinkdeur te hamer. Hy gaan hom nie
deur 'n donnerse Ierse mechanic laat voorskryf nie.

Hy hoor Kiernan se voetstappe te laat. Eensklaps is 'n
dik arm om sy nek geslaan en trek Kiernan Ryan weg van
die deur. Hy stamp Kiernan met sy elmboog in die maag.
Die Ier verslap sy greep om Ryan se nek, wat hom die
geleentheid gee om om te draai en sy aanvaller van voor
te takel. Hy slaan die Ier hard op die ken. Kiernan val sy-
waarts, maar kry Ryan aan sy pols beet en trek hom ook
grond toe. Hy val bo-op Kiernan en slaan verwoed na sy
gesig. Kiernan skud hom van sy lyf af en skop Ryan in
die ribbekas. Hulle blaas soos twee oorgewig otters. Hul
kragte het aansienlik afgeneem in die laaste tyd. Hulle lê
op die klam grond en gluur na mekaar. Nie een het die
energie om die geveg voort te sit nie.

Ryan kom stadig orent. Sy ribbekas pyn, maar hy
strompel onvas op sy voete na die sinkdeur. Kiernan hou
hom net blasend dop, sy gesig rooi van die inspanning. 'n
Straaltjie bloed kronkel uit die hoek van sy mond langs
sy ken af. Ryan hamer hard aan die deur terwyl hy Kier-
nan uitdagend dophou. Hy sien Donald weet niks van die
drama nie. Hy lê kreunend in 'n bondel opgetrek op sy
matras.

'n Rebel met bloedbelope oë en 'n kaal bolyf waarop 'n
skedel geverf is, kom maak uiteindelik die sinkdeur oop.
Hy kan nie Engels praat nie, maar verstaan die woord
"malaria" goed genoeg om te besef wat Ryan vir hom pro-
beer verduidelik. Hy beduie hy sal iemand anders roep.

Na 'n tydjie daag daar twee ander rebelle op. Albei is
Engels magtig. Toe Ryan hulle klaar ingelig het oor die
erns van Donald se toestand, praat hulle in hul eie taal
met mekaar. Na wat vir Ryan soos 'n ewigheid voel, skud

168

die een sy kop. "Ons kan hom nie na 'n dokter toe vat nie. Ons verwag 'n aanval en wil nie nou met 'n rubberboot hier rondry nie. Ons sal vir hom nog water bring."

Toe hulle uit is, snork Kiernan. "Tevrede, moeder Teresa?"

Ryan ignoreer hom en gaan sit langs Donald. Hy hou sy voorkop deurentyd klam. Dit is die beste wat hy kan doen. Hy voel magteloos en gefrustreerd. Kiernan was reg, hulle gaan almal hier op 'n hoop vrek. Die vooruitsig van 'n aanval op die kamp is ook allesbehalwe gerusstellend.

Hulle kry met aandete weer blikkieskos, maar dit lyk of Donald slaap en hulle eet in stilte. Toe Ryan hom op sy rug omdraai om sy voorkop weer nat te maak, verstar sy blik. Hy voel aan die Engelsman se pols.

Hy kyk verslae op na Kiernan wat met sy rug na hulle sit. "Hoe gaan ons hier uitkom?" vra hy vir die Ier.

Kiernan kyk om. "Wat van jou pasiënt?" vra hy smalend. "Gaan jy hom nou skielik net so los?"

"Ja," sê Ryan terwyl hy Donald se ooglede oor sy glasige oë trek, "dit is nie meer nodig iemand sien na hom om nie."

29

Penisvergrotings teen bekostigbare pryse! Ons sit nuwe spierkrag in jou sekslewe! lui die e-pos se opskrif. Kassie oorweeg dit eers om 'n venynige boodskap terug te skryf, maar wis dit uiteindelik uit. Dalk spoor hy hulle net aan om nog boodskappe te stuur. Hy wonder hoe die swetterjoel skeppers van gemorspos sy persoonlike e-posadres in die hande kry. Hy kyk vlugtig deur sy ander boodskappe, maar merk niks van belang op nie.

Hy het eintlik net 'n persoonlike e-posadres gekry om die korrespondensie rondom sy stokperdjie te hanteer. As voorsitter van die Wes-Kaapse tak van die filatelievereniging kry hy heelwat navrae oor die waarde van seëls en is hy weekliks in gesprek met ander lede. Omdat hy die tweede grootste versameling Suid-Afrikaanse seëls het, sukkel hy soms om voor te bly met die korrespondensie.

Hy is na sy tweede besoek vanoggend aan Haarhoff, Malan en Van Dyk Transport direk woonstel toe. Rooi Els kon hom nie na Haarhoff-hulle vergesel nie, hy moes verklarings oor 'n motordiefstal gaan afneem. Kassie het superintendent Koza se sekretaresse laat weet hy het ander leidrade om op te volg en hy sal môre weer op kantoor wees. Hy weet dit is nie heeltemal die waarheid nie.

Kassie het toe sy volledige buitelandse seëlversameling op die tafel in die kombuis uitgepak. Hy het almal weer bestudeer, ook die kaartjies gelees waarop hy elkeen se geskiedenis volledig beskryf het. Hy het besluit die Penny Black wat hy twintig jaar gelede met 'n groot gelukskoot by 'n Kaapse handelaar teen 'n baie goeie prys bekom het, is in monetêre waarde sy waardevolste na die Hepburn-seël. Dit was die eerste posseël met gom op die agterkant. Vandag, skat Kassie, is dit minstens honderd duisend rand werd. Nie dat hy dit in sy wildste drome ooit sal oorweeg om 'n enkele seël te verkoop nie.

Hy het die seëls weer weggepak. Hy wil nie hê Els moet sien waarmee hy hom besig gehou het nie.

Sy selfoon lui skril langs hom op die lessenaar.

"Hallo, Seunie," hoor hy sy ma se stem.

"Haai, Ma, hoekom bel Ma? Is daar fout?"

"Nee, Seunie, met my gaan dit goed. Die jig pla bietjie, maar die verkoue is darem nou beter. Ek bel net vinnig om te hoor of jy al jou doktersafspraak gemaak het soos jy my belowe het?"

"Ja, Ma, oor drie weke," jok hy. "Die dokter is maar besig."

"Dan is dit goed so. Jy weet jou pa het nooit dokters toe gegaan nie. Hy't hulle soos die pes vermy, altyd gesê hulle is 'n klomp geldwolwe. En waar het dit hom gelos? Voortydig onder die kluite ingespit met voosgerookte longe en 'n prostaat so groot soos 'n pomelo."

Hy wens sy ma wil ophou met haar verdomde pomelo-vergelyking. Dit het al gemaak dat hy nie sy mond aan die vrug sit nie. En dis juis die prostaatondersoek wat hom die dokter laat vermy.

Daar is 'n ligte klop aan die voordeur. "Ma, ek moet groet, hier's iemand wat my kom sien."

"Wie is die dokter?" hoor hy nog sy ma se stem net voordat hy aflui.

171

Hy het vir Els gesê om na sy woonstel te kom as hy klaar is met sy ander verpligtinge. "Sodat ek en jy in 'n ander atmosfeer as die stasie die moord kan bespreek. Daar pla die mense en die fone jou net."

"Hi, Kassie," groet Els met 'n groot glimlag. Rooi Els is kort, breed en rooi. Kassie het nog nie soveel sproete op een mens gesien nie. En sy hare lyk kompleet soos die worteloranje lampskerm in Kassie se slaapkamer.

Els kyk rond in die woonstel. "Nice plekkie wat jy hier het. En nogals lekker sentraal, sommer hier naby al die winkels in Voortrekkerweg. Ons woon ook in Good-wood." Hy gee 'n laggie. "Ek bly maar nog by my pa-hul-le. 'n Woonstel is heeltemal te duur."

Kassie glimlag net. Toe hy 'n konstabel was, kon hy ook nie sy eie woonplek bekostig nie. "Ja, ek bly al twin-tig jaar lank hier . . . vandat ek geskei is."

Els kyk hom verras aan. "Nie geweet jy was getroud nie."

"Ja, maar ek het lankal nie meer 'n behoefte aan 'n lewensmaat nie. My ma sê ek's 'n regte ou kluisenaar. Ek verkies die lewe so ongekompliseerd. Jy kan maar sê ek's nou 'n deurtrapte oujongkêrel en sal seker een begrawe word."

"Ek't ook nie nou 'n girlfriend nie. Hulle gee mens net grief."

Hulle stap na die sitkamer. Kassie beduie Els moet hom tuismaak.

Els wys na die twee oorvol asbakkies weerskante van die rusbank. "Sjoe, jy rook baie, Kassie! Is jy nie bang vir longkanker nie?"

"Jy moenie nog praat nie! Ek weet maar te goed dis 'n bleddie slegte gewoonte." Kassie lag. "My ma is al jare lank onder die indruk ek het opgehou rook. Sy's vreesbevange ek sal soos my pa vroeg graf toe gaan." Hy skud sy kop. "Ek het net nie die hart om haar teleur te stel nie. Voordat ek ouetehuis toe gaan om vir haar te gaan kuier, borsel ek my tande vir 'n halfuur en skrop my regterhand se geel voorvingernael skoon. Maar dis 'n nuwejaarsvoorneme om op te hou."

"Jy maak soos ek op skool gemaak het. Hel, ek was bang my pa vang my! Gelukkig het ek die goed intussen gelos." Hy lyk asof hy skielik onthou waaroor hy hier is. "Hoe het dit toe vanoggend by die vervoerbesigheid gegaan?"

Kassie skud sy kop. "Boggherol opgelewer. Van Dyk se kantoor was baie netjies. Te netjies. Ek kon sien iemand het daar reggepak. Onthou jy hoe deurmekaar sy lessenaar in sy studeerkamer by die huis was?" Els knik en Kassie gaan voort: "Nog 'n ding, ek het mooi na daai deurslot gekyk. Dit was g'n 'n nuwe slot nie. Haarhoff het gelieg."

Els fluit deur sy tande. "Gelieg? Lyk rêrig of die ouens iets wil wegsteek."

Kassie staar peinsend na die verbleikte gordyne teen die oorkantse venster. "Ek het 'n ongemaklike gevoel oor daai Ben Haarhoff-kêrel. In gister se onderhoud was hy bleddie aanvallend. By tye het hy ook oor sy woorde gestruikel. Ek kon die onsekerheid na 'n tyd in sy oë opmerk. Iets daar is nie pluis nie. Haarhoff het nie normaal opgetree nie."

"Jy haal die woorde uit my mond," beaam Els, "ek't ook so gedink."

"Die groot man, Dolf Malan, het baie natuurliker gereageer op my indirekte insinuasies."

Els lag. "Ja, hy't jou amper gedonner, maar mens kon sien hy was regtig die moer in vir jou. Dink jy daai ouens is dalk kriminele?"

"Nie een van die drie vennote het kriminele rekords

nie. Ek het daarvan seker gemaak by die stasie." Hy kom uit sy stoel orent, wink met sy kop na die deur. "Kom ons gaan kyk 'n bietjie op die internet of ons meer oor daai manne kan uitvind."

Els volg hom na die studeerkamer. Hy trek 'n stoel nader sodat hy ook op die rekenaarskerm kan sien.

Kassie tik *Haarhoff, Malan en Van Dyk Transport* op Google in. Hul webwerf is redelik basies. 'n Kort geskiedenis van die maatskappy verklaar Johan Haarhoff het die onderneming veertig jaar gelede met een vragmotor begin, en na sy dood het sy seun Ben as besturende direkteur oorgeneem. Die maatskappy se dienste sluit die vervoer van swaar nywerheidstoerusting en abnormale swaar vragte in en hulle spesialiseer veral in die vervoer van kommersiële goedere oor lang afstande.

Die maatskappy het buiten hul Kaapse hoofkantoor depots in Johannesburg, Durban, Port Elizabeth, Nelspruit, Gaborone en Windhoek. Hulle vervoer goedere na die res van Afrika tot so ver noord as Nigerië en maak daarop aanspraak dat hulle tans die tweede grootste vervoerbesigheid van sy soort op die vasteland is.

Nog 'n inskrywing oor die maatskappy is 'n persverklaring van 'n jaar gelede. Daarin word gemeld Haarhoff, Malan en Van Dyk Transport het 'n skenking van sewentien mobiele polisiestasies gedoen aan die kommissaris van die SAPD by 'n geselligheid in Johannesburg. Dit vorm deel van hul bydrae tot 'n veiliger Suid-Afrika, volgens 'n aanhaling van Haarhoff. Die waarde van die skenking is een miljoen rand.

"Hulle strooi groot geld rond, nè," merk Els op.

"Ja, ek't dalk hul winsgewendheid en die grootte van hul besigheid onderskat. Nie 'n wonder hulle kan kastele in rykmansbuurte bekostig nie," sê Kassie.

Daar is 'n foto waarop Haarhoff 'n tjek oorhandig aan 'n glimlaggende kommissaris Vusi Labela, adjunkhoof van die SAPD. "En hulle vleg nogals piele met die hogere manne in die polisie ook," sê Els.

Kassie lag. "Dit kan jy weer sê."

Hy tik *Ben Haarhoff* op die soekenjin in. Daar is 'n eiendomsagent in Pretoria met dieselfde naam wat 'n duisternis inskrywings genereer. Eers op die tweede bladsy kom hy af op die Ben Haarhoff na wie hulle soek. Dit is 'n foto met 'n byskrif wat twee jaar gelede in die tydskrif *SA Hengel* verskyn het. Haarhoff is saam met nog 'n man afgeneem, volgens die onderskrif 'n Bruno Myburgh. Hulle hou 'n tamaai vis vas wat hulle in die Zambezirivier gevang het. Dit lyk of Haarhoff met vakansie was. Hy het 'n T-hemp en 'n kortbroek aan. Myburgh dra verslete kakieklere en toring bo Haarhoff uit.

Hy kry geen ander inskrywing oor Haarhoff nie en kyk of daar iets oor Dolf Malan en Brink van Dyk is. Niks oor Brink nie. Dolf se naam verskyn twee keer by reünienuus van Durbanville se rugbyklub.

"Nee wat, ons is in 'n doodloopstraat," sê Kassie teleurgesteld. "Kom ons gaan drink koffie."

Hulle stap kombuis toe. Terwyl Kassie wag vir die water om te kook, sit hy die hoëtroustel aan.

Els glimlag. "Hou jy van dié sakkie-sakkie-musiek?"

Kassie knik. "Al waarna ek luister. Ek het in my jong dae so bietjie in my pa se boeremusiekorkes gespeel."

"En wat is dié liedjie se naam?" vra Els.

"'Kamiesberg-seties' . . . een van my all-time gunstelinge." Kassie merk op Els wil lag, maar steur hom nie daaraan nie. Die jeug van vandag waardeer nie goeie musiek nie. Die sinlose geskreeu van die Fokof-outjies is hulle verwronge idee van melodie.

175

Hy skink die water in twee blou bekers. Els beduie hy wil nie suiker hê nie, maar Kassie gooi vir homself vier opgehoopte lepels in.

Hy wonder of hulle nie moet teruggaan na Van Dyk se huis nie. Weer deeglik vir leidrade soek nie. Hulle het nog niks van belang gekry nie. Hulle weet net die inbreker moes fris gewees het om die swaar bronsbeeld so maklik te hanteer.

"Wat het jou laat besluit om 'n speurder te word, Kassie?" vra Els uit die bloute.

"Dit kom van lank terug. Ek was nog op skool. Arthur Conan Doyle se Sherlock Holmes-verhale het my laat dink aan poeliesman word." Hy talm 'n rukkie. "Ook die swart-en-wit flieks van Alfred Hitchcock. Ek het elke week op my fiets na 'n teater in Woodstock gery om daardie ou rolprente te gaan sien. Dit het my verbeelding destyds aangegryp." Hy lag. "Ek wou ook 'n baasspeurder word. En jy?"

Els glimlag. "James Bond. Ek wou eintlik 'n geheime agent word. Ek het al Ian Fleming se boeke gelees en al die Bond-flieks gesien. Wel, die meeste van hulle twee, drie keer."

"Nou wel, James, ou maat, ons soek 'n motief in die Van Dyk-saak."

Els knik. " 'n Motief, ja, Sherlock."

Hulle ledig hul koffie in die kombuis, albei se gedagtes nou by die moordsaak.

Els frons. "Kassie, moet ons nie op Google kyk of daar meer oor daai Myburgh-pel van Haarhoff is nie?"

Kassie weet nie of dit juis nuwe insigte gaan bring nie, maar wil nie onnodig Els se inisiatief smoor nie. Die outjie het potensiaal, hy moet net aanmoediging kry. "Rooi, jy's reg, kom ons gaan doen die Google-ding deeglik." Hulle stap haastig terug na die rekenaar.

Hy tik *Bruno Myburgh* op die soekenjin in. Hy klik op die inskrywing wat aandui daar het iets oor 'n Bruno Myburgh in 'n *Beeld*-berig verskyn.

Die opskrif laat hom en Els regop sit. Dit lees: *Huursoldate ontsnap uit Kongolese tronk.* Die berig, wat in 2001 geskryf is, vertel dat drie huursoldate uit 'n tronk in die Kongo ontsnap het. 'n Suid-Afrikaner, Bruno Myburgh, en twee Britte, Don Evans en Peter Kyle, wat tydens die burgeroorlog in die Kongo milisiegroepe opgelei het en in Desember 1999 deur die Kongolese regeringsmagte in hegtenis geneem is, het gevangenispersoneel by 'n tronk in Brazzaville oorrompel en met 'n tronkvoertuig weggekom. Daar word gemeld Myburgh en sy maats was ook in die laat negentigs by 'n staatsgreep in die Seychelle betrokke. Daar is 'n foto van Myburgh, wat Kassie aan sy welige snor eien as die man wat saam met Haarhoff op die visvangfoto verskyn.

Kassie frons terwyl hy die inligting probeer verwerk. "Hoekom sal Haarhoff met só 'n karakter bevriend wees? Jy ken iemand aan sy vriende, lui die spreekwoord."

"Dit is waar," beaam Els. "Meng jou met die semels en die varke vreet jou op."

"Hulle sê so. Ek gaan Magrieta gou by die kantoor bel."

"Oor Myburgh?" vra Els.

Kassie knik.

Sy antwoord byna onmiddellik en hy val met die deur in die huis: "Magriets, doen my gou 'n guns, seblief. Ek en Rooi wonder oor 'n sekere ou. Kyk of jy iets oor 'n Bruno Myburgh vir my op ons databasis kan opspoor. Check of hy al hier in 'n Suid-Afrikaanse tjoekie was. Hy is skynbaar 'n bekende huursoldaat en was voorheen in Afrika bedrywig."

Hulle gaan sit weer in die sitkamer en na 'n kwartier

177

lui Kassie se selfoon. Hy skakel die luidspreker aan sodat Els ook kan hoor.

"Hi, Kassie," kom Magrieta se skril stem. "Bruno Myburgh was in die tagtigs 'n majoor in die Suid-Afrikaanse weermag. Hy is in 1988 oneervol ontslaan, betrap met dwelms. Twee jaar gesit. Hy is die afgelope twee dekades al 'n professionele huursoldaat en is in 'n stadium deur Interpol gesoek vir misdade in die Kongo en Angola. Volgens ons rekords is hy van tyd tot tyd in Afrika werksaam, maar hy is die afgelope vier jaar by verskeie plekke in die Kaap opgemerk. In hierdie stadium lyk dit of sy misdade nie ernstig was nie, want hy is nie meer op Interpol se lys van gesoektes nie. Hy word ook nie nou deur die SAPD gesoek nie. Hy reis steeds met 'n Suid-Afrikaanse paspoort en is volgens ons rekords tans in die land."

"Thanks, Magriets, jy's 'n ster," sê Kassie. "Kyk of jy 'n adres van hom hier in die Kaap vir my kan kry. Ek sal dit môre by jou kom haal."

"Ek maak so . . . Waar's julle? Koza soek julle."

Hy knipoog vir Els wat ongemaklik in sy stoel rondskuif oor dié nuus. "Ek en Rooi hou 'n brainstorm op 'n afgeleë plek. Ons sal môre kom verslag doen. Sê vir Koza hy moenie worry nie. Alles is onder beheer."

Kassie druk sy selfoon dood voordat sy nog vrae kan vra. "Daar het jy dit nou. Jy't goed gedink, Rooi! Nou weet ons Haarhoff se visvang-buddy is 'n voormalige tronkvoël en huursoldaat."

"Wat sê jy daarvan?"

"Ons sal maar moet sien . . . Die toekoms sal leer."

"Haai, Kassie," sê Els skielik, "jy't nog belowe jy gaan vir my jou seëlversameling wys."

Kassie glimlag breed. Hy kom vinnig orent. "Nou kom, laat ek dit vir jou gaan uithaal."

178

30

Port Harcourt het 'n beraamde drie miljoen inwoners en is in 1912 deur die Britte gestig in 'n area wat tradisioneel deur die Ikwerra en Ijaw bewoon is, lees Carl Bester in 'n pamflet wat in die voorportaal van die Royal-hotel aan besoekers uitgedeel word. Die oorspronklike rede vir die ontwikkeling van dié hawestad was om steenkool uit te voer na dit in 1913 ontdek is. Port Harcourt staan ook as die Tuinstad bekend. Die brosjure besing die stad se geriewe, universiteite, sportstadions en twee hawens.

Carl glimlag. Dit is in skrille kontras met sy eie waarneming en die uitgesproke taxibestuurder se beskrywing van die stad. Hy het 'n honneursgraad in ekonomie, het die bestuurder gesê, maar werk is skaars as jy nie kontakte het nie. Die oliemaatskappye stel ook net buitelanders aan, het hy bitter bygevoeg.

Op pad na die hotel het hy Carl en Amelia op 'n somber weergawe van Port Harcourt se omstandighede vergas. "Dis 'n gevaarlike plek vir vreemdelinge. Ons word die hoofstad van die Riviere-staat genoem, maar soms vloei hier meer bloed as water. My seun en sy verloofde is in 2007 in 'n bomontploffing in die middestad dood. Die klomp militante het ons stad verander. Dit was eers 'n vreedsame plek, maar deesdae moet jy ligloop. Niemand van Europese afkoms is hier veilig nie. Mense word weekliks ontvoer."

179

Hy het beduie na 'n laagliggende deel waar 'n paar geboue in damme water staan. "Hier is nie ordentlike bouregulasies nie. Die grond word net gelyk gemaak en geboue word oornag opgerig. In die moesonseisoen oorspoel dele van die stad. Dan is dit 'n helse gemors. Hier's geen dreineringstelsels nie. Die stad het te veel mense. Hulle is arm en die siektes versprei soos bosbrande onder ons. Die hospitale is treurig."

Carl kon sien hoekom Port Harcourt die hartklop van die land se oliebedryf is. Aan die suidekant dwarrel swart rook uit flikkerende oliebrande. Volgens die taxibestuurder kan jy dit in die aand baie beter sien. "Dit lyk of daar oral rooi Kersliggies brand."

Toe hy hulle by die hotel aflaai, het hy hulle gewaarsku om nie die stad op hul eie aan te durf nie. "Ek is vier en twintig uur van die dag vir julle beskikbaar. Bel my as julle iewers heen moet gaan." Carl het gewonder of dit deel van sy bemarkingstrategie is om mense bang te praat en só te verseker hy doen goeie besigheid. Hy was nie van plan om uit te vind of die taxibestuurder oordryf nie. Hy sal die man maar glo en van sy dienste gebruik maak.

Terwyl hy en Amelia by die ontvangstoonbank staan, word sy ingelig daar is 'n dringende oproep vir haar in die kantoor langsaan. Die deur is oop en hy kan haar dophou terwyl sy praat. Sy is merkbaar ontsteld. Sy gooi haar kop vererg agteroor, praat dan driftig en beduie met haar hand.

Dit moet haar *Time*-redakteur wees, dink Carl. Hy voel skuldig, maar besef dit was die enigste roete wat hy kon volg. Hy het Leroy September gisteraand dadelik gebel na sy ete met haar en hom ingelig wat Amelia beplan om oor Adaka te skryf.

"Ons kan dit nie fokken bekostig nie!" was September

se reaksie. "Ons wil nie die hele wêreld se bleddie aandag skielik op hom hê nie. Dit kan ons hele operasie bedonner!" Hy het onderneem om die saak onmiddellik met die CIA op te neem.

September het hom vanoggend vroeg in Lagos gebel. "Die CIA het pressure op *Time* se mense gaan sit. Hulle het verduidelik hulle is met 'n sensitiewe operasie besig en dat Adaka betrokke is. Die man van die CIA sê hulle het na baie sweet uiteindelik reggekom. *Time* het onderneem om nou niks oor Adaka of wapenhandel te plaas nie, maar in ruil daarvoor sal hulle die storie eksklusief by die CIA kry wanneer die operasie voltooi is. Daar's niks so doeltreffend soos die geelwortel van 'n scoop nie." September het verlig gelag. "Nice werk, Carl, jou vinnige dinkwerk het 'n groot fokkop voorkom. Dit was net 'n seën jy en die joernalis het saam geëet."

Daardie joernalis se wange het 'n rooi blos toe sy klaar is met haar telefoongesprek. Daar is 'n diep keep op haar voorkop. Sy is nog mooier as sy kwaad is, dink Carl.

"Wel, ek het verniet Port Harcourt toe gekom!"

"Hoe so?"

"Ek mag nie meer 'n onderhoud met Adaka voer nie." Sy skud haar kop. "My redakteur wil nie redes gee nie, maar het net gesê dit is belangrik dat ons nou niks oor hom of onwettige wapenhandel in Nigerië skryf nie." Sy skud weer haar kop wild sodat 'n paar stringe hare oor haar een oog val. Sy vee dit geïrriteerd weg. "Hy sal my kwansuis later inlig hoekom die storie nie nou geskryf kan word nie."

Dan sug sy. "Jammer vir die uitbarsting, maar ek is só gefrustreerd. Ek gaan nou tot oormôreoggend hier sit sonder dat ek 'n onderhoud met iemand gaan voer. Star Petro boikot my en nou is Adaka ook taboe. Ek kan aan

beter goed dink om te doen as om drie dae lank in 'n ho-
telkamer in Port Harcourt vasgekeer te wees!"

Carl sit sy hand liggies op haar voorarm. "Toe maar, ek
nooi jou uit om vanaand saam met my in die Royal se
wonderlike restaurant oor 'n glas wyn en 'n inheemse dis
te ontspan." Hy kyk op sy horlosie. "En dit is oor minder
as twee uur."

Haar oë versag. "Dankie, dit sal opmaak vir my toe-
stand van selfbejammering. Ek dink wel ek gaan meer as
een glas wyn nodig hê om my te laat ontspan!"

In die kamer gaan Carl vir die soveelste keer deur die
CIA se wapenvoorraadlys. Hy is beïndruk met die hoe-
veelheid en verskeidenheid. Al die skietgoed wat in Afri-
ka gewild is, is in oorvloed op die lys. Hy sal aan enige
bestelling kan voldoen.

Hy trek sy klere uit en doen sommer in sy onderbroek
sy daaglikse oefeninge. Hy hou halfpad op met die op-
drukke. Die humiditeit laat hom voel of hy in 'n reën-
woud is. Die sweet brand sy oë en maak 'n poel op die
verslete liggroen mat voor die bed. Hy vertoef 'n halfuur
onder die stort.

Carl ontmoet haar in die hotel se sitkamer. Sy het 'n
liggeel somersrokkie aan. Hy stap agter haar by die deur
van die restaurant in. Haar skouerknoppe en 'n groot
deel van haar rug is ontbloot. Haar vel is koperbruin teen
die liggeel van haar rok.

Hy merk op daar staan talle vroue by die kroegtoon-
bank. Dis vroue van die nag. Hulle kyk belangstellend na
hom. Toe 'n wit besoeker hom op 'n kroegstoel tuismaak,
is twee van hulle oombliklik weerskante van hom.

Carl en Amelia gaan sit in 'n intieme hoek. Die kerslig
flikker oor haar hoë wangbene, smeulende groen oë, vol
lippe en slanke nek.

182

Hy wou haar die vorige aand in die hyser in sy arms neem. Hy was seker dit sou tot beter dinge lei, maar hy was haastig om September te bel oor haar voorgenome onderhoud met Adaka. Plig kom immers voor plesier.

Sy sit effens vooroor en die kloof tussen haar vol borste ontsnap nie sy blik nie. Hy sien sy merk op hy kyk daarna. Sy sit regop, 'n blos op haar wange, 'n effense glimlag om haar sensuele mond.

Sy instink sê vir hom hul ete kan die voorspel wees tot iets baie aangenaams. Hy sal nie omgee om saam met haar in die bed te spring nie. Dit hinder hom nie veel dat sy hom as Carl Weideman leer ken het nie. As sy hom ooit weer raakloop as Carl Bester, kan hy dié situasie verduidelik.

Soos die aand vorder, word hy meegesleur deur haar skoonheid, die ligte aanraking van haar hand, die terloopse kontak van haar warm been met syne, die vonkeling in haar oë. Toe hulle uiteindelik opstaan en in die hyser se rigting stap, weet hy wat kom. Sy begeerte vir haar is allesoorheersend. Hy lei haar aan die hand na sy kamer sonder om iets te sê.

Sy het net 'n broekie onder haar rok aan. Hy trek dit met bewende hande uit, raak koorsig ontslae van sy eie klere. Haar borste is ferm in sy hande. Sy mond verken haar gladde nek, sy lippe sluit om 'n stywe tepel, haar asem jaag in sy oor. Sy wikkel haar los met 'n ligte kreet. Haar tong gly oor sy liggaam, haar hand streel spelerig oor sy ereksie. Hul monde snoer saam, haar warm tong soekend na syne. Sy skeur haar teensinnig weg van sy mond toe hy haar op haar maag draai, en hy soen haar dan liggies agter haar nek, in haar blaaie, die holtetjie van haar laerug, haar ferm boude, dye en in die waaie van haar bene. Sy draai self weer op haar rug, gretig dat

183

sy mond haar lyf verder moet verken. Hy doen dit stadig en deeglik. Sy snak na haar asem toe sy kop tussen haar bene ingly. Sy gryp dit liggies vas en roep sy naam uit. Sy tong betree die klamheid tussen haar bene. Sy kreun, wriemel en kom orent om hom nader te trek.

Sy liggaam rus saggies op hare terwyl hy haar intieme warmte binnedring, haar bene om hom geklem. Die beweging van hul lywe is volmaak in ritme, asof hulle ou geliefdes is. Dan golf die orgasme deur haar bolyf, haar oë smeulend op hom gerig, haar lippe effe van mekaar af. Sy genotsuiting is saggies in haar oor. Hulle omvou mekaar in 'n warm omhelsing.

Toe sy slaap, staar hy nog lank na haar in die gedempte lig van die Afrika-maan. Hy het nie verwag hulle gaan vanaand al in die bed eindig nie. Maar hy het tydens ete die nodige geluide gemaak om die regte atmosfeer te skep. Dit het gewerk. Hy het 'n vermoede Amelia was ook lus vir hom. Dit het die seks buitengewoon goed gemaak.

Hy kan selfs oorweeg om haar in Suid-Afrika op te soek. Hoe het broer Bert altyd gesê? "Solank 'n meisie dink jy's lief vir haar, is jy seker van 'n knippie."

31

Die trane wel op in Louise van Dyk se oë en loop teen haar wange af. Sy is dankbaar dat Wiena vanaand by 'n maatjie oorslaap. Haar ma en suster is vandag ook terug Pretoria toe. Sy voel geestelik gedreineer. Die trauma en spanning van die laaste ruk het hul tol geëis.

Sy snuif en vee met die agterkant van haar hand haar waterige neus skoon. Dié is rooi en teer van al die snees-doekiehale van die afgelope paar dae. Die skok van Brink se dood, die bloedspatsels in die kombuis, die ondervra-ging deur die polisie, die begrafnis, haar kind se hartseer en vandag se ontnugtering by die bank flits soos skrik-beelde voor haar verby.

Elke keer as sy haarself dwing om die realiteit van haar nuwe finansiële status in oënskou te neem, ruk haar skouers onwillekeurig. Sy het ernstige finansiële proble-me, het die bankbestuurder gesê. Brink het nie vir haar voorsiening gemaak nie, geen lewenspolisse of beleggings nie. Hy het haar net agtergelaat met skuld. Vier verbande op hul huis hier in Rondebosch, nog 'n verband op die va-kansiewoonstel op Plettenbergbaai en 'n aardskuddende oortrokke fasiliteit en astronomiese uitstaande bedrae op haar kredietkaarte. Die motors is nie afbetaal nie. Sy sal hulle moet teruggee.

En daar is geen pensioenfonds om op terug te val nie.

Ben Haarhoff het net sy skouers opgetrek en gesê hulle moes maar almal vir hulself voorsiening maak vir hul oudag. Hy was nie bewus daarvan Brink het nie eers 'n lewenspolis gehad nie. In 'n geval van 'n vennoot se dood, word sy besigheidsaandele oorgedra aan Ben as besturende direkteur en meerderheidsaandeelhouer. Dit was die ooreenkoms, het hy gesê. Gevoellose vark, dink sy. Haar man het sy lewe vir daardie verdomde vervoerbesigheid gegee. En dit vir niks! Nie eers 'n geringe bydrae van hulle kant om haar las ligter te maak nie.

Sy sal die huis moet verkoop, maal dit deur haar gedagtes. "Maar dit sal in dié ekonomiese tye moeilik gaan," het die bankbestuurder gewaarsku. "In goeie tye sou dit vyftien tot twintig miljoen rand kon haal, maar met die insinking in eiendomspryse sal twaalf, dertien 'n meer realistiese prys wees. En dan dek dit nog nie al die verbande en die vernaamste skuld nie."

Sy sal geen ander keuse hê as om die vakansiewoonstel ook te verkoop nie. Sy en Wiena sal 'n bekostigbare woonstel en 'n tweedehandse karretjie moet kry sodat die oorblywende Plett-woonstelgeld vir 'n jaar of wat as inkomste kan dien.

Sy sien nie kans om weer te gaan werk nie! Sy is net opgelei as 'n haarkapper. Sy wil nie dink aan die vernedering om weer agt ure op 'n dag in 'n haarsalon vir 'n nederige salarissie te werk nie. Wat gaan haar vriendinne in Rondebosch sê? Sy sal moet terugtrek noordelike voorstede toe, dalk selfs die Kaap vaarwel toeroep.

Net die gedagte aan werk laat haar freneties 'n lysie begin maak van wat sy nog kan verkoop. Die meubels van een sitkamer, een televisiekamer, studeerkamer, sigaarkamer, eetkamer, vier van die slaapkamers. Dan kan sy ook ontslae raak van drie van die televisiestelle, twee van die hoëtroustelle, die gaste-eetgerei en -borde, haar twee Irma Sterns (waarop sy nog soveel duisende skuld), die ander skilderye, Persiese tapyte, die hele kaboedel boeke . . . en haar juwele.

Sy snik hardop toe sy aan haar juwele dink. Sy gaan nie alles verkoop nie, is haar eerste reaksie. Sy sal die diamante behou, daaraan vasklou tot sy nie meer kan nie. Sy sal 'n voorraadopname in haar kluis moet gaan doen. Sy weet nie eers wat alles daar is nie.

Sy staan met gekromde skouers op, stap na die kroegvertrek en gooi vir haar 'n dubbele whiskey in. Sy sal darem ook van al die wyn in die kelder ontslae kan raak, dink sy terwyl sy met die wenteltrappe op stap na die slaapgedeelte. Daar moet twee duisend bottels wees. Sy sit haar whiskey op die bedkassie neer voor sy die groot Gregoire Boonzaaier-skildery met moeite van die hoofslaapkamermuur afhaal en die kluis oopmaak.

Die rye en rye juweliersware lê skitterblink uitgestal. Sy begin alles uitpak en verdeel dit op die dubbelbed in drie hopies: beslis nie verkoop, dalk verkoop en verkoop. Die verkoophopie bly klein. Toe sy die laaste string pêrels uithaal, val haar oog op 'n bruin koevert agter in die hoek van die kluis.

Sy haal dit uit, bestudeer dit met 'n frons. Dit is beslis nie hare nie, dit moet iets van Brink wees. Sy skeur die koevert oop en haal 'n vel papier uit. Dit is 'n uitdruk van 'n e-pos wat hy aan Ben geskryf het. Sy merk aan die datum op dit is twee dae voor sy terugkeer na Suid-Afrika geskryf, tydens sy besoek aan die Oekraïne. Sy frons weer.

Die opskrif is: *Uit Georgië – taak afgehandel.* Brink was volgens haar wete nie in Georgië nie. Sy lees die e-pos:

Hi Ben. Sit nou in hotelkamer in Georgië. Die transaksie is

suksesvol afgehandel. Ek sal egter my plig versuim om nie weer
'n beroep op jou en Dolf te doen om ons toekomstige besigheid
met T. te heroorweeg nie. Die hele besigheid druis in teen my
beginsels.

Louise se oë flits vervaard oor die res van die e-pos:

Ons is met gevaarlike speletjies besig . . . Dis fanatici waarmee
ons nou ons kragte saamspan . . . Ons besending vandag alleen
kan 'n regering omverwerp . . . 'n Regering wat oor kk-tegnolo-
gie beskik . . . Dit kan miljoene mense raak . . . Ons kan nie die
politiek langer ignoreer nie . . . Ek is ten sterkste gekant teen ver-
dere T-besigheid . . . Hierdie skrywe is 'n amptelike kapsie teen
T-besigheid en moet in ons W-dokumentasie opgeneem word . . .

Dit is alles vir haar Grieks. Volgens Brink het hy 'n dosynstuks vragmotors in die Oekraïne gaan koop. Van watter fanatici praat hy? Besigheid met T? Wie's T?

Sy begin om Ben se telefoonnommer te skakel, maar druk die foon dood voor dit kan lui. Die speurder het uitdruklik vir haar gesê om enigiets wat vir haar verdag voorkom met niemand behalwe hom te bespreek nie.

Sy haal sy besigheidskaartjie uit haar beursie en begin om die oproep te maak.

32

Ryan en Kiernan wag tot die donkerte al 'n paar uur oor die Delta gedaal het. Hulle wikkel aan die bamboese in die verste hoek van die hut, buite sig van 'n klompie rebelle wat aan die voorkant om 'n vuurtjie saamgebondel is. Hulle moes eers die draad breek waarmee die bamboese saamgebind is. Dit het Kiernan doeltreffend gedoen deur die hefboomkrag van 'n lepel te gebruik. Gelukkig is die draad geroes en breek dit maklik.

Die bamboese is nie te diep geplant nie en binne 'n halfuur is twee uit die grond. 'n Kwartier later is die opening groot genoeg vir hulle om deur te klim.

Ryan se hart klop in sy keel toe hulle in die stikdonkerte versigtig hul weg tussen ruie plantegroei deur voel. Doen hulle die regte ding? Stap hulle nie juis nou hul dood tegemoet nie? Hulle het nie die vaagste benul waar hulle is nie.

Hy troos hom daaraan dat hy nie eintlik 'n keuse gehad het as om ook te ontsnap nie. Hy wil nie dink wat die rebelle met hom sou aanvang as hy alleen agtergebly het nie. Hulle sou hul woede oor Kiernan se ontsnapping op hom uitgehaal het.

Ryan kners op sy tande. Dit is nie nou tyd om homself te bevraagteken nie. Hulle móét oorleef. Hy is dit aan Lea en die tweeling verskuldig. Hy sal die leiding neem. Hy vertrou nie Kiernan se oordeel nie.

189

Hulle beweeg weg van die kamparea, maar hul vordering is pynlik stadig. Voetjie vir voetjie betree hulle die moeras en weet hulle kan nie bekostig om 'n geluid te maak nie. Hulle het nie 'n idee hoe wyd die rebelle ontplooi is nie.

Na 'n behoedsame halfuur wat soos 'n ewigheid voel, bereik hulle 'n sytak van die rivier. Die maanlig skyn oor die donker water en gee hulle 'n aanduiding dat die oorkantste oewer sowat twintig meter van hulle is. Kiernan fluister hulle moet langs die oewer af beweeg, maar Ryan dring aan hulle moet die sytak daar oorsteek. "Netnou loop ons ons vas in rebelle. Ons weet immers met redelike sekerheid hulle is nie aan die oorkantste oewer nie." Kiernan stry nie, volg hom gedweë.

Die water is koud, maar die sytak is nie diep nie en die watervlak is tot by hul mae. Hulle trek hulself aan drywende boomwortels vorentoe. Ryan het al op sy vorige pypleiding-hersteloperasies seekoeie in van die sytakke opgemerk, maar die water is hier te vlak vir hulle om te oornag, hoop hy van harte. Dit is die laaste dier waarin hulle hul nou wil vasloop. Die drywende wortels help hulle om vinnig te beweeg en binne tien minute is hul veilig op die oorkantste oewer.

Druipend nat beweeg hulle nou vinniger en is hulle minder gesteld op die geraas wat hulle maak. Ryan se eerste mikpunt is om so ver moontlik van die kamp af weg te kom. Wanneer dit lig raak, sal hy herbesin oor 'n strategie.

Daar is talle informele gehuggies in die Delta. Hul grootste kans op oorlewing is om een van dié nedersettings te bereik. Soms kan jy hulle ligging bepaal deur die lug dop te hou vir die rook van kampvure. Dit is hoe luitenant Oga Osako op hul vorige hersteloperasies altyd vroue vir hul veldkombuis en sy eie vermaak uitgesnuffel het.

Ryan weet nie hoe simpatiek die inwoners van 'n gehuggie teenoor hulle gaan wees nie. Baie rebelle word juis by die informele nedersettings in die Delta gewerf. Dit is algemeen bekend dat die plaaslike bevolking nie veel ooghare vir buitelanders het nie. En veral nie vir oliewerkers nie. Hulle sal deurentyd op hul hoede moet wees.

Die bedompige hitte en die modderige terrein put hulle gou uit en hulle moet kort-kort stop om asem te skep. Hulle praat min. Die gevoelens tussen hulle is nog nie wat dit was voor hul geveg vroeër die dag nie. Die feit dat hulle ontsnap het, help ook nie om hul gemoedstoestand te verbeter nie. Ryan weet Kiernan twyfel ook of dit regtig die slimste skuif was om te maak.

Hulle vorder stadiger namate die plantegroei digter raak, maar na ongeveer vier uur se geswoeg skat Ryan hulle het 'n paar kilometer tussen hulle en die kamp gesit. Kiernan blaas soos 'n seekoei en is ooglopend te moeg om voort te gaan. Ryan besluit hulle kan bekostig om vir minstens 'n halfuur te rus. Die sonstrale begin dynserig tussen die bome deurfilter.

Net toe Ryan vir Kiernan beduie hulle moet weer aanstryk, verstar albei. Die gedonder van wapens in die verte ruk die oggendstilte aan flarde. Dit klink soos 'n klein oorlog. Selfs die luide gedreun van voëlgefladder om hulle verdoof nie die klapgeluide van AK47- en ander wapenvuur nie. Ryan verbeel hom hy hoor helikopters.

Hulle sit angsbevange en luister na die lawaai. Ryan wonder of die tydsberekening van hul ontsnapping reg of verkeerd was. Dit kan Nigeriese troepe wees wat die kamp aanval om hulle te bevry. Andersyds sou hy nie graag agter bamboesmure wou skuil as daar 'n heen en weer skietery plaasvind nie. Dit kan ook 'n geveg wees op 'n ander plek as waar hulle aangehou is. Hy kan nie bepaal waar die lawaai vandaan kom nie. Sy rigting het hom in die donker in die steek gelaat.

"Kom ons val weer in die pad," sê Ryan. Dit gaan nie help om te bespiegel oor die geveg nie. Hul uitsluitlike doel moet wees om so ver weg te kom van die skietery as moontlik.

Twee aanvalle op OFN-kampe eis talle lewens
Vier gyselaars dood, twee vermis

Port Harcourt. – Die Nigeriese weermag het vanoggend omstreeks vyfuur gelyktydig toegeslaan op twee kampe van die Oil For Nigerians-milisiegroep (OFN) in die Niger-delta waar altesame nege werknemers van Star Petro as gyselaars aangehou is.

Kolonel William Omehia, woordvoerder van die Nigeriese weermag, het vanoggend in 'n verklaring gesê 27 lede van die OFN is in die skermutselings dood en 32 is in hegtenis geneem. Sewe soldate van die Nigeriese weermag is dood. Hy het sy spyt uitgespreek oor vier werknemers van Star Petro wat in die kruisvuur gesneuwel het. Drie gyselaars, John Bennett, William Kyle en Peter Toms, al drie Amerikaanse burgers, is bevry, terwyl die Amerikaners Mike Collins, Sam Woods en Willi McNamara, en die Brit William Donald in die kruisvuur omgekom het. Donald is vermoedelik saam met nog 'n Brit, Thomas Kiernan, en 'n Suid-Afrikaner, Ryan Deetlefs, in dieselfde kamp aangehou, maar daar is geen spoor van laasgenoemde twee nie. Die weermaglede fynkam tans die gebied rondom die kamp op soek na dié vermistes.

Kol. Omehia sê die aanvalle het die OFN se rug finaal gebreek. "Dit moet dien as les vir alle ander rebellegroepe in die Delta dat die weermag ontvoerings van buitelanders nie langer gaan duld nie."

Star Petro het in 'n verklaring hul medelye met die oorledenes se families uitgespreek. Hulle sê die verlies van hul werknemers is 'n swaar slag vir die maatskappy.

Dié aanval volg kort na 'n verklaring gisteraand van 'n bekende Nigeriese sakeman, mnr. Henry Adaka, wat in 'n stadium met die OFN verbind was as 'n moontlike leier van die groep. Mnr. Adaka het kort voor middernag ontken dat hy enigsins by die OFN betrokke is. Hy het hom van dié groep en hul aksies gedistansieer en gesê hul optrede was onverantwoordelik. – Sapa-AFP

33

Ben Haarhoff vleg met sy Pajero op die N1 tussen die verkeer deur op pad van Parow terug Paardeneiland toe.

Hy bly bekommerd oor Kasselman se ongemaklike vrae. Hy het al daaraan gedink om Vusi oor dié aangeleentheid te kontak sodat hy Kasselman se ballas kan vastrap, maar dit sou voortydig wees.

Kommissaris Vusi Labela is hul vernaamste bondgenoot in hul wapenbesigheid. Sedert Ben met Adaka kragte saamgesnoer het, betaal hy vyf persent van hul inkomste uit wapenhandel aan Vusi in sy oorsese bankrekening. Dit bedra jaarliks etlike miljoene rande, maar is vir Ben elke sent werd. As adjunkhoof van die SAPD is Labela die beste waarborg teen vervolging waarvoor hy kon hoop.

Labela se pa, Jakob, het in die vroeë jare van Haarhoff senior se vervoerbesigheid as 'n lorriedrywer daar begin werk. Hy het in sy twintig jaar as werknemer van Haarhoff Transport van drywer tot hoof van die kommersiële binnelandse vervoerafdeling gevorder. 'n Toegewyde werkesel.

Sy seun het tydens skoolvakansies as bode sakgeld by die onderneming verdien. Ben en Vusi, wat 'n jaar of wat ouer as Ben was, het baiekeer saamgewerk. Ben het gesien dié man gaan dit nog ver bring. Hy was buitengewoon intelligent en toegewyd. Na sy pa se dood het hy Vusi juis

194

om dié rede gehelp met sy studiegeld by die Universiteit van Wes-Kaapland. Die maatskappy moes iets doen om sy sosiale verantwoordelikheid te demonstreer en hy het gereken dit word só op 'n goeie manier gewys. Vusi het sy graad in staatsleer en kriminologie met lof geslaag. Sy Afrikaans was selfs beter as sy Xhosa. Sy ma was 'n bruin vrou wat aangedring het op Afrikaans as huistaal.

In die nuwe Suid-Afrika het Vusi vinnig opgang gemaak in die SAPD en hy is vyf jaar gelede in die topbestuur aangestel. Twee jaar gelede het hy adjunkhoof geword en alle aanduidings is dat hy volgende jaar by die sieklike kommissaris Mgantho gaan oorneem as die hoof van polisie.

Vusi hou van geld, soos heelparty mense wat die soustrein bestyg het. Jaarliks rits hy en sy gesin gedurende skoolvakansies oorsee, waar sy Switserse bankrekening kreun onder sy uitspattige lewenstyl. In sy werk het hy egter 'n vlekkelose reputasie opgebou as iemand wat 'n arendsoog oor die polisiebegroting hou en ontslae raak van amptenare wat die wet oortree. Ben weet sy inkomste uit hul wapenbesigheid is sy enigste bron van onwettige geld, maar hy troetel daardie inkomste soos 'n pasgebore baba. Dit is sy paspoort tot 'n rykmanslewe wat hy nooit andersins sou kon lei nie.

Sy selfoon lui. Dit is die ontvangsdame by die werk.

"Ben, die speurders is weer hier. Hulle wil jou dringend sien."

"Ag nee, fok, sê vir hulle ek is vandag besig. Hulle kan môre kom. Niemand sien my sonder 'n donnerse afspraak nie. Wie dink Kasselman en daai agterryer van hom is hulle?"

"Ek weet, Ben, maar Kasselman-hulle sê hulle wag maar hier vir jou. Dis dringend, sê hy."

"Vind uit waaroor dit gaan, dan bel jy my terug."

Vyf minute later lui die foon weer. "Dit handel blykbaar oor 'n e-pos wat Brink vir jou geskryf het toe hy oorsee was."

Vir 'n oomblik verloor Ben beheer oor sy Pajero. Hy swenk voor 'n motor in die middelbaan in en mis dit rakelings. Die bestuurder klim op sy toeter en beduie wild met sy middelvinger vir Ben, wat 'n hand in die lug hou om te wys hy is jammer.

"Reg, ek kom, maar sê vir hulle om geduldig te wees. Ek sal seker eers oor 'n uur op kantoor wees."

Hy draai nie by Paardeneiland af nie, maar ry deur stad toe. Hy het tyd nodig om te dink. Sy verstand galop oor die e-pos wat Brink uit Georgië aan hom geskryf het. Hy sal met Dolf moet praat. Gelukkig is dié nie op kantoor nie. Hy moes 'n vervoerkontrak gaan hernieu by een van hul groot kliënte in die stad. Dolf sou sake net opgedonner het as hy op sy eie deur die speurder gekonfronteer is. Hy wonder hoe die vent Brink se e-pos in die hande gekry het. Brink moes dit uitgedruk het en in sy huis aangehou het. Dom bliksem! Hoeveel keer het hy nie vir hom gepreek om alle papierkorrespondensie oor die wapenbesigheid te vernietig nie.

Hy hou by 'n koffiewinkel in Loopstraat stil. Sy asem jaag. Dit voel of 'n groot klip in sy buik gaan lê het. Hy bel Dolf. Dié antwoord nie, daar is net sy blikkerige stem wat vra dat die inbeller 'n boodskap moet los. Ben bel die firma waarheen hy gegaan het. Die ontvangsdame lig hom in Dolf is saam met die besturende direkteur na Mowbray se gholfbaan toe. Hulle het op 'n ingewing besluit om die nuwe kontrak met 'n potjie gholf te vier. Hy swets. Dolf laat ook geen geleentheid verbygaan om gholf te speel nie.

Terwyl hy koffie drink, dissekteer sy gedagtes Brink se e-pos sorgvuldig. Gelukkig het hulle 'n beleid gehandhaaf om altyd afkortings te gebruik wanneer hulle in e-poskorrespondensie na groepe of wapens verwys. Hy verbeel hom Brink verwys na miljoene mense wat deur hul aksie geraak kan word, dat hulle met fanatici heul om 'n regering omver te werp wat oor kk-tegnologie beskik.

Hy bestel nog 'n koffie en begin aantekeninge op 'n papierservet maak. Hy sal die storie in die kiem moet smoor. Hy skud sy kop toe hy sy aantekeninge deurlees. Selfs 'n kind sal op 'n afstand sien hy praat stront.

Hy skakel Vusi se selfoonnommer. Hy moet hom nog inlig oor Brink se dood en nou natuurlik ook oor sy onbesonne e-pos. Die polisie kan die twee sake ook net in verband bring, dan het hulle nog groter probleme. Vusi antwoord nie. Ben skakel sy kantoornommer.

"Jammer, die kommissaris was vir 'n week in Europa vir 'n kort vakansie. Hy kom eers môre terug."

Dis nog nie eers skoolvakansie nie en die fokker is al besig om geld in Europa rond te strooi. Wanneer hy wat Ben is hom regtig nodig het, kan hy nie op sy nommer druk nie.

Hy bestee die volgende veertig minute daaraan om 'n verklaring vir Brink se e-pos uit te dink. Toe hy opstaan en na sy Pajero stap, hoop hy Kasselman gaan sy storie sluk. Indien nie, sal hy die dag of wat moet uitsweet voordat Vusi terugkeer. Hy kry 'n kakhuis vol geld uit hulle. Hy sal moet ingryp en Kasselman se tjank aftrap. Hulle kan nie bekostig dat 'n klein lieplapper hul wapenbesigheid blootlê nie. Ook nie dat die e-pos hulle by Brink se dood betrek nie.

Hy resiteer die storie wat hy vir die speurders gaan

vertel terwyl hy werk toe ry. Ondanks die Kaapse win-
terweer, sweet hy buitensporig en moet hy die Pajero se
lugversorger op koud stel.

34

Aandagtig beskou Kassie die talle sertifikate teen die muur van Haarhoff, Malan en Van Dyk Transport se ontvangslokaal. Els blaai deur tydskrifte op die glastafel voor die besoekerstoele. Hulle wag al 'n geruime tyd op Haarhoff en het albei reeds twee filterkoffies agter die blad. Die ontvangsdame het ook vir hulle 'n bord appelkoostertjies voorgesit wat hulle binne 'n oogwink verorber het.

Kassie wonder hoe Haarhoff die e-pos van Brink van Dyk gaan verklaar. Dit was 'n boodskap wat Van Dyk belangrik genoeg geag het om in sy vrou se juwelekluis te bewaar. Hoewel dit nie vir hom veel sin maak nie, was dit duidelik Brink was in konfrontasie met sy vennote oor hul besigheid met "T".

Van Dyk se vrou het geen verklaring vir haar man se vreemde boodskap nie. Volgens haar kennis was hy nooit in Georgië nie.

Hy weet iets is hier nie pluis nie en hy is van plan om vandag agter die kap van die byl te kom. Van Dyk se uitlatings oor "fanatici", hul besending wat 'n regering kan omverwerp en dat dit miljoene mense kan raak, hou duidelik geen verband met hul vervoerbesigheid of die aankoop van vragmotors in die Oekraïne nie. Was dit die rede hoekom hy om die lewe gebring is en sy skootrekenaar en aktetas gesteel is? Om hom stil te maak? En waarmee hou Haarhoff-hulle hul besig? Dwelms, wapens? Dit kan miljoene mense raak. Die verwysing na hul "W-dokumentasie" het hom laat dink dit kan wapens wees. Maar moontlik sit hy die pot mis.

Die telefoon by die ontvangsdame lui. Sy antwoord en praat gedemp. Toe sy die gehoorbuis neersit, sê sy vir Kassie meneer Haarhoff sal hulle nou spreek. "Hy het pas teruggekom . . . by 'n sydeur ingekom," beantwoord sy Kassie se frons.

Kassie en Rooi word na Haarhoff se kantoor begelei. Dit is 'n ruim kantoor met 'n uitsig op die berg. Die lessenaar is uiters netjies, twee draadmandjies op die een hoek, skootrekenaar in die middel. Geen papiere nie. Dis die lessenaar van 'n man wat weet hoe om te delegeer.

Haarhoff staan agter sy lessenaar op. "Welkom, menere," sê hy verrassend vriendelik, "kom maak julle tuis sodat ek kan hoor waarmee ek kan help."

Kassie wonder wat met hom gebeur het. Met sy vorige twee besoeke was Haarhoff deurentyd stuurs en ooglopend geïrriteerd met die polisie se teenwoordigheid in die gebou. Hy het 'n vermoede Haarhoff se houding gaan vinnig verander as hy met Van Dyk se e-pos gekonfronteer word.

"Koffie, tee?" wil Haarhoff gasvry weet.

Albei skud hulle kop. Kassie haal die oorspronklike Van Dyk-e-pos uit 'n lêer. Hy het twee afskrifte vir homself op kantoor geliasseer.

"Meneer Haarhoff, ons het gisteraand 'n afskrif van 'n e-posboodskap by mevrou Van Dyk ontvang wat sy in haar kluis by die huis ontdek het. Dit is 'n e-pos wat meneer Van Dyk aan jou gestuur het. Skynbaar uit Georgië. Ek sou graag 'n verklaring vir die boodskap wil hê. Daarin word ernstig beswaar gemaak teen 'n bedrywigheid waarmee julle oënskynlik besig is."

Hy leun oor en oorhandig die bladsy.

Hy hou Haarhoff se gesig fyn dop. Dit lyk nie of dit hom verras óf ontstel nie. Trouens, hy kyk beswaarlik daarna. En hy glimlag breed. Nie die reaksie wat Kassie verwag het nie.

Haarhoff skud sy kop, sit die bladsy voor hom op die lessenaar neer. "Dit is bitter jammer julle het dié boodskap in die hande gekry," sê hy dan, steeds met 'n effense glimlag om sy mondhoeke.

"Wel . . . daarin word ernstige . . ." sê Kassie, maar Haarhoff beduie hy moet hom 'n geleentheid gee om te praat.

Sy vriendelikheid slaan soos 'n verkeerslig oor na erns, twee rye plooie geteken op sy voorkop. "Hierdie is 'n baie sensitiewe aangeleentheid wat ek ongelukkig nie met julle kan bespreek nie. Trouens, dit is 'n polisie-aangeleentheid waarby ons in samewerking met julle eie adjunkhoof, kommissaris Vusi Labela, betrokke is. En waarop ek ongelukkig nie by magte is om kommentaar te lewer nie."

Hy leun terug in sy stoel, steeds ernstig. "En ek kan julle albei die versekering gee dit hou hoegenaamd geen verband met my vennoot se dood nie."

Kassie moet toegee hy is onkant betrap. Die man is óf 'n akteur van Oscar-formaat óf hy praat die heilige waarheid.

"Wel . . . ek dink nie dit is 'n baie bevredigende antwoord nie," sê hy. "Kan jy vir ons 'n bietjie meer inligting gee oor presies hoe julle met die SAPD saamwerk? En hoekom jou vennoot so heftig daarteen kapsie gemaak het?"

'n Tikkie van die aggressie wat Kassie op sy vorige besoeke ervaar het, slaan in Haarhoff se stemtoon deur. "Inspekteur, jy't nie mooi na my eerste stelling geluister nie. Ek is nie by magte om die aangeleentheid te bespreek nie. Al wat ek kan sê, is die SAPD is op die punt om 'n groot internasionale deurbraak te maak, wat in die wiele gery kan word as iemand van buite nou inmeng. Ons vervoerbesigheid is bloot om sekere strategiese redes ingespan om 'n rat voor die oë van sekere ondermynende buitelandse faksies te draai. En om die tweede deel van jou vraag te beantwoord: Die saak was so sensitief dat net ek en meneer Malan by die operasie betrokke is. Meneer Van Dyk was onbewus daarvan dat dit 'n polisie-aangeleentheid was. Ons kon hom om verskeie redes nie in ons vertroue geneem het nie. Hy het in opdrag van my en Dolf 'n taak in Georgië gaan afhandel. 'n Opdrag waarvan julle eie adjunkhoof van polisie bewus was en wat hy onderskryf het."

Hy leun met sy arms vooroor op die lessenaar, glimlag nou weer. "Julle moes seker gedink het dit is 'n deurbraak in die moordsaak, maar ek kan julle verseker die moord op Brink en dié e-pos hou geensins met mekaar verband nie. My versoek aan julle is om dié inligting stil te hou. Dit sal net in belang van julle albei se loopbane wees. As julle nou 'n stok in ons wiele probeer druk, gaan kommissaris Vusi Labela soos 'n sak stene op julle neerdonner. Hy is oor 'n dag terug in die land. Ek sal reël dat hy met jul bevelvoerder in verbinding tree en die situasie aan hom verduidelik. Intussen doen ek 'n ernstige beroep op julle om te wag vir die kommissaris om uit die buiteland terug te keer."

Hy tel die papier op. "Dié outjie sal ek ongelukkig in my besit moet hou. Julle sal wel later verstaan hoekom ek dit nie eers aan julle kan toevertrou nie. Hierdie e-pos bevat sensitiewe inligting wat nie in die verkeerde hande mag beland nie."

Hou dit maar gerus, dink Kassie. Reken Haarhoff werklik hy is so onnosel om nie afskrifte daarvan te gemaak het nie?

Toe hulle in die motor klim, sit Kassie vir 'n tydjie voor hom en uittuur voordat hy die motor aansluit.

"Sê my, Rooi, het jy en die ontvangsdame gepraat toe ek gaan rook het?"

Hy knik. "Ja, sy't my gevra hoekom ons nou eintlik met haar baas wil gesels."

"En? Wat sê jy toe?"

Els skud sy kop. "Nie veel nie, Kassie, nie veel nie. Het maar net so terloops gesê dit gaan oor 'n e-mail van die vermoorde aan haar baas. Niks verder nie. Niks details en so aan nie."

"En, het sy toe iemand gebel?"

"Nee, haar net verskoon om 'n draai te loop."

"Rooi, dit was 'n ligte mistykie van jou."

Els is onthuts. "Haai, Kassie, wat sê jy nou?!" Sy gesig is selfs rooier as gewoonlik.

"Sy het Haarhoff gaan inlig waaroor ons met hom wil praat. Hy het toe kans gehad om homself voor te berei. Dis hoekom ons so lank vir hom gewag het."

"Hel, Kassie, sorry, man. Ek't soos my gat gedink! Dit was 'n stupid fout van my!"

"Toe maar, almal van ons maak foute . . ."

"En sy storie, Kassie? Dit klink vir my heel geldig, nè?"

"Nee, Rooi, dis 'n plein kakstorie, dink ek."

35

James, die taxibestuurder, is verbaas Carl wil na Adaka's
Castle geneem word. "Dis 'n gevaarlike man daardie," sê
hy terwyl hy sy groot oë in hul kasse rol. Carl besluit
om nie kommentaar te lewer op sy stelling nie. Adaka se
vesting is nie ver van die hotel nie, maar hy het gereken
dit gaan veiliger wees om soontoe te ry. Hy kan allermins
bekostig om ontvoer te word. Hy het ook geen wapen
byderhand om homself mee te verdedig nie.

Hy dink aan Amelia wat hy vanoggend in sy bed agter-
gelaat het. Toe die eerste sonstrale tussen die blindings
deursyfer, was hy al wakker. Hy het na die slapende
skoonheid langs hom gekyk. Haar bruin hare was soos
'n waaier op die kopkussing oopgesprei, haar lippe ef-
fens van mekaar geskei, die rooi lipstiffie net in een hoek
van haar bolip nog merkbaar, een wit bors ontbloot, die
rosige tepel teruggekrimp in die volmaakte ronding van
die ferm vleis, haar slanke arm na hom uitgestrek, vin-
gertoppe rustend teen sy borskas. Hulle het in die vroeë
oggendure weer seks gehad, dié keer meer beheers as
met die eerste gulsige aanslag op mekaar se lywe.

Hy het vanoggend in stilte gaan stort en aangetrek,
bang sy word wakker. Hy wou nie onnodig vir haar lieg
oor waarheen hy op pad is nie. Hy het net gister vlug-

tig genoem hy het vanoggend besigheid om by die olie-maatskappye af te handel.

Hy hoop nie Amelia sien hul samesyn as die begin van 'n blywende verhouding nie. Sy is beeldskoon, intelligent, alles wat hy in 'n vrou soek, maar uit ondervinding weet hy sy gaan na 'n ruk ook net nog 'n mooi gesiggie met 'n aanloklike lyf word. Dan gaan sy oë begin dwaal, soos elke keer in die verlede. Maar hy sal haar beslis vorentoe nog wil sien. Die seks was eenvoudig te goed om haar nou al aan iemand anders af te staan.

Volgens James is Adaka se woonplek een van die oudste geboue in Port Harcourt. Adaka het skynbaar die stad se eerste hoofposkantoor gekoop en in sy woning omskep. Die ou koloniale boustyl van die dubbelverdieping word opgehelder met skelpienk mure en wit vensterrame. 'n Nigeriese landsvlag wapper op die voorste grasperk.

Toe hy uit die taxi klim, voel hy hoe die adrenalien soos in "sy dwelmdae" deur sy are bruis. Hy is weer 'n mol, sy instinkte soos 'n radar ingestem op sy omgewing. 'n Forse man in bruin kakieklere, 'n groen baret windmakerig skeef op sy kop gedrapeer en met 'n AK47 oor sy skouer, ontmoet hom by die voorhek. Hy groet Carl nie, knik net formeel en beduie hy moet saamkom. In die voorportaal vra hy of Carl sal omgee as hy hom vir wapens deursoek. Hy betas hom van kop tot tone en maak selfs sy aktetas oop.

'n Kleingeboude Oosterling met onooglike geel tande stel homself voor as Sammy Kim en begelei hom na 'n baie groot sitkamer met rooi mure, spikkelrooi matte en rusbanke oorgetrek met rooi blokkiesmateriaal – 'n gesig wat enige binneversierder na hartpille sal laat gryp, dink Carl.

Weerskante van die kaggel staan twee kakiegeklede karakters, elk gewapen met 'n AK47. Op hul hempsakke is *Adaka's Castle* in swart geborduur. Hulle staar uit-drukkingloos voor hulle uit en steur hulle nie aan Carl se teenwoordigheid nie. Sammy bied vir hom koffie aan, maar hy wys dit vriendelik van die hand. Hy lig Carl in "meneer Adaka" sal binne die volgende tien minute by hom aansluit en verskoon homself.

Carl wag 'n kwartier lank in stilte, die ruising van die drie dakwaaiers die enigste roering. Dan verskyn Adaka se lywige torso in die deur. Hy kom soos 'n groot beer inge-waggel, geklee in 'n satynrooi kamerjas à la Hugh Hefner, 'n dik sigaar tussen sy vlesige lippe en 'n glas melk in sy hand. Hy groet Carl met 'n breë glimlag en 'n warm, pap greep. "Welkom in my kasteel," sê hy hartlik.

Nadat hy in die bank oorkant Carl neergesak het, neem hy 'n sluk melk. Hy verstik so erg dat hy vooroor moet buig sodat een van sy gewapende lyfwagte hom op die rug kan klap. Hy hyg, hoes onstuimig en snork 'n bol slym los, wat hy weer afsluk. Hy skud sy kop nors en brom iets vir die verbouereerde lyfwag, wat gedweë weer sy plek langs die kaggel gaan inneem.

Adaka se gelaatstrekke herinner Carl aan Idi Amin, die eertydse Ugandese staatshoof: klein swart ogies vasge-klem tussen 'n breë voorkop en plomp wange, breë neus met wydgesperde vleuels, 'n bonkige dubbelken onder sy groot pers lippe.

Hy staar lank na Carl, meet hom van kop tot tone. "Jou kommissie-aanbod beïndruk my," sê hy na 'n tydjie. "Maar dan moet jy kan lewer. Dit is nie altyd maklik nie. Jy moet soms kontakte hê en kreatiewe maniere uitdink om owerhede te omseil."

"Ek het my huiswerk vooraf gedoen," sê Carl met 'n glimlag. "Ek sal kan lewer. Sê net wanneer, waar, wat en hoeveel."

Adaka lag. "Ek hou van jou selfvertroue. By wie het jy jou wapens aangekoop?"

"Oral. Armenië, Oekraïne, Angola . . ."

"Ek sien jy het vinnig geleer. Goeie wapenhandelaars loop nie te koop met die name van hul verskaffers nie." Hy skud die as van die sigaar in 'n rooi asbak af. "Wat weet jy van Rachot UK-68's? My kliënte verkies dit bo AK's."

"Tsjeggiese masjiengeweer, maklik draagbaar en hanteerbaar, uiters veelsydig, kan ook op 'n drievoetstuk gemonteer word om na vliegtuie te skiet. En ek het baie van hulle in voorraad," sê Carl met die oortuiging van 'n ervare wapenhandelaar.

"Goed, goed." Adaka blaas die sigaarrook tydsaam met tuitlippe uit, neem versigtig 'n sluk melk. "Mogadisjoe, Somalië . . . Moeilike plek om af te lewer. Daar's seerowers op die oseaan en 'n klomp skietbedonnerde mense op die land. Daar is maniere, niks is onmoontlik nie. Maar ek laat dit aan jou oor." Hy leun terug in die rusbank. " 'n Radikale Islamitiese faksie soek skietgoed. Baie ook. Dis groot besigheid. As jy dié een suksesvol hanteer, sal ek bereid wees om weer besigheid te gesels." Hy glimlag. "As die kommissie natuurlik dieselfde bly."

Carl knik. "Dit sal dieselfde bly. Ek weet waar my brood gebotter gaan word."

Adaka lag, ontbloot hoekige wit tande, styf langs mekaar ingeryg soos klavierklawers. "Ek sal met jou sake kan doen." Hy snork, 'n frons op sy voorkop. "My handelaars gaan nie daarvan hou nie, maar hulle het in elk geval te gulsig begin raak."

Carl hoop die man gaan meer besonderhede oor sy handelaars verklap, maar Adaka brei nie daarop uit nie. Hy besluit om nie uit te vra nie. Dit sou voortydig wees.

Die groot Nigeriër kom steunend orent, vurk 'n donkerbril uit sy kamerjas se sak en sit dit op. "Reg, dit klink goed. Sammy sal al die besonderhede met jou deurgaan. Hoeveelhede, datums, betaalinstruksies en so aan. Bel my as jy probleme ondervind." Hy beduie vir een van sy lyfwagte om saam met hom uit te stap.

Carl is verlig oor hoe vinnig en maklik die onderhandeling verloop het. Hy het 'n meer intimiderende sessie verwag. Die CIA gaan steeds nie opgewonde raak oor die gedagte om wapens aan 'n Islamitiese faksie te verskaf nie, maar dit is die risiko wat hulle moet loop. Alles hang nou af van die wapens se suksesvolle aflewering. Hoe gouer hy weer besigheid by Adaka kry, hoe gouer gaan die Kaapse wapensindikaat uit hul skuilplek kom.

Sammy Kim kom met 'n pak papiere in. Hy glimlag alwetend vir Carl. "Jy sal jou storie moet ken. Baie ander ervare handelaars sien nie kans vir Somalië nie."

36

Kassie trek sy windjekker uit en klap die paar skilfers op die skouers met stywe vingers van die rooi materiaal af. Hy sal weer Head & Shoulders moet begin gebruik. Hy gaap, sug dan terwyl hy in die kombuis die ketel aanskakel. Hy was gisteraand tot kort voor middernag besig om sy seëls te herkategoriseer. Dit is volgens 'n nuwe stelsel wat die internasionale seëlversamelaarsgilde aanbeveel en iets wat hy lankal moes aangepak het.

Vandag het hom ook uitgeput en hy gaan nie vanaand te laat in die bed klim nie. Hy skop sy skoene uit en trek sy skaapwolpantoffels aan. Hy maak sy gordel en die eerste twee knope van sy broek se gulp los. Hy het gewig aangesit om sy middel, alles pas deesdae soos balletklere. Of dalk is dit maar net sy klere wat oud en afgeleef is? Dié broek het hy juis nog tydens sy en Marietjie se wittebrood by 'n Karoo-koöperasiewinkel gekoop. Dit is ook al amper vier en twintig jaar gelede. Hy skud sy kop. Sy bestaande klere moet maar vir eers doen. Op 'n polisiesalaris kan hy nie nuwe klere koop én seëls versamel nie.

Soms wanneer sy geld so skraps is, wonder hy of hy nie veel beter daaraan toe sou gewees het as hy gaan studeer het nie. Op skool was wiskunde sy gunstelingvak. Hy het kort duskant 'n onderskeiding gedraai. Maar hy het nie kans gesien vir 'n beroep wat hom in 'n groot korporatiewe maatskappy sou laat beland nie. Sy ma wou hê hy moes onderwyser word, maar daarvoor was hy ook nie lus nie. Hy het nie die persoonlikheid om te staan voor 'n klas vol kinders nie. Hy ervaar senuspanning tussen te veel mense. Sy handpalms begin sweet, sy bors raak benoud as 'n klomp oë op hom gerig is, en sy ore slaan toe as daar baie stemme om hom dreun. In die laerskool het hy een keer flou geword toe hy voor 'n volgepakte konsertsaal 'n gedig moes opsê.

Kassie stap kombuis toe, krap in die koskas rond. Niks. Gisteraand het hy die laaste blikkie meatballs ingewurg. Hy het nog een sny brood oor, 'n opgekrulde korsie, wat hy Flora en Bovril. Sedert vanoggend se appelkoostertjies by Haarhoff-hulle se onderneming het hy nog nie weer iets oor sy lippe gehad nie. Hy maak koffie, kyk op sy horlosie en besef hy het sy gunsteling-boeremusiekprogram op RSG misgeloop. Net omdat sy gedagtes altyd by bleddie minder belangrike goed betrokke is. Die brood smaak effe muf. Hy kry dit met 'n groot sluk koffie af. Dalk moet hy 'n vleispastei by die kafee gaan koop? Nee, besluit hy, hy gaan nie nou weer uit nie. Dit is geniepsig koud buite. Hy sal môre 'n draai by Checkers maak.

Hy skakel die hoëtroustel in die kombuis aan en stel die klank hard. In die badkamer stroop hy sy klere af en klim onder die stort in. Hy seep homself op maat van die musiek. Toe hy klaar gestort het, beskou hy sy bolyf krities in die spieël. Sy klere sit nie sonder rede styf nie. Sy maag raak elke keer groter as hy dit toevallig in 'n blink oppervlak gewaar. Sy skraal gestalte gaan nie goed lyk met 'n boepens nie. Hy sal moet begin oefen.

Hy smeer sy gesig met die room wat sy ma verlede Kersfees vir hom gegee het en borsel sy tande terwyl hy sy horlosie dophou. Na presies vier minute spoel hy sy mond uit. Dan haal hy die botteltjie Rescue Remedy uit die badkamerkassie en druk 'n paar druppels op sy tong uit. Hy trek weer sy skaapwolpantoffels aan en loop kaal slaapkamer toe. Sy geel sweetpak ruik darem vars genoeg om nog een aand in te slaap. Hy trek dit vinnig aan, die slaapkamer kouer as 'n vrieskas.

Kassie stap sitkamer toe en val op die rusbank neer. Hy dink terug aan die dag se gebeure. Els het 'n lekker gemors gemaak deur die doel van hul besoek aan die ontvangsdame by Haarhoff-hulle uit te lap. Daaraan kan hy nou niks verander nie.

Els is nog nat agter die ore, hy sal hopelik nog leer. Hy gaan dit nie teen Els hou nie. Hy het dit ook nie teenoor enigiemand by die stasie genoem nie. Dit kan net teen die outjie se loopbaan tel. Els is geesdriftig genoeg om eendag 'n goeie speurder te word. Hy moet dalk net eers sy vrees vir Koza oorkom. Dit is asof sy brein vries wanneer hy in die teenwoordigheid van hoër gesag kom. Hy sal mettertyd leer bevelvoerders het nie altyd die wêreld se kennis in pag nie. 'n Speurder wat aan sy bevelvoerder se rokpante bly klou, leer nooit om vir homself te dink nie.

Kassie glo nie Haarhoff se storie nie. Dit kan natuurlik waar wees, maar daar was iets aan die gladde manier waarop die storie uitgeryg is wat hom die teendeel laat glo. Asof die man 'n goed voorbereide toespraak by 'n Rotariër-byeenkoms afsteek. Buitendien, hoekom sal die polisie 'n private onderneming gebruik om hul werk te doen? Bullshit. En waarom sou Haarhoff-hulle een van hul vennote kwansuis nie in dié saak vertrou nie? Hulle kom van universiteitsdae saam, hulle werk al jare lank saam, hulle kuier saam, maar hulle vertrou hom nie. Maak nie sin nie.

Hy het dit vanmiddag só gestel aan superintendent

211

Koza tydens sy en Els se sessie met hom. En tot in daardie stadium het Koza volmondig met hom saamgestem dat die storie nie geloofwaardig klink nie. Trouens, hy het opgewonde gelyk oor die vooruitsig dat sy stasie se speurders hier dalk 'n opspraakwekkende deurbraak kan maak. Maar toe noem Kassie kommissaris Vusi Labela se naam. En toe bevuil Koza homself. Hy het behoorlik die wilde ritteltits gekry. "As hy betrokke is, los ons die saak vir eers net so. Kom ons wag tot die kommissaris my kontak," het hy gat oor kop geswaai. "En Kassie, jy gaan krap nie verder daaraan nie." Kassie het besef Labela se naam dra te veel gewig vir Koza om balls te openbaar.

Hy het 'n vermoede Haarhoff het daardie troefkaart juis met dié doel gespeel. Haarhoff besef hulle gaan nie nou verder karring nie. Maar wat is sy verhouding met Labela dat hy die adjunkhoof van die SAPD se naam so kan rondgooi? Is dit oor sy maatskappy se skenking van die mobiele polisiestasies? En kan sy storie nie boemerang as Labela terug is in Suid-Afrika nie? Iets klop eenvoudig nie.

Kassie wou Haarhoff vanoggend nog oor sy vriendskap met Bruno Myburgh pols. Hom probeer onkant betrap met 'n vraag soos: "Vang jy en Bruno gereeld saam vis?" Net om te sien wat sy eerste reaksie is, maar na die polisiestorie het hy besluit om daardie vraag eers op ys te hou. Dit sou nie tóé relevant gewees het nie.

Hy wonder of hy in die stilligheid verder aan die saak moet snuffel . . . maar dis moeilik met Els voltyds by hom. Els het omtrent sy kop afgeknik van instemming toe Koza beveel het hulle moet nou niks verder aan die saak doen nie. Wanneer die baas praat, kak Els in sy hande om nie op die mat te mors nie.

Kassie haal 'n Lucky uit die pakkie, breek die filter af

en steek dit aan. Hy het ook nie destyds na die offisier se vermanings geluister in die Nienaber-saak nie. Hy het bly krap en uiteindelik sy gat sonder 'n spieël gesien. Die vernedering om 'n polisie-ondersoek eiehandig te kelder, wil hy nie weer beleef nie. Daardie gemors gaan nog lank by hom spook.

Moet hy 'n tweede maal daardie gevaarlike roete loop? As hy weer verkeerd is, sal hy sy seëls moet verkoop om aan die lewe te bly. Want in diens van die SAPD sal hy nie meer staan nie. Die Nienaber-fiasko was 'n laaste waarskuwing op sy diensrekord.

Net die gedagte daaraan dat hy van sy seëls sal moet ontslae raak, maak sy besluit makliker. Laat hy dié een maar uitsit en kyk wat gebeur. Hy staan beswaard op. Sy maag kramp. Hy moenie dié goed so persoonlik opneem nie. Dit is nie bevorderlik vir sy gesondheid nie.

Net voor hy die lig afskakel, val sy oog op die televisiestel. Hy frons. Die ding is al ses maande lank stukkend. Hy sal dit waaragtig moet laat regmaak. 'n Mens kom deesdae regtig nie meer by jou persoonlike sake uit nie.

Kassie hou sy slape met sy hande vas. Hy het homself nou in 'n helse hoofpyn in gedink. Hy gaan badkamer toe en sluk twee Disprins.

Dan stap hy studeerkamer toe en maak die kluis oop. Is dit die druk op hom wat herinneringe aan die Nienaber-saak oproep, wat hom weer so met oorgawe na sy seëls dryf? Dit was nog altyd sy anker as hy spanning ervaar.

Toe sy en Marietjie se huwelik begin skeefloop, het hy hom ook tot sy seëls gewend. Vir maande aaneen – elke beskikbare minuut. Dit het natuurlik éérs vir skietgoed gesorg. "Kassie, jy's niks anders as 'n klein seuntjie wat in 'n volwasse man se lyf vasgevang is nie. Versamel seëls!

213

Waar het jy in jou lewe gehoor 'n polisieman versamel seëls? Skeep boonop sy vrou af omdat hy elke moontlike rand wat daar te spaar is op verdomde seëls uitgee. Jou bleddie seëls en tientalle penmaats kry meer aandag as ek!"

En dan het haar tong gewoonlik in 'n rapier verander. "Jy's is eintlik 'n patetiese klein mislukking! Jy is sosiaal wanaangepas, onseker van jouself, jy is 'n verskoning vir 'n volbloedman!"

Hy het geweet hul huwelik is verby. Sy die ekstrovert, lief vir die polsende lewe van nagklubs, konserte, party-tjies, sosiale skouerskuurdery; hy die introvert, op sy ge-lukkigste by die huis in sy seëlkokon. Hulle moes nooit voor die kansel gestaan het nie.

Hy gee 'n lang gaap en vryf sy moeë oë. Hy haal sy Afrika-seëls uit. Daar is nie genade vir 'n ernstige seël-versamelaar nie. Die nuwe kategoriseringstelsel moet voortgesit word.

37

Amelia lê op haar bed, toegewikkel in 'n verbleikte blou laken van die Royal-hotel. Sy baai in die nagloed van die afgelope twee dae se onverwagse lyflike bevrediging. Sy wil dinge nie vooruit loop nie, maar sy het 'n vermoede Carl Weideman kan haar ridder op die wit perd wees. Haar laaste aand saam met hom in Port Harcourt was selfs beter as die eerste.

Sy kan nog nie glo sy het so gou saam met hom in die bed gespring nie. Maar sy het lank genoeg kuis geleef. Dit was tyd dat sy haar Calvinistiese kettings breek. En sy is geensins spyt dinge het so vinnig gevorder nie. Hulle het vanoggend albei erken dat dit wat tussen hulle gebeur het, dieper strek as net 'n fisieke aangetrokkenheid. Die vonk tussen hulle het 'n veld aan die brand gesteek en die vlamme swiep oor 'n wyer area as wat hulle aanvanklik wou toegee. Sy hunker klaar weer na sy nabyheid en kan nie wag om weer in sy arms toegevou te word nie.

Carl moes egter dringend terug in Suid-Afrika kom en sy moet weens nuwe verwikkelinge nog vir 'n onbepaalde tyd in Nigerië aanbly. Hy het belowe hy sal so gou moontlik met haar kontak maak. In die volgende dae sal hy ander dele van Afrika namens sy maatskappy moet besoek, sy bewegings en reisplan in dié stadium nog onseker.

Die oproep gistermiddag laat van die ingenieur van

Star Petro, wat aanvanklik verbied was om met haar te praat, maak dat haar sending nou skielik die moeite werd blyk te wees. Gebeure van die afgelope vier en twintig uur het hom laat besluit om aan haar inligting te verskaf wat "Star Petro in sy fondamente gaan skud". Die nuus dat vier van die maatskappy se werknemers in die aanval op die OFN-kampe dood is, het hom finaal oortuig om te praat. En hy het haar verseker sy kan sy naam gebruik. Hy het reeds sy bedanking by Star Petro ingedien.

Die feit dat daar nog hoop is Ryan lewe, is die ander rede hoekom sy besluit het om langer aan te bly. Sy het gisteraand met Lea oor die foon gepraat. Inligting van die Suid-Afrikaanse owerhede dui daarop Ryan en Kiernan het weggekom voor die aanval op hul kamp plaasgevind het. Die Nigeriese weermag sê daar is duidelike tekens die twee het uit hul bamboestronk ontsnap. Daar is tans 'n grootskaalse soektog na hulle.

Sy het Lea die versekering gegee sy sal hier wees as hulle Ryan opspoor. Sy het belowe om hom saam met haar terug te neem Suid-Afrika toe. Sy sidder as sy dit net oorweeg dat iets nou met die opsporingsoperasie kan verkeerd loop. Haar vriendin het vir die eerste keer in dié spanningsvolle tyd weer 'n sprankie hoop dat sy haar man lewend gaan sien.

Amelia staan traag uit die bed op, haar naakte liggaam warm van die hoë humiditeit en die dakwaaiers se half-hartige pogings. Sy stort en trek aan. Sy kam haar hare met haar vingers plat teen haar skedel. Dit sal droog wees teen die tyd wat sy die ingenieur sien.

Haar gedagtes keer terug na Carl. Dit voel of sy op wolke sweef. Sy kan nie onthou dat sy al ooit só vinnig vir 'n man geval het nie. Niks daarmee verkeerd nie, dink sy. "Liefde met die eerste oogopslag," sê sy hardop. Iets waarvan sy seker is, is dat niemand haar vandag uit haar staat van euforie sal kan haal nie.

Hy is nie net die aantreklikste man wat sy nog onder oë gekry het nie, maar ook baie intelligent. Hy kan onderhoudend gesels. Soms hou hy 'n bietjie terug, asof hy nie uitdrukking wil gee aan sy diepere gevoelens nie. Hy moes seergekry het in sy huwelik. Dit is duidelik daardie seer lê nog vlak. Hy ontwyk ook haar vrae oor liefdes van sy verlede.

Sy stap lui af met die trappe na die restaurant en eet 'n laat ontbyt, wag dan in die groot en verslete sitkamer op haar besoeker. Selfs die vervalle hotel is nou vir haar aanvaarbaar. Sy gaan altyd met goeie herinneringe terugdink aan haar tyd saam met Carl in Port Harcourt se Royal-hotel.

Merrick Daniels is 'n Amerikaner en die afgelope drie jaar in bevel van Star Petro se span ingenieurs in Nigerië. Hy moet in sy vroeë vyftigs wees, skat Amelia. Hy is seningrig, sy vel goudbruin gebrand, sy welige grys hare in 'n poniestert agter sy kop vasgebind. Die wakker, donker oë weerskante van 'n groot gekromde neus kyk stip na haar, sy dun lippe ferm op mekaar gepers. Sy kan sien hy het iets ernstigs op die hart.

Toe hy praat, bewe sy stem liggies: "Star Petro is niks anders as 'n spul gewetenlose moordenaars nie. Ek was saam met ons besturende direkteur in die onderhandelinge met lede van die Nigeriese weermag. Hulle het ons gewaarsku die kanse is tagtig persent daar gaan van ons mense met hul lewens boet as hulle die kampe aanval. Ons besturende direkteur het daarop aangedring hulle moet voortgaan met die aanvalle. Hy was bereid om die kans te waag."

217

"Dit is nie die persepsie wat in die media geskep is nie," sê Amelia. "'n Mens het die indruk gekry die weermag was gretig om aan te val, terwyl Star Petro op die OFN se sperdatums vir die betaling van lospryse aan die gyselaars gewag het."

Daniels lig sy wenkbroue. "Al die spertye was reeds aan ons bekend. Star Petro het die Nigeriërs afgepers om die media onder die indruk te bring die weermag wou nie wag nie. Ons het hulle met boikotte gedreig as hulle nie saamspeel nie. Die weermag het geen ander keuse gehad nie."

"Het Star Petro dus nooit oorweeg om die lospryse te betaal nie?"

"In geen stadium nie. Nie eers toe die OFN kort voor die aanvalle laat weet het hulle is bereid om al die gyselaars vry te laat vir drie miljoen vate olie nie." Hy haal 'n verkreukelde vel papier uit sy broeksak. "Dít is vyf uur voor die aanvalle op die OFN-kampe aan Star Petro gefaks. Die besturende direkteur het steeds vasgeskop en gesê die weermag moet voortgaan, hy is nie bereid om 'n enkele vat olie af te staan nie." Hy gee vir Amelia die faks. "Hou dit as 'n bewysstuk vir jou storie."

"Hoekom het hy so halsstarrig vasgeskop? Drie miljoen is aansienlik minder as die nege miljoen vir die nege oorblywende gyselaars. Drie miljoen sou julle sekerlik nie finansieel begrawe het nie. Of het Star Petro geldelike probleme?"

"Nee, drie miljoen vate sou ons Afrika-operasie effens geknou het, maar daar sou steeds 'n stewige wins aan die einde van die jaar wees. Ons sou 'n verlies van drie miljoen maklik kon absorbeer. Ons besturende direkteur het egter geredeneer die buitewêreld sou die Nigeriese weermag blameer as daar gyselaars sterf in die aanvalle.

Niemand sou 'n vinger na Star Petro wys nie. So, waarom sou hy drie miljoen vate prysgee?"

"Dié storie gaan Star Petro se reputasie verwoes. Dit is ernstige aantygings teen hulle. Is jy seker ek kan jou naam gebruik?"

Hy knik en glimlag breed. "My volle name is Merrick Walsh Daniels."

"En jy sal bereid wees om in 'n hof te getuig as Star Petro 'n saak teen *Time* maak?"

"Niemand sal my van só 'n hofsaak weghou nie." Hy kyk intens na haar. "Vier van my vriende is dood deur Star Petro se toedoen. Ek is dit aan hulle en hul gesinne verskuldig om die waarheid te laat uitkom."

Sy gesels nog 'n uur lank met Daniels oor hul onderhandelinge met die weermag. Terwyl alles nog vars in sy gedagtes is, is dit belangrik dat sy dit opneem. Toe hy weg is, probeer sy Star Petro se besturende direkteur in die hande kry, maar die maatskappy se kantoor in Lagos sê hy is tans op 'n vliegtuig terug New York toe.

Vir die volgende uur skryf sy al die inligting wat sy by Daniels gekry het volledig op haar skootrekenaar. Sy probeer die mediawoordvoerder van die Nigeriese weermag opspoor, maar hy is nie beskikbaar nie. Sy bel Lea in Suid-Afrika om uit te vind of sy al iets van Ryan gehoor het. "Nee, hulle soek nog," antwoord Lea. Sy bel Peter Graves in Johannesburg om sy kommentaar op die gebeure te kry, maar sy sekretaresse lig haar in hy gaan vir die res van die dag in 'n vergadering wees.

Sy voel vasgevang in die hotel. Sonder Carl hier begin dit kompleet soos 'n tronk voel. Sy moet uit, gaan asem skep. Sy bel die taxibestuurder wat haar en Carl van die lughawe hotel toe gebring het. "Ek het lus vir 'n besigtigingstoer deur Port Harcourt," sê sy.

Hy kry haar voor die hotel. Hulle ry stadig deur die druk verkeer, wat goed vergelyk met Lagos se miernes-strate. Hy gesels onderhoudend en slim, moet sy toegee. Sy sal baie van sy inligting kan inweef in haar artikels oor die land en sy maak aantekeninge terwyl hy praat.

In die middedorp wys hy na 'n baie groot gebou met skelpienk mure. "Dis Adaka's Castle, waar Henry Adaka woon, een van die rykste mense in Nigerië." Sy vra hom om 'n rukkie stil te hou. Sy sien hoe 'n gewapende man die voorhek patrolleer, 'n AK47 oor sy skouer gedrapeer. Hy kyk agterdogtig na hulle en beduie dan met die loop van die AK vir James om te ry. Meteens is sy verlig sy hoef nie met Adaka 'n onderhoud te gevoer het nie.

"Meneer Weideman was gister hier by Adaka," sê James. "Die hele oggend. Ek het nogal gewonder wat hy hier gedoen het. Adaka is niks anders as 'n krimineel nie. Maar meneer Weideman was maar geheimsinnig oor sy besoek. Ek wou ook nie onnodig nuuskierig klink nie."

"Dis onmoontlik! Is jy seker?" vra Amelia verward. Sy kry 'n hol gevoel in haar binneste. Toe sy Carl gistermid-dag terloops oor sy bewegings van die oggend uitgevra het, het hy gesê hy was by verskeie oliemaatskappye aan om Redus se bore te bemark.

Maar sy kan sien die taxibestuurder praat die heilige waarheid. Hy frons in misnoeë dat sy dit waag om sy woord in twyfel te trek, sê dan: "Doodseker, ek het hom hier afgelaai en hier vir hom gewag tot hy klaar was. Ek het hom toe terug hotel toe geneem. Hy het nog vir my gesê dit was sy enigste afspraak in Port Harcourt."

Sy vra hom om haar hotel toe te neem. Terwyl hulle in stilte terugry, sit haar hart in haar keel. Sy was seker niks sou haar vandag ontstel nie. Sy was verkeerd.

38

Om sy eerste werksdag só te begin, kan nie in sy afgryslikste nagmerrie geëwenaar word nie. Kommissaris Vusi Labela is grimmig. Sy sorgelose vakansie langs die Franse Riviera is binne minute geneutraliseer deur 'n oproep van Ben Haarhoff. Dit is nie alleen 'n krisis wat sy loopbaan bedreig nie, maar een wat sy oorsese vakansies vir ewig kan kelder. Hy wil nie eers dink hoe sy vrou gaan reageer as dit tot 'n einde moet kom nie. Dit is al waarvoor sy en die kinders leef.

Haarhoff-hulle het fokken drooggemaak. Hoeveel keer het hy nie vir Ben gesê hulle moet onder geen omstandighede papier oor hul wapenbesigheid genereer nie? "Vee altyd jul spore dood agter julle," het hy gemaan. Maar dit is tipies van die wittes. Steeds vetgevoer van die onverdiende rykdom wat hulle deur dekades opgebou het, gaan hulle roekeloos voort asof die apartheidsengel nog oor hulle waak. Hulle moet besef hulle leef nou in die nuwe Suid-Afrika waar ander reëls geld.

Hy voel nie skuldig omdat hy homself verryk uit Haarhoff se wapenbesigheid nie. Dit is sy kompensasie vir sy mense se opoffering en swaarkry. Terwyl die wittes oor dekades 'n stelsel in stand gehou het wat swart mense van billike arbeidsgeleenthede, eiendomsreg en ekonomiese vooruitgang weerhou het, het sy voorgeslagte van ellende gekrepeer. Daardie agterstand in rykdom sal in die volgende honderd jaar eers uitgewis word.

En Vusi het besluit hy is nie bereid om só lank te wag nie. Sy kinders moet nou al die vrugte pluk van 'n beter lewe, 'n lewe wat soveel wit kinders oor die jare heen as vanselfsprekend aanvaar het. En hoe gepas is dit nie dat juis wittes dit vir hom moontlik maak om tydens sy vakansies soos 'n miljoenêr te leef nie. Maar hy gaan waaragtig nie toelaat dat hulle ondeurdagte flaters sy ondergang bewerkstellig nie.

Hy stap met haastige treë na kommissaris Mgantho se kantoor vir sy maandvergadering met die hoof van polisie, 'n posisie wat hy hoop om binne die volgende jaar syne te maak. Hy het 'n telefoonboodskap by kaptein Koza se Nuweland-stasie gelos dat hy vandag nog met hom in verbinding sal tree oor die Haarhoff-situasie. Hy het tyd nodig om met 'n geloofwaardige verklaring vorendag te kom.

Mgantho sit geboë oor sy lessenaar, sy oë ingesonke in sy skraal gesig, sy swak gesondheid lank reeds 'n besprekingspunt in polisiekringe. "Jou vakansie geniet?" vra hy vir Vusi.

"Ja, 'n bietjie in Frankryk gekuier. Ons het in 'n vriend se huis gebly. Anders sou ons dit ook maar nie kon bekostig nie," lieg hy gladweg. "Die wisselkoers maak dit maar moeilik vir 'n polisie-amptenaar om met oorgawe vakansie te hou!"

Soos dit sy gewoonte is, gaan Mgantho tydsaam deur 'n lys sake, maar Vusi luister nie regtig nie. Sy gedagtes bly by sy onmiddellike probleem. Hy weet hy sal Koza kan manipuleer, maar die verdomde speurder wat by die saak betrokke is, kan dinge kompliseer.

Die laaste punt op Mgantho se agenda slaan hom soos

222

'n vuishou tussen die oë. Dié keer gee hy sy onverdeelde aandag.

"En dan, ons spesiale aksie-eenheid in Kaapstad is besig om 'n saak van onwettige wapenhandel te ondersoek. Skynbaar Suid-Afrikaners wat daarby betrokke is. Die CIA het die versoek gerig dat ons moet ingryp. Die sindikaat versprei wapens aan Afrika-rebelle en nou glo ook aan die Taliban. Direkteur Wessels en superintendent September werk aan die saak. Ek wil hê jy moet hul vordering namens my monitor. Ek het deesdae net te veel hooi op my vurk om nog daaraan ook aandag te gee."

Vusi se mond is skielik kurkdroog. "Het hulle al verdagtes geïdentifiseer?"

Genadiglik skud die ou man sy kop. "Nee, maar hulle is besig om planne te beraam om hulle vas te trek. Ek het lank laas met Wessels gepraat. Dalk moet jy hom bel en sê jy is nou die skakelman. Of dalk moet jy maar 'n draai by hom in die Kaap gaan maak." Hy glimlag. "Onthou net, Wessels is paranoïes oor die vertroulikheid van sy ondersoeke. Hou dié inligting maar stil."

"Hoekom ondersoek ons aksie-eenheid in die Kaap dit? Hoekom nie ons span hier in Gauteng nie?" Hy weet wat die antwoord gaan wees, maar wil bevestiging vir sy nare vermoede kry.

"Hulle inligting dui daarop dat die sindikaat uit Kaapstad opereer."

Toe hy klaar is by Mgantho, sê Vusi vir sy sekretaresse hy het agterstallige werk om in te haal en hy wil nie gesteur word nie. Hy sluit sy kantoordeur agter hom. Party van sy kollegas dink dis hul goeie reg om ongenooid in te stap.

Hoe die CIA van Haarhoff se bedrywighede bewus geraak het, kan hy nie raai nie. Ben het hom die versekering gegee hul kontakte en metodes van verspreiding is onnaspeurbaar. En vir die afgelope nege jaar het hy hom geglo. Hul operasie het soos 'n doeltreffende masjien geloop. Dit klink nie vir hom of Wessels-hulle die sindikaat al geïdentifiseer het nie, maar dit is ontstellend hulle weet sake word uit die Kaap bedryf.

Wessels is 'n verbete bliksem. As hy eers gebyt het, laat los hy nie. Dit het hom drie jaar geneem om die dwelmnes in die Kaap oop te krap, maar hy het nooit in dié tyd moed opgegee nie.

Indien Wessels Brink van Dyk se e-posboodskap onder oë moet kry, gaan dit net 'n kwessie van tyd wees voor Haarhoff en uiteindelik hyself aan die pen ry. Sy eerste prioriteit is nou om te verhoed dat Koza en sy speurder daaroor praat.

Gelukkig opereer die aksie-eenheid in 'n vakuum en het hulle selde kontak met die ander eenhede in die Kaap – wat eintlik 'n fout is, maar wat in hierdie stadium in Vusi se guns tel. Die moontlikheid is egter nie uitgesluit dat Wessels met die stasiebevelvoerders in die Skiereiland kan gesels nie. Vusi is nie op hoogte van hulle alledaagse prosedures nie.

Hy peins nie lank voor hy Koza skakel nie.

"Hi, kameraad Koza," groet hy. "Hoe gaan dit in die Kaap? Verlang jy nie al terug na die Hoëveld nie?"

Koza lag verleë. "Soms, ja, veral noudat dit hier winter is."

"Ek het vanoggend met kommissaris Mgantho oor jou gesels. Ek dink dit is tyd dat ons na jou posisie kyk. Jy doen goeie werk. Ek het 'n vermoede 'n bevordering wink vir jou."

"Dankie, kameraad Labela, ek . . . ek waardeer dit."

Labela kan hoor hy is uit die veld geslaan. Hy dink nie

veel van Koza nie. Koza het in 'n stadium saam met hom gewerk. Hy's 'n lui donner, maar dit kan nie kwaad doen om 'n bietjie heuning om sy bek te smeer nie.

"Kameraad, ek bel eintlik oor die inligting wat julle bekom het in die Van Dyk-moordsaak."

"Ja, ja," sê Koza, kennelik gretig om te wys hy weet wat aangaan in sy eenheid. "Ons speurders het my ingelig. Ek verstaan van hulle die vennote van die vermoorde in die vervoerbesigheid werk saam met die polisie aan 'n saak."

"Kameraad, luister mooi. Gee aan jou speurders die opdrag om hulle op die moordsaak toe te spits. Hou gouer hulle vergeet van die inligting wat hulle by Van Dyk se vrou gekry het, hoe beter vir hulle en uiteindelik vir jou en jou stasie. Ons is op die rand van 'n groot deurbraak. Ek gaan nie toelaat dat enigiemand nou ons saak beduiwel nie. Menere Haarhoff en Malan het hulle eie lewens op die spel geplaas deur hierby betrokke te raak. Ek is persoonlik in beheer van die operasie en dit is tans my topprioriteit om die saak met die hulp van ander hoë amptenare op te los. Haarhoff-hulle is eerbare mense wat in die verlede al groot bydraes tot ons land se veiligheid gemaak het. Hulle firma het 'n jaar gelede sewentien mobiele polisiestasies aan ons geskenk. Dis daarom dat ons die vrymoedigheid gehad het om hulle by die saak te betrek. Hulle het ons deur hul vervoernetwerk in Afrika toegang gegee tot mense wat ons in ons wildste drome nooit sou bereik nie. Ek sal jou later op hoogte bring."

"Kameraad, ek sal persoonlik sorg dat Kasselman en Els . . . die speurders . . . hulle nie hiermee inmeng nie," sê Koza met groot nadruk.

"En, kameraad, nie 'n woord hieroor teenoor iemand anders nie, insluitend enige ander polisie-amptenaar.

Verduidelik dit ook só aan jou speurders. Vra hulle om die Van Dyk-vrou in te lig die e-pos hou geensins met die moord verband nie. Ons wil nie hê sy moet na die media hardloop met die storie nie."

"Laat dit aan my oor, kameraad Labela. Ek sal dit hanteer."

Vusi drink twee hoofpynpille voordat hy vir Wessels bel. Wessels is soos 'n geslote boek. Hy moet die inligting uit hom trek. Mgantho is reg, Wessels is paranoïes. Vusi is verlig om te hoor hulle weet nog nie wie die sindikaat bedryf nie. Wessels is vaag oor hul werkswyse om die sindikaat bloot te lê. Dit klink nog nie of hulle 'n spesifieke plan in plek het nie, maar hy weet nie of hy die man kan glo nie.

Na hul gesprek maak hy 'n oproep na Ben. Daarna sukkel hy om op sy werk te konsentreer. Wessels se bedrywighede bly by hom spook.

Hy dink lank oor hoe hy te werk sou gaan om 'n sindikaat op te spoor.

39

Kassie sukkel om sy oë oop te hou. Die laatoggend-son-netjie skyn skuins oor sy lessenaar by die stasie se ven-ster in. Hy sit vooroor, sy elmboë op die lessenaarblad geanker, sy kop tussen sy hande gestut. Hy moes nie gis-teraand tot wie weet watter tyd met sy seëls besig gewees het nie.

Hy knipper 'n paar keer sy ooglede voordat hulle toe-val. Hy dommel in. Hy droom hy kyk by die woonstel na sy seëls. Sy volledige versameling is op 'n groot ovaal-vormige tafel uitgepak. 'n Rukwind kom skielik op, dit swiep die seëls die lug in en waai dit by 'n groot venster uit. Hy gryp verbete na die Hepburn-seël, wat sy vingers telkens net-net ontglip . . .

Dan klap iemand hom op sy rug. Die Hepburn-seël fladder by die venster uit. "Kassie!" hoor hy. Hy skrik met 'n ruk wakker, voel iemand se hand rus op sy skouer.

Dit is Els. "Wat doen jy dan so half aan die slaap hier?" vra hy met 'n lag in sy stem.

"Ek slaap nie, ek dink sommer," antwoord Kassie vies. "Jy bekruip 'n mens soos 'n bleddie dief in die nag."

"Jammer, Kassie, maar ek moes jou 'n wake-up call gee. Koza soek ons twee dringend in sy kantoor."

"Nou?"

"Jy weet hoe is Koza . . . Nie nou nie, nóú!" sê Els.

Kassie kom orent uit sy stoel, raap 'n pen en 'n notaboek op. "Nou toe, laat ons gaan hoor wat sy storie is."

Koza wys hulle moet sit toe hulle inkom. Sy lessenaar is nog skoner as Haarhoff s'n. 'n Klein blompotjie met 'n verlepte roos is die enigste item op die blink eikehout. Die rakke teen die muur agter hom is dolleeg. Kassie wonder of Koza enige papierwerk in sy kantoor aanhou. 'n Spanfoto van Kaizer Chiefs teen een van die mure is die enigste teken dat die groot kantoor deur iemand beset word.

Koza tuur na sy hande op sy lessenaar. "Ek het pas oor die foon met kommissaris Labela gesels. Haarhoff het nie gelieg nie. Dis 'n baie sensitiewe saak . . . baie sensitief," beklemtoon hy. "Dit kry aandag op die hoogste vlak. En as enigiemand anders nou daaraan neuk, kan dit 'n jare lange ondersoek kelder."

Hy kyk op, sy oë dodelik ernstig. "Ek kan nie eers die besonderhede daarvan met julle bespreek nie. Dis hoogs vertroulik. En dit het niks uit te waai met Van Dyk se moord nie. As ek julle volledig oor dié ding kon inlig, sou julle ook besef het hoe belaglik dit is om Van Dyk se moord daaraan te probeer koppel. Dit is twee heeltemal afsonderlike aangeleenthede. Vertrou my gerus met dié een."

Hy beduie na Kassie se notaboekie. "Skryf neer daar in jou boekie. Julle moet nou die volgende goed doen. Bel Van Dyk se vrou sommer nou en verduidelik vir haar die e-pos het niks met haar man se dood te doen nie. Maak 'n storie op as julle moet. Ons wil nie hê sy moet begin rondpraat daaroor nie."

Hy hou twee vingers in die lug. "Tweedens vat julle daardie verslag oor gister se gebeure en vernietig dit. Skryf 'n nuwe verslag vir die dossier sonder enige verwysing na die e-pos of julle gesprek met Haarhoff."

Hy leun met sy arms op die lessenaar. "Derdens, kry vir julle 'n paar uniforms vir môre bymekaar en gaan weer na Van Dyk se huis. En julle fynkam daai erf, huis en park van voor af vir leidrade. Hoe meer ek daaroor dink, hoe meer besef ek ons het met 'n gewone inbreker te doen, 'n rondloper wat wou steel en nie noodwendig wou moor nie."

Kassie skud sy kop. "Maar ons was mos al deur daai scenario. Inbrekers steel nie 'n ou aktetas en afgeleefde skootrekenaar as die hele huis vrot lê van die skatte nie."

Koza vererg hom bloediglik. Hy verhef sy stem. "Kassie, as jy nie kans sien daarvoor nie, sit ek ander speurders op die saak. Bepaal jou by die feite. Daar is 'n park vol leeglêers langs die huis. Dit móét een van hulle gewees het. Die bliksem was natuurlik haastig om weg te kom nadat hy Van Dyk doodgeslaan het. Hy het net gegryp waarop hy sy oë kon lê. Wie sê daar was nie 'n hoop geld in die aktetas nie?"

Kassie merk op Els gedra hom weer soos Knikkoppie, maak of hy met elke woord van Koza saamstem. Dit gaan nie help om Koza nou teen te gaan nie. Hulle sal môre maar weer by die Van Dyk-huis gaan soek. Heel moontlik tevergeefs, maar hy wou in elk geval nog met Van Dyk se vrou oor 'n paar sakies gesels. Hy kan nog altyd sy eie nie-amptelike dossier bygewerk hou.

"Ek vertrou dat julle die saak nou netjies gaan hanteer," sê Koza. "Ek moet dringend Johannesburg toe gaan vir sake. Ek is oormôre terug, dan kan julle hieroor verslag doen."

Hulle loop uit. Els stamp met sy elmboog aan Kassie. "Wat sê jy nou? Back to square one?"

"Ja, dit lyk vir my so," antwoord hy met 'n sug. Hy is

nie lus om dit verder met Els te bespreek nie. "Gaan ver-nietig jy maar vir ons gister se verslag. En gorrel iets oor ons bedrywighede van gister. Ek sal die vrou bel."

Hy stap na sy lessenaar, trek die onderste laai oop om seker te maak die afskrifte van Van Dyk se e-pos lê nog daar. Hulle is nog ongeskonde. Hy haal 'n klomp doku-mente uit die tweede laai en sit dit bo-op die e-posafskrif-te neer. Net ingeval iemand hier begin rondkrap. Hy sal dit vanaand huis toe vat en in sy kluis gaan bêre.

Hy moet toegee, hy is verras met Labela se reaksie. Dan moet daar tog seker waarheid in Haarhoff se storie steek? Hy byt nog swaar daaraan, maar sal dit vir eers moet aan-vaar. Hy het g'n ander keuse nie.

Hy stap na die kafee om die hoek, koop 'n Creme Soda en 'n Crunchie en gaan sit sommer op die trappies. "Die stairs is vuil, Mister Kasselman!" roep Johnny die Griek van agter die toonbank. Kassie steur hom nie daaraan nie. Sy broek is donkergrys en sal nie vuil kolle wys nie.

Hy klap sy tong genoeglik na die eerste sluk groen koeldrank en neem 'n hap van die Crunchie. Hy dink daaraan dat hy Van Dyk se vrou moet gaan bel, maar hy sukkel om die lastige vrae oor die saak af te skud.

40

Sy oë raak stadig gewoond aan die donker nag. Toe die vragmotor wegtrek, voel Carl hoe die spanning in sy lyf opbou. In Suid-Afrika was hy gedurende sy dwelmtaak in vele situasies waar sy nekhare gerys het, maar hy het die omgewing, die skadukarakters en hul metodes soos sy handpalm geken. Die landskap van Somalië is vir hom so vreemd soos die kraters op die maan, die kultuur van dié mense met wie hy besigheid moet doen heeltemal onbekend. En sy lot is in die hande van 'n vreemdeling.

Hy hou die man agter die vragmotor se stuur dop. Sy oë is klein en swart, sy gesigsuitdrukking ongenaakbaar soos die dorre landskap. Hy kyk soos 'n meerkat senuweeagtig rond. Hy praat min, rook een sigaret na die ander. Hy het vir Carl gesê om nie sy veiligheidsgordel vas te maak nie. "As iets verkeerd loop, wil 'n mens vinnig wegkom." Wat nie noodwendig Carl se senuwees gekalmeer het nie.

Dinge het die afgelope twee dae vinnig gebeur. Die wapens moes binne agt en veertig uur na sy besoek aan Adaka in Somalië afgelewer word. Gelukkig het hy al vroeër 'n rekening by die bank in die naam van Carl Weideman geopen. Hy het sy bankbesonderhede deurgefaks na 'n nommer in Mogadisjoe. Die rebelle het kort daarna 'n deposito van twintig persent in sy bankrekening inbetaal. Skynbaar is sy Adaka-verwysing as goed genoeg beskou

231

dat hulle hom ten volle vertrou. Hy en Leroy September het self die wapens in die Kaap in kratte verpak.

Die CIA het verkies om nie ingelig te word vir wie die wapens bestem is nie. "Dis maar 'n blerrie lafhartige veiligheidsmeganisme aan hulle kant. Hulle wil hulself net cover as die sending 'n balls-up is en dit op die lappe kom. Hulle was steeds nie lekker oor ons voorstel dat die verskaffing van wapens aan die rebelle die beste manier is om die sindikaat se aandag te trek nie," het September gesê. "Maar ons kan fokkol daaraan doen. Ons moet dit maar sluk. Sonder die CIA se samewerking sou daar nie genoeg wapens vir die bestelling gewees het nie."

September het aan Carl vragdokumente verskaf wat aangedui het die wapens is bestem vir die grootste militante faksie, 'n stam genaamd Habr Gedir in die suide van die land. Dit sou die veiligste roete wees in die staatlose Somalië, wat in 'n bloedige burgeroorlog gewikkel is. Die radikale Islamitiese faksie waarvoor die wapens eintlik bestem is, wil dit juis inspan om Habr Gedir te onttroon. Hulle word deur die meeste Somaliërs in die suide as die muishonde van die oorlog beskou.

Daarna is die taak aan Carl oorgelaat om die wapens in Somalië te kry. Weens die knap spertyd was 'n roete langs die see na die Horing van Afrika buite die kwessie. Buitendien was die kanse nie uitgesluit dat Somaliese seerowers op die vrag wapens kon toeslaan nie. Hy het geen ander uitweg gehad as om sy vrag luglangs te vervoer nie. Hy was gelukkig. 'n Kaapse maatskappy wat in langafstand-lugvervoer spesialiseer, het 'n vragvliegtuig beskikbaar gehad. Hulle was bereid om die vrag in Ethiopië af te lewer, maar het nie kans gesien vir die oorloggeteisterde Somalië nie. Carl het van Sammy Kim die naam van 'n kontakman in Ethiopië gekry, wat die vrag daar in 'n vragmotor sou oorlaai en dit oor die Somaliese grens na die buitewyke van Mogadisjoe sou vervoer.

Die Islamitiese faksie se deposito van twintig persent het baie gehelp, anders weet hy nie hoe hy die vlugkoste en die Somaliese kontakman in Ethiopië sou betaal het nie. Hy weet nou hoekom die sindikaat nie 'n kommissie van sestig persent aan Adaka kan afstaan nie. Saam met die vervoerkoste sou dit hul winsgrens 'n helse knou ge-gee het. Die CIA sou wel later dié uitgawes vereffen het, maar daar was nie tyd om daarvoor te wag nie. Hy het saam met die vrag gevlieg, op 'n verlate vliegveld teenaan die Somaliese grens geland en die kontakman, Moham-med Baka, gehelp om die wapens oor te laai in die vrag-motor wat ook net mooi genoeg bakruimte gehad het om die twintig kratte te akkommodeer.

September het goeie werk gedoen met die vervalste vragdokumente. By die Somaliese grens is dit met geen agterdog bejeën nie. Na 'n lang gesprek tussen Moham-med en die Habr Gedir-gesinde grenswagte is hulle deur-gelaat sonder dat die vragmotor deursoek is.

Maar kort anderkant die grens het Mohammed op 'n verlate grondpaadjie onder 'n plaat bome afgetrek. Hulle moes vir die donker wag voordat hulle verder kon ry. "Te gevaarlik in die daglig," het hy gesê. "Jou vragdokumente gaan nie veel beteken as ons afgetrek word nie. As enige ander faksies buiten Habr Gedir ons voorkeer, gaan hul-le die vragmotor plunder. As Habr Gedir dit doen, gaan hulle beslag lê op die wapens wat volgens jou dokumente vir hulle bestem is. Ons moet maar net hoop daar is nie padblokkades in die aand nie."

Hy moet opgemerk het Carl lyk senuweeagtig. "Maar ek sal op die agterpaaie bly. Dan behoort ons veilig te wees. Dit is nie die eerste keer dat ek dié roete doen nie," het hy vinnig bygevoeg, wetende die ander helfte van sy fooi word eers met die suksesvolle aflewering oorbetaal.

Om wapens in Somalië af te lewer moet selfs vir die mees ervare smokkelaars 'n beproewing wees, het Carl gedink nadat hy inderhaas moes oplees oor dié streek. Die land het 'n gewelddadige streep. Verskeie milisiegroepe voer die afgelope twintig jaar oorlog met mekaar. Hernieude gevegte het in die afgelope paar maande honderde mense se lewens geëis en 'n geskatte miljoen inwoners moes sedert 2007 uit hul huise in Mogadisjoe vlug. Daar heers 'n noodtoestand en die land beleef tans die wêreld se ergste en mees verwaarloosde humanitêre krisis.

Boonop is Somalië gereeld in die nuus oor die wrede strawwe wat uitgevoer word op burgerlikes wat steel. Hande en voete word vir die geringste oortredings afgekap. Carl sidder om te dink wat met hom kan gebeur as dit aan die lig kom hy voer die muishond-rebelle met wapens.

Mohammed kies koers deur die veld. Hulle ry stadig en hy moet sy oë tot die uiterste inspan om groot klippe te vermy. Toe hulle op 'n grondpad beland, flikker die ligte van 'n dorpie in die nabyheid. Hulle ry stadig deur die nou straatjies. Oral staan soldate met die alomteenwoordige AK's in groepies en gesels.

In die flou lig wat uit die huise skyn, merk Carl op die vroue op straat is in swart geklee, hul gesigte bedek. Hy het gelees alle vroue word deesdae verplig om só aan te trek. Die Moslem-fundamentaliste dring daarop aan en vroue wat anders aantrek, soos hulle wel in die verlede toegelaat is, kan met hul lewens boet.

Buite die dorp beland 'n rondloperhond onder die vragmotor se wiele. Mohammed verroer nie 'n ooglid nie, brom bloot iets. 'n String kamele kruis die pad 'n entjie verder. Hy klim op die toeter en skreeu iets vir die opgeskote kameelwagter. Hy hou sy truspieëltjie dop toe hulle wegry, skreeu weer iets. Hy buig laag oor die stuurwiel, wys vir Carl om ook skuiling te neem en trap die versneller met mening in. Geweerskote klap teen die vragmotor se romp. Mohammed swets. "As ek nie so haastig was nie, het ek omgedraai en die fokken klein idioot gaan platry."

Nie 'n land vir sissies nie, dink Carl terwyl sy hart wild klop.

Hulle kies koers op 'n treurige veldpaadjie en hoor in die verte die gedonder van vuurwapens. "Somaliese agtergrondmusiek," sê Mohammed met 'n skewe glimlag.

Dit voel vir Carl of die tog nooit gaan eindig nie. Die vragmotor kreun en klim oor die hindernisse van die klipperige omgewing, versnel wanneer hulle 'n gelykte kry. In 'n stadium draai hulle om. Mohammed het ligte in die pad voor hulle gevaar. "Dit kan 'n padblokkade wees," sê hy. Hulle ry vir 'n uur uiters stadig deur die veld, vat dan weer die pad.

Na wat soos 'n ewigheid voel, kondig Mohammed uiteindelik aan hulle het hul bestemming bereik. Vir Carl lyk dit aanvanklik asof hulle maar net in die middel van 'n veld staan. Die donker nag het alle vorme verswelg. Dan gewaar hy die buitelyne van 'n sinkgebou onder 'n plaat bome. In die verte kan hy die liggies van Mogadisjoe sien.

Hulle wag 'n uur, maar daar is steeds geen teken van die rebelle se kontakman nie. Carl voel ongemaklik. Hy kyk op sy horlosie. Dit is halfdrie in die oggend en Abhir, die rebelle se kontakman, het telefonies met hom afgespreek dat hy hulle eenuur by die bestemming sal inwag. Dit is onheilspellend stil en Mohammed kyk elke minuut

235

op sy horlosie terwyl hy die een sigaret met 'n kooltjie van die ander aansteek.

Carl se moed sak in sy skoene toe Mohammed sê: "Ons kan nie baie langer wag nie, daar moes iets met Abhir gebeur het. Dis gevaarlik om hier te sit. 'n Mens weet nie of iemand iets uitgevind het oor die wapens nie en of Habr Gedir-rebelle hierheen op pad is nie." Hy kyk na Carl. "Daai fokkers kan inligting uit enigiemand kry." Hy grynslag. "Gewoonlik met 'n vuurwarm tang."

"Is jy seker dis die regte plek?" vra Carl, maar Mohammed wys hy moet stilbly, iets kom aan. Terwyl Mohammed sy AK gereed hou, tuur hulle gespanne die donkerte in. Carl hoor skielik ook die dreuning van 'n voertuig, maar sien nie ligte nie. Dan word die enjin afgeskakel. Hulle sit vooroor om beter te kan sien. Tien geluidlose minute tik verby.

Hulle hoor te laat die geknars van skoene op gruis. Die loop van 'n AK47 verskyn deur die oop ruit aan Mohammed se kant. "Los julle wapens," kom die bevel in Engels. Mohammed se hande skiet omhoog, sy oë groot geskrik. "Hou jou hande omhoog," beveel hy Carl dringend.

Die man met die AK, sy gesig nie vir Carl sigbaar nie, skreeu 'n bevel wat Carl nie verstaan nie. Die ander voertuig se enjin word weer aangeskakel.

Hulle gewaar eers die Volkswagen Kewer toe dit twintig meter van hulle af is. Die motor se kopligte word aangeskakel sodat dit in die vragmotor se binneruim skyn. Hy en Mohammed staar na die lig, hul arms steeds omhoog. Dan word die ligte afgeskakel.

Toe 'n man uitklim en naderkom, herken Mohammed hom. "Dis Abhir!" sê hy verlig.

'n Tengerige mannetjie in 'n geskeurde groen oorpak kom staan langs die gewapende man by die oop ruit. Hy glimlag, druk die geweerloop uit die pad, sê iets en maak die deur aan die passasierskant oop. "Jammer as ons julle laat skrik het, ons moes seker maak dit is nie 'n lokval nie," sê hy in Engels. Hy groet Mohammed met uitgestrekte arms. "Ons het probleme gehad, daarom dat ons laat is." Abhir se kop het 'n verband om, 'n groot bloedvlek op die materiaal sigbaar.

Die verligting spoel stadig deur Carl se styfgesnaarde liggaam. Hy was sekondes tevore nog doodseker hy staar sy laaste oomblikke in die gesig.

Hulle help Abhir en sy makker om die kratte te dra na die sinkgebou. 'n Paraffienlamp bied die enigste lig en Mohammed moet dit vir Abhir vashou sodat hy die masjiengewere en handgranate kan tel. Die man se makker staan buite met sy AK47, sy oë turend die nag in. Abhir skryf alles tydsaam op 'n vuil vel papier neer en gebruik 'n sakrekenaar om die getalle op te tel.

"Dit lyk reg só," sê hy vir Carl. Hy haal 'n selfoon uit en maak 'n oproep. Hy praat vinnig en opgewonde. Toe hy klaar is, sluit hy die sinkgebou se lamlendige deur toe met 'n lywige slot.

"Die uitstaande geld sal vanoggend nog in jou rekening inbetaal word. Ons sal weer vir Henry vra jy moet vir ons wapens bring," laat hoor hy met 'n glimlag. "Dit was goeie werk dié."

Carl hoop van harte die sindikaat gaan gou met hom kontak maak. Hy weet hy sien nie weer kans vir 'n Somaliese sending nie.

Die tog terug verloop glad. Op die grens tussen Somalië en Ethiopië wag 'n ligte vliegtuig vir hom, soos hy gereël het. Dit is bevrydend om die stof van dié woestynland van sy voete af te skud.

Na 'n vermoeiende dag lange vlug en 'n paar petrolstoppe in ander Afrika-lande, land hy vroegaand in Johannesburg. Hy bel September onmiddellik.

"Alles het seepglad verloop."

"Great! Nou wag ons dat Adaka die volgende move maak. Jou dalk weer kontrakteer vir 'n job. Sy sindikaat sal gou begin vrae vra," sê September.

Na sy gesprek bel hy Amelia op haar selfoonnommer. Dalk is sy al terug van Nigerië. Hy dink aan haar goddelike lyf, haar ferm borste, haar slanke bene. Sy antwoord nie. Hy gaan drink koffie by 'n restaurant by die lughawe en probeer 'n halfuur later weer. Geen antwoord nie.

Hy bel die wulpse kreatiewe direkteur wie se nommer hy in die Kaap op sy foon gestoor het. Sy antwoord en is verheug om sy stem te hoor. Sy bied aan om hom op die lughawe te kom haal. "Dan gaan eet ons by my favourite restaurant en dan bly jy sommer vanaand by my oor," stel sy voor.

41

Die son bak genadeloos op hul moeë lywe neer, die moe-rasplantegroei aansienlik yler as teenaan die rivier se sytakke. Hulle loop dertig meter uit mekaar sodat hulle alle moontlike hoeke kan dek. Albei se oë is opgeslaan na die blou lug, soekend na tekens van rook.

Ryan staar nikssiende die verte in. Hy wonder of Lea die nuus gekry het dat hulle ontsnap het. Moontlik is dit nog nie eers bekend nie. Die rebelle sou nie daarmee te koop geloop het nie. Hy wonder oor die geveg van twee dae gelede. Sou dit Nigeriese troepe wees wat hul kamp aangeval het?

Sy gedagtes word onderbreek deur 'n vreemde stem. Hy kyk in Kiernan se rigting. Dié staan met sy arms om-hoog. 'n Skoot knal, 'n koeël maak 'n modderspatsel in die wal voor die Ier se voete. Kiernan trek van vrees in-mekaar. Hy gaan sit in 'n hopie, sy arms steeds bo sy kop uitgestrek. Hy sê iets, maar Ryan kan nie uitmaak wat nie.

Ryan sluip in agter 'n plant met groot, stekelrige blare. Hy trek die blare versigtig weg, sien die man met 'n AK stap dreigend nader aan Kiernan. Dit is duidelik 'n re-bel, kaalbolyf, wit strepe oor sy glinsterswart lyf geverf, 'n panga skuins in sy gordel gedruk. Hy het Ryan nie raak-gesien nie. Hy hou die AK op Kiernan gerig en gaan staan met sy rug na Ryan gekeer, sowat vyftien meter van hom af. Ryan kyk rond, maar gewaar geen handlangers in die omgewing nie.

"Wat soek jy hier alleen?" skreeu-vra die man in Engels.

"Ek . . . ek het afgedwaal van ons kamp . . . verdwaal," hoor hy die Ier se huilerige stem.

Ryan besef Kiernan is in lewensgevaar. Hy kyk vervaard rond, gryp 'n boomstomp wat naby hom lê. Dit is nie veel groter as 'n stomp wat in 'n kaggel sou pas nie, maar dit voel swaar genoeg om skade aan te rig.

Hy tree agter die plant uit. Die angs slaan in koue sweet op sy voorkop uit. Hy kan nie bekostig om 'n geluid te maak nie. Hy sien Kiernan se oë verskuif vir 'n sekonde na hom terwyl hy gebukkend in die rebel se rigting beweeg, maar hy kyk vinnig weg. Kiernan praat onsamehangend. "Ek . . . ek . . . het in vrede gekom . . . en soek net water . . ."

"Werk jy vir 'n oliemaatskappy?" vra die rebel bars. Hy lig sy AK dreigend.

Die vrees sit groot en wit in die Ier se oë. "Nee, nee, ek help die plaaslike mense . . . Ek doen sendingwerk!"

Kiernan se histeriese krete maak dit vir Ryan moontlik om vinniger te beweeg. Hy is naby die man, hy ruik sy sweet. Hy sien die angs in Kiernan se blik. Dan trap hy 'n dooie tak raak, twee meter van die rebel af.

Die man se kop ruk en hy swaai wild om, maar sy AK haak vas teen die panga. Dit gee Ryan kans om vorentoe te spring. Hy slaan die rebel hard met die stomp teen die kant van sy kop. Hy verloor sy balans, val agteroor, die AK nog in sy hande geklem, die panga spat in Kiernan se rigting.

Die Ier gryp dit en storm op die halfbedwelmde man af.

Hy hou die panga in albei hande omhoog en plant dit met 'n kragtige beweging en 'n brullende kreet in die rebel se nek. Die bloed spuit in 'n boog langs die lem uit. Die man se oë dop om, hy roggel onaards terwyl hy rukkend sy keel vashou. Kiernan gryp die AK en wil 'n skoot in sy bors afvuur, maar Ryan keer hom. "Moenie! Hier kan ander in die omgewing wees. Hulle sal die skoot hoor."

Hulle kyk in stille afgryse hoe die rebel doodbloei. "Fok," is al wat Kiernan uitkry. Dan sleep hulle die lewelose liggaam tussen 'n klomp struike in. "Kom ons fokkof so vinnig as wat ons kan," hyg Kiernan.

Kiernan neem die AK, Ryan die panga. Hulle hardloop gebukkend na die beskerming van digter plantegroei. Ryan se mond is uitgedor en sy bors brand. Hy hoor hoe Kiernan agter hom blaas. Hulle het vanoggend druppels van plante se blare afgelek, maar sedertdien nog nie drinkbare water opgespoor nie.

Daar is vandag ook geen teken van die moesonreën nie. Hulle het darem Donald se blikkies boeliebief en mielies saamgevat en dit die afgelope twee dae tussen hulle verdeel, 'n happie of twee op 'n slag. Nie een van hulle is 'n kenner van die wilde vrugte in die moeras nie. Hulle kan allermins bekostig om iets giftigs in te kry, maar die hongerpyne is nou al amper ondraaglik. Die gebrek aan kos en genoegsame water het hul kragte getap.

"Dink jy hulle soek na ons?" vra Kiernan.

"Dit het nie so gelyk nie. Die rebel het toevallig op jou afgekom. Hoekom hy alleen was, weet ek nie."

Hulle besluit om soveel kilometers as moontlik tussen hulle en die dooie rebel af te lê. As hy naby aan 'n rebellekamp rondgeloop het, wil hulle vinnig uit die omgewing wegkom. Hulle beur met hernieude krag tussen digte plantegroei, oorhangende boomtakke en olifantsgras deur langs een van die rivier-sytakke. Ryan span die panga in om hul tog makliker te maak. Maar die koeke modder pak dik saam aan hul skoensole en laat hulle stadiger beweeg. Die spiere in Ryan se lyf pyn. Hy weet nie hoe lank hy nog teen dié tempo sal kan aanhou nie.

Hulle steek 'n smal vertakking in die rivier oor. As daar ander rebelle is, is hulle ten minste op die oorkantste oewer. Hulle beur met die hulp van die wortelbome hul pad oop deur die stadig vloeiende bruin slykwater. Naby die oewer is hulle verplig om hul wapens in die plante teenaan die oewer te gooi sodat hulle ook hul hande kan inspan om aan wal te kom.

Die oewer is geplavei met seepgladde palmneutdoppe, die erfenis van 'n vorige era. Ryan het gelees die Britte het die Delta in die negentiende eeu vir die ontginning van palmolie oorgeneem. Dié doppe, wat oral langs die rivier ingemessel is, is oorblyfsels van die swart slawe van daardie tyd se hande-arbeid.

Teen laatmiddag, toe die son stadig agter die bome begin inkruip, besluit hulle om vir die eerste keer te rus. Hul lywe is warm en seer. Die muskietbyte brand soos kole. Die skerp punt van 'n gebreekte bamboes het Kiernan se kuit oopgekloof. Ryan skeur 'n reep van sy hemp af en verbind die wond.

Hulle praat nie. Albei is gedehidreer. Vir Ryan voel dit asof hy nie meer helder kan dink nie. Hulle het drinkwater dringend nodig, maar 'n mens kan nie waag om van die riverwater te drink sonder dat dit gekook is nie, maal dit deur sy gedagtes. Dit is soveel kere by Star Petro se inisiëringskursus in Nigerië by hulle ingedril. Hulle maak hul lippe in 'n poel water nat, maar drink nie daarvan nie.

Kiernan kyk skielik op. "Ek ruik rook," sê hy en staan op, sy neus soos 'n bloedhond s'n snuiwend in die lug.

Ryan ruik dit ook. Iewers in die omgewing maak iemand 'n kampvuur. Hulle wriemel stadig deur die plantegroei agter die rookreuk aan.

Skaars vyftig meter verder sien hulle die gehuggie. In 'n mensgemaakte oopte staan 'n tienstuks modderhutte. 'n Paar vroue en kinders is besig om hout op 'n groot kampvuur te gooi. Twee mans dra 'n groot swart pot nader. Hulle lag en gesels luidrugtig.

"Kom ons los die wapens hier," fluister Ryan vir Kiernan, "ons wil hulle nie op hol jaag nie. Dit lyk nie of hier rebelle rondhang nie." Kiernan lyk nie gretig om die AK te los nie, maar sit dit tog langs die panga teen 'n boom onder 'n sambreel varings neer.

Toe hulle uit die ruigtes te voorskyn kom, hang 'n onheilspellende stilte oor die gehuggie se geskokte inwoners. 'n Ou man kom versigtig nader gestap. Hy strek sy hand na Ryan en Kiernan uit. "Welkom by Owiji," sê hy vriendelik in Engels.

Hulle groet terug, sê hulle het verdwaal in die moeras. "Ons was besig om aan 'n stukkende oliepyp te werk. Daar was 'n skietery en ons het weggekom," sê Ryan. Hy besluit dit sal beter wees om niks oor die gyselaarskamp te sê nie. "Hoe ver is ons van die naaste dorp af?"

Die grysaard skud sy kop. "Baie ver, maar ons sal kan help." Hy kyk om na een van die vroue en wink haar nader, praat dan vinnig in 'n inheemse dialek. Die vrou kom aangehardloop na hulle. Sy bring 'n selfoon te voorskyn. Die ou man glimlag, 'n gaping waar sy voortande was. "Julle is gelukkig. My dogter het vandag van die dorp gekom."

Hy beduie na 'n oop stuk grond teen 'n klein heuwel op die rand van die gehuggie. "Gaan staan daar. Julle behoort daar 'n sein te kry. Ek sal vir die mense met wie julle praat, verduidelik hoe om hier uit te kom. Hulle sal 'n helikopter moet stuur, anders sal julle hier moet oornag. "

Hulle stap na die heuwel asof hulle in 'n beswyming is. Die nagmerrie is verby, dink Ryan. Hulle is ongeskonde . . . Hy leef . . . Hy gaan Lea en tweeling weer sien. Alles voel vir hom onwerklik. Trane rol langs sy wange af toe hy Star Petro se kantoornommer in Port Harcourt skakel en 'n stem aan die ander kant antwoord.

42

Peter Graves se oë is vasgenael op Amelia Smit se *Time*-artikel wat Star Petro se New York-kantoor vir hom deurgefaks het. Die Amerikaanse weergawe was al gister op straat. Intussen het elke nuusagentskap in die wêreld dit beetgekry. Verkorte weergawes was vanoggend voorbladstories in al die Suid-Afrikaanse dagkoerante.

Met die tyding dat Ryan Deetlefs die gyselaarsdrama oorleef het, was Star Petro se gekonkel ook hier groot nuus. Aanvanklik het sy sekretaresse die plaaslike media en ontstoke lede van die publiek se telefoonoproepe na hom deurgesit, maar toe het hy haar opdrag gegee om te sê geen werknemer van die maatskappy is in hierdie stadium vir kommentaar beskikbaar nie.

Peter het nie meer omgegee nie. Hy het bevry gevoel. In die verlede sou hy liters uitgesweet het om Star Petro se eer te red. Maar sy lojaliteit teenoor sy werkgewer van die afgelope twintig jaar het verdwyn. Hoewel hy deurentyd daarvan bewus was dat die maatskappy die media en die gyselaars se naastes 'n rat voor die oë draai, was Amelia se onthulling oor hul weiering om die laat aanbod van die OFN te aanvaar vir hom die laaste strooi. Dit was duidelik hul werknemers se lewens was vir Star Petro baie minder werd as drie miljoen vate olie en goeie finansiële jaarsyfers.

In die meeste dagkoerante was daar 'n advertensie van *Rapport* wat aangekondig het dat Amelia Smit in hul komende uitgawe die eksklusiewe storie van Ryan Deetlefs se ondervinding as 'n gyselaar in Nigerië aan lesers gaan bring. Peter weet hy figureer daarin, die skakelman van Star Petro se Suidelike Afrika-kantoor wat Lea Deetlefs bedrieg het met leuens en vals verklarings.

Amelia het die gedeelte wat oor hom handel aan hom gestuur vir sy kommentaar. Hy het teruggeskryf elke bewering teen hom is waar, maar hy was 'n pion van Star Petro. Hy het geen keuse gehad nie. Hy het ook geskryf hy sal as gevolg van die skokkende onthullings nie veel langer in Star Petro se diens wees nie.

Hy wou Lea al bel, deel in haar vreugde dat Ryan veilig is, maar hy het nie die moed nie. Hy weet nie of hy haar ooit weer in die oë sal kan kyk nie. Star Petro het hom van sy waardigheid gestroop, sy eerbaarheid verpletter.

Sy sekretaresse kom onderbreek sy gedagtes. Sy oorhandig 'n vel papier aan hom. "Dit kom van ons New York-kantoor," sê sy met 'n strak gesig. Sy bly staan. "Peter, die mense maak my mal. Skakelbord sit almal na my deur. Ek het die foon nou van die mik af gehaal."

Hy glimlag. "Dit is goed so."

"Wat gaan meneer Boyes sê as hy dit moet uitvind?" vra sy met angstige oë.

"Ek sal sê dit was my opdrag aan jou." Peter beduie sy kan gaan. "Loop ontspan in die restaurant. Jy kan doen met 'n sterk koppie filterkoffie."

"Is . . . is jy seker?" vra sy oorbluf.

"Doodseker."

Hy neem die vel papier, sien dit is 'n verklaring van hul hoofkantoor in New York. Star Petro se besturende direkteur is deur die direksie gevra om te bedank. Hy het reeds

246

sy kantoor ontruim. Die maatskappy se aandeelprys het sedert gister met vyftien persent getuimel op Wall Street. Werknemers word gemaan om nie paniekerig te raak nie, die direksie het die situasie onder beheer en . . .

Maar Peter lees nie verder nie. Hy frommel die verklaring op en gooi dit in die snippermandjie. Hy sit terug in sy stoel met sy voete op die tafel, sy arms agter sy kop gevou.

Hy verander nie van posisie toe hul hoofbestuurder by sy kantoor instorm nie. Voorheen sou hy op aandag gespring het, kwaai op sy senuwees omdat hy in só 'n posisie betrap is.

Boyes se mollige wange is opgeblaas, sy gesig rooi, sy mond in 'n snedige grinnik geplooi. "En as jy hier op jou gat sit terwyl die wêreld ons mal bel? Jou sekretaresse is nie eers by haar lessenaar nie en haar foon is van die mik!"

"Ek het vir haar gesê om die foon van die mik te haal. Ek is moeg om Star Petro te verdedig en nog moeër daarvoor om leuens namens Star Petro te verkoop."

"Luister, Graves," sê Boyes, sy voorvinger dreigend op Peter gerig, "ruk jou reg, of ek vra vir sekuriteit om jou uit jou kantoor te kom verwyder. Doen jou bleddie werk of skoert!"

"Ek is van plan om presies dit te doen," kom Peter met 'n glimlag uit sy stoel orent. Hy oorhandig 'n koevert aan Boyes. "My bedanking." Hy draai om, haal sy baadjie van die kapstok af en trek dit tydsaam aan.

Boyes kyk hom verslae aan. "Peter, jy's nie ernstig nie! Ons moet juis in dié tye saamstaan om die media se navrae te hanteer. Dit is van die uiterste belang . . ."

"Jy kan dit self doen." Hy verlaat sy kantoor sonder om weer in Boyes se rigting te kyk.

Toe hy in die hyser stap, glimlag hy. Dit is die eerste keer in twintig jaar dat hy 'n hoofbestuurder van Star Petro nie "meneer" nie, maar "jy" genoem het. Dit voel goed, fokken goed. Hy slaan met sy vuis 'n hou in die lug.

Dan grawe hy met bewende vingers na sy asmapompie in sy baadjie se binnesak, maar die glimlag sit nog breed op sy gesig.

43

'n Halfgerookte sigaar lê weggesteek tussen die krismisrose in die Van Dyks se blombedding waar die vermeende moordenaar waarskynlik geloop het om by die agterdeur uit te kom. Kassie weet nie of dit 'n ontdekking van enige belang is nie, maar hy krap die sigaar versigtig met 'n stokkie in 'n forensiese plastieksakkie, wys dit vir Els en sit dit in sy windjekker se sak.

Hy is al die afgelope halfuur hier op sy hurke tussen die plante op soek na nog leidrade, hoewel hy en Els in hul aanvanklike ondersoek deeglik deur die bedding gewerk het. Maar dit sou maklik wees om die sigaar oor te slaan.

Hy, Els en die twee uniforms het ook die park langs die Van Dyk-woning vanoggend weer gefynkam, maar sonder sukses. Die polisieteenwoordigheid van die afgelope tyd het die leeglêers laat spaander.

Dit sou nutteloos wees om weer die huis te deursoek. Louise van Dyk het 'n span skoonmakers gehuur om dit van hoek tot kant reg te ruk. "Ek en my huiswerker kon nie die bloedvlekke ordentlik uitkry nie," het sy gesê. "Toe kry ek maar professionele skoonmakers."

Toe hy haar gistermiddag bel oor die e-pos, het sy sy storie só aanvaar. Sy het gesê sy het klaar daarvan vergeet. Niks gaan Brink terugbring nie. Sy het buitendien

249

probleme van haar eie, waarop sy nie uitgebrei het nie.

Hy sien dit is al amper twaalfuur. Hulle het 'n volle vier uur in die park en om die Van Dyk-huis rondgekrap en geen ander noemenswaardige leidraad gekry nie. Hulle sal vanaand weer die park fynkam. Hy glo daar sal dan weer leeglêers rondhang. Dalk is hulle dié keer gelukkig genoeg om 'n ooggetuie te kry.

Hy sê vir Els hy kan maar saam met die uniforms terug stasie toe gaan. Hy het nog 'n draai wat hy wil ry, lieg Kassie. Hy is nie lus om Els teenwoordig te hê wanneer hy met Louise van Dyk praat nie. Hy gaan vrae vra wat Koza kan ontstel en hy weet nie of hy Els kan vertrou om stil te bly nie.

Toe Els-hulle vort is, klop hy aan die agterdeur. 'n Huiswerker maak die deur oop en beduie hy moet in die gang af stap, mevrou Van Dyk is in die kroegkamer. Louise van Dyk laat Kassie nogal aan Michael Jackson dink. Haar vel is bleekwit gepoeier. Haar klein neusie is effens gewip, met neusgate wat soos 'n tweede stel ogies na hom staar. Haar bruin oë is groot en word oorbe-klemtoon deur die styfgespande vel om hulle, haar lippe onnatuurlik vol, haar kennetjie skerp gepunt. Sy moes meer as een keer besoek by 'n kosmetiese chirurg afgelê het, dink hy.

Sy sit by die kroegtoonbank, 'n bottel whiskey langs haar, glas in die hand. Dit lyk of sy gehuil het, want haar oë is rooi.

"Voor ek groet, wil ek . . . ek dalk net 'n paar dingetjies uitvind," stamel Kassie terwyl hy die rye bottels drank agter die toonbank gadeslaan. Hy het nog nooit eers in 'n hotelkroeg soveel drank bymekaar gesien nie. "Ons sal vanaand die park weer kom fynkam . . . sien of ons nie dalk 'n ooggetuie kan opspoor nie."

Sy knik, beduie na 'n kroegstoel. "Sit, dan drink jy 'n ietsie saam met my. Jy was so lank buite in die goor weer."

Kassie gaan sit, maar sê: "Ek . . . ek gaan nie te lank vertoef nie, nie nou iets vir my nie, dankie."

Sy glimlag. "Nonsens, ek kan sien jy't 'n stewige dop nodig." Sy staan op en stap agter die toonbank in. Sy buk vooroor om 'n glas uit te haal. Haar borste skommel ritmies met elke beweging. "Wat kan ek vir jou skink?"

"Net 'n Creme Soda, anders 'n Coke, dankie . . . Alkohol akkordeer nie eintlik met my nie," sê hy verleë.

Sy maak sy glas driekwartvol met Coke, gooi met haar hand vier blokkies ys in.

"Jou man . . . Het hy ooit gerook?" vra hy.

"Nee, dis een sonde wat nie hy of ek ooit gepleeg het nie."

"Die tuinwerker dalk?"

"Nee, hy snuif net. Ek koop elke Vrydag 'n blikkie snuif vir hom."

Hy haal die plastieksakkie met die sigaar uit sy sak. "Vriende wat sigare rook?"

"Nee," sê sy beslis. "Dolf rook soos 'n skoorsteen, maar net sigarette."

Hy haal sy skouers op, sit die sigaar weer in sy sak. "Ek het dit in die bedding agter die huis gekry."

"Kan nie 'n boemelaar wees nie. Hulle rook nie sigare nie."

"Nee . . . nee, dis sekerlik nie 'n boemelaar s'n nie."

Hy roer die ys in sy glas met sy vinger om en lek dit vlugtig skoon voor hy praat. "Jou vriende ondersteun jou seker goed in hierdie moeilike tye?"

"Ja, Dolf en sy vrou kom elke aand oor. Ben se vrou ook soms. En nou en dan een van my tennisvriendinne."

251

Haar onderlip bewe. "Maar mense vergeet gou van jou."
Sy haal 'n sneesdoekie uit en droog haar oë af. "Ben was
nog net een keer hier. Dit is asof hy my vermy."

"Jy sê hy en jou man was goeie vriende?"

"Ja, Brink, Ben, Dolf, almal boesemvriende. Hulle was
na aan mekaar." Sy haal haar skouers op. "Ek weet nie
wat's fout met Ben nie." Sy bly vir 'n rukkie stil, neem 'n
groot sluk whiskey. "Brink het altyd gesê Ben is 'n uitste-
kende sakeman. Hulle het goed gedoen vir hulleself." Sy
kyk op van haar glas. "Met hul besigheid . . ."

"Hulle moes. Ek het gelees hulle het mobiele stasies
aan die polisie geskenk. Miljoen rand se skenking. Ek het
dit op die internet gesien. Ben was op 'n foto saam met
ons adjunkhoof."

Sy knik. "Ja, dis Ben se groot vriend. Vusi . . . Vusi,
wat's sy naam nou weer?"

"Labela."

"Ja, Vusi Labela. Ons het een aand saam met hom en
sy vrou by Ben-hulle geëet. Hy en Ben ken mekaar van
jongs af. Sy pa het al die jare by die vervoerbesigheid ge-
werk en Vusi het blykbaar gedurende skool- en univer-
siteitsvakansies daar uitgehelp. Ben het sy studiegeld vir
hom betaal."

"O, interessant," sê Kassie. "Hoe 'n soort mens is Vusi?
Ek . . . ek het nog nooit die voorreg gehad om hom te
ontmoet nie."

"Ek het nie eintlik met hom gesels nie. Ons vroue het
maar saamgekuier," glimlag sy. "Maar sy vrou is nou vir
jou grênd, hoor!"

"Grênd?"

"Spoggerig. Ek en Brink was al baie oorsee, maar sy en
Vusi het ons na tweederangse reisigers laat klink. Volgens
haar was hulle in al die speelplekke van die rykes . . .

Franse Riviera, Spaanse kus, die Bahamas, noem maar op. Hulle gaan drie keer 'n jaar oorsee en bly net in vyfsterhotelle . . . en dan piekel hulle nog hul drie seuns ook soms saam."

Sy skud haar kop. "Ek het nog vir Brink gesê ek het nie geweet die polisiemanne in die nuwe Suid-Afrika word só goed betaal nie! My pa was 'n sersant in die polisie en ons kon net 'n huis in Kraaifontein bekostig. Die naaste wat ons as gesin gekom het aan oorsee gaan, was toe ons eendag met die boot Robbeneiland toe is."

Kassie kyk peinsend na sy glas. "Ja . . . hulle kry seker baie geld." Hy gee 'n laggie. "Ek leef ook maar onder die broodlyn, maar hy's darem die adjunkhoof van die polisie."

"Gmf," snork sy, "en ons belastingbetalers moet natuurlik vir sy oorsese trips opdok."

"Het jy ooit 'n Bruno Myburgh ontmoet?" vra hy. "Ek vermoed dit is ook 'n vriend van Ben."

"Bruno Myburgh!" sê sy verbaas. "Ja, ek het al amper van hom vergeet. Ken jy hom?"

"Ek weet verlangs van hom."

Sy ril. "Vreeslike man daai, nè?"

"Hoekom . . . hoekom sê jy só?"

"Ons vroue het een vakansie saam met die mans Botswana toe gegaan. Hulle het gaan bokke skiet en vis gevang. Toe was Bruno Myburgh ook daar. Hy's 'n huursoldaat, weet jy?"

"Ja . . . ja, ek weet."

" 'n Aaklige man. Hy het ons vroue in die aande om die kampvuur omtrent probeer beïndruk met sy machostorietjies." Sy skud haar kop. "Hy het my die horries gegee!"

"Watse tipe storietjies?"

"Oor hoeveel mense hy al in Afrika afgemaai het." Sy maak haar stem diep. "'Oorlogmaak is mos my job,' het hy gespog." Sy neem 'n sluk whiskey. "Hy het ons tot vertel hoe hy 'n bom gemaak het wat 'n klomp ministers en 'n generaal van die een of ander Afrika-staat in hul glory geblaas het. En toe het hy nog daaroor gelag ook."

Sy glimlag teer. "Brink het nog vir hom gesê hy moet ophou om oor sulke grusame goed voor vroue te praat, maar hy het hom afgevee daaraan." Sy ledig haar glas, sien syne is ook leeg. "Haai, ek kan nie bekostig om hier te sit en klets nie. Ek moet 'n klomp dinge doen. Wil jy nog iets weet?"

"Nee," antwoord Kassie. Dit was 'n kort, maar vrugbare gesprekkie, dink hy.

Toe hy in sy motor klim, weet hy hier is iets verkeerd. Labela . . . Oorsese vakansies . . . Haarhoff wat vir sy studies betaal het. Hy skud sy kop met die wegry.

Hy besluit om die sigaarstompie wat hy opgetel het nie vir forensies te gee nie. Hy moet net vir Els sê Van Dyk se vrou het 'n verklaring daarvoor gehad. Die sigaar gaan Koza net 'n tantrum laat gooi. Hy kan dit sien as 'n poging van Kassie om sy teorie van 'n boemelaar-inbreker verkeerd te bewys. Kassie wil nou eers die kat goed uit die boom kyk. Daar sit meer agter alles as wat almal wil voorgee. Hy is bly die afskrifte van Brink se e-pos is veilig in die seëlkluis by sy woonstel toegesluit.

Kassie besef hy loop weer op die rand van die afgrond, maar die alarms lui te hard om dit te ignoreer. Hy gaan nie toelaat dat Labela, Haarhoff of Koza sy ondersoek dikteer nie.

44

Die beangstheid tol in Ben se buik rond, sy gedagtes orde-
loos. Is dit die einde van hul pad? Wáár het hulle 'n spoor
nagelaat vir die bloedhonde om die reuk Kaap toe te vat?
Word hulle al dopgehou? Wanneer gaan die polisiebreine
Brink se e-pos, hul uitspattige lewenstyle, hul kasteelhui-
se, hul paspoortstempels vir onheilige bestemmings en sy
verbintenis met Vusi saamvoeg? Noudat die gevaarligte
flikker, is sy bravade van die verlede oor hul onaantas-
baarheid aan skerwe. Hy's bang, benoud.

Dolf sit oorkant hom. Sy gesig is strak. Hy suig aan sy
sigaret met die drif van 'n besetene, sy knoetserige vin-
gers nikotiengeel. Sy asemhaling tussen die teue deur is
onreëlmatig.

"Ben, dis nie nou die tyd om paniekerig te raak nie.
Vusi het gesê hulle weet nie wie ons is nie." Sy stem is
onnatuurlik skril.

"Dis wat Vusi dink. Maar Wessels klink vir my na 'n
uitgeslape donner."

"Ons móét voortgaan met ons besigheid," sê Dolf. "Ons
kan nie bekostig om nou laag te lê nie. Daar is ander han-
delaars wat toustaan om met Adaka sake te doen." Die
idee dat hul miljoene kan opdroog, hinder Dolf meer as
enigiets anders, dink Ben.

Hy vee oor sy sweterige voorkop. Dolf het tog 'n punt

beet. Die polisie ondersoek deurentyd verskillende misdrywe in die Kaap. Sluikhandel in wapens is bloot nog een. "Ja, jy's reg. Vusi moet net seker maak Brink se e-pos word nie verder ondersoek nie."

"Wel, hy is nie verniet tweede in bevel van die SAPD nie."

Ben kyk peinsend voor hom uit. "Ons het tot nou geen ander spore gelos nie, daarvan is ek seker," sê hy met meer selfvertroue. "As die polisie enigsins snuf in die neus gehad het, het hulle al toegeslaan. Hier is een of twee ander jafels in die Kaap wat in die onwettige wapenbedryf vastrapplek probeer kry. Twee jaar gelede het Adaka gesê ouens van Milnerton het hom gekontak. Daar was ook 'n man van Durbanville wat voelers in die Kongo uitgesteek het juis om wapens aan die Taliban te verskaf. Bruno Myburgh het ons nog vertel."

"Ek onthou. Dit kan maklik een van hulle wees wat ondersoek word. As ons so maklik van hulle uitgevind het, sal die polisie nog makliker. Ek dink ons is net paranoïes. Ons weet tog ons metodes is waterdig."

Ben frons. "Adaka is op die oomblik besonder stil. Dit is tyd ons gesels weer met hom. Dalk moet hy ook weet dat die polisie in die Kaap begin rondsnuffel."

"Dit kan nie kwaad doen nie."

Ben druk die luidsprekerknoppie sodat Dolf ook die gesprek kan volg.

Sammy Kim antwoord.

"Sammy, ek moet dringend met Henry praat!"

"Henry is beset." Hy lag. "Hy's besig om twee beeldskone susters met sy luislang te karnuffel."

"Sê vir hom hy moet asem skep. Ek moet nóú met hom praat."

Sammy klink onseker. "Jy weet hoe Henry is. As hy

met vroue besig is, is hy soos 'n hond met 'n been. Jy kry kom nie weg daarvandaan nie. Kan hy nie terugbel nie?"

"Dit is van die uiterste belang! Die Suid-Afrikaanse polisie is besig om aan ons holle te hap." Hy knipoog vir Dolf.

Dit maak die nodige indruk. "Ek gaan roep hom onmiddellik."

Adaka is knorrig toe hy by die telefoon kom. "Bliksem, Ben, gun jy 'n mens nie 'n bietjie ontspanning nie?"

Ben lig hom in dat Vusi uitgevind het die SAPD is besig om wapenhandel in die Kaap te ondersoek. "Dit beteken maar net ons sal versigtiger moet werk," stel hy Adaka vinnig gerus. Hy wil hom ook nie die harnas in jaag nie.

Adaka lag net. "Julle het darem seker meer balls as om julle daardeur te laat afskrik."

"Hoe ken jy ons? Ons gaan volstoom voort. Maar het die besigheid opgedroog? Jy's besonder stil."

Adaka huiwer 'n oomblik. "Ek . . . ek het toevallig pas met 'n Suid-Afrikaner besigheid gedoen. Ook 'n handelaar. Ek het hom net 'n kans gegee om te sien of hy die besending suksesvol sou kon afhandel. Ek sou julle nog sê daarvan. Ek het gedink julle kon dalk saamwerk."

Ben is ontsteld. "Henry, jy's 'n vennoot van ons! Hoekom 'n ander handelaar gebruik? Watse lojaliteit is dit?"

"Hy bied my 'n kommissie van sestig persent aan. Ek is 'n sakeman. Ek kon nie só 'n geleentheid deur my vingers laat glip nie."

"Wat! Sestig persent!"

"Ja, sestig persent. Hy sê hy's nuut in die game, hy wil 'n vastrapplek kry."

"Fok, Henry, hoekom het jy ons nie eers gekontak nie?" wil Ben weet. "Sestig persent is fokken belaglik. Jy gaan jou reputasie skaad. Daai man se wapens gaan useless wees. Ons kon ook al by sekere verskaffers wapens teen 'n appel en 'n ei gekry het en vir jou 'n beter kommissie gegee het, maar die skietgoed is gemors. Jy sal jou kliënte vir ewig afskrik met wapens wat nie op standaard is nie."

"Volgens hom is die wapens in 'n puik toestand. Die Somaliese faksie het ook nog nie by my daaroor gekla nie. Buiten daai een keer, was julle nog nooit weer lus om in Somalië af te lewer nie. Toe besluit ek om hom 'n kans te gee. Hy't dit suksesvol gedoen. Julle kan dit oorweeg om met hom saam te werk."

"Henry, wie's dit? Dié handelaar? Of gaan jy daaroor ook swyg?"

Henry lag. "Jissis, maar jy's sensitief. Hy is 'n ene Weideman. Carl Weideman. Ek faks sy besonderhede vir jou, selfoonnommer, ensovoorts. Hy het nie 'n woonadres vir my gegee nie, net 'n posbusadres. Dis 'n Kaapse adres."

Toe hy klaar gepraat het, gooi Ben die gehoorbuis op die lessenaar neer. "Fokkit! Henry is 'n skelm bliksem."

"Ek sê jou, Ben, dis juis sulke ouens soos dié Weideman wat die polisie hier in die Kaap laat rondkrap," sê Dolf terwyl hy nog 'n sigaret aansteek. "Hy't natuurlik gehoor jy kan 'n vinnige buck met wapens maak. Toe kry hy iewers 'n klomp scrap in die hande. Die hele Afrika is vervuil daarvan. En nou bel hy almal links en regs en hoor hoe hy daarvan kan ontslae raak. Ek wonder hoe weet hy van Henry."

"Almal weet van Henry. Dit is nie 'n donnerse geheim nie." Ben staan agter sy lessenaar op. "Ek moet eers 'n draai buite gaan stap. My kop skoonkry. Jy rook die fokken plek stikdonker."

Op die parkeerterrein bel hy Vusi op sy selfoon. Hy wil

hoor of daar nog nie weer rimpelinge oor Brink se e-pos was nie. Hy vertel hom ook van sy gesprek met Adaka oor die nuwe Kaapse handelaar.

Hy luister lank en aandagtig na Vusi se heftige reaksie. Sy maag trek summier weer in 'n knop saam. Dis 'n helse waagstuk.

Toe Vusi aflui, staan Ben lank en tuur na hul hoofkantoor. Daardie gebou, in korporatiewe grys, die naam swierig in goue letters, is sy lewe. Dit is waarvoor sy pa bloed gesweet het, waarvoor hy wat Ben is klippe gekou het. As dinge moet skeefloop, gaan hier net 'n murasie oorbly. 'n Halfeeu se werk gaan in 'n oogwink vernietig word.

Hy sidder. Hy sien nie kans om in 'n tronksel te sit nie. Nie in die nuwe Suid-Afrika nie. Hy het te veel grustories gehoor.

Soos soveel keer in die verlede gaan sy gedagtes onwillekeurig terug na sy ma se lyk, haar kop komieklik skeef, die tou ingebed in haar nek, die fyn blou aartjies op haar swaar borste, arms slap en weerloos langs haar sye, die ruie bos skaamhare . . .

Hy voel nou só . . . soos sy skoolseungemoed daardie dag ervaar het. Dieselfde wanordelike emosies.

45

Die Karoo-winterson bak warm op Carl se blaaie waar hy op 'n rots in sy plaashuis se voortuin sit. Hy het besluit om vinnig 'n draai hier te kom maak, te sien of alles nog in orde is. Hy het gister in die Kaap aangeland en volledig aan September verslag gedoen oor sy suksesvolle Somalië-sending.

Hy kon nie verstaan hoekom Amelia nie sy oproepe of SMS'e beantwoord of hom terugskakel nie. Hy sou haar graag nog 'n rukkie in sy lewe wou hê. Na sy twee Port Harcourt-aande saam met haar, was die kreatiewe direkteur eergisteraand 'n teleurstelling. Sy het sleg teen Amelia afgesteek in die bed. Hy het geweet Amelia moet terug wees in die land, die wêreld gons oor haar koerantstories van Ryan Deetlefs en Star Petro.

Vanoggend, terwyl hy tussen die olyfbome rondgeloop het, het sy gebel. Hy kon aan haar kil stemtoon hoor iets is verkeerd.

"Jy moet my liefs nie weer kontak nie," het sy gesê.

Hy kon dit nie begryp nie. Hy was seker hy het 'n smoorverliefde Amelia in Port Harcourt agtergelaat.

"Maar . . . maar ek het gedink daar is iets baie spesiaals tussen . . ."

"Carl, jy is nie die man wat jy voorgee jy is nie."

Hy was 'n oomblik lank sprakeloos, nie in staat om sinvol te reageer nie. Hy het na die verlepte telefoondraad in die verte gestaar, twee duiwe was besig om 'n liefdesriel daarop uit te voer. Het sy uitgevind van die kreatiewe direkteur?

"Jy was in Port Harcourt by Henry Adaka. Jy't geen ander afsprake by oliemaatskappye gehad nie."

Hy moes gaan sit. Sy bene was wankelrig. Die verdomde spraaksame taxibestuurder moes haar ingelig het, het dit deur sy gedagtes geflits. Hy was agterlosig, hy moes 'n ander taxibestuurder gekry het. Hy moes geweet het Amelia gaan weer saam met hom ry.

"Ek kan alles verduidelik. Nie nou nie, maar alles sal later vir jou sin maak. Jy moet my vertrou . . ." het hy hard probeer om oortuigend voor te kom.

Maar sy was nie klaar nie. "Jy werk ook nie by die Redus-maatskappy in Texas nie. Ek het hulle gebel. Hulle weet nie van 'n Carl Weideman se bestaan nie. Trouens, hulle verkoop nie eers oliebore in Afrika nie."

Sy het afgelui. Hy het onmiddellik teruggebel, maar sy het nie geantwoord nie.

Hy het besef hy het sy fokus as polisiemol verloor. Met sy dwelmondersoek sou hy nooit van die praterige taxibestuurder vergeet het nie. Toe was sy visier op net een teiken ingestel, soos dit 'n professionele speurder betaam.

Nou het hy hul SAPD-operasie in gevaar gestel met sy onbesonne optrede. Amelia is 'n ondersoekende joernalis wat haar eie afleidings gaan maak oor sy besoek aan Adaka. Sy mag ongemaklike navrae begin doen, selfs na die media gaan daarmee. Hy het die operasie waarmee hy toevertrou is, blootgestel aan ernstige risiko's.

Hy weet hy sal September hieroor moet inlig, maar het nog nie die moed nie. Hy wonder hoe Wessels gaan reageer.

Hy word uit sy bepeinsing geruk deur die skril gelui van die selfoon in sy hand. Hy frons, hy ken nie die nommer nie. Dit is sy Carl Weideman-selfoon. Net Wessels, September, Adaka, Amelia en die kreatiewe direkteur het die nommer . . . en dis nie een van hulle nie.

Dis 'n man se stem. "Is dit Carl Weideman?"

"Ja."

"My naam is Ben. Ek het jou nommer by Henry Adaka gekry. Ons sal graag met jou 'n gesprek wil voer."

"In verband met wat?" vra Carl.

"Oor samewerking tussen jou en ons groep om wapens kostedoeltreffender te versprei. Ons werk al lank saam met Henry. Dit is nie nodig dat ons in opposisiekampe sit nie. Ons kan hande vat. Volgens Henry het jy reeds uitstekende werk vir hom gedoen. Ons sal jou so vinnig moontlik wil sien. Jy kan hom skakel as jy my nie vertrou nie. Hy sal dit bevestig."

Dit betrap hom onverhoeds. Hy het nie tyd gehad om te dink hoe om só 'n situasie geloofwaardig te hanteer nie. Sy fokus was op ander plekke. "Reg, ek is bereid om te gesels. Waar en wanneer?"

"Môreaand agtuur. Dit sal in Kaapstad wees, Paardeneiland. Ek sal jou 'n halfuur voor ons ontmoeting weer bel en die spesifieke adres gee."

Die man lui af voor hy kan reageer.

Hulle het vinniger kontak gemaak as waarvoor hy in sy wildste drome kon gehoop het. Die operasie kan binne 'n week suksesvol afgehandel wees. Dit gaan dalk selfs nie nodig wees om September in te lig oor sy fout met Amelia nie.

Hy stuur vir haar 'n SMS voor hy September bel, vra haar om net vir 'n week of twee geduldig te wees, daarna sal alles vir haar duidelik word. Sy moet hom asseblief vertrou. Hy is lief vir haar. Hy voel effens skuldig oor laasgenoemde stelling, maar die operasie is nou belangriker as Amelia se emosies. Hopelik keer dit haar om rond te krap.

September se foon is beset. Hy bel hom 'n kwartier later weer. September is uit sy vel oor die nuus. "Shit, maar die vis het vinnig gebyt!"

"Adaka moes hulle ingelig het kort nadat sy deel van die Somalië-geld in sy rekening inbetaal was," sê Carl. "Ek dink nie hulle gaan my met ope arms in hul organisasie verwelkom nie, maar dit klink darem of hulle wil saamwerk."

"Is jy gemaklik om alleen met hulle te gaan praat? Moet ons back-up reël? 'n Mens weet nooit."

Carl glimlag. "Ek sal na myself kan omsien. Daar is natuurlik risiko's, maar dit is klein. As ek sien dinge ruk handuit en hulle is van plan om van my ontslae te raak, sal ek moet sê ek is van die polisie, sodat hulle weet dit gaan geen doel dien om my die ewigheid in te stuur nie, dat ander ook weet van hul bewegings. Mens weet nie hoe hulle dan gaan optree nie. Maar ek twyfel sterk of hulle my ligte gaan probeer uitdoof. Hulle sal eers hul hande op my wapens wil lê voordat hulle met sulke drastiese stappe kom."

"Moet ons jou wire?"

"Te gevaarlik. Ons kan dit met 'n latere ontmoeting doen."

"Ek en direkteur Wessels sal jou na die tyd ontmoet sodat ons ons planne vir die volgende moves agtermekaar kan kry. Ek het pas 'n oproep van hom gekry. Ons twee eet môreaand saam met Vusi Labela by 'n restaurant in Nuweland. Die direkteur moes hom vroeër inlig oor die projek. Nie ten volle nie, maar hy weet net genoeg om

nie skade aan te rig nie. Hy wil môreaand glo 'n volledi-
ger verslag hê oor waar ons met die operasie staan. Ons
sal maar vaag bly. Ek dink nie dit is nodig dat Labela nou
al weet dat ons kontak met die smokkelaars gaan maak
nie. Ons sal jou na ons ete met Labela by 'n plek kry."

"Laat weet my waar."

September lag. "Ek het nie verwag alles gaan só vinnig
gebeur nie."

46

Die onrus broei soos 'n storm in Dolf Malan se gemoed. Hy kyk op sy horlosie. Twaalf minute voor agt. Die logika agter vanaand se ontmoeting het hom aanvanklik stomgeslaan. Maar Ben het hom verseker alles is onder beheer.

Hulle het die werkers by die onderneming vandag vroeër afgegee. Die laaste vragmotor is net na ses uit die depot, die kantoorwerkers reeds vyfuur huis toe. Gewoonlik is daar nog aktiwiteite in die gebou tot sewe in die aand.

"Ek sal die praatwerk doen," het Ben gesê. Dolf was verlig, hy was nog nooit glad met sy mond in sulke situasies nie. Ben was nog altyd die strateeg, die beplanner.

Die klokkie wat gister inderhaas by die voordeur geïnstalleer is, lui skril in die konferensielokaal. Sy hande begin opnuut sweet en hy steek nog 'n sigaret aan. Die man is hier, vyf minute vroeër as wat hulle afgespreek het. Ben se gesig is strak toe hy uit die konferensielokaal loop om hul besoeker te gaan ontvang.

Weideman is 'n breedgeskouerde kêrel, amper so lank soos Dolf, met 'n ystergreep vir 'n handdruk. Hy vee sy hand terloops aan sy broek af nadat hy Dolf se sweterige palm vasgeklem het. Dolf merk dit op, sy sweethande was nog altyd by hom 'n teer puntjie.

Weideman lyk ontspanne, geklee in 'n bruin baadjie, donkerblou gholfhemp en verbleikte jeans. Hy glimlag net toe Ben vra of hy sal omgee as Dolf hom deursoek vir wapens. "Ons probeer maar altyd aan die veilige kant bly," verduidelik Ben.

Terwyl Dolf se hande oor Weideman se lyf gly, voel hy die klipharde spiere onder die materiaal. Nadat hulle gaan sit het, bied Ben vir hom koffie aan, maar Weideman sê hy het kort vantevore koffie gedrink. "Ek kry in elk geval te veel kafeïen op 'n dag in."

Dolf sou van hom kon hou. Hy het 'n aantreklike, oop en eerlike gesig. Sy blou oë laat Dolf effens ongemaklik voel. Hy kyk deur 'n mens. 'n Fyn waarnemer.

Dolf hou Ben dop terwyl hy begin praat. Die strakheid en spanning het sy gesig verlaat. Hy is nou die Ben wat voornemende kliënte gewoonlik met sy sjarme betower – die glimlag wat om sy mondhoeke speel, die innemende manier van praat, die geanimeerde handgebare om belangrike punte te beklemtoon.

"Meneer Weideman, ons is bly jy het ingestem om met ons te kom gesels. Henry Adaka het net die grootste lof vir jou. Ons soek al lankal na 'n meer professionele vennoot." Hy lag. "Henry sê ons is amateurs. Maar ons sal graag ons verspreidingsnetwerk wil vergroot. Ons beter ingrawe in die wêreld van wapenhandel. En as jy natuurlik bereid is om met ons hande te vat, sal dit vir ons groot plesier verskaf."

"Ek sal self met hulp kan doen." Weideman sit ontspanne terug in sy stoel.

"Waar kry jy jou wapens?" vra Ben.

"Meestal oorblyfsels van die Koue Oorlog. In Armenië en die Oekraïne is dit volop. Ek het ook in Angola reggekom."

"Volgens Henry het jy 'n groot voorraad. Wat hou jy alles aan?"

"Alles. AK's, Rachot UK-68's, Uzi's, Tokarevs, Chinese en Russiese handgranate . . . en dan die meeste grofgeskut . . . mortiere, granaatwerpers . . . noem maar op."

"Henry sê jy het al baie besendings suksesvol vir hom hanteer," sê Ben, en dit is meer 'n stelling as 'n vraag.

Dolf hou Weideman dop. Hy weifel vir 'n oomblik voor hy sê: "Ja."

"Ek verstaan jou laaste besending was aan 'n Islamitiese groep in Somalië? Seker 'n moeilike plek om iets suksesvol af te lewer?"

"Dit verg senuwees van staal," lag Weideman. "Geweld is deel van die Somaliërs se DNS."

"Henry sê die Taliban in Pakistan soek nou weer 'n groot besending. Hy sê hy gaan jou nader om dit te koördineer. Ons sal graag saam met jou aan die projek wil werk, as 'n proeflopie."

"Hy het my nog nie daaroor ingelig nie, maar ek is seker ons kan 'n ooreenkoms bereik."

Ben frons. "Dit pla jou nie dat dit die Taliban is nie?"

Weideman skud sy kop. "Ek het nie voorkeure oor aan wie ek wapens voorsien nie. Solank hulle net getrou betaal."

"Natuurlik. Henry sê jy het al voorheen met sukses aan hulle gelewer." Hy gee Weideman nie kans om te reageer nie. "Ek dink ons is gereed om by jou organisasie in te skakel. Ons het iemand met jou ondervinding nodig."

Weideman knik. "Wat is die volgende stap? Wag ons op Adaka?" Hy huiwer 'n oomblik, vryf oor sy ken. "Ek sal ook graag meer oor julle organisasie te wete wil kom. Van wanneer af is julle in dié bedryf?"

"Ek dink nie ons hoef nou CV's uit te ruil nie. Wat vir

267

ons belangrik is, is dat jy bereid is om saam met ons te werk. My voorstel is ons wag op Adaka se opdrag en dan kom ons weer bymekaar vir 'n deeglike beplanningsessie."

"Dis reg met my." Weideman lyk effens verras. Hy het beslis 'n langer en meer intense ontmoeting in die vooruitsig gestel, dink Dolf.

Ben kom uit sy stoel orent, wink in die rigting van die eenrigtingglas. "Jy kan maar uitkom, superintendent Koza. Ek dink ons het genoeg uit hom."

Weideman se kop ruk om, maar toe Koza met sy rewolwer in die deur van die aangrensende kamertjie verskyn, bly hy versteen sit.

Koza se stem is buitengewoon luid. "Hou jou hande agter jou rug en moet onder geen omstandighede iets snaaks probeer nie. Ek gaan nie slaap verloor oor die lewe van 'n verdomde wapensmokkelaar nie."

Hy gooi die boeie vir Ben en beduie hy moet Weideman boei terwyl hy die rewolwer op hom gerig hou.

Koza haal Weideman se selfoon en motorsleutels uit sy sak. "Ek neem jou in hegtenis vir onwettige wapenhandel. Enigiets wat jy nou sê, kan in 'n hof teen jou gebruik word." Hy kyk na Ben. "Sal jy asseblief die bandopnemer afskakel. Ek stuur een van my uniformmanne om dit te kom uithaal. Hy sal ook Weideman se motor kom deursoek."

Weideman is kalm toe Koza hom uit die konferensielokaal lei. Hy praat nie, maar Dolf merk in sy oë op hy vind die situasie amusant. Ben was reg, hy ís 'n fokken polisieman.

47

Hy staan verskuil agter 'n boom op die rand van die par-keerterrein. Toe die motorwag kom vasstel wie dit is wat hom in die donkerte roep, wag hy dat die man verby die boom loop. Hy kom geruisloos agter sy skans uit, gryp die niksvermoedende wag van agter, ruk sy kop met sy linkerhand agteroor. In dieselfde beweging gly die vlym-skerp lem van die jagtersmes deur die man se adamsap-pel, lugpyp en slagaar. Die wag se liggaam is binne sekon-des slap in sy arms, die bloed warm op sy hande.

Hy sleep hom onder 'n bos in, trek dan die wag se oorbaadjie uit. Die groen strepe op die plastiekmateriaal blink skerp en kan iemand se aandag op die lyk vestig. Hy slinger dit oor die heining, vee sy hande en die mes se lem aan sy oorpak se broek skoon. Hy hardloop gebuk-kend terug na die boom, kry sy rugsak en stap oor die verlate parkeerterrein na die wit motor.

Hy is gelukkig. Hulle het met een kar gekom. Die motor is die laaste in die ry op die parkeerterrein en is teenaan die heining. Van hier kan hy onopsigtelik sy taak verrig.

Hy gaan vinnig te werk, haal die plofstof en die alu-miniumpoeier uit, meng die poeier eers deeglik in by die plofstof en rol dit toe in 'n paar velle dun plastiek, die hele verpakking die grootte van twee bakstene. Hy kruip onder die motor in, heg dit met kleefband aan die onderstel vas. Dan haal hy die transistorradio en twee flitsbatterye uit wat hy vooraf in 'n houer gemonteer het. Die slagdoppie koppel hy aan die houer. Hy kruip weer onder die motor in, plak die houer langs die plofstof vas met kleefband. Hy moet 'n penflits tussen sy tande vasklem om sy taak te voltooi. Sy bewegings is vinnig en deeglik. Hy kan dit eintlik met toe oë doen, maar hy gaan weer sorgvuldig deur elke stap.

Toe hy klaar is, trek hy in die donker skadu's van die heining sy oorpak uit, vee sy vuil hande sorgvuldig daarmee skoon, stop die oorpak in die rugsak en stap luiters by die parkeerterrein uit.

Hy het 'n geruite hemp, 'n donkerbruin broek en oprygstewels aan. Hy groet 'n jong paartjie, 'n lang man en mollige blondekopmeisie, vriendelik in die straat. Hulle is op pad na die restaurant, die meisie giggel opgewonde oor iets.

Honderd meter in die straat af sluit hy die rugsak in sy motor se kattebak toe. Hy klim in en beskou sy gesig in die truspieëltjie onder die helder liggie. Hy vee 'n klein bloedspatsel aan sy wang met sy sakdoek af.

Hy stap tydsaam terug na die restaurant. Dis 'n heerlik matige wintersaand in die Kaap. Oorkant die restaurant dra hy die motorwag se kampstoeltjie na 'n meer beskutte plek. Hy kan netsowel gemaklik sit. Hy kry 'n geplaveide gedeelte, weggesteek onder oorhangende takke maar met 'n uitstekende uitsig op die restaurant en parkeerterrein.

Tien minute oor agt. Sy opdrag was om veiligheidshalwe lank voor nege klaar te wees met sy taak. Hy trek sy vingers deur sy geswete hare, steek 'n rookding aan en trek diep daaraan. Hy stuur 'n SMS op sy selfoon.

'n Bietjie meer as 'n uur later sien hy hulle by die restaurant se deur uitkom. Kwart oor nege. Die een man gesels nog 'n rukkie met die twee op die sypaadjie, groet dan. Hy slaan die teenoorgestelde rigting in as hulle. Hy het sy motor verder op in die straat geparkeer.

Die twee mans stap geselsend by die parkeerterrein in. Hy kan die motor nie van sy skuilplek af sien nie, maar hy hoor in die nagstilte hoe hulle die deure oop- en toemaak.

Hy wag gespanne dat die motorenjin aangeskakel moet word. Hy sien die kopligte teen die oorkantste bome skyn. Dan word die nag se stilte met 'n donderende slag verbreek, oranje vlamme laat die parkeerterrein lewe kry. Die verblindende lig laat hom selfs vir 'n oomblik wegdeins. Stukke van die wit bakwerk val kletterend op ander motors. 'n Deel van die romp beland met 'n slag op die restaurant se sinkdak, twee wiele, nog vas aan 'n stuk van die agteras, en die uitlaatpyp val in die straat. Die restaurantvenster aan die parkeerterrein se kant verbrokkel in duisend stukkies toe die ratkas daardeur bars.

Vir 'n oomblik hang 'n doodse stilte oor die plek. Dan gil 'n vrou histeries. Mense kom vervaard in groepe uitgehardloop, kyk na die toneel van verwoesting.

Hy staan op, wil eers die kampstoel opvou en saamvat, maar besluit daarteen. Dit kan die aandag onnodig op hom vestig as hy met 'n stoel rondloop. Hy skop die stompies onder 'n paar bosse in. Hy verlaat sy skuilplek ongesiens en word vinnig deel van die malende mense voor die restaurant.

'n Vrou huil, 'n man hou haar styf in sy arms. "Toe maar, toe maar, my poppie, die versekering sal betaal. Dalk het jou karretjie nie so seer gekry nie," sê hy in 'n vertroostende stem. 'n Ou man met 'n wit baadjie dep die bloed met 'n servet van sy wang af waar 'n glassplinter die vel oopgekloof het. Sy baadjie het 'n kronkelende bloedpatroon van onder die kraag tot by die regtersak. 'n Kelner hou sy hand oor sy oog en dwaal verwese tussen die skare rond. Hy wil weet of daar 'n dokter is. 'n Man met 'n blou sportbaadjie sit op die sypaadjie en snik, albei sy hande geklem om 'n bebloede enkel.

Die meeste mense staan in groepies voor die ingang van die parkeerterrein, maar nie een waag dit nader nie. 'n Man met 'n grys baard skreeu hulle moenie na hul motors gaan nie. "Daar is dalk nóg 'n bom," waarsku hy paniekerig. 'n Ander man vra of iemand al die polisie ge-skakel het.

'n Vrou naby die ingang van die parkeerterrein gryp haar gesig in afgryse vas. Sy beduie na iets op die grond. "Daar's iets . . . Jirre, dis 'n mens se kop . . ."

Toe die sirenes al nader begin kom, stap hy na sy motor.

48

Kassie plaas die laaste van sy reeks koningkoppe-seëls van die 1900's versigtig met 'n haartangetjie oor in 'n nuwe album. Hy gaap. Hy wil eintlik vroeg in die bed kom. Hy bêre die album in die kluis en stap slaapkamer toe. Terwyl hy sy hempsknope losmaak, lui sy selfoon. Hy frons. Wie soek só laat na hom?

Dit is 'n uitasem superintendent Koza. "Kassie, jy moet dringend kom! Motorbom by die Newlands Inn. Twee polisiemanne dood. Vusi Labela was ook daar, maar hy het net voor die ontploffing gery. Ons het al 'n klomp uniforms op die toneel, maar jy is al beskikbare speurder. Ek kry nie vir Nthuli, Uys of Arendse op hul bleddie fone nie."

"Wie is die dooie polisiemanne?" wil hy weet.

"Direkteur Wessels en superintendent September van die spesiale aksie-eenheid."

Kassie fluit deur sy tande. Hoë koppe in dié elite-eenheid. "Sien ek jou daar, Superintendent?" vra hy.

"Nee, ek het 'n ander . . . 'n ander sensitiewe saak en dit het nou dringend aandag nodig."

Kassie wonder wat so dringend kan wees dat Koza nie ook na die Inn kan gaan nie. Dit is immers in hul stasie se diensarea. 'n Motorbom met twee dooie polisie-offisiere vereis tog sekerlik voorkeur bo enigiets anders. En wat het Labela by die Inn gesoek?

Kassie daag om tien oor tien by die Newlands Inn op. Daar is ses polisievoertuie en twee ambulanse in die straat voor die Inn geparkeer. Hy moet sy weg deur 'n skare nuuskieriges en joernaliste en fotograwe baan. Hoe hulle altyd so vinnig 'n misdaadtoneel uitsnuffel, gaan sy verstand te bowe.

Hy kry kaptein Paulse waar hy besig is om 'n polisielint om die parkeerterrein te verstel. "Wat kan jy my vertel, Pollie?" vra hy.

"Dis 'n helse fokkop, Kassie. Ek het vir die boys gevra om solank verklarings by mense te kry. Makaqu en Jasper fynkam die gebied om die Inn vir nog leidrade." Hy beduie na die verste punt van die parkeerterrein. "Ons het nog 'n lyk gekry. Hy is onder die bosse ingesleep, sy keel afgesny. Ons vermoed dit was die motorwag."

"En Wessels-hulle se lyke?"

Paulse trek 'n gesig. "Jissis, dit was 'n helse kragtige bom. Dis net bloed en derms waar jy kyk. Ons het mense wat hulle liggaamsdele bymekaar maak."

"Hoe weet ons dit is Wessels en September?"

Paulse kyk verbaas na hom. "Wel, hulle het hier saam met die kommissaris geëet. Ons het pas vasgestel die nommerplaat behoort aan Wessels se Mercedes." Hy beduie na die straat. "Dit hier in die straat opgetel. Buitendien, superintendent Koza het ons ingelig dit was hulle."

"Hoe het hy so gou geweet hulle was die slagoffers? Hy was dan nie eers op die toneel nie."

Paulse haal sy skouers op. "Dit moet jy vir hom vra. Kommissaris Labela het hom seker ingelig. Ek weet nie hoe Labela so gou geweet het nie."

Hul gesprek word deur 'n konstabel onderbreek. "Ons het 'n kampstoel onder die bome aan die oorkant van die straat gekry."

Paulse snork. "Natuurlik die arme motorwag s'n. Niks om oor opgewonde te raak nie."

"Hoekom sal hy daar sit, weg van die motors?" vra Kassie. Hy sê die konstabel aan om hom te gaan wys waar die stoel staan.

"Pollie is dalk reg," mompel hy terwyl die konstabel met 'n flitslig op die kampstoel skyn. "Van hier af het jy 'n goeie uitsig op die Inn se voordeur en die ingang na die parkeerterrein. Hy sou kon sien wanneer kliënte terug-stap na hul motors."

Hy wil net omdraai, maar sy oog vang iets. "Gee die flits hier," sê hy en skyn op die grond langs die stoel. Daar is duidelike merke in die lagie grond en blare op die pla-veisel, asof iemand iets uit die pad geskop het. Hy skyn met die flits onder die naaste bosse in. Hy gewaar die si-gaarstompie net voor hy orent wil kom. Hy moet hurk om die stompie met 'n stokkie nader te krap.

Hy belig dit met die flits. Dit is 'n soortgelyke sigaar as wat hy by die Van Dyk-huis opgetel het, met die rooi "S" gedruk op die bandjie onder die mondstuk. Hy krap dit versigtig met die stokkie in 'n forensiese sakkie terwyl die uniformman die flits vashou. Hy sit dit in sy windjekker se sak. Die Van Dyk-sigaar lê by sy woonstel in sy lessenaar se boonste laai. Die eienaar van die tabakwinkel naby sy woonstel het vir hom gesê hy ken nie dié soort sigare nie. Hy is doodseker dit word nie in Suid-Afrika verkoop nie.

Hy gaan vra vir Paulse of hulle die vermoorde motor-wag se sakke deurgegaan het.

"Ja, Reynolds het die inhoud daarvan by hom." Hy be-duie na waar Reynolds met een van die gaste praat.

Reynolds haal 'n plastieksak uit 'n groter drasak. Kassie kyk vlugtig na die inhoud. Daar is onder meer 'n pakkie Peter Stuyvesant en 'n dosie vuurhoutjies in.

Paulse roep hom. "Hier's twee mense wat sê hulle het 'n verdagte man by die parkeerterrein sien uitstap." Hy beduie na 'n jong man en meisie wat met 'n konstabel praat.

"Hy het net na agt uitgestap gekom met 'n rugsak in sy hande," sê die jong man. "Ons het dit nogal vreemd gevind dat die motorwag nie in die omtrek was nie. Hy is altyd so lastig. Ons kom gereeld hier eet. Ek het nog 'n grap gemaak en vir Johanna gesê ek wonder of die New-lands Inn nou eerder bouncers as motorwagte aanhou."

"Hoe het hy gelyk?" wil Kassie weet.

Die meisie praat. " 'n Baie groot man. My pa is amper twee meter en hy is langer as my pa . . . en het baie breër skouers. Ek dink hy't 'n snor gehad." Sy kyk onseker na die man. "Of was dit 'n baard, skat?"

"Ek kan nie regtig onthou nie."

"Nogal 'n harige ou," sê sy en beduie na haar kêrel se kraag, "die hare het uitgepeul by sy hemp."

"Nog iets wat julle opgeval het?"

Die man skud sy kop. "Nie regtig nie. Dit was donker."

'n Uur en 'n half later verlaat Kassie die toneel en ry terug na sy woonstel. Hy's doodmoeg, dit was 'n harde dag.

Maar sy kop bly werk. Louise van Dyk se woorde maal deur sy gedagtes: *Hy het ons tot vertel hoe hy 'n bom gemaak het wat 'n klomp ministers en 'n generaal van die een of ander Afrika-staat in hul glory geblaas het.* Hy dink ook aan die beskrywing van die jong vrou. 'n Groot man, en harig. Bruno Myburgh? Maar hoekom? Hy wou Myburgh se doen en late ondersoek omdat hy 'n vriend van Haarhoff was en moontlik by Brink se dood betrokke kon wees. En dit was op sy beste 'n wilde raaiskoot sonder enige gel-dige gronde. Maar daar is hoegenaamd geen verklaring hoekom Myburgh van twee polisie-offisiere ontslae sou wou raak nie.

Of is daar? Hoekom het Labela saam met die twee slagoffers geëet? Labela is 'n vriend van Haarhoff, Haarhoff 'n vriend van Myburgh.

En die sigaar? Moontlik was die eienaar van die tabakwinkel verkeerd? Dalk is dié sigare tog hier volop?

Op pad huis toe maal sy kop verskeie teorieë fyn.

By die woonstel loop Kassie reguit na sy klerekas en begin in sy werksbroeke se sakke te voel, wat normaalweg dien as sy liasseerstelsel. Hy bêre alles van belang daar. Hy is verlig toe hy die papiertjie in die bruine se agtersak kry. Hy bestudeer dit; 'n woonstel in Parow. In sy jong dae het hy pamflette vir die kerk daar uitgedeel, hy het ook een keer in sy vroeë polisiedae daar 'n klagte van rusverstoring hanteer.

Magrieta het dié adres van Bruno Myburgh vir hom gekry toe hy nog van plan was om Myburgh se bewegings dop te hou. Hy gaan sit op die bed, tuur lank na die velletjie papier. Dit is eintlik belaglik om nou soontoe te wil gaan. Hy het te min bewyse dat dit wel Myburgh is. Dit is net 'n wilde raaiskoot . . . en wilde raaiskote is selde in die kol. Die Nienaber-saak kom weer onwillekeurig by hom op. Toe het sy raaiskoot hom duur te staan gekom.

Hy sit op die bed na die papiertjie in sy hande en staar. Dan val iets anders hom by. Hy krap naarstiglik in sy bedkassie se laai, kry die adresboekie met telefoonnommers. Hy kyk op sy horlosie. Tien oor twaalf. Driesie gaan gatvol wees, maar hy besluit tog om te bel.

"Nee, ek slaap nog nie, Kassie. Lank laas van jou gehoor! Wil jy só laatnag by my brag met 'n nuwe seël?" vra Driesie.

"Nee . . ." Kassie verduidelik waarom hy bel.

"Hou 'n rukkie aan. Dit lui 'n klokkie, maar ek sal moet gaan check," sê Driesie.

Kassie steek intussen 'n sigaret aan en blaas die rook nadenkend in kringetjies uit. Hy gaap. So 'n dag kan jou moeg maak. Toe Driesie weer by die foon is en begin gesels, luister hy aandagtig.

"Thanks, Driesie, dit help my 'n moerse lot. Sien jou by die volgende seëlkongres in Joburg. Ek het besluit om vanjaar ook te gaan."

Kassie is nou helder wakker, sy tamheid van vroeër iets van die verlede. Dit kan nie óók toeval wees nie. Hy gaan nóú na Myburgh se woonstel toe.

Hy skakel die stasie se nommer. Niemand antwoord nie. Die hele spul is natuurlik nog by die Newlands Inn. Bleddie pateties dat niemand by die stasie antwoord nie. Kassie kan nie regtig sonder uniforms soontoe gaan nie. Hy wil Koza nie nou bel nie. Hy probeer 'n rukkie later weer die stasie se nommer, maar steeds sonder sukses.

Hy sug en bel Rooi Els. Hy hou lank aan voor Els antwoord.

"Haai, Kassie, wat jeuk so laat innie nag?" wil hy slaperig weet.

Hy vertel vlugtig wat by die Inn gebeur het en gee hom Myburgh se adres. "Kry jou oor twintig minute voor die woonstelgebou."

49

Daar is nie tyd om 'n poelmotor by die Nuweland-stasie te gaan haal nie. Dit is ook te veel van 'n ompad. Kassie besluit sommer om met sy eie skedonk te ry. Teen middernag is Voortrekkerweg verlate, hier en daar 'n eensame motor. Hy kies die kortpad na die straat waar Myburgh se woonstel is. Hy het nie verniet in dié omgewing grootgeword nie, hy ken dit soos sy handpalm.

Dit is 'n vyfverdieping-woonstelblok, oud en gehawend met 'n sestigsboustyl. Hy verbeel hom die gewillige Cornelia Verwey met die groot boesem het in 'n stadium daar gebly. Sy het hom een aand in sy skooldae by 'n CSV-kamp amper versmoor toe sy bo-op hom gelê het.

Kassie merk op die veiligheidshek staan oop by die ingang. 'n Bordjie dui aan dit is buite werking, wat hom pas. Hy was nie lus om oor die veiligheidsmuur te klouter nie.

Hy rook tydsaam 'n Lucky Strike terwyl hy vir Els wag. Hy weet nog nie of hy die regte ding doen nie. Gaan hy en Els vir Myburgh alleen aandurf, of gaan dit tog maar beter wees om in die oggend vroeg met 'n klomp uniforms toe te slaan? Hy fok al weer rond op Avbob se stoep, die oop Nienaber-kis winkend. Maar sy instink sê vir hom Haarhoff het 'n hand hierin. Brink van Dyk se e-pos en Haarhoff en Labela se ongeloofwaardige verklaring daarvoor is net te dik vir 'n daalder.

Kassie peins lank oor die saak. Dan skud hy sy kop. Hy gaan nie langer wag nie. Dit kan Myburgh tyd gee om spore te maak, as hy nie reeds het nie. Hy gaan ondersoek instel.

Toe Els opdaag, klim Kassie uit sy motor en maak die deur saggies toe. Hy wink Els nader. Dié se oë is so groot soos pierings.

"Toe maar, ons is twee teen een," stel hy Els gerus.

"Hoekom dink jy dis Myburgh?"

"Ek het my vermoedens, sal jou alles later vertel." Kassie verduidelik kortliks hoe hy wil hê hulle te werk moet gaan. Hy sal by Myburgh se deur klop terwyl Els buite sig wag. Twee mense by die deur kan Myburgh onrustig maak. Kassie sal Els roep wanneer die tyd ryp is.

Hy weet hy volg nie die regte polisieprosedure nie, maar wil nie vooraf aan Myburgh adverteer dat hulle van die polisie is nie.

Hulle loop geruisloos na die ingang. Die voorportaal lyk sliertig. Die verf aan die vuilblou mure dop af. 'n Graffiti-kunstenaar het met rooi spuitverf manlike geslagsorgane as versiering aangebring aan weerskante van die hyser. Ou koerante en gemorspos lê op 'n hoop in 'n stowwerige hoek. 'n Suur klank van verval hang swaar oor die plek.

In die ratelende hyser op pad na die tweede verdieping haal Kassie sy Z88-dienspistool uit sy holster en sit sy hand met die pistool in die groot sak van sy windjekker. Dis waarom hy dié soort windjekkers verkies, al beskou sy kollegas dit as common en kry 'n mens dit net by 'n fabriekswinkel in Eersterivier. Dit het yslike sakke. Els voel-voel senuweeagtig aan sy eie holster onder sy baadjie.

"Is jy seker jy wil alleen by sy deur staan, Kassie?"

Hy knik. "Alles sal oukei wees."

Hulle loop op hul tone na 202. Kassie kyk rond en beduie vir Els hy moet buite sig om 'n hoek wag. Dit is sowat vyftien meter van Myburgh se woonsteldeur. "Relax net," fluister Kassie, "ek sal jou roep." Els knik terwyl hy sy onderlip senuweeagtig kou.

Kassie druk 202 se voordeurklokkie lank, hoor hoe die skril klank in die nagstilte weergalm. Na 'n tydjie, wat vir hom na 'n ewigheid voel, gaan 'n lig diep in die woonstel aan. Hy sien die skynsel in die deur se geriffelde glaspaneel. 'n Groot skaduwee kom nader en skielik wonder Kassie of hy nie 'n fout maak om die man alleen te konfronteer nie. Dis 'n gevaarlike donner.

"Wie's dit?" kom 'n stem bars aan die ander kant van die deur.

"Ek het vir jou 'n boodskap oor die Mercedes," sê Kassie.

Bruno Myburgh maak die deur oop met 'n kaal, harige bolyf en net 'n wit oefenbroekie aan. Sy bruingebrande bene lyk soos kremetartstompe.

"Jissis, dis laat," sê hy met 'n frons en oë wat dik geslaap is. "Wie's jy?"

"Kan ek inkom?" Kassie praat in 'n fluisterstem: "Ek wil nie hier buite met jou oor só 'n sensitiewe saak gesels nie. Ben Haarhoff het my gevra om jou te kom inlig oor 'n . . . 'n groot gemors."

Myburgh maak die deur wyer oop. Hy hou Kassie agterdogtig dop terwyl hy die sitkamerlig aanskakel.

"Watse gemors?"

"Dit was nie Wessels se Mercedes wat jy opgeblaas het nie." Kassie hou Myburgh fyn dop.

Sy gesig verraai die skok, ongeloof. Sy oë knipper. "Natuurlik was dit . . . Wie de fok is jy?" Sy lang snorpunte tril liggies.

"Speurinspekteur Kassie Kasselman. Ek het jou in hegtenis kom neem." Sy hand omklem die pistool in sy sak. Hy probeer dit uitpluk, maar die loop haak aan iets vas. Hy pluk weer hard, maar die pistool se loop raak net meer verstrengel in 'n klomp los garing.

Myburgh se hand skiet vorentoe soos 'n mamba wat pik. 'n Staalgreep omklem Kassie se regterpols. Met sy ander hand gryp hy Kassie aan die skouer en swaai hom om sodat hy sy borskas teen die binnemuur vaspen. Die drukking van Myburgh se arm in sy rug pers die lug uit Kassie se longe. Hy snak desperaat na asem. Myburgh se kragtige greep om sy pols laat hom die pistool los.

"Haal jou hand baie stadig uit daai sak," kom die man se stem, "anders breek ek jou fokken nek."

Kassie voel hoe Myburgh die pistool uit sy sak loswikkel en uithaal. Sy polsslag hamer in sy keel. Hy was onnosel om alleen na Myburgh se voordeur te kom. Hy kan ook nie bekostig om Els nou te roep om te kom help nie. Myburgh sal hom bloot as skild gebruik. Die onervare Els sal nie 'n kans staan nie. Hy hoop Els bly vir eers net waar hy is. Hy sal weldra uitvind Kassie is in die moeilikheid en dan hopelik weet wat om te doen.

"Reg," sê Myburgh, "draai maar om en haal vir my die boeie af wat aan jou gordel hang." Hy grynslag terwyl hy die voordeur toemaak en sluit. Myburgh hou die Z88 enkele sentimeters van sy neus terwyl Kassie die boeie gedweë oorhandig.

Myburgh beduie met die pistool hy moet weer omdraai. Hy voel hoe Myburgh hom behendig met een hand boei terwyl die Z88 in sy rug boor. Dan gryp hy Kassie aan die kraag en dwing hom om op 'n rusbank te gaan sit. Hy neem staande stelling voor hom in, 'n grynslag op sy gesig.

'n Enkele kaal gloeilamp belig Myburgh van agter, maak dat hy nóg groter lyk. Myburgh herinner hom aan 'n sumo-stoeier, behalwe dat hy spierbulte het waar sumo-stoeiers se vetrolle sit.

"Hoe het jy geweet ek het dit gedoen?" Hy krap met die pistoolloop se punt tussen sy ruie borshare rond.

"Ek verklap nie graag my bronne nie. Maar as jy bereid is om jouself nou oor te gee . . ."

Myburgh onderbreek hom. "Kyk, mannetjie, jy gaan nie vir my voorwaardes stel nie. En moenie met sulke kak antwoorde na my kom nie. Ek het jou 'n vraag gevra en ek wil nóú 'n antwoord hê." Hy lig die pistool. "Anders doen hierdie meneer van jou die praatwerk." Hy lag. "En die bure sal nie 'n oog knip oor die lawaai nie. Dis 'n rowwe plek dié. Hier mind almal hulle eie business."

"Jy sal dit nie waag om my te skiet nie. My kollegas weet van jou. Trouens, die plek is omsingel," sê Kassie. "Ons is met vier polisievoertuie hier."

Myburgh lag weer. Sy stem dreun diep uit sy borskas soos die gedonder van 'n elektriese storm. "Bullshit! Jou buddies sou al lankal in my woonstel gewees het. En ek het by die venster uitgekyk toe jy die klokkie gelui het. Daar's nie polisie-vans nie. Dink jy ek's onder 'n fokken kalkoen uitgebroei?"

Hy tik ongeduldig met die pistool se loop teen sy bors. "Ek wag vir 'n antwoord."

"Haarhoff het gepraat. Ons het hom in hegtenis geneem," sê Kassie.

Myburgh grynslag. "Wanneer? Want ek het 'n uur terug met hom oor die telefoon gesels." Sy blik is koud en gevoelloos, sy mond skeef getrek. Die spoeg spat toe hy sê: "Lyk my nie ek gaan jou samewerking kry nie!"

Hy kom staan vlak voor Kassie, buk af na hom. Klap

hom liggies teen die kop. Kassie kan sy slegte asem ruik. Sy knoetsneus vertoon 'n netwerk van rooi en blou aartjies. Sy oë sit naby mekaar, pikswart en op skrefies getrek. Die wit uitstulping van 'n letsel krul soos 'n slang van onder sy ken in sy nek af. As hy praat, wip sy welige snor op en af en in 'n hees fluisterstem sê hy: "Oukei, kom ons kyk hoe dapper is jy regtig."

Kassie se nekhare rys. Die bliksem is tot enigiets in staat.

Hy slaan Kassie onverwags met die rugkant van sy hand deur die gesig. Kassie se kop ruk agtertoe. Sy wangbeen pyn en hy kry die metaalsmaak van bloed in sy mond. Hy voel hoe 'n straaltjie uit sy neus loop.

Myburgh kom orent, staan 'n meter terug. "Ek gaan net tot tien tel. Daarna blaas ek jou kop weg. Dis nou die tyd om soos 'n budgie te sing, speurfokkeninspekteur Watsenaam!"

Kassie se verstand vries. Hy sal nóú iets moet doen, anders is hy moer toe. Hy wil skreeu sodat Els hom kan hoor.

Maar dan ruk hulle albei van die skrik toe 'n oorverdowende lawaai in die woonstel langsaan opklink. Dit moet uit groot luidsprekers kom, want die klankgolwe van elektriese kitare en tromme van 'n heavy metal-groep vibreer tot in Myburgh se woonstel.

Myburgh grynslag. Hy verhef sy stem. "En die fokker van langsaan gaan sommer help dat niemand die skoot hoor nie." Hy wag. "Een!" bulder hy.

Dan: "Twee!"

"Oukei, ek sal als vertel," sê Kassie so hard as wat hy kan. Hy weet nog nie wat dié als is nie. Sy fokken brein weier om sy gedagtes sinvol te orden. Hy sal net moet konsentreer om kalm te bly, flits dit deur sy kop. Hy moet

tyd wen. Els sou al lankal besef het hy is in die moeilik-
heid.

"Ek luister!" skree Myburgh met 'n grynslag. "Drie!"

Hy hou die rewolwer 'n halwe meter van Kassie se
kop, sy vinger om die sneller gekrul. "Vier."

"Ek het . . . 'n tyd gelede . . ."

"Praat harder," skree Myburgh, "ek kan jou nie hoor
nie!"

"Ek het op die internet gesien jy en Haarhoff is vrien-
de."

Myburgh frons: "En? Wat het dit met die bomontplof-
fing te doen?"

"Ek het ook inligting bekom dat jy iewers in Afrika 'n
klomp ministers met 'n bom opgeblaas het . . ."

"By wie het jy dit gehoor?"

"By iemand wat saam met jou in Botswana was."

"Wie? Moenie in fokken raaisels praat nie!"

"Brink van Dyk het my vertel."

"Het jy hom geken?" vra Myburgh.

Kassie knik. "Hy was my vriend. Aaklig dat hy op so 'n
wrede manier om die lewe gebring is. Ek het 'n vermoede
Haarhoff was daarvoor verantwoordelik. Brink het begin
kriewelrig raak oor hul bedrywighede en te veel begin
praat."

Myburgh staar na hom. Skielik merk Kassie 'n flikke-
ring in sy oë. Myburgh se kop ruk op, sy blik iewers agter
Kassie. Hy lig die Z88 op.

Kassie skop instinktief. Sy skoenpunt tref Myburgh
se arm 'n breukdeel van 'n sekonde voor hy die sneller
trek. Die knal donder in die woonstel en laat Kassie se
ore suis.

Dan knal nog 'n skoot. Myburgh gryp na sy borskas.
Die skoot slinger hom agteroor asof hy met 'n koevoet

geslaan word, hy tuimel oor 'n stoel, die pistool kletter neer op die outydse blokkiesvloer. Hy val op sy rug, maar draai op sy sy toe hy die vloer tref, sy hand oor die wond in sy harige bors. Sy liggaam begin ruk. Hy roggel, 'n laaste trilling golf deur sy yslike torso voordat hy op sy rug tot ruste kom. Sy verskrikte oë dop 'n keer om sodat net die wit balle sigbaar is, dan staar die donkerbruin kykers glasig verby Kassie se regterskouer na die plafon. Bloed borrel uit die gat in sy borskas en maak 'n rooi vlek op 'n wit wolhaarmatjie.

"Is jy oukei, Kassie?" hoor hy Els se stem agter hom.

Hy kyk om. Els staan met sy dienspistool in 'n bewende hand in die sitkamer se deur.

"Bliksem, Rooi, wáár kom jy vandaan?"

Els praat hygend, soos iemand wat ver gehardloop het. "Jissis, Kassie, as jy nie sy arm raakgeskop het nie, was ek nou vrek. Die koeël is net-net bo my kop verby. Ek . . . ek het nou amper in my broek geskyt van die banggeit."

"Dit maak twee van ons. Maar hoe het jy in sy woonstel gekom?"

"Ek kon nie meer daar bly staan nie. Ek het nader gekom en om die hoek geloer. Toe sien ek hoe die deur toegemaak word. Ek kon die sleutel in die slot hoor draai. Ek kon nie verstaan hoekom jy my nie geroep het nie. Ek het deur 'n skrefie in die gordyne gesien hoe hy jou boei. Fok, toe weet ek hier's groot marakkas."

Hy vee met sy voorarm die sweet van sy voorkop af. "Ek het Myburgh se buurman opgeklop, hom vertel watse fokkop hier aan die gang is. Ek wou na die uitleg van sy woonstel kyk om te bepaal hoe ek by hierdie een gaan inkom. Ek het die groot luidsprekers in sy sitkamer gesien. Ek het toe vir hom gesê om my 'n minuut te gee sodat ek gereed kan staan by Myburgh se badkamervenster voordat hy die musiek full volume moet gooi. Ek het toe die badkamervenster met die pistool stukkend gekap en dit oopgemaak. Gelukkig was dit groot genoeg om deur te klim. Ek het maar net gebid Myburgh hoor my nie."

Hy beduie wild, nog met die pistool in sy hand. "Toe ek by die deur kom, het hy my gesien. Hy was vinniger as ek . . . maar gelukkig het jy geskop." Hy skud sy kop. "Ek't net my oë toegemaak en in sy rigting geskiet, Kassie."

Iemand in 'n ander woonstel hamer hard teen 'n muur. Kassie vra dat Els die boeie moet oopsluit. "Dan gaan sê jy vir die ou langsaan dat hy sy musiek maar kan afsit. Die hele blok is seker nou wakker."

Eers toe sy hande vry is, merk Kassie op syne bewe net so kwaai soos Els s'n. Hy draai na hom toe. "Jy't goed gedoen, Rooi. As jy nie so flink gedink het nie, was ek nou beslis ook geskiedenis."

"Ag, daai's sommer niks, Kassie," kom die verleë reaksie.

Toe Els uit is na die buurman toe, kyk Kassie peinsend na die lewelose liggaam op die vloer. Sy brein weier nog om te bespiegel oor wat die gevolge van sy onbekookte plan gaan wees. Hy het teen alle polisieprosedure in sonder uniforms hierheen gekom en boonop vir Myburgh alleen gekonfronteer. En nou, om alles te kroon, is Myburgh so dood soos 'n drol . . . 'n Belangrike getuie wat weens Kassie se oorywerigheid om hom vas te trek nooit weer gaan praat nie. Dié hele ding gaan net so 'n groot fokkop word soos die Nienaber-fiasko. Koza gaan sy speelgoed by die kinderkatel uitslinger.

Toe Els terug is in die woonstel, vra hy: "Sê my, Kassie, hoe't jy geweet dis dié ou wat verantwoordelik was vir die bom by die Newlands Inn?"

Kassie besluit om vir eers niks te sê van wat Van Dyk se

vrou hom oor die bom in Afrika vertel het nie. Hy weet nie of hy Els al met sulke inligting kan vertrou nie. Netnou praat hy rond. Hy wil nie hê Van Dyk se vrou moet later onder kruisverhoor geneem word deur mense wat eintlik hul eie vure wil doodslaan nie. Hy besluit om hom ook nie te vertel van die stelling oor Haarhoff waarmee hy Myburgh so ver gekry het om die deur oop te maak nie.

"Ek het nie regtig geweet nie. Ek het maar geraai. Onthou jy die foto op die internet van Myburgh saam met Haarhoff?"

Els knik.

"Nou ja, die beskrywing van 'n verdagte wat twee van die mense by die Inn vir my gegee het, het my aan Myburgh laat dink. Maar wat my eintlik op sy spoor gesit het, was dat ek 'n sigaarstompie by die Inn opgetel het soortgelyk aan die een by die Van Dyk-huis."

"Maar jy't gesê die sigaar behoort aan een van mevrou Van Dyk se vriende?"

"Sy was nie heeltemal seker daarvan nie," lieg Kassie gladweg. "Nietemin, toe bel ek een van my pelle wat ook seëls versamel."

"Seëls?" vra Els verbaas.

Kassie glimlag. "Nie eintlik net seëls nie. Driesie versamel als waarop hy sy hande kan lê. Ou koekblikke, dinky-toys, oorlogmedaljes, vuurhoutjiedosies . . ."

Hy haal die sigaarstompie wat hy by die Inn opgetel het uit sy sak en wys dit vir Els. "Asook die bandjies wat om sigare kom. Hy het my beskrywing van hierdie bandjie om die sigare by die Van Dyk-huis en die Inn geëien as rookgoed wat 'n mens nét in die Kongo kry. Driesie sê dit is 'n plaaslike brand daar en glo so sterk soos die hel."

Els se mond gaap oop. "Nè! En ons het mos juis op die

internet gelees Myburgh het lank in die Kongo ge-operate en was daar in die tronk."

"Ja, die toeval was eenvoudig te groot."

"Hel, Kassie, daai was goeie speurwerk!" sê Els bewonderend.

Kassie kyk rond in die vertrek terwyl hy die lateks-handskoene uit sy broeksak haal. "Rooi, kom ons krap 'n bietjie hier rond. Ek soek spesifiek na 'n rugsak waarvan die twee mense by die Inn gepraat het."

Hulle soek nie lank nie. Die rugsak lê onder in die hangkas. Hulle loer versigtig in, die inhoud daarvan verdoemend: 'n jagtersmes, bloedgevlekte oorpak, gereedskap en 'n penflits. In dieselfde kas kry hulle twintig pakkies Kongo-sigare, netjies opgestapel langs die dooie man se onderbroeke. "Hier wag maklike opruimwerk vir forensies se mense," merk Kassie op.

Hy kan die onvermydelike nie vir ewig uitstel nie. Hy bel Koza op sy selfoon. Dié lig hom in hy is nog op kantoor. Hy sê kommissaris Labela is ook daar. Kassie vertel hom vlugtig van die gebeure soos hy dit aan Els oorgedra het. Hy lig hom in oor die rugsak en die inhoud daarvan.

Koza kan sy verbasing beswaarlik wegsteek. Kassie hoor hoe hy die inligting aan Labela oordra. Hulle praat in gedempte stemme. Kassie verwag die ergste. Die adjunkhoof van polisie kan hier en nou besluit hy moet afgedank word.

Maar hy is verras toe Koza weer praat. "Hel, Kassie, dis briljant! Alles val nou in plek." Koza probeer nie juis om sy opgewondenheid te verberg toe hy Kassie van die aand se ander gebeure vertel nie.

Kassie luister met 'n frons op sy voorkop.

"Nou het ons waaragtig op een aand gróót deurbrake

gemaak," sluit Koza af. "Dis jammer Myburgh is dood, maar soos die kommissaris self sê, hy glo Els moes uit selfverdediging skiet. Wens hom sommer namens my en die kommissaris geluk."

Kassie staar peinsend na die foon nadat hulle klaar gesels het. Hy kan steeds nie sy ore glo nie. Koza en Labela klink verheug omdat Myburgh die ewigheid ingestuur is.

Iets is nie pluis nie. Hy weet hy beweeg steeds op 'n terrein waar hy weer sy eie werk in gevaar stel, maar hy gaan die inligting oor Haarhoff eers terughou.

Hy het tyd nodig om te dink. Alles klink net te goed vir woorde. Iets aan Koza se storie hinder hom. Hou dit verband met Labela se teenwoordigheid daar?

Hy vra Els om in die sitkamer vir moontlike leidrade rond te kyk. Hy stap terug na Myburgh se slaapkamer. Hy het Myburgh se selfoon vroeër half weggesteek sien lê op die vloer tussen die bedkassie en bed. Hy wou dit nie optel nie. Dis forensies se werk om sulke goed te hanteer.

Maar hy buk af, sien die selfoon is aan 'n laaier gekoppel. Hy trek die laaier by die muurprop uit en steek dit saam met die selfoon in sy windjekker se sak. Hy maak ook die deur van die bedkassie oop en begin om deur 'n stapel papiere te vroetel.

50

Die tweeling sit weerskante van Ryan terwyl hy die koerant lees. Sedert hy terug by die huis is, is hulle nooit ver van hom af nie. Hulle is seker bang hul pa sal net weer verdwyn. Hy probeer hard om vir sy afwesigheid in hul lewens te vergoed. In die paar dae wat hy terug by die huis is, help hy met skoolwerk, woon hy hul sportbyeenkomste by en speel hy videospeletjies saam met hulle.

Lea kom by die leefvertrek in met 'n koppie koffie vir hom. Sy lag. "Hierdie vyfsterbehandeling gaan nie vir altyd aanhou nie."

"Ja, as julle weer gewoond is aan my, sal ek seker die kos moet maak. Ek is mos nou werkloos," terg hy.

Sy skud haar kop. "Jou besluit om by Star Petro te bedank, was jou eie."

Ryan glimlag. "En ek is nie vir 'n oomblik spyt daaroor nie. Nigerië sien my nooit weer nie."

"Hoef wynboere nie Nigerië toe te gaan nie?" vra die tweeling in 'n koor.

"Nee, wynboere bly altyd op hul plase en by hul vrou en kinders," stel hy hulle gerus terwyl hy vir Lea knipoog. Hulle gesin vertrek môre vir 'n paar dae Kaap toe. Hy is van plan om 'n klein wynplasie in die Boland aan te skaf. Hy het reeds met eiendomsagente daar in verbinding getree en 'n hele paar eiendomme is in sy prysklas. Hy het die afgelope dekade genoeg geld weggesit om 'n plaas te kan bekostig. As hy sy huis hier vir 'n redelike prys kan verkoop, sal hy vir minstens nog drie jaar 'n inkomste hê as die plaas nie onmiddellik geld genereer nie. Buitendien is Lea deesdae 'n gesogte kunstenaar en kan sy hoër pryse vir haar skilderye vra. Die Kaapse kunsmark was nog altyd lewendig.

Sy tyd in die gyselaarskamp was 'n traumatiese ondervinding waaroor hy weet hy in die toekoms nog vele slapelose nagte gaan hê, maar dit het darem sy prioriteite reggekry. Sy gesin sal voortaan al sy aandag en energie geniet. Hy besef nou niks in sy lewe is so kosbaar soos hulle nie.

"Het julle al gepak?" vra Lea vir die tweeling.

"Nee, maar . . ."

"G'n nee-maars nie, gaan doen dit sommer nou," sê sy streng. Hulle staan teensinnig op. "En onthou, ons gaan net vir vier dae weg. Moenie al julle klere wil saampiekel nie."

Toe hulle uit is, beduie sy na die koerant. "Ek kry Amelia bitter jammer. Sy het halsoorkop verlief geraak op die man . . . en nou dít."

" 'n Verdomde wapensmokkelaar," sê Ryan. "Ek hoop hulle sluit hom lank toe."

Lea ril. "Amelia se lewe kon in gevaar gewees het. Hy klink na 'n gevaarlike vent."

Ryan beduie na die koerant. "En om te dink Bester is nogal 'n gewese polisieman! Wat sê dit van ons land se bewakers?"

"Ek sien hy pleit onskuldig."

"Ja, die verdomde bedrieër! Gelukkig is daar nie borgtog toegestaan nie. Dit gaan 'n interessante hofsaak afgee.

Amelia sal seker ook getuig. Ek dink sy sien uit na die geleentheid om sy doppie te help klink."

"Sy sê hy het nogal die vermetelheid gehad om haar kort voor sy inhegtenisname te SMS met die boodskap dat hy alles later sal kan verduidelik," sê Lea.

Ryan snork. "Hy lieg so dat hy homself glo." Hy tel die koerant op. "Wanneer verskyn Amelia se artikel in *Time* oor daai Nigeriese boef?"

"Dit is môre op straat."

"Niks in daai land verstom my meer nie. Maar die Nigeriese owerhede sal die *Time*-artikel nie kan ignoreer nie. Die druk gaan op hulle wees om iets daadwerkliks aan hom te doen." Hy glimlag. "Ek is net bly ek is nou vir eers uit die nuus."

"Jy't oornag 'n volksheld geword. Ek is trots op jou," sê sy en vryf haar hand deur sy hare.

Hy lag. "Alles aan jou vriendin se goeie skryfvernuf te danke. Sy het nie 'n idee hoe hierdie held se broek by tye gebewe het nie."

51

'n Beampte van korrektiewe dienste maak die seldeur in die Pollsmoor-gevangenis vir Herman Louw oop. Hy kom onseker in. Carl staan op, groet hom, wys na die enigste stoel.

"Sit jy daar. Ek sal op die bed sit."

Hy het Louw vlugtig voor sy eerste hofverskyning ontmoet. Daarna het hulle twee dae gelede 'n lang telefoongesprek gevoer. Vandag is hul eerste behoorlike sessie saam. Louw is deur 'n vriend in die polisiediens aanbeveel. "Hy's 'n skerp bliksem, Carl," het Ton van Rooyen gesê.

Carl beskou sy prokureur. Hy het 'n liggrys pak aan wat styf om sy effens gesette lyf span. 'n Styselwit hemp is in skrille kontras met 'n veelkleurige gestreepte sportdas. Twee silwer krieketkolwe is op die das geborduur. Sy donker hare is netjies gesny, effens grys aan die slape, groot oë wat onder die ruie wenkbroue uit gluur, 'n rooi neus, boelhondwange wat sy lippe afkamp in 'n droewige formasie. Carl skat hy moet aan die verkeerde kant van veertig trek.

"Word jy darem goed behandel?" vra hy. Carl knik bloot.

Louw sug. "Dinge lyk nie goed vir jou nie, Carl." Hy druk-druk met 'n maroen sakdoek teen sy breë voorkop.

Dit is bedompig in die sel en hy kan sien Louw is 'n swe-ter.

"Solank my eie prokureur my net nie begin bevraag-teken nie!" sê Carl geïrriteerd. Louw het tydens hul tele-foniese gesprek nie geklink of hy oortuig is van sy storie nie.

"Natuurlik glo ek jou." Hy haal sy skouers op, amper verskonend. "Maar die staat het 'n waterdigte saak."

"Daar moet gate wees, Herman! Dis belaglik dat ek hier sit!" Carl staan op, stap na die venstertjie en kyk deur die tralies na 'n vaal en troostelose vierkant. 'n Uniformman stap stadig op die gruis verby, 'n sigaret in sy mond.

"Reg, reg, ek kan jou frustrasie begryp, maar kom ons gaan weer deeglik deur die bewyse wat die staat voor-hou," dreun Louw se geduldige stem.

Carl draai om, stap terug en gaan sit weer op die bed. Dieselfde bed waar hy gedurende die nag dosyne kere protesterend wakker geskrik het met gebalde vuiste en 'n natgeswete lyf. En elke keer besef het die nagmerrie was nie net 'n droom nie.

Louw haal 'n lywige dokument uit sy grys volstruis-leer-aktetas, stryk sy das met sy linkerhand glad. "Eer-stens, die bandopname wat hulle van jou gesprek met Haarhoff-hulle gemaak het. Ek het vanoggend twee keer daarna geluister. Dit klink nie goed nie. Jy bevestig daarin jy het al baie jobs vir Adaka gedoen."

Carl skud sy kop. "Ek het nie geweet wat Adaka vir hulle alles vertel het nie. Ek het gedink hy het moontlik by hulle gespog met my vermoëns om sy verraad teenoor hulle te regverdig. Ek wou nie vir Adaka weerspreek nie. Ek het net my bleddie rol as polisiemol probeer vertolk."

Louw knik, vee weer met die sakdoek oor sy gesig. "En dit is hoekom jy Haarhoff ook nie reggehelp het toe hy die stelling gemaak het dat jy al vir die Taliban wapens afgelewer het nie?"

"Korrek."

"Hoekom het jy nie jou onskuld verklaar die aand toe Koza jou in hegtenis geneem het nie? Dit sou gehelp het as dit ook op die bandopname was."

Carl moet konsentreer om sy emosies te beheer. Hy het dit oor die telefoon vir Louw verduidelik. "Ek het gedink die hele affêre was 'n groot misverstand, dat Koza se eenheid met hul eie ondersoek na wapenhandel besig was en hulle my verkeerdelik as 'n handelaar geïdentifiseer het. Toe Koza met sy rewolwer op my afstorm, het ek gedink Haarhoff-hulle is speurders. Ek wou nie toe praat nie. Ek het geweet Wessels sal dit kan regstel sonder dat ons skade aan ons eie ondersoek doen."

" 'n Mens hoop net 'n regter interpreteer dit só. As hy gaan glo jy was 'n wapenhandelaar en nie 'n polisiemol nie, gaan die bandopname verdoemend wees. Verdoemend." Hy skud sy kop. "Die feit dat daar 'n groot hoeveelheid geld in jou Weideman-bankrekening betaal is deur iemand in Somalië, help ook nie."

Carl verwerdig hom nie om die prokureur te antwoord nie. Hy het dit ook oor die telefoon verduidelik! Hy kom weer orent, gaan staan met sy rug teen die muur. Teen die oorkantste muur is 'n tekening van 'n skedel. In rooi. Onderaan staan uitgekrap: *JOU MA SE MOER.*

"Iemand anders in die aksie-eenheid moes tog geweet het Wessels en September was met dié ondersoek besig?"

Louw lek sy lippe nat voor hy praat. "Nie 'n siel nie . . . nie 'n enkele siel nie."

Sy woorde eggo tussen die vier mure van die betonsel. Carl kyk op, 'n spinnekoppie skarrel vinnig oor die pla-

296

fon. Hy loop stadig na die bed, gaan sit weer. Hy het dit verwag. Wessels was soos 'n geslote boek as dit by ondergrondse operasies gekom het.

Louw herhaal wat hy dink: "Dit is soos jy oor die foon gesê het, Wessels het nie inligting oor sy geheime ondersoeke met ander gedeel nie."

"Hoe de fok dink hulle weet ek van September se bestaan as alles so 'n geheim was?"

Louw frons. Hy maak 'n vinnige aantekening. "Goeie punt . . . goeie punt." Hy streel oor sy ken. "Wel, ek dink hulle reken jy moes op 'n manier uitgevind het. Jy en Wessels het mekaar goed geken."

"Wat van die CIA?" vra Carl. "Hulle móés tog iets weet . . . dat ek betrokke was."

"Hulle sê September was hul kontakman. Hulle het gereken hy was die mol, hulle was nie van jou betrokkenheid bewus nie."

"En die besending wapens wat hulle gestuur het? Wat dink hulle het daarvan geword?" Hy hoor die drif in sy eie stem.

Louw haal sy skouers op. "Die CIA speel onskuldig. Hulle weet nie vir wie dit bestem was en of dit ooit afgelewer is nie."

Carl dink diep, sê dan hoopvol: "September moes ten minste 'n afskrif van die Weideman-biografie by hom gehad het."

Louw maak 'n hopelose gebaar. "Volgens my bronne bestaan daar nie só 'n biografie nie. Die polisie het self deur sy huis gaan snuffel. Niks gekry om die saak vir hulle op te helder nie. Ook niks van belang in Wessels se kantoor gekry nie."

Carl herhaal wat hy gisternag verskeie kere vir homself gesê het: "As ek net nie die biografie vernietig het nie!

297

Maar dit was my opdrag. Ek het dit met my dwelm-ondersoek ook gedoen, 'n mens laat lê nie sulke goed rond nie."

Hy kyk op na die swetende man voor hom. "Het jy al hier by Pollsmoor gaan navraag doen of daar 'n rekord van 'n Carl Weideman is? Dit bewys tog die Weideman-karakter is fiktief vir my geskep. Hulle kan my loopbaan by die polisie nagaan. Ek was nooit voorheen hier nie."

"Ja, amper vergeet ek," sê Louw verskonend. "Een van my mense het kom navraag doen. Geen rekord van 'n Carl Weideman nie. Nie 'n enkele verwysing nie."

Carl voel hoe die bloed in sy gesig klim. "Dis onmoont-lik! September-hulle sou nie só 'n fout gemaak het nie." Hy stut sy kop met sy hande, sê dan meer vir homself as vir Louw: "Iemand moes die Weideman-biografie in die hande gekry het en seker gemaak het die Pollsmoor-rekord word vernietig."

Weer die paaiende, gerusstellende stem: "Ons sal weer met die personeel hier praat." Louw kug, kyk nogmaals na sy dokumente. "Jou Weideman-paspoort is ook ver-doemend. Volgens dit het jy die Oekraïne, China, Arme-nië en Angola besoek in die tyd toe jy nog 'n polisieman was. En volgens die polisie is dit nie vervalste stempels nie, maar die ware Jakob."

Carl glimlag wrang. "Ja, Wessels het niks aan die toeval oorgelaat nie. Hy sou gesorg het die stempels lyk oor-spronklik, maar ek kan jou verseker ek was nie naby daardie lande nie." Sy eie woorde klink vir hom vals. Jis-sis, hy begin al soos 'n skuldige te voel.

Louw se oë is stip op hom gerig van onder die ruie wenkbroue, hy tik met 'n dik wysvinger op die doku-mente. "Hulle beweer jy het jou vryheid in die dwelm-ondersoek misbruik om wapens te smokkel. Jy was in daardie tyd nooit op kantoor nie. Jy kon maklik oorsee gegaan het sonder dat iemand daarvan weet."

Carl moet sy asem diep intrek en dit stadig uitblaas. Hy moet kalm bly. Dit is nie die vyand voor hom nie, dis sy fokken prokureur. Hy sê desperaat: "Hulle het geen benul van wat ek tydens die dwelmondersoek moes deurmaak nie. Net om te wil beweer ek het nog tyd gehad om wapens aan te koop en af te lewer, bewys dit."

Louw beduie met sy hand. "Voor ek vergeet. Jy het gesê jy was 'n paar dae in die hotel in Groenpunt om jou opdragte by Wessels en September te kry. Dit sal baie help as . . ."

"Ek het uit my eie sak betaal. Wessels sou my later terugbetaal het," jok Carl. Pleks hy het sy trots gesluk en die polisie onmiddellik laat betaal het!

Louw kyk weer af na sy dokumente. 'n Sweetdruppel plons van die punt van sy neus op die papier en maak 'n donker vlek. Hy talm 'n oomblik voor hy weer praat. "Nog 'n ding, dié Amelia Smit-vrou het 'n verklaring afgelê dat jy in Port Harcourt by Adaka was."

Elke stelling van Louw voel soos 'n vuishou in sy maag. Sy kon natuurlik nie vinnig genoeg na die polisie toe hardloop nie.

"Ja, dis waar," sê Carl moedeloos. "Ek het met hom kontak gemaak in my hoedanigheid as polisiemol." Hy kyk op na Louw. Hy kan die ongeduld beswaarlik uit sy stem hou. "Hoeveel keer moet ek dit ook nog vir jou sê?"

Iewers in die verte klap 'n seldeur hard toe en laat die prokureur se kop ruk. Hy skuif ongemaklik vorentoe op die stoel en bring nog 'n dokument te voorskyn. Carl wonder of Louw 'n goeie keuse as prokureur was. Hy kom baie negatief voor. Hy het nog nie een keer met 'n positiewe of innoverende voorstel vorendag gekom nie.

Dit is asof hy aanvaar daar is min salf aan Carl se saak te smeer. Asof hy klaar die handdoek ingegooi het.

Louw se selfoon lui skielik, die luitoon dié van 'n hoenderhaan wat kraai. Hy kyk verskonend na Carl. "Dis my kantoor. Hulle sal my nie hierheen bel as dit nie belangrik is nie. Ek beter hoor."

Carl bid dit is goeie nuus, dat iemand iets gekry het wat sy onskuld bewys. Hy hou Louw dop. Dié luister aandagtig, begin vinnig aantekeninge op die agterkant van 'n dokument maak. Toe hy klaar is, voorspel die diep keep oor die lengte van sy voorkop en die erns in sy oë egter niks goeds nie.

"Nuwe wending, ons kantoor het pas 'n beëdigde verklaring ontvang." Hy praat afgemete. Die gerusstellende stemtoon is deur 'n koue saaklikheid vervang.

Carl kyk in ongeloof na die swetende Louw. "Jissis, Herman," sê hy toe die prokureur klaar gepraat het, "iemand het vir my 'n slagyster gestel! Iemand wat hul spore vinnig moes doodvee, het my in hul strik laat trap. Die enigste mense wat my onskuld kon bewys, is dood." Hy slaan hard met sy vuis op die bed. "Kan jy dit nie insien nie?"

Die prokureur kyk net met 'n frons na hom.

52

Dolf se eerste hou vang Ben skrams teen die kaak, die tweede vol op die mond. Hy proe bloed. Dan tref die groot vuis hom op die neus. Iets kraak. Die hou slinger hom teen die muur vas. Sy bene wankel en hy tuimel vooroor op sy knieë. Die staanlamp kantel om en val met 'n dowwe slag teen die hoek van die lessenaar.

"Asseblief, Dolf," smeek hy, maar hy kry 'n skop in die ribbes wat hom op sy rug laat beland. Nog twee skoppe, op sy heup en in sy sy, stuur steekpyne deur sy lyf. Dolf pen hom met 'n buffelleer-skoen op sy borskas teen die vloer vas.

"Hoe kon jy!" sis hy deur geklemde kake.

Hy het Dolf nog nooit só gesien nie. Sy gesig is rooi, sy oë peul uit hul kasse, daar is speeksel in sy mondhoeke. Hy hou sy vuis steeds dreigend gebal.

Ben vervloek Vusi in sy binneste. Toe hy en Dolf vanoggend op die luidsprekerfoon met Vusi praat oor hul sessie met Carl Bester, het Vusi verwys na Myburgh wat Brink vermoor het. Vusi was ontsteld omdat Ben hom nie vroeër daaroor ingelig het nie. Hy het Ben en Dolf ook vertel van die sigaarbandjies wat Kasselman na Myburgh gelei het. "As Myburgh nie doodgeskiet is nie, het ons groot probleme gehad. Hy sou gesing het. Dan was al ons planne in hul moer in."

Dolf het verstar toe hy dit alles hoor. Sy oë het gate in Ben geboor. Na die telefoongesprek het hy gevra om Ben in sy kantoor te sien. Ben het die ergste verwag, maar het nie voorsien hy gaan hom aanrand nie.

"Jy het Myburgh opdrag gegee om van Brink ontslae te raak," sê hy nou. "Jy . . . jy . . . jy!" beklemtoon hy die woord deur elke keer hard op sy bors te trap. "Jy is 'n gewetenlose moordenaar . . . van ons vriend, ons partner, ons buddy met die goeie hart. Met 'n vrou en dogter wie se lewens jy ook in die proses verwoes het!"

Ben begin huil. "Ek het geen ander keuse gehad nie, Dolf. Jy het self sy e-pos gesien, jy . . ."

Dolf skuif sy skoen tot op Ben se keel. "Hou jou donnerse bek! Moenie jou verfoeilike optrede probeer regverdig nie! Jy maak my siek met jou kamtige getjank!" Hy staar met haat in sy oë na Ben, sis dan deur sy tande: "Jy't nie gehuil toe jy Myburgh opdrag gegee het om Brink te vermoor nie."

Hy buk vooroor, gryp Ben aan sy baadjie se lapelle en ruk hom op sy voete. Hy lig weer sy vuis, maar slaan nie dié keer nie. Hy stamp hom teen die muur vas, draai om en stap met 'n geboë kop na die deur. "Ek bedank," sê hy toe hy stadig omdraai en Ben weer aangluur. "Vergeet van ons ooreenkoms. Ek hou al die geld wat ek uit ons wapenhandel gemaak het. En jy koop my aandeel in die vervoerbesigheid. Ek soek ses miljoen rand. Die tjek moet voor toemaaktyd op my lessenaar lê."

Hy moet nou iets drasties doen. Hy moet Dolf kalm kry, hom rede laat insien. "Dolf, luister . . ."

Maar Dolf hou sy hand omhoog om te wys hy moet stilbly. Hy gee weer 'n tree nader. "Nee, Ben, ek het in my lewe genoeg na jou geluister, nou luister jy vir 'n verandering na my! Maak presies soos ek sê of ek gaan polisie toe. Ek gee nie 'n donner meer om wat die gevolge vir my is nie, maar ek sal dan sorg jy doen voor 'n hof verantwoording vir Brink se dood."

Hy stap weer deur toe, maak dit oop. Ben sien die wit geskrikte gesig van sy sekretaresse op die agtergrond. Hy hoop nie sy het gehoor wat Dolf alles gesê het nie.

Dolf draai terug na hom. "Ek sal vandag my kantoor ontruim. Vóór vyfuur vanmiddag wil ek my geld hê. Daarna wil ek jou verkieslik nooit in my lewe weer sien nie. En moet my nooit, nooit weer kontak nie."

Toe Dolf uit is, kom klop sy sekretaresse saggies aan die deur. Hy ignoreer haar. Hy trek sy baadjie uit en strompel na die badkamer wat grens aan sy kantoor. Sy neus bloei en is geswel tussen sy oë. Hy voel versigtig daaraan, kreun van die pyn. Moet gebreek wees. Hy lig sy hemp op en sien drie rooi kneusplekke op sy bleekwit lyf. Dit sal mettertyd na blou en pers verander. Hy was sy gesig skoon en spoel die bloed uit sy mond. 'n Voortand is los.

Hy gaan sit agter sy lessenaar, hou sy kloppende voorkop met bewerige hande vas. Sy enigste vertroueling en vennoot het sy rug op hom gekeer. Hy moet 'n aardige bedrag vir Dolf se tienpersent-aandeel in die vervoerbesigheid opdok. Dit is nie veel meer as drie miljoen werd nie. Die resessie het die vervoerbesigheid ook hard geslaan. Hulle moes mense afdank en sommige bedrywighede inkort om koste te bespaar. Maar hy weet hy sal eenvoudig moet betaal. Soos Dolf vandag tekere gegaan het, glo Ben hy sal nie skroom om polisie toe te gaan nie.

Hy soek vertroosting by Vusi. Hy bel hom, lig hom in oor Dolf.

Vusi lag. "Moenie dat dit jou ontstel nie. Nou is daar meer vir ons te make uit die wapenhandel. Jy sal daai paar miljoen vinnig opmaak."

Hy weet nie of hy reg gehoor het nie. Is hy van sy sinne beroof? "Vusi, jy's nie ernstig nie! Ons kan tog sekerlik nie voortgaan daarmee nie!"

"Natuurlik gaan jy aan daarmee!" Vusi is ernstig. Ben ken daardie stemtoon. "Al jou netwerke is nog in plek. Niks het verander nie. Jy gaan net baie harder en versigtiger moet werk. Jy's nou alleen."

Hy voel die beklemming om sy hart. "Bliksem, Vusi, ons het een keer losgekom, ons kan nie weer 'n kans waag nie. Die hele wêreld se oë gaan op my bewegings wees. Na die stories in die koerant van ons heldedaad om 'n skurk ten koste van ons eie veiligheid vas te trek, is ek 'n bekende man. As die Bester-hofsaak begin, gaan die media se kollig weer op ons val. Dit gaan onmoontlik wees om soos van ouds onder die radar te beweeg."

"Jy sal net slimmer te werk moet gaan as voorheen. Ons wag net dat die stof gaan lê. Dit sal gou. Binne 'n paar maande is Bester vir ewig agter tralies en almal tevrede die polisie het 'n sluikhandelaar vasgetrek."

Hy vererg hom bloediglik. Wie de fok dink Vusi is hy? "En as ek nie kans sien om daarmee voort te gaan nie?" vra hy uitdagend.

"Dan gaan die beskerming verdwyn wat jy van my kry. Ek kan die lewe vir jou vorentoe moeilik maak. Ek sal dit nie waag as ek jy is nie. Daar is baie dinge uit die verlede wat opgediep kan word, 'n klomp geraamtes wat uit jou kas kan val."

"Vusi, dreig jy my?"

"Nee, Ben," sê Vusi. Daar is 'n kilheid in sy stem. "Ek gee jou net goeie raad." Hy lui af sonder om te groet.

Ben hou die gehoorbuis nog lank in sy hand. Hy is skielik moeg gelewe. En hy voel soos stront. Sy neus is seer. Hy haal moeilik asem en sy hoofpyn is ondraaglik.

Hy moet in die bed kom. Wat hy vir Melanie gaan sê, weet hy nie.

Hy skryf die tjek vir Dolf uit, sit dit in 'n wit koevert. Hy gee dit vir sy sekretaresse met die opdrag om dit vir Dolf te gee. Sy gaap hom oopmond aan. Hy moet bleddie gehawend lyk.

Op pad huis toe weet hy wat hy gaan doen. Hy gaan sy vervoerbesigheid in die mark sit. 'n Paar rand maak. Hy het in elk geval genoeg geld in sy Switserse bankrekening om hom in Amerika te hervestig. Sy huis in Fort Lauderdale is afbetaal. Hy kan 'n goeie bestaan daar lei.

Hy klem sy kake opmekaar. Hy het nie nodig dat Vusi Labela sy lewe beheer nie. Hy is niemand se pion nie.

Sy rakleeftyd in dié fokken land het verstryk.

53

Die welluidende stem van superintendent Koza hier vlak by Rooi Els se regteroor laat hom wip van die skrik. Hy kom so vinnig orent agter sy lessenaar dat sy stoel met 'n slag omslaan.

"Nee, my magtig, waarom is Kassie deesdae nooit meer op kantoor nie?" wil Koza weet. "Elke keer as ek hier kom, is die man missing!" Sy groot wit oogballe gluur dwarsdeur Rooi.

"Hy's weer tandarts toe, Superintendent," sê Rooi en voel hoe die bloed in sy gesig opstoot. Hy was nog nooit goed met lieg nie.

"Wéér! Elke keer moet ek hoor hy's by die donner-se tandarts. Hy't nog nie eers die finale verslag van die Myburgh-saak vir my ingedien nie." Koza snork. "Sit heeldag op sy slonsgat in 'n tandartsstoel. En dan wil hy volgende week nog verlof neem om 'n verdomde seël-kongres by te woon."

"Kassie het . . . het blykbaar groot probleme met sy tande," stamel Rooi.

"Dis 'n understatement! Klink vir my hy moet eer-der belê in valstande. Sê vir hom ek soek daai verslag vanaand, anders gaan hy groter probleme hê as sy tande."

"Ek sal die boodskap aan hom oordra, Superintendent," sê hy so gedienstig as wat hy kan.

Hy skud sy kop vies toe Koza uitloop. Kassie gaan hom nog in groot kak laat beland. Hy moet heeltyd lieg en cover vir hom. Waarmee Kassie besig is, weet nugter. Hy's so geheimsinnig soos die hel daaroor.

"Kassie organiseer maar net sy seëlstories vir volgende week se trip Joburg toe," sê Boontjie Uys van oorkant Rooi se lessenaar. Hy gee 'n laggie. "Ek ken hom lank genoeg, daai tandartsstorie is bullshit."

Rooi vervies hom vir Boontjie. Hy hou nie van hom nie, hy't heeltyd sy mes in vir Kassie. "Nee, inspekteur, hy's genuine daar. Ek was annerdag saam met hom. Sy tandarts is naby sy woonstel in Goodwood," lieg hy, dié keer gladweg.

Maar Boontjie val nie daarvoor nie. Hy grynslag. "Ja, vra my broer Jack, hy lieg nes ek."

Rooi kom orent, tel 'n dossier op om die indruk te skep hy is met 'n doel op pad iewers heen, en loop. Hy het nie die krag om met Boontjie te redeneer nie. Hy's nog 'n wrak. Die Myburgh-skietery het hom geruk. Fok, hy's nie soos die spul hardebaarde daaraan gewoond om mense dood te skiet nie. Sy senuwees is gedaan, hy slaap nie in die nagte nie en hy sukkel om op sy werk te konsentreer. Myburgh se glasige oë spook heeltyd by hom. En nou moet hy nog vir Kassie ook cover.

Hy stap na Magrieta se agterste kamertjie. Die tye wat Kassie wel op kantoor was, was hy hier by Magrieta agter die rekenaars bedrywig. Sy staan gebukkend oor 'n hoop dossiere wat sy besig is om in 'n staalkabinet te liasseer.

"Hi, Magriets."

Sy kyk gesteurd om, duidelik nie lus vir geselskap nie. "Dis net Kassie wat my so mag noem. Vir die ander is ek Magrietá. Dis hoe ek gedoop is," sê sy stuurs.

"Sorry, Magrieta, sal nie weer nie. Maar weet . . . weet

jy waarmee Kassie besig is? Ek moet heeltyd vir die ander lieg as hulle vra waar hy is."

"Het hy jou nie gesê nie?"

"Nee."

Sy hou die punte van haar regterhand se duim en voorvinger teen mekaar en beweeg dit oor haar mond. "Dan is my lippe ook geseël."

"O," sê hy afgehaal, "dan . . . wel, dan loop ek maar."

Sy praat net toe hy wil omdraai. "Sorry, Rooi, maar Kassie het gesê ek moet nie rondpraat nie."

Hy knik. "Toe maar, ek verstaan."

Sy glimlag darem. "Jy's 'n gelukkige outjie, Rooi – jy leer van net die beste. Kassie is 'n briljante speurder. Hy doen dinge dalk anders as die meeste hier in die kantoor, maar hy doen dit verdomp goed. Hy's verreweg die beste speurder met wie ek nog in my tyd van amper 'n kwarteeu saamgewerk het." Sy leun vertroulik vorentoe, praat effe sagter. "Jy moes seker van die Nienaber-fiasko gehoor het?"

"Ja, Kassie het my vertel. Ek verstaan hy't amper sy dinges gesien by die Diens."

"Korrek," sê Magrieta met 'n knik, "maar laat ek vir jou 'n geheimpie vertel, net tussen ons twee." Sy druk met haar vinger op haar bors. "Ek was eintlik medeverantwoordelik vir daardie gemors. Van die navorsing wat ek destyds vir Kassie gedoen het, het daartoe bygedra dat hy die verkeerde ou gevang het."

"Genuine? Hy't niks daarvan gesê nie."

Sy skud haar kop. "Hy sou nie. Dis hoe Kassie is. Hy't al die skuld op homself geneem. Selfs in sy interne verhoor het hy nooit na my foutiewe afleidings verwys nie." Sy tik met haar vingers teen die staalkabinet. "Nee, laat ek jou vertel, daai man is 'n bitter goeie mens . . . Jy krap nie sommer nog súlke siele op moederaarde uit nie." Rooi verbeel hom hy sien 'n nattigheid blink in haar oë.

"Ja, dis seker so, maar dit lyk nie of hy my eintlik vertrou nie."

"Dalk beskerm hy jou maar net. As die dinge backfire waarmee hy besig is, waai sy kop. As jy als van sy bewegings geweet het, sou jou job dalk ook in gevaar wees."

Hy frons. "En jy's bereid om daai kans te waag?"

Sy lag. "Ek's vyf jaar van aftree-ouderdom af. Buitendien wil ek nie hier werk as Kassie weg is nie."

Hy wil omdraai om uit te loop, maar sy praat weer. "En, Rooi, hy dink die wêreld van jou, hoor! Hy't my tot in die fynste besonderhede vertel van hoe slim jy te werk gegaan het om sy lewe te red."

"Dankie dat jy my sê, Magriets . . . Magrieta," mompel hy. "Hy't my lewe darem ook gered met sy skop na Myburgh se skiethand."

"O," sê sy met opgetrekte wenkbroue, "hy't my dit nie vertel nie."

Rooi vertel haar presies wat gebeur het.

Sy skud haar kop. "Tipies Kassie, sal nie sommer van die eer vir homself probeer inpalm nie."

Toe hy loop, voel hy beter. Kassie is nie die soort ou wat jou heeltyd op die skouer klop en lofliedere toesing nie, maar dit is goed om te hoor hy dink darem iets van sy vermoëns.

Hy hou eintlik baie van Kassie, hoewel hy hom nie altyd kan peil nie. Hy glimlag. En hy't lank laas iemand leer ken met soveel eienaardighede. Daai rooi windjekker van hom lyk soos die hond se gat. Volgens die ouer manne hier dra hy die ding al jare. Sy broeke is hopeloos te kort en sy skoene smeek vir 'n bietjie polish. En Rooi het nie geweet jy kry nog iets soos Brylcreem nie, maar Kassie se hare móét daarmee beplak wees. Hy't gedink die goed is lankal van die mark af.

Hy lag hardop. Die beste was toe Kassie hom nou die dag op pad na die Van Dyk-huis vertel hy het in 'n stadium twee konyne 'n paar jaar lank in sy woonstel aangehou, met die name Silver de Lange en Manie Bodenstein, genoem na twee groot geeste in die boeremusiekwêreld. Maar Silver was toe eintlik vroulik. En toe hulle op 'n dag uit die bloute begin teel, sit Kassie skielik met dertien konyne wat die woonstel van hoek tot kant beskyt. Hy moes die DBV kry om hulle weg te ry. Die storie was nog snaakser omdat Kassie dit met soveel erns vertel het. Hy skud sy kop. Wie de bliksem hou konyne in 'n woonstel aan? Konyne . . . en boeremusiek . . . en sy seëls wat in 'n moerse groot kluis toegesluit word asof dit kroonjuwele is.

Toe hy Kassie 'n tyd gelede probeer beïndruk het met rugbyprestasies tydens sy skooldae, het Kassie gesê: "Ek't van kleintyd verkies om my ding alleen te doen. Tot my pa se ontsteltenis wou ek nooit op skool aan spansporte soos rugby en krieket deelneem nie. Ek het ringtennis en veerpyltjies verkies, wat ek buitemuurs by die spoorwegklub beoefen het. Toe die seëlgogga my gebyt het in standerd sewe, het my aspirasies gekwyn om die WP se junior veelpyltjiekampioen te word. Ek het selfs my matriekafskeid geskip vir 'n seëlpraatjie. Was in elk geval nooit erg oor partytjies en 'n samedromming van mense nie." Rooi het gesukkel om nie in sy gesig uit te bars van die lag nie.

Hy wonder hoekom Kassie altyd sy sigarette se filters afbreek, maar kry nie kans om 'n teorie daaroor te bedink nie. Die selfoon in sy sak lui. Dis Kassie.

"Haai, Rooi," hoor hy die gejaagde stem, "is als daar

nog onder beheer? Ek gaan vasdraai en . . . en sal nie vandag by die kantoor kan uitkom nie."

"Nee bliksem, Kassie!" sê Rooi. "Koza soek jou met 'n seer hart. Ek moes netnou wéér 'n keer vir hom lieg. Hy wil die finale verslag van die Myburgh-saak vanaand op sy lessenaar hê, anders is daar major kak, sê hy!"

"Rooi, drink 'n kalmeerpilletjie. Ek's driekwart klaar met daai verslag. Voltooi jy dit sommer vir my. Jy was mos ook daar. Kyk in my lessenaar se boonste laai, die verslag lê daar. En onthou om sommer my handtekening onderaan na te maak."

"Ek weet nie hoe om jou handtekening na te maak nie!" teken Rooi kapsie aan, maar Kassie het klaar afgelui. Hy bel terug, maar kry nie antwoord nie.

Hy stap na Kassie se lessenaar en trek die boonste laai oop. Die verslag lê wel bo. Toe hy dit optel, kyk hy geamuseerd na die res van die laai se inhoud. Dit lyk kompleet soos 'n mini-stortingsterrein. Sy oog vang 'n botteltjie Rescue Remedy, 'n geknakte Lucky Strike, 'n albaster, 'n vergrootglas, 'n tolletjie gare, 'n dosynstuks Creme Soda-koeldrankbotteldoppies, drie Chappies en die goue Parker-pen van Haarhoff, Malan en Van Dyk Transport wat Kassie nooit vir Dolf Malan teruggegee het nie.

54

Amelia is vroeg vir haar afspraak. Sy het 'n rooi rok aan soos hulle afgespreek het. Sy gaan sit in die flou winter-son in 'n afgesonderde hoek van die koffiewinkel se patio en bestel solank 'n cappuccino.

Sy is verbaas daar is só vroeg al soveel mense by die tal-le restaurante en koffiewinkels saamgebondel. Dit gons soos gesprekke gevoer word. Sandtonse sakelui in donker pakke en stemmige kantoortabberds bespreek strategieë en beklink transaksies. Plek-plek lui deftige huisvroue hul inkopie-aanslag in met 'n koppie koffie.

Sy is opgewonde maar ook gespanne sedert gisterog-gend se oproep. Sy hoop net die man stel haar nie teleur nie. Hy was vaag, maar het haar 'n sprankie hoop gegee dat haar aanvanklike instink oor Carl Bester reg was. Dat hy nie 'n misdadiger is nie. "Hy's onskuldig in die saak en ek kan dit bewys," het die man gesê. Hy wou nie sy naam oor die foon gee nie. "Ek sal myself voorstel as ons ontmoet."

Hy wou op 'n "afgesonderde plek" ontmoet, maar sy was nie daarvoor te vinde nie. Dit het haar ongemaklik laat voel, sy ken hom nie. Sy't dié spesifieke koffiewin-kel voorgestel, die tafeltjies is ver uitmekaar en dit is on-moontlik vir ander om 'n gesprek af te luister. Sy moes nie net vir hom verduidelik waar die koffiewinkel is nie, maar ook waar die plein is. Dit het nie geklink of hy Johannesburg goed ken nie.

Haar aandag word afgelei deur 'n boemelaar wat heftig kapsie maak toe 'n jong man hom uit sy pad stamp. Hy snou die man 'n reeks kragwoorde toe en beduie met onwelvoeglike handgebare wat hy van hom dink.

"Mejuffrou Smit?" hoor sy skielik 'n stem langs haar. Sy kyk op en knik. Haar informant. Sy is teleurgestel in sy voorkoms. Hy lyk nie soos iemand met gesag óf bevoegdheid nie. Hy is 'n vaalmuis, geklee in 'n onaansienlike skelrooi windjekker en 'n blou broek. Sy hare is blink en plat oor sy kop gestryk met 'n paadjie wat veels te laag sit. Sy oë fladder senuweeagtig rond, asof hy op 'n aanval bedag is.

Hy val neer in die stoel oorkant haar, sit 'n roesbruin skoolboeksak op sy skoot neer en steek sy hand na haar uit. "Kassie Kasselman, speurinspekteur by die Nuweland-stasie." Hy voeg vinnig by: "In Kaapstad."

Sy is verstom. Dis een van die twee speurders wat die huurmoordenaar vasgetrek het. Albei het groot lofprysinge in die koerant ontvang.

"Het jy spesiaal van die Kaap gekom om met my te gesels?"

"Ja, ek . . . ek het 'n paar dae verlof geneem." Hy beduie na haar. "Ons afspraak is die belangrikste op my agenda." Hy bly 'n oomblik stil. "En aangesien ek hier is, woon ek môre ook 'n filateliekongres hier in Johannesburg by . . . Seëls. Sommer 'n stokperdjie van my."

Hy bestel vir hom 'n filterkoffie en vra die kelnerin om vier lepels suiker in te gooi. "Nie nodig nie," sê die kelnerin verbaas, "hier is op die tafel," en beduie na die pakkies suiker in 'n houer. Sy skud haar kop toe sy loop om die bestelling uit te voer.

313

"Jy het oor die foon gesê Bester is onskuldig?" vra Amelia.

Hy knik. "Hy's geframe . . . soos ons maar in polisieterme praat."

"Hoekom kom jy na my toe daarmee? Jy is tog 'n speurder. Hoekom vat jy dit nie self verder nie?"

"Ek vertrou nie my base nie. Hulle is . . . wel . . . betrokke."

"Betrokke?" vra sy verbaas. "Hoekom wend jy jou dan nie na die Skerpioene nie? Hulle is tog die eenheid wat korrupsie onder polisie-amptenare uitsnuffel?"

Hy knik, leun vooroor en sê gedemp: "Ek weet nie of hulle die adjunkhoof van polisie met oorgawe sal vervolg nie."

Sy sluk. Vir 'n oomblik is sy bekommerd oor sy geloofwaardigheid. "Vusi Labela! Is hy betrokke?"

Hy knik, vryf oor sy wang. " 'n Koerantstorie sal die Skerpioene geen ander keuse laat nie. Hulle sal Labela se betrokkenheid moet ondersoek." Hy aarsel. "Ek wil natuurlik nie aangehaal word in die berig nie."

Sy skud haar kop. "Ek kan nie 'n storie skryf wat op vermoedens gegrond is nie. Ek moet bewyse hê . . . en goeies ook, veral omdat jy anoniem wil bly."

Vir die eerste keer speel daar 'n glimlag oor sy gelaat. "Ek dink ek het genoeg bewyse. Jy moet maar self oordeel." Hy beduie na die skoolboeksak, steeds op sy skoot asof hy bang is iemand gryp dit. "Alles hierin."

Die kelnerin bring sy koffie. Hy skeur eers vier pakkies suiker oop, bondel dit saam en gooi dit gelyktydig in sy koffie.

Sy vind die man komieklik, nog nie seker of hy die ware Jakob is nie. "Maar hoekom kom jy juis na my? Daar is tog baie knap joernaliste in die Kaap."

"Jou stories oor Nigerië . . . Dit het my beïndruk. Jy's nie bang nie."

Sy glimlag. "Dankie vir die kompliment."

Hy haal 'n vel papier uit sy boeksak, kyk daarna voordat hy praat. "Kom ons begin maar by Vusi Labela se beëdigde verklaring. Daarin sê hy direkteur Wessels het hom tydens hul ete by die Newlands Inn ingelig hulle weet onteenseglik Carl Bester smokkel met wapens en dat hulle vir hom 'n strik gestel het. Labela beweer Wessels-hulle was daarvan bewus dat Bester vir Bruno Myburgh gehuur het om Brink van Dyk, die een vennoot by die vervoerbesigheid, te vermoor. Wessels het glo vir Labela gesê Bester wou uiteindelik ook van die ander twee vennote, Haarhoff en Malan, ontslae raak omdat hy hulle as opposisie beskou wat 'n gat in sy wins gevreet het. Wessels-hulle het toe besluit om vinnig op Bester toe te slaan."

"Hoekom sou Bester van die vennote ontslae wou raak?" vra Amelia met 'n frons. "Hulle was tog nie by wapenhandel betrokke nie."

Kasselman glimlag. "Onthou net, Labela het 'n vrypas gehad om enigiets kwyt te raak. Direkteur Wessels en sy kollega by die aksie-eenheid, Leroy September, én Myburgh was dood. Niemand behalwe Bester kon sê Labela lieg nie. Maar om jou vraag te beantwoord: Labela beweer in die verklaring Haarhoff-hulle het saam met die polisie gewerk om Bester vas te trek. Haarhoff-hulle se pad het glo in Afrika met dié van Henry Adaka gekruis. Adaka het glo aan Haarhoff verklap Bester is sy handelaar. Daarom is Haarhoff-hulle, volgens Labela, deur die polisie betrek om hulle in hul ondersoek na wapenhandel te help. Haarhoff-hulle het een keer in opdrag van die polisie wapens vir Adaka se kliënte gelewer om geloofwaardigheid te kry. Bester kon dit as kompetisie beskou het."

"Wel, dit kon seker gebeur het?" sê-vra Amelia, steeds nie oortuig Kasselman kan die teendeel bewys nie.

Kasselman skud sy kop. "Nee, Labela se verklaring is deurspek met infame leuens en ek het genoeg bewyse om dit te kan sê."

Sy lig haar hand. "Reg, voor jy vir my bewyse bring, sou ek graag wil weet wat jy dink gebeur het. Net 'n opsomming sodat ek alles beter kan verstaan."

Hy knik. "Wessels het Bester gekontrakteer as 'n polisiemol om die wapensindikaat bloot te lê. Haarhoff, Van Dyk en Malan bedryf jare reeds in die geheim die sindikaat, met Adaka as hul wapenmakelaar. Toe Van Dyk in 'n stadium kapsie aangeteken het oor die sindikaat se wapenlewering aan die Taliban, het Haarhoff van hom ontslae geraak met die hulp van die huurmoordenaar Myburgh. Labela is 'n rustende vennoot van die sindikaat. In ruil vir die beskerming wat hy die sindikaat bied as adjunkhoof van polisie, ontvang hy geld van hulle. Labela moes uitgevind het Wessels se eenheid is op die sindikaat se spoor. Labela en Haarhoff-hulle het toe 'n plan beraam om Bester na die skuldige te laat lyk. Op dieselfde aand wat hulle met die hulp van superintendent Koza, my bevelvoerder, vir hom 'n strik gestel het, het Myburgh in opdrag van Labela-hulle van Wessels en September ontslae geraak."

Hy kug en neem 'n sluk koffie. "Dit was 'n fyn uitgewerkte plan met perfekte tydsberekening. Bester se bekentenis dat hy met wapens smokkel, is op band vasgelê en Wessels en September is dood. Dit was natuurlik vir die sindikaat 'n bonus dat Myburgh ook die tydelike met die ewige verwissel het. Hy sou 'n waardevolle staatsge-

316

tuie kon wees." Kasselman lag skeefweg. "Dit is maklik om iemand te oortuig dit is in sy belang om teen sy opdraggewers te getuig. Beloftes van 'n korter tronkstraf verrig gewoonlik wondere."

Amelia skud haar kop. "Sjoe, jou weergawe van gebeure is omtrent 'n bekvol! Om my te oortuig sal jy goeie bewyse moet hê . . . Jy noem Bester het op band 'n bekentenis oor sy smokkelbedrywighede gemaak. Hoe verklaar jy dit?"

"Hy het net sy rol as polisiemol vertolk. Onthou, Bester het hom voorgedoen as 'n wapenhandelaar om só by die sindikaat uit te kom." Hy kug. "Dit is wat sy prokureur vir my vertel het. Ek kon nie self met Bester praat nie, want ek is nie veronderstel om sy saak te ondersoek nie." Hy glimlag. "Ek moes self soos 'n mol te werk gaan."

"Hoe weet jy Haarhoff-hulle was by wapenhandel betrokke?"

Kasselman haal 'n vel papier uit sy boeksak en oorhandig dit aan haar. "Dit is 'n e-posafskrif van Brink van Dyk aan sy vennote waarin hy kapsie aanteken teen hul wapenbedrywighede. As jy dit lees, sal jy sien die 'T' in die e-pos staan vir die Taliban. Ek het dié afskrif by Van Dyk se vrou gekry. Hy het dit tussen haar juwele in 'n kluis by die huis bewaar."

Amelia lees vlugtig deur die e-pos. Sy skud haar kop. "Ongelooflik!" Sy peins vir 'n oomblik. "Maar vertel my van Myburgh. Op grond waarvan beweer jy die sindikaat het hom vertrou om hul vuilwerk te doen? Het hulle hom geken?"

Kasselman vertel haar van sy gesprek met Van Dyk se vrou, van die vennote se vakansie in Botswana saam met Myburgh en sy storie oor die bom in Afrika, en die visvangfoto van Haarhoff en Myburgh. "Myburgh is in 'n

317

stadium deur Interpol gesoek vir misdaad in Afrika, maar ons polisie het hom afgehaal van die lys van gesoektes. Ek het in die rekords gaan krap. Hy is afgehaal deur Vusi Labela se toedoen." Hy oorhandig 'n afskrif aan haar van Interpol se verklaring. "Hierin sê Labela Myburgh is onskuldig aan die wandade wat aan hom toegedig is en hy staan die SAPD by met hul ondersoeke. Ek kon geen bewyse van laasgenoemde kry nie."

Amelia begin opgewonde raak. Kasselman se storie klink al hoe meer geloofwaardig. "Maar het jy bewyse dat Myburgh sy moordopdragte van Labela en die sindikaat ontvang het?"

"Ek dink so." Hy haal nog twee velle papier uit sy boeksak. "Ek was gelukkig, ek het uitdrukke van Myburgh se bankstate in sy bedkassie gekry voor ons forensiese mense daar gekom het. Volgens dié bankstate is daar 'n dag na die Van Dyk-moord honderd duisend rand in sy bankrekening inbetaal. Van 'n Switserse bankrekening deur 'n maatskappy genaamd Westwing Enterprises. Dit is dieselfde maatskappy as wat elke maand enorme bedrae in Brink van Dyk se rekening inbetaal het. Ek het met sy vrou se goedkeuring toegang tot sy bankstate gekry. Ek vermoed dit is die wapensindikaat se frontmaatskappy. Ek kon nie toegang kry tot Haarhoff, Malan en Labela se bankrekenings nie, maar ek glo 'n amptelike polisie-ondersoek sal wys hulle het ook maandeliks geld van Westwing Enterprises ontvang." Hy oorhandig Myburgh en Van Dyk se bankstate aan haar.

Hy bring nog 'n vel te voorskyn. "Haarhoff se sekretaresse het my vertel Myburgh het Haarhoff drie dae voor Van Dyk se dood besoek. Sy het ook gesê daar was 'n groot bakleiery tussen Haarhoff en die ander vennoot, Malan. Sy het gehoor Van Dyk en Myburgh se name kom

318

ter sprake." Hy oorhandig die vel papier aan Amelia. "Sy het dié verklaring afgelê. Sy het aan my gesê sy vermoed lankal daar gaan iets verdags by haar werkplek aan. Sy is van plan om te bedank."

Amelia frons. "Hoekom het sy met jou gepraat?"

Kasselman haal sy skouers op. "Ek dink haar gewete het haar gepla. Sy het my gebel. Ons het 'n afspraak gemaak en sy het my van haar vermoedens vertel."

"Dit bewys die sindikaat het beslis 'n hand in Van Dyk se moord gehad, maar wat van die moord op Wessels en September?"

"Toe ek die aand by Myburgh se woonstel aankom, het hy my ingelaat omdat ek gesê het Haarhoff het my gestuur. Ek het gesê hy het die verkeerde Mercedes opgeblaas. Hy het gesê dis onmoontlik." Kasselman haal sy skouers op. "Ek het dit in my polisieverklaring geskryf, maar natuurlik die deel oor Haarhoff verswyg. Ek het toe besef ek moet eers dieper krap."

"Wel, dit is inligting wat ek nie regtig kan gebruik nie. Dit is bloot hoorsê en jy wil buitendien anoniem bly in 'n koerantstorie," sê Amelia.

Kasselman kyk senuweeagtig rond voordat hy 'n selfoon en laaier, toegewikkel in 'n deurskynende plastieksak, uithaal en vir haar gee. "Dit is Myburgh se selfoon. Ek het dit gevat die aand na ons skermutseling in sy woonstel. Op die foon sal jy sien Myburgh was verskeie kere met Haarhoff in verbinding. Ook met Labela, kort voor die moord op Wessels en September. Hy het 'n SMS aan Labela gestuur om twaalf minute oor agt op die aand van die moord. Labela was toe in die Newlands Inn saam met Wessels en September. Die boodskap lees: 'Taak afgehandel'. Myburgh het Labela ook gebel net na die motorbom ontplof het. Hy het laat die aand ook met Haarhoff gepraat. Dit is op sy selfoon duidelik hy was nooit in kontak met Bester nie." Hy oorhandig 'n vel papier aan haar. "Dit is Haarhoff en Labela se nommers sodat jy dit kan vergelyk met die nommers op Myburgh se selfoon."

Amelia kyk ontsteld na hom. "Maar die foon kan seker as 'n bewysstuk in die hof dien! Hoekom gee jy dit vir my?"

Kasselman skud sy kop. "As ek dit nie daardie aand gevat het nie, was dit lankal vernietig. Labela het persoonlik Myburgh se woonstel gaan omkeer om dié foon te soek."

Amelia frons. "Maar selfoonrekords is tog by 'n diensverskaffer beskikbaar. Hoekom het jy dit nie eerder daar gekry nie?"

Kasselman lag. "Ek het die volgende dag probeer. Labela-hulle het nie gras onder hul voete laat groei nie. Die diensverskaffer het gesê Myburgh se rekords is uitgewis weens 'n tegniese fout. Ek het ook probeer om Bester se eie en sy Weideman-selfoonrekords en Wessels en September s'n in die hande te kry. Die verskaffer het dieselfde verskoning aangebied. Labela-hulle moes iemand omgekoop het om die rekords te vernietig."

"Het jy bewyse daarvoor?" vra Amelia.

Kasselman knik. "Volgens 'n ou skoolmaat van my wat daar werk, is dit bog dat dit weens 'n tegniese fout uitgewis is. Hy het vir my 'n verklaring uitgeskryf wat daarop dui dit is beslis onregmatig deur iemand by die diensverskaffer vernietig. Hy wil nie sy naam genoem hê nie, maar jy kan sy verklaring gebruik." Hy oorhandig dit aan Amelia. "Ek het dit gisteroggend op die Greyhound-bus op pad hierheen 'n paar keer gelees, maar dit is heeltemal te tegnies vir my om te verstaan."

Amelia kyk vlugtig na haar eie notas. "Jy sê Labela het geld ontvang van die sindikaat. Kan jy dit staaf?"

Hy knik. "Labela was kop in een mus met Haarhoff-hulle. Sy pa het by Haarhoff se maatskappy gewerk. Haarhoff het vir Labela se studies op universiteit betaal." Hy gee nog 'n vel papier vir haar aan. "Dit is 'n lys van Labela se oorsese vakansies van die afgelope ses jaar. Ek het dit gisteraand hier by die reisagent gekry wat jaarliks sy vakansiereëlings tref. Hy het onlangs 'n uitval met Labela gehad en was maar te gretig om aan my al die inligting te verskaf.

"Labela gaan drie keer 'n jaar saam met sy hele gesin oorsee, vlieg net eersteklas, besoek die mees eksotiese bestemmings, en bly in vyfsterhotelle. Ek en die agent het somme gemaak. Hy het die afgelope ses jaar na raming nege miljoen rand aan vakansies bestee. Geen polisie-amptenaar kan dit bekostig nie, al is hy die nasionale adjunkhoof."

Amelia begin besef sy het een van die grootste stories van haar lewe beet. En dan is daar natuurlik Carl se onskuld, wat haar nog meer lighoofdig maak. "Jy het gesê jou stasiebevelvoerder was betrokke by Bester se inhegtenisname. Was hy ook deel van die sindikaatnetwerk?"

"Superintendent Koza is betrek om Bester te vang, maar ek dink hy is onskuldig en is bloot as pion deur Labela gebruik. Hy was veronderstel om saam met Labela Wessels se kantoor en September se huis te deursoek vir korrespondensie oor die wapensaak, maar hy het teenoor my genoem Labela het dit alleen hanteer. Koza moes in albei ondersoeke buite wag op Labela se aandrang. Labela kon kwansuis niks vind nie, maar het volgens Koza met pakke dokumente onder sy arms uitgeloop. Hy het vir Koza gesê dit is goed wat nie verband hou met die wapensaak nie, maar is ander sensitiewe sake wat hy self wil deurwerk.

"Dit hinder Koza ook dat Labela hom kort na die bom-ontploffing gebel het en gesê het hy moet polisiemanne uitstuur na die Newlands Inn omdat Wessels en September die slagoffers van 'n motorbom was. Labela het voor die ontploffing gery. Hy kon nie geweet het dit was Wessels en September wat omgekom het nie. Koza haal net sy skouers op daaroor. Dit pla hom, maar hy is nie bereid om iets daaraan te doen nie. Hy glo daar is 'n logiese verklaring."

Kasselman leun vooroor en fluister: "Labela het hom skynbaar 'n bevordering belowe. Ek dink nie hy wil dit verongeluk nie."

Hy leun terug in sy stoel en steek 'n sigaret aan nadat hy eers die filter afgebreek het. "En dit is my storie." Hy frons. "Wel . . . ek . . . ek ondersoek nog 'n ander aangeleentheid wat my hinder, maar dit is nie nou relevant nie."

'n Kelner kom lig hom in hy mag nie daar rook nie. Hy maak verleë verskoning, druk sy sigaret vervaard in die piering dood.

Amelia kyk met nuwe oë na die man voor haar. Sy is lus en soen hom. Dit is nie alleen 'n scoop wat die land gaan skud nie, maar ook haar geleentheid om Carl Bester se naam in ere te herstel. Nou maak die SMS wat Carl vir haar gestuur het, vir die eerste keer sin. Sy het gewonder hoekom hy skryf sy moet net geduldig wees, hy sal alles later kan verduidelik. Net om 'n dag later in hegtenis geneem te word. Sy kon dit nie begryp nie. Nou verstaan sy alles.

Toe Kasselman weg is, bel sy die redakteur van 'n Sondagkoerant wat sy weet nie sal skroom om die storie te plaas nie. Sy gee hom 'n verkorte weergawe van Kasselman se storie. "My bron wil nie sy naam genoem hê nie, maar die bewyse is oorweldigend," sê sy. "In dié geval sal ons ook nie die polisiehoof vooraf kan bel om sy kommentaar te kry nie. Dit kan Labela-hulle net kans gee om nog hul spore te probeer doodvee."

"Bliksem, Amelia, dis 'n grote dié," sê hy, duidelik vuur en vlam. "Nee, natuurlik sal ons nie die polisie se kommentaar vra nie. Om onsself te cover, sal ek die storie aan die Skerpioene stuur net voor die koerant die straat slaan. Ek en hulle baas het 'n goeie verhouding. Om te wys ons het hulle darem nie heeltemal in die saak misken nie."

Sy bestel nog 'n cappuccino. Skielik het die dag vir haar nuwe betekenis gekry. Sy moet eintlik die OFN-rebelle bedank. As hulle Ryan nie ontvoer het nie, het sy nooit by die Nigerië-storie betrokke geraak nie. Dan sou sy ook nooit vir Carl Bester ontmoet het nie. En was sy nie nou die skrywer van dié onthulling wat sy onskuld gaan bewys nie.

55

Sammy Kim kyk na die personeel van Adaka's Castle wat voor hom saamgebondel staan in die rooi sitkamer. Hulle lyk verwese . . . Die vier lyfwagte, die bottelier, die sewe operateurs wat die scam-skemas bedryf, die agt kombuispersoneellede, die vier kamerbediendes en die twee tuiniers. Hulle kan dit nie glo nie. Nie van Henry Adaka nie.

"Hy moes sy redes gehad het," sê Sammy. Hy vee 'n denkbeeldige traan uit sy oog, snuif vir effek. "'n Mens weet nie altyd wat in ander mense se koppe aangaan nie. Henry was in 'n toestand oor die artikel in *Time*."

Hy het gistermiddag laat sy opdrag ontvang. Hy het 'n vermoede gehad dit sou een of ander tyd kom. Wat gehelp het, was dat Henry gisteraand baie gedrink het. Hy was inderdaad ontsteld oor die *Time*-artikel.

Toe Sammy net na middernag by sy kamer insluip, het die luidsprekers langs sy bed nog dawerende musiek uitgeblêr. Henry het gesnork, sy mond wawyd oop. Sammy het die loop van die Tokarev-pistool versigtig tussen sy lippe ingedruk en die sneller getrek. Die groot man het onmiddellik gesterf. Hy het die pistool in Adaka se regterhand gesit. In sy eie kamer het Sammy die latekshandskoene afgestroop en dit saam met sy slaapbroekie in die kaggel verbrand. Hy het die bloedspatsels aan sy lyf onder die stort afgewas. Toe het hy brigadier Odili gebel en hom ingelig hy het sy opdrag suksesvol uitgevoer.

Die brigadier sal hom ná Henry se begrafnis kom inlig hoe hulle sake vorentoe gaan bedryf. Hy het Sammy die versekering gegee hy gaan voortaan 'n sleutelrol speel. Hulle sal moet kyk na nuwe afsetgebiede. Die Nigeriese regering wil met 'n amnestie-ooreenkoms na die rebelle kom. Dit gaan die plaaslike besigheid knou. Gelukkig is die Moslem-rebelle in die noorde van die land nou weer bedrywig met dreigemente. Daar is 'n nuwe sakegeleentheid.

Vanoggend om seweuur het die kamerbediende hom histeries kom wakker maak. Sy het geskree iets vreesliks het in Henry se kamer gebeur. Sy het soos gewoonlik vir hom sy oggendkoffie geneem, die musiek het nog hard gespeel. Sy het eers die bloed op die kussing raakgesien, toe die pistool in sy hand. Selfmoord.

"Niks gaan verander nie. Ons gaan almal voort soos gewoonlik. Julle behou julle werk," sê Sammy vir die groep voor hom. "Ons gaan die groot man mis, maar ek sal voortaan sy skoene moet volstaan. Ek hoop ek kan op julle samewerking staatmaak."

Hulle knik gedweë in gelid. Die kamerbediende wat op Henry se lyk afgekom het, huil onbedaarlik. Sammy het 'n vermoede sy het soggens vir hom meer as net koffie gegee. Hy kyk na haar. Haar rondings is sag op sy oë. Hy dink hy sal die tradisies laat voortleef. Voortaan sal sy vir hom koffie in Henry se suite bring.

56

Soos sy gebruik is, staan Vusi Labela Sondagoggend sesuur op. Sy vrou slaap nog rustig. Die huis is stil en vreedsaam. Wanneer die drie seuns eers wakker is, gaan alles verander. Hulle is tieners, vol energie. Hy het belowe hy sal vanoggend saam met hulle op die skool se veld sokker speel. Hy stap na die kombuis, gooi graanvlokkies in 'n bakkie. Hy ruik aan die melk voor hy dit oor die graanvlokkies gooi. Hy eet tydsaam, skink dan vars lemoensap in 'n glas en ledig dit met 'n paar gulsige slukke.

In die klein gimnasium bestyg hy die oefenfiets. Hy stel dit op 'n halfuur en begin te trap. Na vyf minute loop die sweet in stroompies van sy gesig af en slaan in donker vlekke op die bokant van sy liggrys T-hemp uit. Hy trap nou met mening. Hy was lank laas op die fiets. Sy lyf het die oefening nodig. Hy glo hy moet vir sy manne 'n voorbeeld stel. Volgende naweek gaan hy aan die halfmarathon vir polisie-offisiere deelneem. Verlede jaar het hy onder die eerste tien klaargemaak. Vanjaar mik hy vir die eerste vyf.

Die voordeurklokkie se deuntjie laat hom swets. "Wie kan so vroeg op 'n Sondagoggend so lastig wees?" vra hy hardop. Hy hoop nie dit het die seuns wakker gemaak nie. Hy sien nie nou al kans vir hul rumoerigheid nie.

Die twee mans by die deur lyk vaagweg bekend. Hy het hulle al iewers gesien.

"Klaassen," stel die een hom voor. Hy lyk ongemaklik. "Kommissaris Labela, ons is hier om jou vir ondervraging in te neem. Jy sal ons nou moet vergesel. Ons is van die Skerpioene."

"Julle is bedonnerd! Waarvoor?"

"Dit gaan oor die moord op twee polisiemanne . . . en wapensmokkelary."

Hy voel hoe sy hart in sy keel klop. "Ek wil nou eers die hoof van die polisie bel . . . ek . . ." sê hy, maar Klaassen onderbreek hom.

"Kommissaris, jy kan hom later skakel. My opdrag is om jou nóú in te bring vir ondervraging." Sy handlanger vat Vusi stewig aan die arm en bring 'n stel handboeie te voorskyn.

Hy vra of hy eers ander klere kan gaan aantrek, maar sy versoek word geweier. Toe sy oudste seun by die voordeur uitloer, is hy reeds saam met sy besoekers in die motor.

* * *

Melanie moet Ben wakker skud. Hy kom verward orent. Hy het vanoggend eers laat in die bed gekom. Hy was besig om sy Amerikaanse planne agtermekaar te kry. Ook om die advertensie op te stel om sy onderneming in die mark te sit. Hy hoor hoe die honde op die agtergrond blaf.

"Daar is twee mans by die veiligheidshek. Hulle wil dringend met jou praat."

Hy kyk op sy horlosie. Sesuur. "Is hulle van lotjie getik? Dis 'n Sondagoggend! Wat wil hulle hê?"

327

Sy haal haar skouers op. "Ek het gevra. Hulle wil nét met jou praat . . ."

"Lyk hulle darem beskaafd?"

"Ja, Ben. Ek sou jou nie kom wakker maak het as dit twee boemelaars was nie," sê sy geïrriteerd. "Dit is dalk weer 'n vragmotor wat iewers in 'n ongeluk was."

"Bliksem! Dit sal die tweede ongeluk van die maand wees. Laat hulle solank inkom. Ek wil net iets aantrek." Hy gryp sy sweetpak wat langs die bed lê, druk sy hare met sy hande reg. Hy kyk vinnig in die spieël. Die neusspalk laat hom soos 'n donnerse hanswors lyk.

Nogtans is hy in 'n goeie bui. Sammy Kim se oproep gisteraand oor Adaka se selfmoord was die beste nuus waarvoor hy kon gevra het. Nou is daar nie meer 'n manier waarop Vusi kan aandring Ben moet voortgaan met die wapenbesigheid nie. Sonder Adaka is sy hande afgekap. Dit sal jare neem om weer 'n betroubare middelman te kry en Vusi weet dit. Hy gaan ook nie vir Vusi noem dat Sammy gesê het hy neem nou Adaka se rol in die wapenbesigheid oor nie. Hy twyfel of Vusi van Sammy se bestaan weet.

Hy glimlag. Dinge is besig om mooi in plek te val.

Toe hy in die sitkamer kom, staan albei mans op. Die een stel hom voor as Prinsloo, die ander as Naidoo.

"Ons is van die Skerpioene," sê Prinsloo. "Jy moet nou saam met ons kom vir ondervraging."

Die bloed dreineer uit Ben se kop. "Vir ondervraging?" Hy moet in 'n stoel gaan sit, sy bene skielik wankelrig. Hy dink vinnig. "Sal julle my toelaat om kommissaris Vusi Labela te bel? Hy sal enige misverstande vir julle uit die weg kan ruim."

Naidoo glimlag terwyl hy na Ben kyk. "Jy kan met hom praat by die plek van ondervraging in Johannesburg. Hy sal ook daar wees."

"Johannesburg?!"

"Ja, ons vlieg nou soontoe."

Toe hulle stadig voor sy huis wegtrek, sien Ben die outjie wat altyd die Sondagkoerant met sy fiets kom aflewer. Hy loop verby die motor en Ben kan die hoofstorie se opskrif sien. Groot swart letters skreeu vir hom: *Polisie-hoë, sakelui glo betrokke by moorde, wapenhandel.*

* * *

Dolf Malan het dit verwag. Nie so gou nie, maar hy het geweet hulle gaan nie daarmee wegkom nie. Hy was egter voorbereid.

Die twee mans wat hom opgeklop het, het op sy versoek saam met hom na sy studeerkamer gestap. Hy het sy verklaring, wat hy twee dae gelede reeds opgestel het, aan hulle oorhandig, toegeplak in 'n bruin koevert. Daarin openbaar hy alles: hulle smokkelbedrywighede, Ben se aandeel in Brink se dood, Labela se plan om Bester na die skuldige te laat lyk en om van Wessels en September ontslae te raak.

Toe hy Alta soengroet, het hy in haar oor gefluister sy moet in sy lessenaar se onderste laai kyk. Daar was 'n afskrif van sy verklaring. Dit is net regverdig teenoor haar dat sy weet waarvoor haar man in hegtenis geneem word. Hy het hul bedrywighede te lank vir haar weggesteek. Hy het ook die nommer van sy geheime bankrekening, waarop sy tekenregte het, vir haar gelos. Daar is 'n paar miljoen om haar aan die gang te hou.

Hy stap saam met die manne en klim agter in hul motor. Hy sukkel om in die beperkte ruimte en met die boeie aan sy hande sy sit te kry. Alta staan verwese in die huis se deur. Sy waai onseker.

Hy voel hoe sy maagspiere saamtrek toe hy die koerantplakkaat op die hoek by die kafee sien: *Moordskok – polisie, sakelui betrokke.*

57

Kassie droom van Marietjie. Sy kom aangehardloop in 'n Weskusveld teen 'n tafereel van pers en geel blomme, haar golwende rooi hare wip ritmies op en af. Haar arms is uitgestrek na hom, haar glimlag wit in die skerp sonlig. Maar sy hardloop verby hom en gooi haarself in die arms van Bruno Myburgh wat skuins agter hom staan.

Kassie skrik met 'n ruk wakker. Dit is die eerste keer dat hy van Marietjie droom sedert hy twintig jaar gelede in die skeihof van haar afskeid geneem het. Hy swets. Dit is skuins voor vier. Hy lê en staar na die bleek mure van sy slaapkamer. Hy weet hy gaan nie weer geslaap kry nie. Die gedruis van die alewige Voortrekkerweg-verkeer is afwesig. Dit is amper onheilspellend stil.

Hy staan op, trek sy skaapwolpantoffels aan, stap kombuis toe en maak vir hom koffie. Hy steek 'n Lucky aan en stap rusteloos in die woonstel rond. Dit is 'n dag waarop hy groot besluite gaan moet neem.

Hy kan ook môre na die boedelveiling gaan, maak hy homself wys. Die man was 'n groot seëlversamelaar. Maar hy het nie nou geld nie. Onder ander omstandighede sou hy dit nooit oorweeg het om te gaan nie. Dit bly 'n risiko om ver te ry met die skedonk. En hy kan ook nie regtig die petrolgeld soontoe en terug bekostig nie. Maar sy gewete bly vreet aan sy siel.

Kassie weet dit help nie om na ander oplossings te soek nie. Hy gaan net sy tyd mors. Hy kan nie nou vanmiddag se afspraak met hulle kanselleer nie. Hy moes hulle in elk geval gister vlugtig inlig waaroor dit gaan. Dit sal ook teen sy beginsels indruis om alles te probeer verswyg of daaroor te lieg. Hy is in twee geskeur oor wat hom te doen staan.

Hy hoor die geskuifel van oom Tollie se voete in die woonstel bo syne. Stiptelik vyfuur, die tyd wanneer oom Tollie begin lawaai. Kassie is vies oor die verdomde droom hom so vroeg laat wakker word het. Dit gaan 'n lang dag nog langer maak.

Hy drink sy tweede koppie koffie van die oggend. Sy gedagtes keer terug na die gebeure van die afgelope twee weke. Hy dink Rooi Els en van sy ander kollegas weet hy was op 'n manier betrokke by hoe Labela en sy trawante gevang is, maar niemand vra hom reguit daaroor uit nie. Almal lugtig om te veel te bespiegel. Dis was eintlik net vir Magrieta wat hy met sy ondersoek vertrou het en sy sal nooit uitpraat nie.

Dit was wel ook vir hom 'n skok toe die Skerpioene superintendent Koza ingeneem het vir ondervraging. Dit was nie Kassie se bedoeling om sy doppie te klink nie. Hy glo steeds Koza is onskuldig. Maar toe krap die Skerpioene in Koza se kantoor rond en nou is hy oor iets anders ge- skors totdat hul ondersoek daaroor afgehandel is. Koza se sekretaresse het hulle grootoog vertel sy alewige trips Jo- hannesburg toe was nie vir polisiesake soos hy voorgegee het nie. Hy het skynbaar 'n girlfriend in Hillbrow gehad en het op groot skaal polisiegeld verkwis met vliegtuig- kaartjies, nogal besigheidsklas, om haar te gaan besoek.

Daaroor was Kassie ontsteld. Dit is sulke dinge wat die polisie 'n slegte naam gee. Hoe moet die publiek vertroue hê in die Diens as sy amptenare soos kriminele optree?

Hy stap kombuis toe om die koppie uit te spoel. Toe hy die hoëtroustel aanskakel, dink hy skielik aan Els. Dié kry nou berading na die Myburgh-skietery. Die outjie is nie lekker nie, nog stiller as gewoonlik. Dit is duidelik die storie het hom geruk. Kassie het probeer help deur met hom te praat.

" 'n Polisieman word maar heeltyd gekonfronteer met besluite wat hy vinnig moet neem. Soms neem jy die regtes, soms die verkeerdes. Jou besluit om Myburgh te skiet was reg. Jy't nie 'n ander keuse gehad nie," het hy gesê. Hy het nie bygevoeg dit was nie vir Els nodig om Myburgh dood te skiet nie. 'n Gewonde Myburgh sou 'n beter opsie gewees het.

Besluite, dink Kassie. Dit bring hom weer by sy huidige dilemma. Gaan hy in dié situasie die doodskoot toedien, of net wond? Gaan hy môre hier bly, sy Saterdag rustig met sy seëls verwyl? Of gaan hy ry?

Terwyl Fanie Bosch se "Seervingerwals" in die kombuis opklink, gaan sit Kassie met 'n sigaret in die sitkamer en staar na die stukkende televisiestel se swart skerm. Dié ding raak nou vir hom 'n seer vinger. Hy sal 'n tegnikus moet laat kom om dit reg te maak.

Dit moet wonderlik wees om 'n TV-tegnikus te wees. Jy werk met draadjies en tangetjies en allerlei fyn gereedskappies. Jou geoefende oog sien oombliklik wat fout is. Jy lê jou nie snags en bekommer oor hoe jy die volgende TV-stel gaan regmaak nie. Jy tob nie oor jou werk voordat jy weer die volgende dag in jou werkswinkel 'n tangetjie optel nie.

'n Polisieman dra sy tangetjies altyd by hom. Hy ontsnap nooit daarvan nie. Kassie sug, staan met gekromde skouers op en stap kamer toe om te gaan stort en aan te trek.

58

Amelia slaap nog. Hy sluip saggies uit die kamer om haar nie te steur nie. Carl maak vir hom koffie in die kombuis en drink dit op die voorstoep. Vreemd om 'n vrou in sy plaashuis te hê. Hy het haar gisteroggend op George se lughawe gaan haal vir haar week se verblyf by hom.

Toe hy by haar in Johannesburg gaan kuier het, kon sy aanvanklik nie glo hy is 'n boer nie. Hy't vir haar soos 'n stadsjapie gelyk, wat hy eintlik is en wat hy ruiterlik aan haar moes erken. Noudat sy op die plaas is, sê sy sy kan sien hy hoort hier. Hy lyk gelukkig en tuis. Dit was vir haar vreemd dat hy die polisie vir oulaas met 'n gevaarlike sending uitgehelp het, veral terwyl hy die eienaar van so 'n wonderlike plaas is. Carl het dit afgemaak as oordrewe pligsbesef.

Sy het gisteraand tydens 'n omhelsing onder die sterrehemel geskimp sy sal nie omgee om die res van haar lewe in die Klein-Karoo deur te bring nie. Sy sou kon voortgaan met haar werk. Die internet, 'n skootrekenaar en 'n selfoon is al wat sy nodig het om aan te hou skryf. Al is dit op 'n olyfplaas. Solank hy net by haar is. Hy glimlag. Dalk moet hy haar 'n kans gee, dalk is hy reg vir 'n vaste verhouding. Sy paar weke in die tronk was 'n tyd van introspeksie. Hy is spyt oor baie dinge wat hy in sy persoonlike lewe aangevang het. Hy het nou die kans om oor te begin.

Hy kyk ingenome uit oor die landskap. In die helder oggendlig is die kleurpalet oorwegend roes- en vaalbruin, plek-plek okergeel, met klein blomspatseltjies van wit, oranje, rooi en pers. 'n Paar los fluweelwolkies hang bewegingloos in die skelblou lug.

Die bloedige son skroei sy blaaie toe hy uitstap op die voortuin se grasperk. Nou eers skuins na halfelf. Dit gaan 'n snikhete dag word. Die Karoo steur hom nie altyd aan die winterseisoen nie.

Petrus verskyn uit die skadu van die afdakkie voor die visdam. Hy werskaf altyd in die tuin op 'n Saterdagoggend. Hy groet vriendelik, kyk op na die son. "Die duiwel gaan sy winterkole vandag weer rondstrooi," sê hy met 'n breë glimlag, sy afwesige voortande beklemtoon die pienk tandvleis.

"Dit kan jy weer sê. Jy kan vanoggend afvat, dis te deksels warm om te werk."

"Nee, nee wat," keer Petrus. "Ek is mos ma' van hierie wêreld. Die winterson skrik my nie."

Carl stap na die groot koelteboom. Hy voel ingedagte aan die littekens in die bas waar die vorige eienaar se kinders hul name uitgekerf het. Vanmiddag wil hy Amelia hier onder die boom met 'n volstruisnekpotjie trakteer. Hy het die resep by die vrou op die buurplaas gekry. Hy was nog nooit juis kreatief met kos nie. Vandag is sy groot toets. Hy wil Amelia graag beïndruk.

Hy stap in die veldpaadjie teen die heuwel voor die huis uit. Die droë Karoogras knars onder sy sole. 'n Voël vlieg gesteurd op. Carl verwonder hom aan al die plantjies in die veld. Hy wil hulle leer ken. Hy het al gelees van broodbos, papkuil, litjiestee, waterglasie, baardrosie en haasstertjie, maar hy sal dié wonderlike name graag by die plante wil uitbring. Hy sal vorentoe baie tyd daarvoor

hê. Hy kniel langs 'n plantjie met ovaalvormige kakie-
groen vetplantblaartjies en skerp dorinkies op die punte.
'n Wit, knoetserige blommetjie sit veilig en knus in die
plantjie se skoot. Hy wonder wat dit genoem word. Met
die orent kom, waaier 'n naaldekoker verby sy kop.

Die Klein-Karoo het nog nooit vir hom so mooi gelyk
nie. Hy vermoed dit het baie met Amelia se teenwoordig-
heid te doen.

Hy frons toe hy 'n kar na die opstal sien indraai. Dit is
'n baie ou Toyota Corolla, vaalblou van jare se blootstel-
ling aan die son. Die kar rammel teen die steiltetjie uit, 'n
donker rookwolk streep agter sy stert aan, en hou langs
die huis stil. 'n Tengerige mannetjie klim uit, trek 'n rooi
windjekker uit en gooi dit op die voorste sitplek voordat
hy die deur versigtig toemaak.

Hy praat met Petrus. Dié wys na waar Carl staan. Carl
wil afstap na die besoeker, maar die man beduie met sy
arms hy kom op na hom.

Hy stap met gekromde skouers op teen die uitgetrapte
paadjie. Tien meter van Carl af vang iets sy oog, hy sak
af op sy hurke by 'n struik, bekyk dit aandagtig. Hy lig
die plant se rooskleurige, ballonvormige vruggie versigtig
met sy vinger op. "Klapperbos," sê hy. "Die struik is in die
sewentigs verewig op 'n Suid-Afrikaanse seël." Hy kyk na
Carl. "Seëls is my stokperdjie."

Carl glimlag net. "Het jy karprobleme?"

Hy kyk vlugtig terug na die Toyota. "Nee, nee . . . Sy is
maar net oud, maar darem nog gewillig. Ek's eintlik op
pad Oudtshoorn toe. Daar is 'n boedelveiling. Die oorle-
dene was ook 'n seëlversamelaar."

Hy kom orent. "Ek het gedink ek kom maar gou hier-
langs. Net om jou darem eerstehands te kom inlig." Hy
skud sy kop, vee sy hand aan sy broek af en steek dit uit

na Carl. "Jammer . . . jammer, ek is Kassie . . . speurder-inspekteur Kassie Kasselman van die Nuweland-stasie. In Kaapstad," voeg hy as 'n nagedagte by.

Carl kan die verbasing kwalik uit sy oë weer. Dit is die man wat hom uit die tronk gekry het deur Labela-hulle se bedrogspul bloot te lê, maar hy is veronderstel om dit nie te weet nie. Amelia is baie ernstig daaroor om die identiteit van haar informante geheim te hou, maar het Carl darem daaroor ingelig op voorwaarde dat hy dit nooit aan iemand mag noem nie.

"Kan ons help?" vra Carl, uit die veld geslaan dat hy hom hier kom besoek. Waaroor wil Kasselman hom in-lig?

"Ek . . . ek was betrokke by die ondersoek na die wa-penhandelsaak . . . en in die proses het ek . . . wel, oral rondgesnuffel." Hy lyk verleë. "Dis maar 'n gewoonte van my. Om dinge te ondersoek . . . wat my pla, nie vir my klop nie." Hy vryf oor sy neus, haal sy skouers op. "Al het ek nie opdrag van iemand gekry om dit te doen nie, doen ek dit maar . . . om my eie nuuskierigheid te bevredig . . . en . . . en agter die kap van die byl te kom."

Kasselman gaan voort met afgewende oë. "Jy het baie geld vir 'n gewese polisiespeurder, 'n plaas van byna nege miljoen rand, beleggings by Liberty en Ou Mutual van oor die vier miljoen, twee miljoen in 'n Absa-geld-markfonds. In Maart 2008 het jy nog in 'n huurwoonstel gebly, jou oortrokke bankrekening was veertien duisend rand."

Hy haal sy skouers op, kyk na Carl, sy houding amper verskonend. "Toe skielik . . . terwyl jy nog in die polisie se diens was, het jy die oortrokke rekening afbetaal en jou rekening by Standard Bank gesluit. Toe by Absa een oopgemaak met honderd duisend rand meteens in jou rekening. Net na jy weg is by die polisie, het jy die plaas gekoop, en wel . . . Ek het dit alles nogal vreemd gevind. Veral nadat ek van die agent verneem het jy het die vorige eienaar in kontant betaal."

'n Staalklamp omgord Carl se bors. Hy's eensklaps kortasem, selfs erger as die dag toe Wessels hier was.

Kasselman glimlag. "Moontlik het jy geld geërf . . . Ek weet nie." Hy kyk Carl nou reguit in die oë. "Ek het gedink dit sal darem net billik wees om jou persoonlik te kom vertel . . . dat ek die inligting ongelukkig aan die Skerpioene moes deurgee."

Hy kug. "Anders sou ek my plig versuim het. Jy was immers nog in die polisie se diens toe jy skynbaar al die geld bekom het. Ek het gistermiddag jou finansiële besonderhede aan hulle oorhandig. Hulle ondersoek die inligting nou. Hulle sal jou seker enige tyd van volgende week af kontak. Ek hoop jy het begrip vir my optrede. Polisiekorrupsie is iets wat my dwars in die krop steek."

Hy maak verleë verskoning. "Verstaan my goed, dis nie dat ek jou noodwendig daarvan verdink nie."

Hy stap na 'n ander plantjie met geel sterblomme en bekyk dit belangstellend. Die stilte tussen hulle is onheilspellend. Carl besluit om te swyg.

Toe Kasselman groet, sê hy bemoedigend: "Dalk het jy niks om te vrees nie. Jy sal wel weet."

Maar Carl weet sy oë verraai hom. Kasselman moet dit kan sien. Hy's beangs.

Terwyl die tengerige man stadig terugloop na sy verbleikte motor, gaan sit Carl op 'n rots. Sy bene weier om hom langer regop te hou.

Hy sit lank en peins. Hy is kwaad. Briesend. Vir homself. Vir Piet Wessels. Vir Kassie Kasselman. Vir die hele fokken onregverdige wêreld. Noudat hy sy lewe van nuuts af kan begin, gebeur dit! "Verdien ek dit regtig?" vra hy homself hardop.

Dan wonder hy hoekom Kasselman hom vooraf kom inlig het. Hy besef Kasselman móét weet hy het die geld onwettig bekom. Sy ondersoek na Carl se geldsake was te deeglik. Kasselman moet voor sy heilige siel weet hy het nie geld geërf nie. Selfs die Lotto-gerug het Wessels nie geflous nie.

Hy skud sy kop. Dit is ongehoord vir 'n speurder om 'n dief te waarsku die Skerpioene is op sy spoor. Is dit Kasselman se manier om hom tyd te gee om planne te beraam? En hoekom sou hy dit doen? Het hy simpatie met Carl se optrede? Dalk het hy uitgevind van die hel wat Carl as mol moes deurmaak?

Toe hy opkyk, sien hy Amelia op die stoep staan waar sy Kasselman se motor agterna kyk. Hy staan op en stap huis toe, koponderstebo. Wat gaan hy vir haar sê?

"Wat het Kassie Kasselman hier gemaak?" vra sy verbaas toe hy die stoeptrappies opklim. "Ek het hom deur die kamervenster in sy motor sien klim terwyl ek aangetrek het."

Hy neem haar hand in syne. "Kom ons gaan sit binne. Ek het iets om jou te vertel." Hy weet sy kan sien hy het 'n gewigtige saak op die hart. Haar frons en vraende oë verklap dit.

Sy gaan sit oorkant hom in die sitkamer, gekruiste bene, die frons steeds diep op haar voorkop.

Sy mond is droog toe hy begin praat. Hy vertel haar. Alles. In die fynste besonderhede. Hy is desperaat. Moontlik kom sy met 'n briljante oplossing vorendag. Sy is immers 'n bekroonde joernalis met baie kontakte.

Haar gesig het verbleek. Toe hy na 'n kwartier klaar is, bewe haar stem. "En jy het gedink omdat jy die polisie

gehelp het met die sluikhandelsaak, het jy jou skuld afbe-
taal? Jou diefstal van miljoene rande se staatsgeld gehei-
lig? Weet jy hoeveel honderde huise hulle vir die armes
daarmee kon bou?"

Hy antwoord haar nie. Sy droë lippe kleef aanmekaar.
Hy besef sy is reg. Hy het dit van die eerste oomblik af ge-
weet, maar het verkies om dit nooit aan homself te erken
nie. Dwelmgeld is staatsgeld. In polisiekringe is diefstal
daarvan 'n onverskoonbare misdaad.

Sy gaan nie by hom staan nie, flits dit deur sy gemoed.
Dit is seker hoe die lewe werk. Hy het haar in 'n stadium
net gebruik as 'n seksvoorwerp. En of hy regtig vorentoe
met haar in 'n vaste verhouding sou kon volhard, weet
hy nie. Heel moontlik nie. Hy kan seker nie ontsteld wees
as sy nou haar rug op hom keer nie.

Sy kyk indringend na hom. "Ek het heeltyd gewonder
hoe jy só 'n plaas kon bekostig. Ek het gedink jy sal my
nog inlig. Nou weet ek jy was nie van plan om dit te doen
nie. Of is ek verkeerd? Sou jy? As dit nie was dat jy nou
geen ander keuse gehad het nie?"

Hy kyk diep in haar groen oë. Hy kan nie meer leuens
vertel nie. "Nee," sê hy, "ek sou nie."

Sy staan op, haar oë swem in trane. Sy loop uit die sit-
kamer sonder om na hom te kyk. Hy hoor hoe die slaap-
kamerdeur toegaan. Hy sal moet bel om te hoor wanneer
die volgende vlug van George na Johannesburg vertrek.
Hy kan nie dink sy gaan langer hier bly nie.

Sy het dit nie verdien nie. Sy was waarskynlik regtig
lief vir hom. Soos sy gewese vrou ook was en ander voor
en na haar.

Hy staar na die plafon, wonder wanneer die Skerpioe-
ne aan sy deur gaan klop.

Carl dink terug aan die gebeure op Worcester en hoe

340

ingrypend dit sy lewe verander het. Hy was nie net 'n voortvlugtige van sy eie gewete nie, maar het homself ook blootgestel aan strikke wat ander vir hom gestel het. Tot gister was hy oortuig hy het al dié strikke suksesvol ontkom, maar vandag het die werklikheid hom finaal ingehaal: Toe hy daardie ses sakke geld uit die stoor gesleep het, het hy vir homself een gestel.

'n Slagyster waarvan die staalbeuels nou om sy enkel toegeslaan het.

Naskrif

Volgens die jongste berigte het die inkomste uit olie in die Niger-delta in Nigerië gestyg en het geweld afgeneem sedert die regering aan die einde van 2009 'n amnestie-ooreenkoms met die rebelle gesluit het. Waarnemers meen egter dié ooreenkoms is gebrekkig en sal nie tot langtermyn-vrede lei nie. In die Delta is gewese rebelle weer besig om die wapens op te neem.

Sammy Kim word sedert Januarie 2010 vermis nadat hy in Port Harcourt inkopies gaan doen het. Brigadier Odili het uit die weermag bedank en het Adaka's Castle op die boedelveiling gekoop. Gerugte wil dit hê dat hy by onwettige wapenhandel betrokke is.

Ben Haarhoff het homself op 24 September 2010 in sy tronksel met 'n laken opgehang.

Dolf Malan, wat as staatsgetuie in die hofsaak opgetree het, is in Desember 2012 vrygelaat, 'n jaar voor sy opgelegde vonnis sou verstryk. Hy bedryf nou 'n koerieronderneming in Pretoria.

Louise van Dyk is 'n haarkapper in Boksburg.

Vusi Labela sal in 2026 vir parool in aanmerking kom. Hy is besig om deur Unisa vir sy B.Proc.-graad te studeer.

Peter Graves het afgetree en woon op Hermanus.

Ryan en Lea Deetlefs het rus gevind op 'n klein wynplasie buite Stellenbosch. Van Lea se skilderye is in Nedbank en Sanlam se kunsversamelings opgeneem.

Amelia Smit het in 2011 met 'n Amerikaanse joernalis ge-

343

trou. Sy woon tans in Houston, Texas, waar sy steeds 'n vryskut-joernalis is. Die egpaar se eersteling is op pad.

Carl Bester het uit die land gevlug voordat die Skerpioene hul ondersoek kon voltooi. Hy is glo onlangs in Bolivië aan die sy van 'n beeldskone blondine gewaar. Hy is op Interpol se prioriteitslys van gesoektes.

Kassie Kasselman is steeds 'n speurder by die Nuweland-polisie-stasie. In Kaapstad. Hy het in Desember 2010 Facebook betree as "Kassie Kasselman Stamps". Hy het nou 1 421 Facebook-vriende, hoofsaaklik seëlversamelaars van regoor die wêreld.

Rooi Els werk nog saam met Kassie. Hy het 'n aanprysingser-tifikaat vir dapperheid ontvang vir sy rol in die Myburgh-saak en is vroeg in 2012 tot sersant bevorder.

Geraadpleegde bronne

Boeke:

Dowden, R.: *Africa. Altered States, Ordinary Miracles*; Londen, Portobello Books, 2009.

Maas, D.: *Witboy in Afrika;* Kaapstad, Tafelberg, 2010.

Rowell, A., Marriotte, J. en Stockman, L.: *The Next Gulf. London, Washington and Oil Conflict in Nigeria;* Londen, Ed Constable, 2005.

Williams, L.: *Nigeria*, Londen, Bradt Travel Guides, 2010.

Internet:

www.americanprogress.com: Stohl, R.: "The tangled web of illicit arms trafficking"

allAfrica.com: "Nigeria: Niger Delta still unstable despite amnesty", 2011

www.un.org/News/Press/docs/2006: "Illicit small arms trade in Africa fuels conflict, contributes to poverty"

http://forums.csis.org/africa: Watts, M.: "So goes Port Harcourt . . . Political violence and the future of the Niger Delta"

www.oyibosonline.com: Verskeie artikels, 2009

www.vanityfair.com: Junger, S.: "Blood oil"

www.iss.co.za: "Nigeria: history and politics"

www.thepeoplehistory: "What happened in 2009?"

www.oudtshoorninfo.com

www.worldlife.org: "Niger Delta swamp forests."

Wikipedia: "Nigeria: history, Lagos, Port Harcourt; Somalia: history, Somali Civil War; events in 2009."

Koerante:
Verskeie artikels en berigte in die Media24-koerante *Beeld*, *Die Burger*, *Rapport* en *Volksblad* (2008 – 2012)

Tydskrif:
African Analyst, Uitgawe 1, derde kwartaal 2006 : Schroeder, M. en Lamb, G.: "The illicit arms trade in Africa"

Bedankings

- My redakteur, Hester Carstens, wat met haar geesdrif, arendsoog, insig en voorstelle onskatbare waarde tot dié boek toegevoeg het.
- Die keurders wat met kundige raad die verhaal help regskaaf het.
- Kaptein Fienie Nimb van die SAPD in Bellville, op wie se nommer ek gereeld kon druk vir inligting oor polisieprosedures.
- Oud-koerantkollega Philip van Rensburg wat sy talle ervarings in Nigerië met my gedeel het.
- My vrou, Líze, en kinders, MC, Neil en Amieke, wat die "faraway look" in my oë verduur het op tye wanneer hulle my volle aandag verdien het. Ek hoop die boek vergoed 'n bietjie daarvoor.
- My ma, Christa, vir haar volgehoue belangstelling en aanmoediging.

www.ingramcontent.com/pod-product-compliance
Lightning Source LLC
Chambersburg PA
CBHW022247020726
47496CB00004B/1100